MODEL
BOYFRIEND

Model Boyfriend

Editing by Kirsten Olsen
First published in Great Britain, 2018 by Stuart Reardon Publishing

Cover photograph by Stuart Reardon
Cover design by Sybil Wilson / Pop Kitty Designs
Formatting by Susana Mohel

Collection créée par Hugues de Saint Vincent
Dirigée par Arthur de Saint Vincent

Ouvrage dirigé par Bénita Rolland
Traduit par Caroline de Hugo

Pour la présente édition

34-36, rue la Pérouse
75116 - Paris
www.hugoetcie.fr

ISBN : 9782755644203
Imprimé en France par Corlet Imprimeur
N° d'impression : 19070044

STUART REARDON
& JANE HARVEY-BERRICK

MODEL BOYFRIEND

Roman

Traduit de l'anglais par Caroline de Hugo

Hugo Roman

À mon père et ma mère, qui m'ont mis au monde.
Stu x

PROLOGUE D'ANNA

Il m'échappe, je le sens. Mais comment puis-je retenir un homme comme lui, un homme comme Nick Renshaw ? C'est l'un des sportifs les plus célèbres au monde, c'est un champion.

On prétend que lorsqu'on aime quelqu'un, on doit lui laisser sa liberté.

C'est donc ce que je fais, je le laisse partir, je lui rends sa liberté.

Et je prie pour qu'il me revienne un jour.

PROLOGUE DE NICK

Je me sens perdu. J'ai l'impression de ne plus savoir qui je suis, où est ma place dans ce monde. Quel est mon destin ?

J'ai trente-trois ans, j'ai donc encore trente ans avant de songer à prendre ma retraite. Bon sang ! Je n'arrive pas à croire que je suis arrivé à ce moment de ma carrière où je vais devoir jouer mon dernier match.

Mon jubilé.

Ces seize ans sont passés tellement vite. Seize années incroyables, pleines de challenges qui m'ont instruit, m'ont modelé, m'ont formé à devenir l'homme que j'étais destiné à devenir.

Mais après ? Qu'est-ce que je vais faire maintenant ?

Lorsque je suis arrivé à dix-huit ans, tout frais, dans ma première équipe, j'avais un coéquipier qui s'appelait Scott Nadler. C'était l'un des joueurs seniors. C'était un type super, qui m'a guidé, m'a donné de précieux conseils. (En commençant par celui de ne pas suspendre mes vêtements sur sa patère, les joueurs sont très pointilleux sur leur espace personnel dans les vestiaires, vous devez donc mériter votre place.)

– Profite, m'avait dit Scott. Essaie d'être présent à chaque moment ; dans le rugby, dans le sport, dans ta vie, sinon, ça va passer en un éclair. Lorsque tu approcheras de la fin de ta carrière, tu vas regretter de ne pas pouvoir tout revivre mais en mieux, plus fort, plus intelligemment… et sans blessures.

Comme je ne savais pas vraiment quoi dire, j'avais rigolé.

– Ne sois pas idiot, Scotty, il te reste encore plein de saisons !

Bien entendu, ce n'était pas le cas. En fait, c'était sa dernière saison. Ses paroles sont restées gravées dans ma mémoire, mais ce n'est que lorsque j'ai pris de l'âge que j'ai vraiment compris ce qu'il voulait dire. Tous les joueurs pensent au match qu'ils viennent juste de jouer. Ensuite, ils s'inquiètent pour le suivant en se demandant comment ils vont le jouer. Au lieu d'être conscients du moment, du simple fait de respirer, de se détendre et d'être heureux d'être en vie. C'est facile à dire, mais difficile à faire. Voilà l'une de nos plus grandes faiblesses.

C'est drôle, comme vont les choses. Un conseil qu'on vous a donné il y a des années ne prend son sens que lorsque vos expériences ont fait de vous quelqu'un d'assez sage pour comprendre réellement ce qu'il signifiait. Ces jours-ci, trente-trois ans, ça me paraît bien vieux.

En regardant en arrière, quand j'étais un jeune joueur, j'avais l'impression que les seniors râlaient tout le temps sur le fait qu'ils récupéraient plus lentement, au fur et à mesure qu'ils vieillissaient, qu'ils se blessaient tout le temps, que leur corps n'arrivait tout simplement plus à fonctionner comme avant. Ils se moquaient de nous, les jeunes : « Ces mômes ne savent pas la chance qu'ils ont. Profite à fond, espèce de jeune blanc-bec, toi aussi, ça t'arrivera un jour ! »

Et ils nous montraient tous leurs bobos : leurs mains fracturées, leur nez cassé, leurs doigts qui s'étaient ressoudés de travers, c'étaient toujours les premiers à courir chez le kiné et aux massages.

Et voilà que je suis devenu l'un d'eux. Le rugby est un sport qui ne pardonne pas. Le corps humain subit tant de coups, tant de traumatismes, avant de se mettre à crier *Ça suffit !*

Même alors, il est difficile de le soigner, parce qu'en tant qu'athlète, nous avons du mal à l'admettre. Même lorsque vous savez qu'il est temps, vous refusez de croire que votre corps est rompu. Votre mental est fort, donc vous continuez, pendant autant de saisons que possible. Vous prenez des antalgiques pour pouvoir tenir : Paracétamol, Ibuprofène, Tramadol, injections de cortisone : tout ce que peut vous donner le toubib. Après le match, nous avalons des somnifères ou du Diazepam au cas où l'effet des somnifères se dissiperait pendant la nuit lorsque nous essayons de récupérer.

Avec toutes les blessures que j'ai eues, je devrais être heureux de faire mon dernier match, mais en fait, au plus profond de moi, c'est loin d'être le cas. Je ne sais pas ce que je vais faire après. Crise de la quarantaine, me voilà ! C'est comme si je quittais à nouveau la maison familiale, j'abandonne le confort d'un sport d'équipe, je laisse les copains que j'ai appris à considérer comme mes frangins, je laisse l'engagement, la camaraderie, le style de vie, la sensation de faire partie de quelque chose de plus grand que moi. Je me sens vide.

Arrête avec ça ! Tu savais que ça allait arriver un jour, et il y a plein d'autres choses à faire dans la vie que jouer au rugby.

J'ai une vie avec Anna. La vie en dehors des terrains, elle aussi, est agréable.

Mais qu'est-ce que je vais bien pouvoir faire ?

Il faut que je me détende. L'équipe de mon jubilé, les gens qui organisent l'événement, ont fait tout ce dur boulot pour moi. Ils ont mis au point tous les détails du repas d'après-match. La seule chose que je doive faire, c'est de me montrer pendant les deux dernières semaines d'entraînement, bosser avec les gars et apprécier le jeu. Mon équipe et l'équipe adverse seront composées d'amis, de coéquipiers et d'anciens coéquipiers. Ce sera génial.

Mon dernier match. Cela me paraît si étrange.

Je sais qu'il est normal de ressentir ça, parce que je n'ai jamais connu autre chose que le rugby. C'est une institution.

Toute ma vie d'adulte a été consacrée à ce sport, à ce mode de vie.

Je continue à essayer de me sortir tout ça de la tête. Quel être humain a besoin de critiques quand il lutte tous les jours contre lui-même ? Je suis parfois mon pire cauchemar. Je vous le jure, pratiquer ce sport nous rend tous dingues. Sans doute trop de coups sur la tête. Je plaisante. Enfin, plus ou moins.

Je suis sûr qu'Anna analyserait tout ça pour moi si je lui en parlais. Mais ça me semblerait une trop grande faiblesse de partager avec elle toute cette merde que j'ai dans la tête. Il faut que je me concentre sur le moment présent et que j'arrête de gamberger.

Il ne me reste plus qu'une quinzaine de journées d'entraînements en équipe.

Je suis nerveux, mais pas comme d'habitude. Lors d'un jubilé, il nc s'agit pas de gagner ou de perdre, mais bien de respect et d'honneur entre frères.

J'ai déjà joué des jubilés pour d'autres joueurs. Voilà qu'à présent, je rejoins la liste des retraités.

Il n'y a pas de trophée, pas d'espoir de victoire, pas de crainte de perdre, il s'agit juste de faire une performance remarquable.

De qui est-ce que je me moque ? Je joue pour gagner. Toujours.

CHAPITRE

1

Toute cette semaine, les sessions d'entraînement se sont bien passées. Les potes du jubilé de Nick étaient contents de se retrouver en compagnie de leurs anciens coéquipiers et de leurs rivaux, de retour là où ils avaient vécu les moments les plus intenses de leur carrière. Certains jouaient encore en professionnels, mais les autres jouissaient déjà de leur retraite, si c'est bien ainsi qu'on dit. Des hommes en pleine forme, des trentenaires, tous à la retraite. Mais l'esprit de compétition ne les a jamais quittés, même après avoir abandonné le jeu pro.

Peut-être qu'être joueur de rugby est comme un rite de passage au cours duquel le sport devient votre identité, votre peau, plonge dans votre ADN et ne vous lâche jamais plus.

Nick sent que toute son identité est liée au sport qu'il aime depuis si longtemps.

Il secoue la tête pour repousser les pensées tordues qui tournent et retournent dans sa tête.

Ça suffit ! Je deviens sentimental en vieillissant, se dit-il en soupirant.

Il jette un coup d'œil au vestiaire avec fierté et gratitude. Ses amis, ses collègues et ses anciens coéquipiers sont en train d'enfiler leurs shorts, leurs maillots et leurs crampons et… c'est quoi, ce bordel ?

Il jette un second coup d'œil sur un visage sorti du passé : celui de Kenny Johnson.

Avec une bouffée de colère qui lui coupe la respiration, Nick est renvoyé au jour où Kenny a détruit leur amitié et sa confiance, quand il l'a surpris en train de baiser avec sa petite amie. Son témoin et sa fiancée.

Pendant un quart de seconde, le sentiment de trahison est à nouveau net et violent.

Il fixe son ancien ami, Kenny qui s'avance, l'air un peu inquiet comme si Nick allait se jeter sur lui et le rouer de coups. Un acte qui a conduit Nick devant les tribunaux cinq ans plus tôt, avec un casier judiciaire en prime.

Kenny a brisé le code.

Nick regarde son nez cassé, son air usé, fatigué, surpris de lire du remords dans le regard de Kenny. Nick pense à ce qu'il a dû lui en coûter de venir aujourd'hui dans la fosse aux lions.

Les deux hommes ferment les yeux. Des milliers de mots non dits emplissent l'espace, puis Nick pousse un long soupir.

Finalement, Kenny a rendu un fier service à Nick en lui prouvant que Molly était une menteuse et une tricheuse. Cela a aussi permis à Nick d'avoir une relation avec Anna, et ça, c'est incomparable. Il aime Anna de toute son âme. Molly n'est rien d'autre qu'une tache sombre dans sa mémoire.

Il ne les a pas revus depuis des années, ni l'un ni l'autre.

Un autre joueur aperçoit Kenny et s'écrie :

– Ken, espèce de dingue ! Qu'est-ce que tu fais ici ?

Kenny lui adresse un sourire forcé.

– Hé, les gars, vous avez l'air d'avoir la forme. Certains d'entre vous l'ont toujours, et d'autres ne l'ont jamais eue, hein ?

– Va te faire foutre, Ken, espèce de gros pudding ! lance Tufty, qui a pris au moins dix kilos depuis qu'il est à la retraite. Je vais te montrer de quoi je suis capable.

– Dans tes rêves, espèce de grosse saucisse !

Kenny s'est retourné et son sourire s'évanouit devant la mine renfrognée de Nick.

– Tu as un moment pour qu'on parle, Nick ?

Nick lit l'espoir sur son visage, et les regrets. Il se rappelle qu'ils ont été amis, meilleurs potes, avant que Kenny le trahisse. Il décide qu'il a envie d'entendre ce que l'autre a à dire ; comme tous autour d'eux dans le vestiaire, au vu des regards en coin et des coups d'œil en douce. Tout le monde sait ce qui s'est passé entre Nick et Kenny.

Nick hoche la tête.

– Bien sûr, allons faire quelques pas.

Puis, en se tournant vers les autres :

– Les potots, rencontre au sommet ! Je vous retrouve au club-house, la première pinte est pour moi.

Nick quitte la pièce, suivi de Kenny, ils se dirigent vers les gradins en fixant le grand stade et ses rangées de sièges vides.

Le silence devient gênant, mais Nick attend que Kenny prenne la parole.

– Je n'ai jamais eu l'occasion de jouer ici, commence Kenny, hésitant, émerveillé. (Nick peut discerner de la mélancolie dans sa voix.) Ce n'est pas comme toi. Tu as eu une carrière extraordinaire, tu as toujours été le meilleur. (Il a un rire triste.) Mais ce n'est pas pour ça que je suis ici. (Il soupire.) Cela fait longtemps…

Nick hoche la tête, mais ne dit rien.

Kenny grimace et bafouille. Ses mots sortent lentement, maladroitement.

– Je sais que je ne suis pas la personne que tu préfères. Je ne t'en voudrais pas de me haïr. Si ça avait été dans l'autre sens, eh bien, je ne t'aurais pas tendu la main.

Nick se retourne.

– Jamais je n'aurais fait ça à un ami, dit-il calmement mais fermement. Pour moi, l'amitié ça veut dire quelque chose, ce n'est pas que des mots.

Kenny baisse les yeux en enfonçant ses mains dans ses poches et en remuant ses pieds.

– Je le sais. Crois-moi, je le sais.

Et il lève les yeux pour regarder bien en face le visage de marbre de Nick.

– Je voulais juste m'excuser pour ce qui est arrivé. J'aurais dû le savoir, j'aurais dû être quelqu'un de mieux. Je ne suis pas parfait, mais qui l'est ? Nous faisons tous des erreurs, et ce fut la pire de toute ma vie, j'ai perdu mon meilleur ami.

Il se voûte.

– Quoi qu'il en soit, ce que je veux dire, c'est que le passé, c'est le passé. Et je ne peux rien y changer, sauf tenter d'arranger les choses autant que possible. Je suis tellement désolé pour ce que j'ai fait. Je le regrette chaque jour.

Il se redresse un peu.

– Je suis venu parce que je veux jouer, je veux t'exprimer mon respect pour ta carrière en participant à ton jubilé.

Il marque une pause.

– Si tu veux bien de moi ?

Nick hésite. Deux possibilités s'offrent à lui. Il peut continuer à détester Kenny pour ce qu'il lui a fait cinq ans plus tôt, ou bien il peut accepter ses excuses et passer à autre chose. Ce ne sera plus jamais comme avant, mais le temps est peut-être venu de laisser tomber.

– Ouais, dit lentement Nick. Ça fait un bail, Ken. On se connaît depuis tellement longtemps. Je ne suis pas rancunier, mais ce que tu m'as fait et ce qui m'est arrivé à cause de toi ne peut être effacé. Nous ne pouvons plus revenir en arrière, la confiance a disparu.

Kenny baisse la tête, rouge de honte.

Nick respire un bon coup.

– Je ne peux plus jouer à tes côtés, jamais plus nous ne serons coéquipiers, mais je te suis reconnaissant d'avoir accepté de participer. Je suis sûr que le coach sera heureux de t'avoir dans l'équipe adverse. Je lui dirai que tu es disponible. J'accepte tes excuses.

Kenny déglutit lorsque Nick lui tend la main.

– Merci, mon pote. C'est… eh bien, merci.

– Je suis dans la bonne position à présent, dit calmement Nick pendant qu'ils se serrent la main. Je pense que les choses n'arrivent pas sans raison.

À la fin de la semaine suivante, Brian Noble, le coach qui a accepté d'entraîner les équipes pour le jubilé, les a tous rassemblés. Y compris Kenny.

– C'est la dernière session. Bien joué, les gars. Ce fut un plaisir de travailler avec vous pendant ces deux semaines. Je suis impressionné… et surpris de voir comment certains d'entre vous se sont comportés lors des derniers jours d'entraînement.

Il pointe le groupe d'anciens joueurs qui ont arrêté depuis un moment, et ils se mettent à rire en lui balançant leurs serviettes à la tête.

– Twickenham va jouer à guichets fermés pour notre Nick, donc s'il y a un endroit pour que les anciens coéquipiers règlent leurs comptes, c'est bien sur le terrain, devant un stade bondé.

Kenny rit avec les autres, mais Nick remarque qu'il grimace légèrement.

Ça a été une semaine difficile pour lui, et certains des coéquipiers de Nick lui ont fait passer de mauvais quarts d'heure, mais il a encaissé.

– À samedi !

Nick arrive au stade plus d'une heure avant les autres joueurs. Anna lui a proposé de l'accompagner, mais elle a très bien compris lorsqu'il lui a répondu qu'il avait besoin de faire ça tout seul.

L'écho de ses pas résonne dans les couloirs vides qu'il traverse, submergé par tous ces souvenirs incroyables.

Les foules, les supporters, l'atmosphère électrique, les émotions, le sentiment de fierté et d'accomplissement, le fait d'avoir gagné la Coupe du monde par deux fois, l'acmé de sa carrière. Et voilà que c'est la dernière fois qu'il va jouer ici. Ça lui paraît irréel.

Le vestiaire sent l'odeur de pin du désinfectant. Les maillots de l'équipe sont déjà accrochés à leurs places. Nick arpente la pièce, il les touche avec un sentiment de respect mêlé de tristesse. Dès demain, il n'en sera plus. Si jamais il revient un jour, ce sera en spectateur, plus en tant qu'acteur. Il va être mis sur la touche pour le restant de sa vie. Lorsqu'il arrive face au maillot 17, son maillot, il s'assied, la tête pleine de sombres pensées. Les souvenirs remontent à la surface.

Il s'efforce de se concentrer sur le match d'aujourd'hui. Il est réellement excité de jouer. En théorie, le match devrait être plus facile que ceux des compétitions, mais il sait que dès que le premier plaquage, ils voudront tous gagner la partie.

Il attrape son sac et en sort ses Speedo porte-bonheur. Ils sont un peu usés parce qu'il les a portés à chaque match depuis qu'Anna les lui a offerts. Il va encore les porter aujourd'hui.

Lorsqu'il les déplie, un mot tombe sur le sol. Il le ramasse, défroisse le papier et lit le texte manuscrit.

Nick chéri,

Profite de cette journée, mon amour. Tu le mérites. Tu as travaillé si dur pour y parvenir, sur le terrain comme en dehors. Sois toi-même. Sois incroyable.

Je t'aime. Je t'aime.

À +

PS : Ne te blesse pas !

Il sourit en lisant le post-scriptum. Non, il ne va certainement pas se blesser aujourd'hui. Ce message lui procure un petit moment de paix, quelques secondes de calme dans ce qui va être une journée dingue.

Le vestiaire commence à se remplir, d'abord les kinés, puis les autres joueurs. Pendant les quelques heures qui précèdent le match, Nick n'a plus une seconde pour réfléchir. Il a des interviews avec la presse, il doit saluer et se rappeler les bons moments avec des amis et d'anciens coéquipiers, les joies et les peines de moments vécus ensemble, toute une vie partagée.

Eddie Jones, l'entraîneur de l'équipe d'Angleterre, est là, ainsi que les amis des Phoenix, Jason Obuda aussi, qui aurait dû jouer mais qui souffre d'une blessure à l'aine. Le jeune Ben Richards, la nouvelle recrue des Phoenix, est présent, timide et silencieux. Nick trouve ça bien de faire jouer un jeunot, c'est sans doute une façon de passer le flambeau.

Il échange quelques mots avec le directeur général du West Bowing RFU, le club amateur dans lequel il jouait enfant. Il va leur donner cent mille livres de la recette.

L'homme lui serre vigoureusement la main, ses yeux brillent d'émotion.

– Merci beaucoup ! Cela nous touche tellement que tu te sois souvenu de nous. Tous les mômes que nous allons pouvoir aider avec cet argent, tu ne peux pas savoir ce que ça signifie !

Nick hoche la tête, embarrassé, parce qu'il sait très bien ce que représentent cent mille livres pour un petit club amateur. Il est heureux de pouvoir faire ce don, mais honnêtement, cela ne lui pose aucun problème. C'est ça ou le donner au fisc.

Un joueur a le droit de garder une certaine somme sur la recette de son match de jubilé, mais au-delà, il devient imposable. Nick préfère que l'argent aille à son ancien club. Mais le reste de la recette lui revient et est censé durer le restant de sa vie.

On dirait qu'aujourd'hui la moitié de la planète veut lui serrer la main : d'anciens coéquipiers, quelques célébrités, des amis, des rivaux, et bien entendu Kenny. Le type est toujours un connard, mais Nick lui a pardonné, et ça lui fait du bien. Il sourit à Nick, puis s'approche pour lui serrer la main.

Il lui manque deux dents, probablement à cause d'un coup reçu pendant un match.

– Transmets mon bonjour à Anna.

Nick fronce les sourcils tout en lui serrant la main.

– Tu pourras la saluer toi-même plus tard, mais je ne peux pas te promettre qu'elle ne te filera pas un pain dans la tronche, mon pote.

Kenny rigole, puis part se changer.

Le niveau sonore du vestiaire monte progressivement en même temps que l'excitation et l'anticipation. Pendant que personne ne le regarde, Nick avale un Tramadol avec un peu d'eau, en massant son épaule douloureuse. Tellement de blessures, tellement d'opérations ! Il devrait être content que cela s'arrête.

Le coach demande à tout le monde de se calmer.

– Eh bien, les gars, vous savez tous pourquoi vous êtes ici. Je vais vous laisser une dernière fois entre les mains de votre capitaine, Nick Renshaw.

Une acclamation retentit et Nick sourit à la mer de visages attentifs qui le fixent.

– Merci de jouer aujourd'hui, les potes. J'apprécie vraiment votre soutien. Je sais que vous n'êtes pas payés pour ça, et que moi je le suis.

Tout le monde se met à rire.

– Je sais que c'est une rencontre amicale, mais soyons honnêtes, un match de rugby amical, ça n'existe pas.

Il y a des signes de tête, des sourires et des approbations autour de lui. Nick esquisse un sourire sardonique.

– Et le premier qui dégomme Kenny aura droit à mille livres.

L'expression de Kenny n'a pas de prix, enfin ça vaut bien les mille livres.

– Toute blague à part, prenez votre pied et offrons un vrai spectacle aux fans. Oh, et au fait, personne n'a le droit de me tacler.

Puis, dans un dernier éclat de rire et en se tapant dans le dos, ils quittent le vestiaire.

Nick pénètre sur le terrain en tenant par la main deux jeunes mascottes âgées de dix ans, des mômes de son ancien club amateur. Leurs regards pleins d'admiration lui rappellent encore tout ce qu'il est en train de quitter. Le vacarme sur le terrain est plus fort que celui d'un train fonçant sur lui, plus fort que celui d'un tsunami en train de déferler. Depuis la pénombre du tunnel, il observe les pom-pom girls qui dansent sur « Let's get ready to Rumble[1] » et se met à sourire.

Seigneur, comme tout ça va me manquer !

Puis, alors que les équipes s'avancent au milieu du terrain, la musique change pour « Heroes » de David Bowie, l'hymne des Phoenix, l'équipe de Nick durant les quatre dernières années. Un immense cri monte de la foule, un véritable mur de son couvre la musique, les quatre-vingt-deux mille supporters, debout, hurlent : « Ren-shaw ! Ren-shaw ! Ren-shaw ! »

L'émotion submerge Nick.

Ils sont ici pour moi...

Cela ne semble pas réel. Il salue la foule, les cris se transforment en hurlements.

C'est incroyable, complètement stupéfiant.

Nick a joué des matchs à guichets fermés, des matchs nationaux, des Coupes du monde, mais il n'a jamais éprouvé ça, *et je ne l'éprouverai jamais plus*.

Le mélange d'émotions est difficile à décrire et encore plus difficile à surmonter. C'est intense. Son cœur bat à toute allure, sûr que la fierté qu'il ressent à cet instant durera toute sa vie.

Il jette un coup d'œil en direction de l'endroit où Anna et sa famille sont assises. Il l'aperçoit qui s'agite comme une folle

---

1. Chant traditionnel d'avant-match, dont le titre signifie quelque chose comme « Préparons-nous à la castagne ». (NdT, ainsi que pour les notes suivantes)

en sautant sur place, la bouche grande ouverte comme si elle chantait avec la foule.

Incapable de supporter ça plus longtemps, submergé par ses émotions, Nick court se mettre en position. L'arbitre donne le coup d'envoi.

Deux heures plus tard, Nick dégouline de sueur, ses poumons se soulèvent fébrilement. Il regarde ses fans qui se lèvent, qui l'applaudissent et l'acclament, qui crient tous son nom une dernière fois : « Ren-shaw ! Ren-shaw ! Ren-shaw ! »

L'animateur lui fait signe de le rejoindre et lui tend le micro. Sa voix résonne dans le grand stade.

– C'est un grand match aujourd'hui, Nick ! Quelle belle façon de tirer sa révérence ! Je parie que vous ne pouviez pas rêver mieux, liquider Twickenham ! Ça vous fait quoi de terminer votre carrière ici ?

Nick ferme brièvement les yeux, chamboulé par d'intenses émotions confuses. Il s'efforce de se concentrer, de faire ce que l'on attend de lui.

– Merci, Jim. Merci pour ces paroles sympathiques. Avant tout, j'aimerais remercier tous ceux qui sont là aujourd'hui, les supporters, les entraîneurs, les joueurs, c'est chouette de voir des visages anciens et quelques nouveaux aussi. Un énorme merci à tout mon board, tous les organisateurs qui ont rendu cela possible. Je ne sais pas vraiment ce que je ressens : cet endroit, ce terrain. J'y suis venu tout môme, puis en adulte, j'y ai gagné deux Coupes du monde…

Des applaudissements éclatent et Nick doit attendre que les acclamations s'apaisent pour pouvoir poursuivre.

– C'est difficile de croire que je ne reviendrai plus. J'ai eu une carrière merveilleuse et beaucoup de chance. Il faut être plus d'un pour gagner un match, et j'ai eu une grande équipe qui m'a soutenu, et pas seulement les autres joueurs. Je voudrais remercier mon directeur, ma famille, mon entraîneur, Eddie

Jones, et tous les autres, trop nombreux pour les citer mais qui se reconnaîtront. Merci !

Nick fait un signe de la main aux fans, et la foule scande de nouveau son nom, pour la dernière fois.

Lorsque Nick quitte le terrain, tous les autres joueurs lui font une haie d'honneur devant le tunnel en l'applaudissant et en lui donnant des tapes dans le dos. Ceux qui sont déjà passés par là savent ce qu'il ressent. Les joueurs plus jeunes profitent simplement de l'euphorie d'après-match.

Nick regrette de ne pas avoir cinq minutes de silence pour reprendre ses esprits, mais c'est impossible.

Il regarde la loge de sa famille et voit Anna avec sa sœur et ses parents qui lui font tous de grands signes. Même à cette distance, il peut voir qu'Anna pleure en lui envoyant des baisers.

Il lui fait un signe de la main en retour, jette un dernier regard au stade qui a été son deuxième foyer, puis se dirige vers les vestiaires.

Il est temps d'alterner une série de douches chaudes et de bains glacés pour accélérer le processus de guérison de ses micro-traumatismes musculaires.

Il n'a pas besoin de kiné puisqu'il n'a pas été blessé, Dieu merci. Anna aurait été furieuse s'il avait quitté le terrain en boitant.

Au lieu d'enfiler des vêtements décontractés, il passe un costume, une chemise blanche et une cravate sombre. Il range son maillot sale, le numéro 17, dans son sac. Il décidera plus tard ce qu'il va en faire. Certains joueurs ont gardé le leur, d'autres l'ont vendu aux enchères pour des œuvres de charité.

Puis, en compagnie de ses coéquipiers, il se dirige vers le bar. Sur le chemin, il est arrêté par des gens qui veulent lui serrer la main ou lui faire une grande claque dans le dos. Il sourit en entrant enfin dans le bar.

La première personne qu'il voit, c'est son ex-fiancée. Une femme qu'il méprise.

– C'est quoi, ce bordel ?

Molly McKinney lui sourit, ses yeux bleu glacier sont aussi froids que sa personnalité.

Ce nom fait remonter bien des souvenirs en lui. La plupart sont mauvais. Les magouilles de l'ex-fiancée de Nick, les infos qu'elle a monnayées avec la presse sur sa relation illicite avec Nick qui ont entraîné la fin de la carrière d'Anna en tant que psychologue sportive.

Anna travaillait pour les Phœnix en même temps que Nick, et les contrats avec le club comportaient des clauses de non-fraternisation. Dès que leur relation a été dévoilée, elle a été renvoyée.

Anna a également passé une nuit en prison à cause des mensonges de Molly. Il a été prouvé que tout était faux, mais le mal était déjà fait.

Molly avance vers lui en se déhanchant. Ses seins sont encore plus énormes que la dernière fois qu'il les a vus. Ils jaillissent pratiquement de la robe bleu électrique qu'elle porte.

– Hé Nicky, super-match ! Tu as été formidable !

Elle fait mine de l'embrasser, mais Nick esquive, estomaqué. Sa bouche se tord de dégoût. C'est bien la dernière personne qu'il s'attendait à voir ici.

– Tu es venue voir Kenny ? lui demande-t-il.

C'est somme toute assez logique, mais Molly rougit et plisse les yeux.

– Tu veux rire ? Ce loser ! Je suis venue pour toi, Nicky. Le bon vieux temps et tout ça… on était bien ensemble.

Heureusement, la cavalerie, à savoir Anna et Brendan, arrive avant que Molly puisse continuer à bassiner Nick.

– J'adore tes nouveaux lolos, l'attaque Brendan. Fais quand même gaffe en sortant que la porte soit assez large pour ton look à la Kim Kardashian.

– Que fait-elle ici ? chuchote Anna.

Nick secoue la tête d'un air sidéré.

– Je n'en ai pas la moindre idée.

– Je serais ravi de la foutre dehors, elle et son cul maigrichon, propose Brendan.

Pendant une seconde, Nick est tenté par cette éventualité, mais il finit par refuser.

– Bah, elle ferait une scène. Ignorons-la, tout simplement. Elle sait qu'elle n'est pas la bienvenue.

Il jette un coup d'œil et s'aperçoit que Molly a été entraînée dans un coin par Kenny qui ne semble pas vraiment heureux de la voir, lui non plus. Ils ont débuté une conversation animée, et elle lève une main pour le repousser.

– Je préfère vraiment que ce soit lui que moi, murmure-t-il.

Puis quelqu'un lui tend une coupe de champagne et Nick oublie Molly. Les boissons arrivent les unes après les autres sur sa table et les deux verres de vin qu'il a prévu de boire ne sont bientôt plus qu'un lointain souvenir. Les gens continuent à lui offrir à boire : des shots, des bières, du vin, une autre bouteille de champagne.

Il remercie tous ceux qui lui offrent à boire, mais il passe les verres aux autres joueurs qui les éclusent tous assez vite.

Il goûte à peine à l'entrée/plat/dessert du repas, et plus tard, il n'arrive plus à se souvenir de ce qu'on lui a raconté.

C'est alors que les toasts commencent. Tous les regards se tournent vers lui. Nick a bu un verre, puis un autre, et un autre encore. Il a dépassé depuis longtemps sa limite de deux boissons, quand tout commence à devenir flou. Il aurait dû s'arrêter, il le sait très bien, mais à présent, il s'en fiche. Ça fait longtemps qu'il n'a pas bu autant, Anna le regarde d'un air inquiet. Elle ne peut reprocher à personne de vouloir offrir un verre à Nick, très peu de gens sont au courant qu'il a eu un sérieux problème avec l'alcool plus tôt dans sa carrière.

Elle ne dit rien, mais lui donne des coups de pied dans les tibias. Nick se contente de lui sourire, le regard vide.

Le présentateur organise les discours, remercie tout le monde, puis évoque les points forts de la carrière de Nick et lui présente les clés d'une Range Rover Sport flambant neuve, un cadeau de ses sponsors.

En retour, Nick dit quelques mots et parvient à remettre son chèque de cent mille livres à son ancien club amateur.

– *Adios amigos !* lance-t-il soudain. Adieu la carrière, bonjour la retraite !

Anna récupère les clés de la nouvelle voiture, puis passe un bras autour de sa taille.

– Bien joué, bébé. Je suis fière de toi. À présent, repose ce verre et viens poser ton petit cul dans un taxi. Mon Dieu, tu vas vraiment déguster demain matin.

Ses paroles sonnent vrai.

CHAPITRE 2

Trois mois plus tard…

Anna regarde son téléphone portable pour la quinzième fois.

Où est-il ? Mais où peut bien être Nick ?

Elle est inquiète. Pendant les mois qui ont suivi son jubilé, Nick est devenu plus calme, plus distant de jour en jour. Bien sûr, cela représente un énorme changement pour lui de dire adieu au sport dans lequel il a connu tellement de succès, où il a passé tant d'années heureuses et enrichissantes. Et il dit adieu au soutien qui a structuré toutes ses années d'adulte, pratiquement toute sa vie, en fait.

Elle se rend compte que ses coéquipiers lui manquent, que l'appartenance à quelque chose de plus grand que lui lui manque. Mais ça lui fait mal de se dire que ce qu'ils vivent ensemble ne suffit pas à combler le vide de sa vie. Elle avait espéré le contraire… mais elle s'est trompée.

Il faut que je lui laisse plus de temps.

C'est devenu son nouveau mantra, pour elle comme pour lui. Peut-être que si elle lui laissait le temps et l'espace nécessaires pour se redécouvrir une passion… pour quelque chose, ils seraient capables d'aller de l'avant. *Peut-être, peut-être, peut-être.*

Ils en ont parlé, ils ont envisagé sa vie après le rugby. Au début, il avait l'air tellement enthousiaste, tellement avide de nouveauté. Il a reconnu que le rugby a été son principal centre d'intérêt pendant vingt-quatre ans, depuis qu'il était môme, et professionnellement pendant seize ans. Mais ces derniers temps, il est différent, plus calme, presque déprimé. Elle n'arrive même plus à se rappeler la dernière fois qu'il a joué de la guitare. Son unique activité, c'est l'entraînement, mais sans aucun but précis.

Voilà qu'à présent il a disparu, elle n'arrive pas à le joindre. Nick lui a dit qu'il sortait faire un tour, mais cela fait des heures qu'il est parti et il n'a répondu à aucun de ses textos ni à ses messages vocaux.

Où est-il ? Que signifie cette disparition soudaine ?

Anna fixe son téléphone portable en se demandant qui elle peut appeler. Est-ce qu'il est chez un de ses vieux potes et a perdu la notion du temps ? Si Fetuao Tui était encore là, Nick serait allé le voir, mais il est parti jouer dans une équipe en Nouvelle-Zélande pour être plus proche de sa famille, il est donc à l'autre bout du monde. Après son opération des ligaments croisés, Gio Simone est rentré chez lui à Pérouse, dans le centre de l'Italie. Elle n'a donc aucune raison de lui demander, à lui non plus, s'il a vu Nick.

Finalement, elle décide d'appeler Jason Obuda qui passe la dernière année de sa carrière chez les Phœnix de Finchley, l'équipe où lui et Nick ont joué ensemble.

– Oh Anna ! Je suis content d'avoir de tes nouvelles ! Ça fait un bail ! Comment va notre pote ? Il a dit qu'il viendrait nous voir jouer, mais je suppose qu'il est trop occupé à profiter de sa retraite et qu'il ne veut pas se blesser, hein ?

Et il éclate de rire.

Le ventre d'Anna se noue d'angoisse.

– Il… il n'est pas venu vous voir jouer ? Pas même une fois ? Mais il m'a dit qu'il avait…

Ses paroles s'évanouissent, remplacées par un silence gênant, jusqu'à ce que Jason finisse par répondre.

– Non, ma belle, aucun de nous ne l'a vu. On pensait que vous… on pensait que vous étiez occupés, alors… eh bien, il nous a peut-être observés depuis les tribunes. Je ne sais pas. Désolé, Anna. Je ne sais pas quoi te dire.

La gorge d'Anna se serre, elle a l'impression de ressentir sa pitié à travers le téléphone. Trois fois de suite, Nick lui a dit qu'il allait voir jouer son ancienne équipe, et visiblement, il ne s'est pas montré au stade de Hangar Lane. Alors, où est-il allé ? Pourquoi lui a-t-il menti ?

Anna réalise soudain qu'elle serre toujours son téléphone dans sa main.

– Oh, d'accord. Merci, Jason. J'espère que tout se passe bien chez vous. Vous nous manquez.

– Ouais, ouais, vous aussi, doc. Salue Nick pour moi. Dis-lui de passer nous voir. Salut, ma belle.

– Au revoir.

Elle arpente la cuisine. *Où est-il ?* En se mordillant la lèvre, elle décide d'appeler la sœur de Nick, Trish. Elle a toujours été présente quand Nick avait besoin d'elle, et elle est également devenue une véritable amie pour Anna.

Elle répond à la deuxième sonnerie.

– Hé ! Comment va ma belle-sœur préférée ?

Anna a un petit rire. Elle est fiancée à Nick depuis un bon moment déjà, mais ils ne parlent toujours pas de se marier.

– Je suis la seule, que je sache !

– Beuh, oublie la sémantique ! Comment vas-tu ? Et comment va mon gros lourdaud de frangin ?

– Hum, c'est de ça que je voulais te parler.

Trish pousse un soupir.

– Qu'est-ce qu'il a encore fait, cet idiot ?

Anna se laisse tomber dans le profond canapé du salon.

– Ce n'est probablement rien. Il est sorti depuis des heures et je n'ai aucune nouvelle de lui. Il a dit qu'il allait se balader, mais il ne répond pas à mes textos ni à mes appels. J'ai même appelé Jason qui ne l'a pas vu depuis des mois, alors que Nick m'a dit la semaine dernière qu'il allait voir jouer les Phœnix. Je ne sais plus quoi penser, Trish.

Elle a les yeux remplis de larmes.

– Quelques heures, ce n'est pas si grave, dit doucement Trish.

– Je sais. Je surréagis. Je voudrais juste… Il est tellement différent, ces derniers temps. Calme et… Nous savions tous les deux que ce serait difficile pour lui d'être à la retraite. Il n'a que trente-trois ans après tout. Je sais qu'il a du mal, mais je m'inquiète pour lui.

Anna a fait des études de psychologie du sport. Elle connaît parfaitement les pressions que subissent les athlètes professionnels, la peur permanente de la blessure qui marquera la fin de leur carrière, la transition difficile du passage à la retraite à un âge où la plupart des gens sont au top de leur carrière, l'absence d'un but tangible à laquelle il doit faire face chaque matin. Elle sait tout cela, mais vivre aux côtés d'un homme à qui cela arrive est très différent que de recevoir, lors de séances hebdomadaires, quelqu'un qui n'a pas la possibilité de lui briser le cœur.

– Le rugby lui manque, dit simplement Trish.

– Je sais. Mais je ne sais plus comment l'aider.

– Tu l'aides, Anna, répond Trish très vite. Je sais que tu n'en as peut-être pas l'impression, mais tu l'aides. Il a juste besoin de temps. Ne lâche pas l'affaire.

– Pas question !

Trish a un petit rire en sourdine.

– Je sais, ma chérie. Je sais que tu ne renonceras jamais. Accroche-toi.

Anna pousse un soupir.

– Bon, si jamais tu as de ses nouvelles…

– Je lui dirai de ramener ses fesses à la maison.

Anna raccroche et regarde dans le vague. Progressivement, son regard se reconcentre et elle se lève, l'air décidé. Elle s'est suffisamment apitoyée sur elle-même, à présent il faut qu'elle réagisse.

Elle ramasse les tasses à café sales sur la table basse, les emporte à la cuisine, puis les dépose dans l'évier. Elle se dirige vers le bureau de Nick où elle en ramasse deux autres. Il semble en semer partout derrière lui dans la maison. Il boit beaucoup trop de café et…

Anna s'arrête, fixe le bureau nouvellement décoré de Nick, qui a été jusqu'à peu une chambre d'amis. C'est un des projets qu'ils ont mené à bien ensemble après qu'il a quitté le circuit du rugby professionnel.

Le papier peint bleu et rose a été décollé, et la vieille moquette à fleurs a été arrachée et jetée. À présent, les murs sont nets et blancs et le lit double a été remplacé par un bureau noir tout simple, très masculin. Sur un mur sont encadrées des photos de Nick en action, son mur de trophées, comme l'appelle Anna. Il y a des photos de lui présentant ses respects aux princes William et Harry et celle où il soulève la Coupe du monde devant quatre-vingt-deux mille supporters à Twickenham. Il y a des photos de lui en plein vol ou marquant un essai ; des photos de lui sautant très haut, les mains en avant, son corps splendide et musclé tendu, son beau visage exprimant la concentration et la volonté.

Le rugby lui manque…

Tout à coup, Anna sait avec certitude où trouver Nick. Il y a deux endroits où il aurait pu aller, mais comme Jason lui a dit qu'il ne l'a pas vu, cela limite les possibilités.

Anna ramasse les clés de voiture dans une coupelle près de la porte d'entrée et sort en courant. Le ciel s'assombrit, de gros nuages pourpres le traversent à toute allure. La brise de l'après-midi s'est transformée en un vent violent qui transperce ses vêtements légers.

Elle tremble, mais ne prend pas le temps de rentrer enfiler une veste pour autant. Elle saute dans la Range Rover Sport de Nick qui, à son avis, est bien trop grande pour circuler dans Londres. Mais Nick l'aime beaucoup. En outre, ses sponsors la lui ont offerte comme cadeau de départ à la retraite. Elle recule avec précaution le long de la courte allée en se rappelant, même après toutes ces années passées au Royaume-Uni, qu'il faut rouler à gauche.

Au loin, elle aperçoit l'espace dégagé de Hampstead Heath, la raison principale pour laquelle ils ont acheté cette maison. C'est un des quartiers les plus chers de Londres, ils auraient pu trouver quelque chose de plus grand en s'éloignant un peu, mais ils adorent tous les deux la proximité du vieux parc de trois cent vingt-cinq hectares, son immense superficie et les mille ans d'histoire qui vont avec. Au moins, aujourd'hui, il n'y a plus de bandits de grand chemin qui s'y cachent pour détrousser les voyageurs imprudents de leurs montres à gousset et de leurs bagues en or. Chaque jour, qu'il pleuve ou qu'il vente, Nick va y faire son footing matinal. Anna, elle, s'imagine aller y pique-niquer en été avec deux ou peut-être trois enfants qui joueraient sous ses chênes séculaires.

En s'efforçant de se concentrer sur la route, elle part en direction du sud-ouest, maudissant la circulation qui est une véritable plaie dans Londres. Il lui faut presque quarante minutes pour parcourir vingt-quatre kilomètres, elle serre les dents pendant les trente-neuf dernières minutes.

Le stade de Twickenham apparaît devant elle, tel un monolithe sombre qui absorbe le dernier rayon du soleil. Anna a l'habitude de le voir à la lumière du jour, vivement éclairé, avec des voitures agglutinées tout autour et des gens qui font la queue pour y pénétrer. Mais aujourd'hui, les tourniquets sont silencieux et seules quelques lumières de sécurité éclairent la pénombre.

Anna se gare sur le parking des joueurs et se dirige vers l'entrée privée, sur le côté, mais elle est fermée et elle ne voit aucun membre du personnel. Elle se sent contrariée et éprouve soudain un fort sentiment de solitude dans l'obscurité de plus en plus prononcée. Elle se dirige vers l'entrée principale en faisant le tour de l'imposante construction.

– Hé, y'a quelqu'un ?

Un agent de sécurité braque sa torche électrique vers elle en la faisant cligner des yeux.

– Madame Renshaw ?

Anna ne se donne même pas la peine de rectifier.

– Oui !

– Désolée, princesse, nous avons eu quelques problèmes avec des vandales ces derniers temps. Vous cherchez Nick ?

Le cœur d'Anna fait un bond.

– Oui, il est là ?

Le garde lui jette un regard étonné.

– Ouais, je l'ai fait entrer il y a deux heures. Il est assis au L33 dans la tribune Sud. Il va bien ?

Anna a du mal à sourire.

– Bien sûr ! Il revit juste ses souvenirs, vous voyez !

Le garde se frotte le menton.

– Ok ! Vous connaissez le chemin. Je vais dire à Bodie et Doyle de vérifier que tout va bien pour vous.

Et il tape sur le micro de la radio qu'il porte sur son uniforme.

– Merci, lui dit-elle, reconnaissante.

Les pas d'Anna résonnent fort dans le couloir vide. Jamais elle ne s'est retrouvée toute seule ici, elle a toujours été entourée, excitée ou nerveuse à cause d'un match ou d'une présentation. Même l'incroyable match de jubilé de Nick s'est déroulé ici.

Or, voilà que le silence et l'obscurité la déconcertent, et les photos des joueurs accrochées aux murs semblent la dévisager, l'observer, la juger. Voir le stade ainsi, vide, comme hanté par les souvenirs, c'est effrayant. Elle marche sur la pointe des pieds, comme si elle n'était pas censée être là. Peut-être est-ce le cas.

Nick avait envie être seul.

Il est assis devant le terrain vide, tous les spots éteints. Les yeux fermés, il se rappelle qu'il est venu, enfant, assister à un match de ses héros, tout en rêvant de faire un jour comme eux et de jouer pour l'Angleterre. Il frotte ses yeux fatigués. Le désespoir l'assaille. Tout ça semble si loin. Mais en avançant dans le temps, voilà qu'il se retrouve à nouveau à la même place.

Il se souvient de ce qu'il s'était juré de réussir, il n'a pas de regrets. Mais c'est tellement difficile de laisser tout cela derrière, de passer à autre chose.

Les rugbymen sont des durs et Nick est frustré de ne pas réussir à digérer et se ressaisir.

Ren-shaw ! Ren-shaw ! Ren-shaw !

Il entend encore les supporters qui l'acclament. Il entend encore le bruit des trente paires de chaussures qui résonnent dans le tunnel lorsque les joueurs entrent sur le terrain, l'entraîneur qui leur fait son speech d'avant-match, le chant de victoire qu'ils entonnent après et les roulements de tambours qui célèbrent l'équipe.

Tous ces souvenirs qu'il n'oubliera jamais.

Je ne remplacerai jamais ça. J'ai le rugby dans la peau, j'ai ça dans le sang, qui irrigue mon cerveau.

Un endroit comme Twickenham ravive tellement de souvenirs. Il sait que chaque joueur passe par là, se demande ce qui va lui arriver ensuite, mais ça ne l'aide pas pour autant. Il doit répondre par lui-même à cette question sous-jacente : *Si je ne suis plus Nick Renshaw, la star du rugby, qui suis-je ? Quel est mon but ?* Pour être tout à fait honnête, ne pas savoir qui ou ce qu'il est l'effraie.

Je ne veux pas qu'Anna me voie dans cet état.

Mais c'est trop tard…

Anna ne sait pas à quoi s'attendre. Elle ne sait pas si Nick sera heureux de la voir. Elle l'aperçoit en avançant en direction de la tribune Sud.

Il est assis dans l'ombre, les coudes sur les genoux. Il regarde le stade vide, il fixe la pelouse silencieuse. Son regard semble lointain, perdu dans le passé, et Anna se demande ce qu'il voit, ce qu'il entend. Les échos des matchs passés résonnent-ils à ses oreilles ? Le rugissement de la foule fait-il battre son cœur en lui rappelant les fantômes de sa gloire passée ? Revoit-il l'instant où il a attrapé le ballon au vol et a remonté la moitié du terrain pour marquer son essai le plus célèbre ? Revit-il le moment où quatre-vingt-deux mille supporters ont scandé son nom ?

Pendant un instant, elle détaille son profil : son nez qui a été cassé par deux fois mais a conservé sa belle ligne droite ; son menton carré, recouvert à présent d'une courte barbe ; les ombres que projette le clair de lune sur ses pommettes saillantes.

Son calme l'effraie. Il semble tellement perdu, lointain. Elle s'avance vers lui, les nerfs à vif, et s'assied à ses côtés, silencieuse et tendue. Il sait qu'elle est là, elle s'en rend compte parce qu'il a légèrement incliné la tête. Et puis, sans ouvrir les yeux, il tend la main vers elle et elle la saisit, reconnaissante et soulagée, les yeux remplis de larmes. Sa peau est fraîche, comme s'il était resté là dans le noir très longtemps. Ils restent assis en silence pendant quelques minutes, main dans la main. Elle attend qu'il lui parle. Elle attend, attend, le cœur un peu plus brisé chaque seconde qui passe.

– Tu m'as manqué, dit-elle enfin.

Pas seulement aujourd'hui. Tu m'as tellement manqué, depuis tellement longtemps.

Il lui serre doucement les doigts, mais ne répond rien.

Ses cheveux sont plus longs, une masse de boucles folles serrées dans un bonnet de laine. L'une de ces boucles s'est échappée et tombe sur son front. Ce petit signe de vulnérabilité, cette douceur sur son visage fermé et son corps dur comme la pierre ont failli lui briser le cœur.

– Tu es prêt à rentrer à la maison ?

Il se tourne vers elle. Ses yeux couleur de miel sont noyés d'ombres.

– Oui, dit-il doucement, allons-y.

CHAPITRE

3

Le retour à la maison se fait en silence. Anna jette quelques coups d'œil furtifs à Nick qui regarde obstinément à travers la vitre.

– Est-cc qu'on s'arrête pour acheter quelque chose à manger ? demande-t-elle, bien que trop tendue pour pouvoir rien avaler.

– Bien sûr.

– Ok, super ! Qu'est-ce qui te fait envie ? Thaï ou indien ? Ou alors ce traiteur français dans High Street ? Ils font des salades divines.

– Ouais, comme tu veux.

– Ça t'est égal ?

– Oui, choisis.

– Ok, dit-elle d'un ton neutre. Super.

Ce n'est pas qu'il l'ignore, mais il n'est pas non plus avec elle.

Elle n'en a rien à faire de cette fichue nourriture. C'est lui qui compte pour elle.

Frustrée, elle dépasse Hampstead High Street sans s'arrêter et poursuit jusqu'à la zone déserte de la Heath. Nick la regarde, intrigué, mais ne dit rien.

– Viens, dit-elle en descendant de voiture, on va se promener.

– Quoi, dans le noir ?

– Oui, répond-elle avec impatience.

Nick hausse les sourcils sans discuter. Elle aurait préféré qu'il le fasse. Elle aurait voulu qu'il réagisse. Elle a du mal à supporter cette version sombre de Nick.

La colère et la peur d'Anna la guident jusqu'au sommet de la Heath où elle s'arrête, haletante. Londres dans toute sa splendeur nocturne brille à ses pieds. Le ciel est rempli d'étoiles et elle frissonne.

– Anna, qu'est-ce qui se passe ?

Pas le moins du monde essoufflé, Nick la regarde l'air inquiet, la tête penchée vers elle.

– Oui, c'est justement ce que je veux savoir ! Qu'est-ce qui se passe ? J'ai parlé à Jason aujourd'hui… commence-t-elle.

Elle n'a pas besoin de terminer sa phrase, Nick a compris exactement où elle veut en venir.

– Oh !

– Oui, Nick ! Oh ! Tu m'as dit que tu allais regarder jouer les Phœnix, et pendant tout ce temps, tu m'as menti ! Alors, qu'est-ce qui se passe ?

– Je ne t'ai pas menti, grommelle-t-il en croisant ses bras sur sa poitrine, comme sur la défensive. Je ne l'ai pas fait.

Anna attend la suite, tout simplement.

– Je les ai vraiment regardés jouer, poursuit Nick. Simplement, je ne suis pas allé à Hangar Lane. Je ne t'ai jamais dit que j'irais. C'est toi qui l'as supposé.

Anna le dévisage, bouche bée.

– Bien sûr que j'ai supposé que tu allais au stade, tu y as joué pendant plus de quatre ans. Autrement, où irais-tu les voir jouer à domicile ?

Nick détourne le regard en grimaçant.

– J'ai dégoté un pub qui montrait les matchs et je les ai regardés là-bas.

Anna écarquille les yeux.

– Mais… pourquoi ?

Nick pousse un soupir en enfonçant ses mains dans ses poches.

– Je ne voulais pas voir les gars.

Anna commence à comprendre. Elle a échafaudé des centaines de scénarios différents depuis que Jason lui a avoué qu'il n'avait pas vu Nick, mais pas celui-là. Et pourtant, d'une certaine façon, elle n'est pas étonnée.

– Pourquoi ne veux-tu pas voir tes amis ? demande-t-elle d'une voix douce.

– Ça va te sembler stupide, murmure-t-il.

– Je veux savoir, c'est tout.

– Je ne fais plus partie de l'équipe à présent, lance-t-il sur un ton amer, plein de frustration. Je suis *out*. J'ai toujours détesté les gens qui entraient dans le vestiaire avant un match, les joueurs à la retraite, les sponsors, les copains qui vous souhaitent bonne chance. Je ne souhaitais qu'une chose, qu'ils foutent le camp pour que je puisse me concentrer sur ma stratégie.

Il passe une main dans ses cheveux, l'air impuissant.

– Je ne veux pas être un de ces types qui courent après leurs heures de gloire passées pendant que d'autres font le job sur le terrain et jouent. Je ne veux pas être spectateur si je ne peux plus jouer au rugby.

Il fronce les sourcils encore plus fort.

– Du coup, je suis allé dans un pub où je n'étais jamais allé auparavant, j'ai enfilé mon bonnet et je n'ai parlé à personne. Je ne voulais pas vraiment voir le match, mais je ne pouvais pas non plus m'en empêcher.

Il lui jette un rapide coup d'œil.

– Et je savais que tu allais me demander comment ça s'était passé.

Anna laisse échapper l'air qu'elle retient dans ses poumons depuis un bon moment.

– Oh Nick ! Je comprends, vraiment. C'est juste… j'aurais aimé que tu me le dises. Ça me fait mal que tu ne me l'aies pas dit.

– C'est parce que c'est pathétique ! s'écrie-t-il, la voix remplie de ressentiment. Seigneur, je sais à quel point c'est pathétique ! J'ai absolument tout, tout ce que je désirais, et je ne peux m'empêcher d'avoir l'impression que… je n'ai rien du tout.

À ces mots, le cœur d'Anna se brise. Elle est détruite. *Je ne suis donc rien ? Ce que nous avons, ce n'est rien ?* Puis elle se secoue mentalement. *Il ne s'agit pas de moi. Je dois simplement enfiler mon costume de psychologue et arrêter de prendre les choses de façon aussi personnelle.* Ce qui est plus facile à dire qu'à faire. Elle comprend. Merde, elle a écrit tout un livre sur ce sujet. Mais ça fait quand même mal.

Elle reste silencieuse, elle n'a pas envie de parler, et Nick, lui, à présent soulagé, ne peut plus s'arrêter.

– Si j'avais essayé de te dire quelque chose, j'aurais eu l'air d'être un monstre d'ingratitude. Je possède une maison que j'ai quasiment terminé de payer, une Range Rover Sport flambant neuve, une montre qui vaut plus que mon premier appart, du fric à la banque, deux apparts en location à Levisham et une pension de retraite. Une putain de retraite ! J'ai trente-trois ans, pas soixante-trois ! Qu'est-ce que je suis censé faire ? Tu peux me le dire, parce que moi, je ne sais pas comment ne rien faire !

– Tu m'as, moi, dit doucement Anna.

– Quoi ?

– Tu m'as moi, tu nous as, nous.

Le visage de Nick s'affaisse.

– Oh merde, Anna, ma puce. Non, je ne voulais pas dire ça. Toi, tu es tout pour moi !

Mais Anna a entendu les mots qui venaient du fond de son cœur. Il a l'impression de ne rien avoir, et il sait qu'en vouloir plus paraîtrait exagéré, cupide. Mais elle sait aussi qu'un homme tel que lui a besoin d'un but pour se lever le matin, c'est indispensable à son équilibre. Et elle ne peut pas le lui offrir.

Elle ne peut pas lui apporter ce dont il a besoin.

Il la prend dans ses bras, ses bras puissants, musclés, et elle pose sa tête contre son épaule pendant que ses mains glissent autour de sa taille, comme d'habitude.

– Je suis désolé, dit-il en pressant ses lèvres contre ses cheveux. Je suis désolé.

– Je suis contente que tu m'en aies parlé, dit-elle en chuchotant presque. J'aurais juste aimé que tu me le dises plus tôt.

Il hausse les épaules d'un air coupable.

– Je suis désolé.

Anna l'est aussi.

Ils rentrent chez eux en silence, sans se toucher, s'arrêtant juste pour acheter une salade de saumon à emporter, même si aucun des deux n'a très faim.

Anna ne se rappelle plus la dernière fois qu'il l'a touchée, la dernière fois que ses mains se sont posées sur elle dans le silence de la nuit.

Nick a compris qu'il avait merdé à la seconde où il a deviné la présence d'Anna à ses côtés dans les gradins de Twickenham. Il s'est senti encore plus mal quand il a vu ses sept appels, ses trois textos sans réponse et ses deux messages vocaux sur son téléphone. Il est vide à l'intérieur, sans sentiments, comme si la marée haute de son jubilé s'était retirée sans qu'il s'en rende compte. Plus rien n'éveille son intérêt : pas le boulot, pas le fait de sortir au restaurant, pas le fait de pouvoir manger tout ce dont il a envie, pas même le sexe avec Anna. Tout s'est éteint. Il est ballotté dans l'océan et bien qu'il puisse voir la plage, il ne sait pas s'il aura l'énergie de nager jusqu'à elle. Et il ne sait pas non plus s'il en a envie. La dépression l'enveloppe telle une couverture, épaisse, lourde et suffocante. Il n'a aucune raison de se sentir aussi mal. Il a une belle fiancée, une stabilité financière, des gens qui l'aiment…

– Tu te fais chier, mon pote, c'est tout, lui a dit Jason la dernière fois qu'ils ont parlé, il y a plus d'un mois.

Lui joue encore, mais va sans doute prendre sa retraite à la fin de la saison. Il a prévu de rester dans le rugby et a obtenu un poste, il sera l'un des trois assistants des entraîneurs de la RFU[2] de Bath.

Jason avait raison. Nick s'ennuie, mais il n'y a pas que ça. À trente-trois ans, Nick a déjà tout réalisé. Alors, comment vont se passer les cinquante années à venir ?

Mais la question douloureuse qu'il rumine, c'est : *Que suis-je, qui suis-je, maintenant que je n'ai plus le rugby ?*

Anna aurait toutes les raisons de lui reprocher d'être un sale égoïste, mais c'est encore pire de la voir assise à table, en train de picorer sans le moindre intérêt son plat à emporter.

Nick avale sa nourriture sans la goûter en essayant de trouver quelque chose à dire qui ramènerait un sourire sur son visage. Quelque chose, n'importe quoi, plutôt que ce silence épais.

– J'ai reçu un mail d'un genre de photographe hier.

– Oh ? répond-elle en levant les yeux et en s'efforçant de faire un semblant de sourire.

La voir tant peiner à sourire l'anéantit. Il poursuit, sans vraiment se rendre compte de ce qu'il dit.

– Ouais. Il m'a dit qu'il aimerait faire un calendrier avec des photos de moi et le vendre au profit d'une œuvre de charité. Des nus ! Ah ah, moi à poil ! Ce doit être un des gars des Phoenix qui lui a donné l'idée !

Mais Anna ne rit pas, elle le regarde fixement.

– Laquelle ?

– Laquelle quoi ?

– Pour quelle œuvre de charité veut-il faire ce calendrier ?

Nick se frotte le menton.

– J'sais pas. J'ai jeté le mail. J'ai cru à une plaisanterie.

Anna se frappe le front.

– Mais non ! Je l'ai lu dans le journal ! Ça venait de Massimo Igashi, le fameux photographe ?

2. Fédération anglaise de rugby à XV.

Son air tout excité étonne Nick.

– C'est juste une plaisanterie, ma puce, je croyais que ça allait te faire marrer.

Anna se lève, attrape l'iPad de Nick et le lui passe à travers la table.

– Voyons si tu peux retrouver ce mail.

– Mais…

– Laisse-moi simplement voir si c'est sérieux.

Elle semble enthousiasmée. Pas Nick. Il se dit que ce truc est dingue, mais si ça fait plaisir à Anna…

Il fait défiler ses mails supprimés, trouve celui qu'il cherchait et le donne à lire à Anna. Ses yeux s'éclairent au fur et à mesure de sa lecture.

– Nick, je suis certaine que c'est du sérieux. Oh, c'est la campagne contre le cancer des testicules ! Tu avais participé à cette campagne « Movember Moustache[3] » pour eux, il y a deux ans. Et je me rappelle que Bernard Dubois a parlé de ce calendrier, c'est un gros truc en France. Tu devrais le faire, tu devrais vraiment le faire ! C'est Massimo Igashi !

– Jamais entendu parler de lui.

– Oh mon Dieu ! gémit Anna. C'est lui qui a couvert le mariage du prince Harry et de Meghan Markle ! C'est l'un des meilleurs au monde. Sa mère est italienne et son père japonais. Tu as dû entendre parler de lui. Il publie dans *Vogue* et *GQ*, et dans tous les plus grands magazines.

Nick la regarde, l'air ahuri. En toute honnêteté, les seules choses qu'il lit dans les journaux, ce sont les pages sportives.

– Est-ce que je lui réponds que tu es intéressé ? demande-t-elle.

Nick secoue la tête.

– Seigneur, non ! Il dit qu'il veut que je pose nu. Il y a eu

3. La Movember Foundation finance la recherche sur le cancer de la prostate, le cancer testiculaire, la santé mentale et la prévention du suicide chez les hommes. Elle leur propose de se laisser pousser la moustache et de collecter des fonds. Pour en savoir plus : https://fr.movember.com

assez des photos de ma queue dans les journaux, et ce n'était même pas la mienne !

C'est l'entière vérité. Un coéquipier de Nick avait envoyé une photo de cul à Anna sur le téléphone de Nick, et un journaliste était tombé dessus lorsque leurs téléphones avaient été piratés. Des centaines de sites web avaient publié la photo de la verge de Gio Simone, mais en l'attribuant à Nick. Ça avait été une expérience très humiliante.

Anna penche la tête sur le côté.

– Je ne pense pas que Massimo fasse quelque chose d'inélégant, il a bâti sa réputation sur de très belles images érotiques. Et de toute façon, s'il y avait le moindre doute à son sujet, il n'aurait pas été choisi pour couvrir le mariage royal.

Nick apprécie la capacité qu'a Anna de penser du bien des gens, mais cela ne lui donne pas forcément raison.

– Tu es sûre ? Mario Testino a fait tous ces portraits de la princesse Diana, et maintenant on raconte qu'il a harcelé sexuellement ses modèles.

Anna se fige.

– Oh, tu as raison. J'avais oublié cette histoire. (Elle marque une pause.) Mais tu pourrais tout de même parler à Massimo Igashi, non ?

– Pourquoi est-ce ça t'excite tellement qu'une bande d'étrangers voient mes bijoux de famille ?

Le sourire d'Anna s'évanouit.

– Je ne suis pas… ce n'est pas ça. C'est juste que… C'est autre chose. (Elle se mord la lèvre.) Ça a l'air… amusant.

Non, ça ne l'est pas.

– C'est plutôt marrant, non ? ajoute-t-elle, un peu gênée. Qu'en penses-tu ? Tu aimerais en savoir plus ?

– Ouais, si tu veux.

Anna fronce les sourcils.

– Si je veux ? C'est toi qu'ils veulent, pas moi.

Nick est pris au dépourvu. Il envoie un petit sourire à Anna.

– Oui, pourquoi pas.

Anna attrape l'iPad et se jette dans le canapé. Puis elle effleure l'écran à toute vitesse, comme si elle craignait que Nick change d'avis.

Si seulement il avait pu croiser les doigts et ne plus jamais entendre parler de ce calendrier, il l'aurait fait, mais ses doigts ont si souvent été tordus et cassés qu'ils ne se comportent pas toujours comme il l'aurait voulu.

Il soupire et se tasse sur sa chaise.

Eh bon, si ça fait tellement plaisir à Anna, ça lui va.

Ou alors, ça peut horriblement mal se passer.

***

Anna se raccroche aux branches. Pourquoi diable a-t-elle tellement insisté pour cette idée de calendrier qui le met si mal à l'aise ? Elle ne sait pas du tout si c'est ou pas une bonne idée, mais c'est quelque chose de différent, quelque chose qui le ferait sortir de cette impasse, quelque chose qui pourrait briser le mur de verre derrière lequel Nick s'est enfermé. Tous deux en ont désespérément besoin.

Il a catégoriquement refusé de fêter son prochain anniversaire, ou même de l'évoquer. Il a balancé à la poubelle toutes les cartes de vœux qu'il a reçues sans même les avoir lues.

Elle a déjà tenté tout ce qu'elle a pu imaginer, elle a utilisé toutes les techniques à sa disposition, et pourtant il était resté distant. Il lui fait peur.

Peut-être que le désespoir la rend imprudente, mais elle a entendu parler de ce projet de calendrier. Dans le passé, il a été réalisé en collaboration avec les joueurs du Stade Français, *Les dieux du stade*. Massimo avait annoncé son intention de photographier d'autres athlètes en les présentant comme des statues grecques, tout en muscles. Du nu suggestif et classe, plutôt qu'explicite.

Chaque année, le calendrier rapporte de l'argent pour la recherche contre le cancer, particulièrement le cancer des testicules. Mais – et c'est un bénéfice annexe et inattendu – il a aussi énormément fait pour la notoriété de l'équipe parisienne et la popularité du rugby en France. Elle a envie de croire en Massimo Igashi, elle souhaite désespérément que cela ne se retourne pas contre elle.

Ce serait une opportunité évidente pour Nick, une parfaite occasion de se concentrer sur quelque chose. Il entretient sa forme physique presque autant que lorsqu'il jouait pour les Phœnix. Peut-être a-t-il perdu un peu de tonus musculaire après sa dernière opération de l'épaule, mais pour autant qu'elle peut le savoir, le corps de Nick est une véritable œuvre d'art.

Elle a totalement oublié de se demander ce qu'elle ressentirait lorsque des millions de femmes et d'hommes admireront son mari dans toute sa gloire. Elle n'y a tout simplement pas pensé.

Tout ce qu'elle désire, c'est trouver un nouveau projet pour Nick. Est-ce si égoïste ?

CHAPITRE

4

Nick pensait que la séance photos pour le calendrier serait très simple : une journée, et ça serait terminé.

Il a déjà posé pour des photos d'équipe et il a même autorisé son tatoueur à prendre quelques clichés pour faire de la pub dans sa boutique. Ceux-ci se sont retrouvés partout sur Internet et dans la presse. Mais il s'en fiche, il n'aurait rien pu faire de toute façon. En outre, son corps n'est qu'un outil avec lequel il faisait son job, lorsqu'il en avait encore un.

Le lendemain, cependant, il doit se rendre à l'évidence : ce ne sera pas une séance de prises de vues ordinaire.

Il était sorti faire son jogging comme d'habitude. Anna l'attend à son retour en brandissant son iPad.

– Tu as reçu un mail de Massimo. J'ai eu un mal de chien à ne pas le lire !

Tout en épongeant la sueur sur ses yeux avec une serviette, Nick fronce les sourcils en lisant le message.

– Eh bien ? demande Anna avec impatience.

– Ils veulent faire le shooting à Cannes.

Il hausse les épaules et jette son iPad sur la table de la cuisine.

– Le Sud de la France ? Wouah !

Anna est surexcitée, mais Nick, lui, ne semble pas du tout impressionné.

– Songe à l'argent que va rapporter le calendrier aux associations caritatives, lance-t-elle, pleine d'espoir.

Nick hausse les sourcils.

– Il s'agit juste de quelques jours, argumente-t-elle, sans vraiment savoir pourquoi elle insiste ainsi. (Elle soupire.) Bon, si tu ne veux pas le faire, tout va bien. C'est ton corps, c'est toi qui choisis, pas vrai ? Oublie ce que j'ai dit.

Elle semble hésiter avant de poursuivre

– Tu pourrais peut-être m'aider à contacter certains de tes anciens coéquipiers que je voudrais interviewer pour mon livre ?

Nick tressaille, son ventre se tord à la pensée du vide des journées qui s'annoncent.

– Ouais, bien sûr, murmure-t-il en inspirant profondément. Et je vais faire ce truc de calendrier. Ils n'en vendront probablement pas tripette avec ma tronche.

Puis il quitte la pièce.

Les épaules d'Anna s'affaissent. Ça l'épuise de toujours devoir prendre des pincettes avec lui. Elle relit le mail. Massimo demande à Nick de venir à Cannes, trois jours, soit un jour de préparation et deux jours de shooting, il lui a également envoyé un planning très strict de régime et d'exercices. Le régime n'est pas très différent de ceux qu'il suivait au club de rugby, bien qu'il comporte moins de glucides, mais même ainsi, il est assez strict et Anna est consternée en le lisant en détail…

Calendrier Dieux du Stade *de Massimo*

Un mois avant, les mannequins commenceront à diminuer leur consommation de glucides et à *augmenter leur entraînement physique pour créer un déficit qui leur permettra d'obtenir une apparence plus légère, plus sculpturale, mieux adaptée à ce projet.*

Semaine 1
Lundi
Matin : Dos et pectoraux.
Après-midi : Cardio-course, entraînement à haute intensité d'intervalle ou entraînement sur piste.

Mardi
Matin : Épaules et abdos.
Après-midi : Cardio, course, hiit[4] ou piste.

Mercredi
Matin : Jambes.
Après-midi : Cardio, course, hiit ou circuit.

Jeudi
Matin : Bras et abdos.
Après-midi : Cardio, course, hiit ou circuit.

Vendredi
Repos

Samedi
Matin : Poids, circuit full body
Après-midi : Cardio

Dimanche
Repos

Le mannequin devra s'entraîner deux fois par jour, quatre à cinq jours par semaine, en mettant l'accent sur les poids le matin et le cardio plus tard dans la journée. Un programme divisé en deux, épaules et abdos, dos et pectoraux, bras et abdos, jambes et mobilité.

---

4. Initiales de high intensity interval training, « entraînement à haute intensité d'intervalle », en français.

Au fur et à mesure qu'Anna prend connaissance des autres semaines, elle écarquille de plus en plus les yeux. C'est un programme très similaire à la préparation en vue d'un grand match. La principale différence est la réduction des glucides, l'absence évidente de riz, de pâtes ou de patates douces.

Suggestions de menus
Petit déjeuner : Œufs ou omelette avec légumes frais, kale, épinards, noix.
Milieu de matinée : Boisson protéinée.
Déjeuner : Blancs de poulet avec légumes à la vapeur, salade, fruit.
En-cas de milieu d'après-midi : Boisson protéinée, salade de poulet.
Dîner : Filet de saumon avec légumes à la vapeur. Barre protéinée.
Proscrire le café et les sucres raffinés.
Suggestions alternatives : Thé vert, eau, infusions.

Préparation de la séance photos
Pendant les trois derniers jours avant le shooting, réduire la prise d'eau jusqu'à un niveau de légère déshydratation.

Anna grimace. Ce n'est certainement pas des instructions que peut suivre un athlète en bonne santé pour qui l'hydratation est la clé. Mais elle sait aussi que la déshydratation met en valeur les muscles et les tendons, accentue le côté sculptural d'un corps qui rend bien en photo.

Mais ce n'est pas sain.

Le matin de la séance photos, le modèle ira faire un footing ou un entraînement à base de cardio.
Aucun aliment ni aucune boisson ; seul le café noir sera autorisé.

Anna grince des dents. C'est elle qui a pratiquement supplié Nick de faire ça.

Mais merde, à quoi est-ce que je pouvais bien penser ?

Elle pourrait assumer la plupart de ces exigences, mais suggérer qu'il se déshydrate volontairement la fait vraiment tiquer.

Il y a un contrat joint au mail, qu'Anna envoie immédiatement à l'ancien manager de Nick. S'il y a la moindre raison de s'inquiéter, Mark Lipman la découvrira. Bien que Nick ne joue plus au rugby professionnel et que Mark ait pris sa retraite, il est resté en contact, ce qui lui a valu une gratitude éternelle d'Anna pour sa gentillesse et son soutien.

Elle achève de se préparer pour sa réunion bihebdomadaire avec son assistant personnel, Brendan, en se demandant si elle a eu raison d'insister auprès de Nick.

Dix minutes plus tard, on sonne à la porte d'entrée et Anna sourit en découvrant son ami et assistant sur le seuil.

– Annie, chérie ! Sublime comme toujours. Presque autant que moi, dit-il en entrant. Qu'est-ce qui ne tourne pas rond chez son altesse ? Il ressemble à ce chat qui fait tout le temps la tronche et que tout le monde trouve absolument hilarant.

Anna fait la grimace.

– Ouais, hum, ça se pourrait bien que ce soit ma faute.

– Je te l'ai déjà dit, Anna, sourit Brendan, refuser de faire l'amour est une excellente façon d'arriver à tes fins. Tiens-t'en à ça, voilà tout. Bien que (il s'évente le visage)… moi je ne rejetterais jamais ta diva belle à croquer de petit copain, excuse-moi, de fiancé.

– Bren ! Je ne… Je ne… râle-t-elle devant Brendan qui sourit aux anges en se servant une tasse de café.

Puis elle baisse la voix.

– On a proposé à Nick de poser pour un calendrier, avec Massimo Igashi !

Brendan repose si violemment sa tasse sur la table que le café chaud se renverse.

Anna lui lance un regard courroucé et essuie la tache.

– Arrêtez tout ! Pourquoi est-ce que je l'apprends seulement maintenant ? Je suis ton meilleur ami, pourtant ! Je suis le meilleur assistant personnel sur lequel tes petites mains toutes chaudes se sont jamais posées !

– Ne fais pas ta drama queen, Bren.

– Je n'y peux rien, c'est génétique. Allez, vas-y, crache le morceau.

Anna lui raconte tout ce qui s'est passé, en commençant par le fait qu'elle a retrouvé Nick à Twickenham la veille au soir.

Brendan l'écoute avec attention.

– Donc, pour faire simple, tu as forcé Nick à faire un calendrier à poil, alors qu'il avait rejeté cette idée et avait bazardé le courriel susmentionné à la poubelle.

Anna fronce les sourcils.

– Ce n'est pas ça !

Puis elle se met à gémir et baisse la tête jusqu'à toucher la table de cuisine.

– C'est exactement ça ! grommelle-t-elle avant de s'asseoir. Mais Bren, qu'est-ce que j'étais censée faire ? Il dérive, il est largué et je ne sais plus comment l'atteindre !

Brendan, qui s'est assis à califourchon sur une chaise de cuisine en repliant ses longues jambes sous lui et en rajustant ses lunettes en écaille de tortue qui lui donnent un air de bibliothécaire sexy, écoute attentivement.

– Pendant toutes ces années, il a appartenu à différents clubs, mais il n'a jamais rien fait d'autre que du rugby depuis qu'il est môme. Il avait toute une équipe autour de lui : des médecins, des kinés, des gestionnaires, des entraîneurs, des agents, des attachés de presse, d'autres joueurs, ses amis. Maintenant… il n'a plus que moi. (Elle hoche la tête.) J'ai vu tout ça tellement de fois, mais en être partie prenante, c'est difficile.

Brendan acquiesce.

– Je sais. J'ai lu dans la presse que le joueur à la retraite Scott Moore…

Anna frissonne.

– Oh, c'est tout bonnement horrible ! Ce pauvre gars !

– Il a écopé d'une peine de vingt-trois mois, poursuit Brendan. Il conduisait à 240 km/h et la police l'a coursé pendant cinquante minutes.

– Il aurait pu tuer quelqu'un.

– Ouais, mais quand ils l'ont attrapé, ils ont dû lui filer cinq coups de Taser avant qu'il s'écroule. Il continuait à se relever. Les joueurs de rugby sont des durs à cuire, même les ex-joueurs de rugby.

Anna grimace.

– C'est ce genre d'histoire qui fait le buzz dans tous les magazines de psychologie du sport. C'est un cas d'école sur ce qu'il ne faut surtout pas faire pour terminer une carrière et aborder la retraite. Apparemment, c'était le plus jeune joueur de tous les temps en Super Ligue, seize ans. Il avait été sanctionné à plusieurs reprises pendant ses années de joueur, mais de là à faire de la prison ! Quelle triste façon de terminer sa carrière, quand vous avez joué dans l'équipe nationale.

– Au moins, il n'a pas braqué de KFC[5] comme cet autre joueur, Malcolm quelque chose, dit Brendan.

Ils restent assis sans rien dire, à contempler leurs tasses de café.

– En comparaison, Nick s'en sort bien, finit par dire Brendan.

Anna a un petit rire incrédule et Brendan relève la tête.

– En comparaison avec deux ex-joueurs qui sont actuellement en prison ? Ouais, c'est sûr !

Brendan hausse les sourcils, c'est le signe évident qu'il va lui renvoyer la balle.

– Combien de temps ça t'a pris pour passer du boulot de psychologue du sport à rédactrice du courrier du cœur ?

Anna se hérisse.

---

5. *Kentucky Fried Chicken*, une chaîne de fastfood.

– Je suis une chroniqueuse-conseillère, s'écrie-t-elle, indignée.

– Ça t'a pris quoi… six, sept mois ?

Anna pâlit.

– Mon père venait de mourir. Et ensuite il y a eu toute cette intrusion de la presse, j'ai perdu mon boulot ! J'ai été virée ! J'ai été publiquement diffamée et humiliée ! C'était un peu différent.

– Je sais, dit Brendan calmement en attrapant sa main depuis l'autre bout de la table pour la serrer dans la sienne. Ce que je veux dire, c'est qu'il faut du temps pour s'habituer à tout changement majeur dans sa vie. Cela ne fait que trois mois pour Nick.

– Quatre.

– Bien, quatre depuis son jubilé. Ce n'est pas très long dans une vie. (Il soutient son regard.) Je ne vous dis rien que vous ne sachiez déjà, Docteur Scott.

Anna grimace. Elle aime et déteste que Brendan ne lui passe jamais rien. Bien qu'elle soit son employeur, il n'a jamais accordé beaucoup d'importance à ce genre de barrière, c'est d'ailleurs ce qui fait de lui un fantastique assistant et un véritable ami.

– Est-ce que je pousse le bouchon trop loin ? demande-t-elle tranquillement en baissant les yeux sur leurs mains jointes.

Brendan repousse sa tasse de café vers elle.

– Oui, non, peut-être. Nick le pense ?

– Probablement.

Brendan lui adresse un sourire compréhensif.

– Ça ne signifie pas que le calendrier de nus soit une mauvaise idée. J'ai toujours dit que Nick était chaud comme la braise. J'achèterais certainement un calendrier coquin de « Nick le Débauché » !

Anna grogne. Elle déteste le surnom dont l'avaient affublé les médias, ou encore pire, « Nick le porc », qui ne ressemble en rien à l'homme doux et sincère qu'elle connaît.

Le sourire de Brendan s'élargit encore.

– Bien sûr, je voudrais que le mien soit dédicacé « à Brendan Massey, l'incroyable, le magnifique, le sublime, avec tout mon amour ». Tu vois, quelque chose de tout simple, qui vient du cœur.

– Tu es dingue !

– Et toi, tu es timbrée. Bon, et c'est pour quand cette séance photos, et puis-je être ton assistant sur place ? Ne songe même pas à refuser.

– Hum, eh bien, c'est à Cannes, le mois prochain. Je ne pensais pas y aller…

Brendan reste bouche bée.

– Et pourquoi pas ?

– Parce que c'est l'affaire de Nick. Je ne veux pas m'immiscer.

Brendan se lève et lui passe un bras autour du cou.

– Tu n'es qu'une mauviette, Anna Banana. Bien sûr que nous y allons tous. Je vais réserver les vols et l'hôtel sur-le-champ.

Il sort son ordinateur portable de son sac et s'installe à la table.

– En plus, si quelqu'un bave sur ton torride petit copain, pardon, ton torride fiancé, il faut que je sois là pour voir ça. Et prendre des notes. Et probablement quelques photos sur mon téléphone.

– Et moi alors ? râle Anna en souriant.

Brendan lui fait un signe dédaigneux de la main.

– Tu profites de ton petit « Saint chaud braise » non-stop. Laisse sa chance à quelqu'un d'autre, ma poulette !

CHAPITRE

5

Nick a faim.

La faim le rend grognon.

Cela angoisse Anna, et il déteste ça.

Il fait un temps splendide à Cannes ce matin-là, la mer miroite sous le soleil.

Nick soupire, son ventre gargouille. Une tasse de café noir sans petit déjeuner n'est pas sa façon habituelle de débuter une journée. S'il avait eu un match à jouer, il aurait avalé des flocons d'avoine et des fruits, des œufs brouillés et de l'avocat sur un toast, plus une grande tasse de thé. Il aurait forcé sur les glucides, sans oublier les pâtes, auxquelles il pense avec la mélancolie des souvenirs anciens. Le vin rouge qu'il a bu la veille au soir l'a laissé légèrement déshydraté, du coup aujourd'hui le Paracétamol est son meilleur ami.

Il ignore l'expression coupable d'Anna lorsqu'elle tente de lui cacher qu'elle a commandé une brioche avec de la confiture ainsi qu'un truc qui ressemble étrangement à un pain au chocolat avec son café du matin. Il se dirige vers la douche.

Il se regarde dans le miroir. Son reflet lui rend son regard. *Qui es-tu ?* Je ne sais pas. Un joueur de rugby ?

Qui es-tu devenu ? Personne.

Mécontent de lui, il se glisse sous l'eau chaude et tente de dissoudre ses émotions embrouillées sous les jets puissants.

Il a d'abord eu l'intention de faire une séance de cardio dans la salle de remise en forme de l'hôtel, mais il a été séduit par le soleil qui brillait. À la place d'une séance de gym stérile, il est parti faire un grand tour le long de la Croisette qui borde le bleu foncé de la mer Méditerranée.

Une brise fraîche lui a apporté des senteurs d'épines de pin, d'épicéas et de fleurs suaves. Nick s'est senti plus libre, loin de ses problèmes londoniens.

En traversant leur chambre, il suit Anna du coin de l'œil. Elle évite de le regarder en face. Elle a clairement décidé de profiter de son absence pour se goinfrer de ces viennoiseries françaises qui embaument tant. Le pire, c'est qu'il va être rationné pendant les deux jours à venir. Il a vraiment hâte que ce soit terminé.

Et pourtant…

Il est curieux de voir comment ça va se passer. Le premier jour, dans le studio de Massimo, et le second sur une plage à quelques kilomètres de Cannes.

Il ferme la douche. La pression de l'eau a fait un bien fou à ses muscles contractés. Sa peau a été gommée et épilée la veille. L'assistante de Massimo, une femme énergique nommée Élisa Wang, lui a pris rendez-vous dans un spa de luxe cannois pour un enveloppement d'algues et un bain de boue chaude qui était censé le nettoyer. Après, on lui a rasé la poitrine, bien qu'il ne soit pas particulièrement velu.

Heureusement, il n'a pas été nécessaire de l'épiler à la cire, ce qui peut laisser la peau rouge et irritée pendant plusieurs heures, voire plusieurs jours. L'épilation et le rasage ne sont pas des pratiques totalement nouvelles pour lui. Comme de nombreux rugbymen, il prend soin de garder ses poils très courts pour éviter qu'on les lui tire pendant un match ou un entraînement. Il l'a déjà vu faire et même quand cela arrive à quelqu'un d'autre, ça lui fait monter les larmes aux yeux.

L'enveloppement et la boue chaude ont été étonnamment agréables. Il aurait plaisir à renouveler cette expérience avec Anna. Ensuite, on lui a redessiné les sourcils, coupé les poils du nez et des oreilles, ce qui a été un peu embarrassant. Il ignorait qu'il en avait qui dépassaient. Il a donné son accord pour une épilation douce, mais a refusé qu'on lui épile les couilles et le trou de balle. Cela ne lui plaît pas. Cela dit, il tire son chapeau aux femmes qui subissent une épilation à la cire du maillot.

Il est également anxieux à l'idée que ses bijoux de famille puissent être photographiés. Il n'a pas donné son accord pour ça. Du moins, il ne le pense pas. Si cela avait été le cas, son manager, Mark, l'aurait prévenu, non ?

Il a également accepté du bout des lèvres un bronzage au spray, deux jours plus tôt à Londres, qui a transformé sa peau pâle d'hiver en une peau subtilement bronzée, plus dorée qu'autre chose. Le teint qu'il aurait eu naturellement après une tournée en Afrique du Sud ou dans les îles du Pacifique.

Il a tenté de se voir avec les yeux du photographe, sans toutefois y parvenir. Élisa l'a aussi gentiment informé qu'une coiffeuse, une maquilleuse et une styliste seraient présentes pendant le shooting. Et devant sa surprise, lui a promis que c'est uniquement parce que les lumières d'un studio ont tendance à blanchir tout le monde, même avec un bronzage au vaporisateur.

– Pourquoi avez-vous besoin d'une styliste ? a demandé Anna.

Nick n'a pas su répondre et Élisa a vaguement mentionné quelque chose à propos d'accessoires.

Devant toute l'étrangeté de ce nouvel univers, Nick est intrigué. Toutefois, malgré la gêne croissante d'Anna concernant sa nudité, cette partie-là ne dérange presque pas Nick. Il a connu des milliers de vestiaires dans lesquels les membres de son équipe se sont changés, douchés et habillés ensemble.

Un grand coup dans la porte annonce l'arrivée de Brendan.

– Bonjour, les happy few ! La voiture sera là dans un quart d'heure. Oh, des viennoiseries !

– Salut, Bren, dit Anna en lui glissant rapidement une brioche.

Brendan enfourne la moitié de la brioche en grognant de plaisir, puis réalise que Nick et Anna le regardent fixement.

– Quooii ? marmonne-t-il, la bouche pleine.

Nick sort de la pièce et Anna secoue la tête.

– Qu'est-ce qu'il a, « Monsieur cul sublime mais grincheux » ? demande Brendan.

– Il n'a pas le droit d'avaler quoi que ce soit ce matin. Ni pendant toute la journée.

Brendan ouvre de grands yeux.

– Et toi, tu manges ça devant lui, espèce de chipie !

Anna a un sourire coupable.

– Je pensais les manger pendant qu'il est allé faire son footing, mais il est rentré trop tôt, il m'a surprise.

– Vilaine, vilaine fiancée. Un zéro pointé pour toi !

Anna pouffe de rire.

– Je sais, je suis une peste. C'est bon, n'est-ce pas ?

Brendan lèche les miettes collées sur ses lèvres et acquiesce.

– Divin !

Nick sort du dressing. Il porte un vieux tee-shirt des Phœnix, un short en coton et des tongs. On lui a recommandé de mettre des vêtements lâches.

– C'est bien, approuve Brendan, pas de marques de chaussettes.

Nick lui adresse un sourire carnassier.

– Pas de slip non plus. J'ai les couilles à l'air.

Brendan reste bouche bée un instant avant d'éclater de rire.

– Quel taquin tu fais, Nick !

– Alors, arrête de draguer, Bren, sourit Anna en secouant la tête.

– Impossible. C'est dans ma nature. Je pense que c'est parce que je vois toujours le verre à moitié plein. L'idée optimiste que les beaux mecs vont avoir envie de moi, pour moi c'est comme respirer. Je ne me rends même pas compte que je le fais. *Ne commandez pas aux océans de se retirer !* lance-t-il en imitant la voix d'un acteur shakespearien.

C'est alors que son téléphone sonne. Immédiatement, il reprend son rôle d'assistant personnel.

– La voiture nous attend. Tout le monde est prêt ?

Brendan ouvre la marche, Nick et Anna le suivent en se tenant par la main. La voiture est ce que le service français de limousines a décrit comme une voiture d'entreprise, pour Anna ça ressemble plus à un mini-van, et pour Brendan et Nick à un utilitaire. Elle est grande, noire avec des vitres teintées, le chauffeur porte une chemise et une cravate.

Brendan les surprend en donnant des instructions au chauffeur dans un français parfait.

– Je ne savais pas que tu parlais français, dit Anna avec une pointe d'envie.

Bren hausse un sourcil.

– Ne sous-estime jamais le petit personnel, Annie.

– Je suis désolée. Je ne voulais pas…

Il lève une main, pose une question au chauffeur, puis écoute attentivement ce qui semble être une très longue explication.

– Il dit que le studio de Monsieur Igashi est au Suquet, la partie médiévale de la ville. Apparemment, la vue est à tomber et il y a un restaurant super pour déjeuner à côté de la citadelle, avec des spécialités de fruits de mer à la provençale. Il paraît que le homard est divin. Désolé, Nick.

Nick lui lance un regard courroucé et Brendan glousse d'un air coupable.

– Bref, ça semble fabuleux. Oooh ! Des rues pavées, comme à la maison !

Le van trace son chemin à travers des rues de plus en plus étroites, le long de bâtiments de plus en plus anciens, avant de s'arrêter devant une grande bâtisse carrée aux murs de pierre claire et au toit en tuiles romaines.

Le chauffeur ouvre la porte à Anna en lui faisant un signe de tête poli, avant d'accepter discrètement les dix euros de pourboire que Nick lui glisse dans la main.

– Bien joué, murmure Brendan. Il faudra que je m'entraîne. Bien que comme assistant personnel, je ne gagne pas assez pour filer des pourboires de dix euros.

– Demande une augmentation à ta patronne, dit Nick avec un sourire.

– J'aimerais bien, mais elle est méchante. Elle me cogne.

– Je t'ai entendu ! Ne me force pas à t'embarrasser devant Monsieur Igashi !

– Tu vois ce que je voulais dire ? siffle Brendan.

Anna et Brendan se chamaillent encore lorsque la lourde porte du studio s'ouvre silencieusement.

Cette porte est imposante, très épaisse, ancienne, voûtée comme une porte d'église, en chêne massif clouté de fer. Une jeune femme élégante se tient devant eux, un sourire de bienvenue sur les lèvres.

Elle est grande, mince, avec un joli visage encadré de longs cheveux noirs.

Anna détaille les jeans skinny de la jeune femme et son tee-shirt en soie à manches longues, une tenue très stylée assortie à un carré Hermès.

– Bonjour ! Je suis Élisa. Bienvenue ! Je suis très heureuse de vous rencontrer enfin. Je vous en prie, entrez.

Elle les fait pénétrer dans une énorme cathédrale de lumière, encadrée par des portiques métalliques recouverts de toute une série de projecteurs, comme ceux d'un théâtre.

Ils se serrent tous la main, puis Élisa leur emmène saluer le célèbre photographe.

Massimo Igashi est petit et soigné, avec une épaisse chevelure gris acier et un visage incroyablement jeune pour quelqu'un de soixante-dix ans. Ses yeux noisette sont encadrés de grosses lunettes rectangulaires, et ses vêtements portés avec l'assurance d'un homme qui a passé plus de la moitié de sa vie sur les défilés de mode des plus grandes maisons de couture d'Europe. Son regard passe sur Anna et Brendan, il hoche poliment la tête, puis il fixe Nick.

C'est une expérience déconcertante. Les yeux du photographe parcourent le visage et le corps de Nick en détaillant tout, sans rien omettre.

Puis il sourit et éclate de rire, ce qui fait sursauter Anna. Le maestro lance quelque chose en français qui fait sourire Brendan aux anges.

– Il dit que vous avez un beau visage et qu'il espère que le reste sera du même tonneau, traduit Élisa.

Nick rougit. Quelque chose a peut-être été oublié dans la traduction. Est-ce que le photographe l'a vraiment qualifié de « beau » ?

Il sourit d'un air incertain lorsque Monsieur Igashi lui serre fermement la main.

Une autre femme qui ressemble beaucoup à Élisa entre. Mais alors que la première est douce, celle-là est piquante, style gothique avec un rouge à lèvres noir assorti. Elle leur jette à peine un regard avant de se mettre à grimper sur l'échafaudage comme un Ninja.

– C'est ma sœur, Ning Yu, sourit Élisa, impassible devant le comportement agressif de sa sœur. C'est une magicienne des éclairages, même le maestro le reconnaît. Elle vous rendra encore plus beau, dit-elle à Nick en hochant la tête.

Le photographe retourne alors au trépied posé au milieu de la pièce en murmurant quelque chose dans sa barbe.

– Est-ce que Monsieur Igashi parle anglais ? demande Nick.

– Oui, bien sûr, répond Élisa en souriant. Lorsqu'il travaille, il parle français, italien ou anglais, mais quand il compose sa photo, c'est toujours le japonais qui lui vient naturellement.

Nick hausse les sourcils.

– Ça doit être compliqué pour vous.

– Pas vraiment. Mon japonais n'est pas aussi bon que mes autres langues, mais je progresse. Maintenant, si vous voulez bien me suivre, je vais vous montrer où vous pouvez trouver du café et des croissants.

Nick commence à la suivre, mais en souriant elle lui indique une porte sur le côté.

– Votre vestiaire est par là, j'ai mis un peignoir pour le cas où vous n'en auriez pas.

Nick pique un fard. Il n'a même pas pensé à en apporter un. Il incline la tête et entre dans la pièce.

Les murs sont peints en blanc, mais il y a partout des touches de bleu qui lui donnent un petit air marin, comme une cabine de bateau.

Un grand miroir cerclé d'ampoules trône dans un coin de la pièce, il y a aussi un petit canapé qui semble confortable, drapé dans un tissu bleu nuit. Nick découvre également un thermos de café chaud. Il le fixe comme à regret, avant de se verser une tasse qu'il boit à petites gorgées avant de s'interrompre.

Il se déshabille rapidement et enfile le peignoir qui lui arrive aux genoux. Puis il s'assied sur le canapé, un peu embarrassé, en attendant les instructions.

Quelques minutes plus tard, on frappe doucement à la porte.

– *Come in*, euh, entrez !

Une autre femme apparaît, coiffée de deux nattes blondes roulées en macarons. Elle semble avoir dans les vingt ans et porte un grand sac. En lançant un sourire éblouissant à Nick, elle se tapote la poitrine.

– Fabienne !

– Salut, moi c'est Nick, lui dit-il en lui serrant la main.

– D'accord.

Puis elle lui indique la chaise devant le miroir.

– S'il vous plaît, dit-elle, en faisant doucement siffler le « s ».

– Hum, d'accord.

Nick comprend très vite que Fabienne est la maquilleuse.

Elle détaille son visage d'une manière critique, ses yeux

s'arrêtent sur la légère bosse de son nez cassé, elle examine par deux fois ses pommettes, évalue son menton et son front, puis installe son matériel avec la précision d'un chirurgien sur le point de réaliser une opération.

Elle commence par lui hydrater le visage en le massant légèrement. Nick ferme les yeux, bien décidé à apprécier cette sensation nouvelle. Il se contente de jeter un coup d'œil lorsqu'elle s'arrête et lui applique un liquide clair, par petites touches. Il n'a pas la moindre idée de ce que c'est.

Puis elle prend différents tubes de fond de teint de couleurs variées, les mélange comme sur une palette de peintre et les applique sur sa peau à l'aide d'une petite éponge.

Nick qui s'attendait à ce que le maquillage lui tire la peau est surpris que ce ne soit pas le cas.

Elle rajoute d'une main experte d'autres teintes sous ses yeux, son front, ses joues, son nez. Puis, à son grand étonnement, elle sort un crayon noir qu'elle passe le long de ses cils et de ses sourcils, avant d'ajouter une touche de mascara.

Fabienne chantonne en travaillant, complètement concentrée, en s'encourageant doucement quand l'éponge accroche un peu la barbe de Nick.

Au bout de vingt minutes durant lesquelles Nick doit lutter contre l'endormissement et contre la sensation de vide de son estomac, elle appose une touche de gloss légèrement teinté sur ses lèvres et lance :

– C'est fini ! Ciao Nick !

Il la remercie en lui souriant. Elle lui répond par un clin d'œil malicieux et sort.

Il est fort étonné en se regardant dans le miroir. C'est comme s'il découvrait une version retouchée de lui-même. Il fronce les sourcils, son reflet lui renvoie la pareille. *Ouaip, retouché, c'est exactement ça.*

Il se lève et s'étire, mais déjà une autre femme entre et le force à se rasseoir, puis prend ses cheveux à deux mains en marmonnant.

Ça doit être la coiffeuse, bien qu'elle n'ait pas jugé nécessaire de se présenter. Son comportement indique clairement qu'il est le matériau brut à partir duquel elle va faire naître un mannequin et que son boulot est incroyablement difficile.

Lorsqu'elle termine de le brosser, lui mettre du gel et du spray, les cheveux de Nick ressemblent à un buisson emmêlé de boucles. On dirait qu'il vient de sortir du lit.

– Quinze minutes juste pour ça, grommelle-t-il pour lui-même lorsque la femme sort, j'aurais pu leur faire faire des économies.

Élisa passe la tête par la porte.

– Le maestro vous attend, Nick.

– Bien sûr, ok, parfait.

Nick se sent frissonner, nervosité ou inquiétude, il ne sait pas trop. Les antiques dalles de pierre sont tièdes sous ses pieds nus, comme si le soleil s'était déversé en elles au fil des siècles. Le studio, quant à lui, est plus chaud que le vestiaire de quelques degrés, les stores épais ont été baissés et un bain de lumière diffusé par des spots inonde une extrémité de la pièce pendant que tout le reste est dans la pénombre. Nick ne peut même pas discerner l'endroit où sont assis Anna et Brendan.

Peut-être que c'est mieux, il ne pourra pas voir leurs réactions inquiètes ni s'inquiéter à propos de ce que pense Anna.

Monsieur Igashi est entouré de son harem d'assistantes : Élisa, Ning Yu, Fabienne et la coiffeuse revêche dont il ignore le prénom.

C'est un peu déconcertant de voir tant de femmes sur le plateau. Mais Nick est à l'aise avec son corps. Il a passé trop de temps nu ou à moitié nu dans des vestiaires pour être gêné. Le fait d'assumer sa nudité est devenu presque une seconde nature.

Sauf que là, tout le monde a les yeux rivés sur lui.

Le photographe semble réfléchir profondément, en contemplant silencieusement son appareil. Puis il sourit et fait signe à Nick d'avancer.

– Je vous vois comme un guerrier, dit-il dans un anglais presque parfait. Je vais vous montrer comme *l'athlète de Fano* ou *le dieu de l'Artémision*, deux célèbres statues grecques. Nick, savez-vous ce que signifie le mot « photographie » ?

– Hum, eh bien, ouais ?

La question rend Nick perplexe, mais le photographe lui sourit.

– Je parle de l'origine grecque du mot, *phōtos*, qui veut dire « lumière » et *graphé,* qui signifie « lignes » ou « dessin ». Donc, vous voyez, photographie veut dire « peindre avec la lumière ». Et c'est ce miracle que nous allons réaliser aujourd'hui.

Nick est fasciné. Il n'y a jamais pensé ainsi. À présent, il est intrigué à l'idée de voir comment ça va se passer.

Massimo lui fait une courbette et désigne une chaise dans un coin.

– Je vous en prie… pour vous dévêtir. Vous pouvez laisser votre peignoir là-bas.

Nick se dirige vers la chaise et fait glisser le peignoir de ses épaules.

C'est gênant, complètement différent que de se retrouver dans un vestiaire en compagnie de trente autres mecs, tous nus. Là, il est le seul.

Il sent la brûlure de sept paires d'yeux dans son dos et ses fesses nues. Même marcher ne lui semble pas naturel, et il va pourtant devoir se retourner. Il prend son courage à deux mains et c'est alors qu'il entend un bruit.

Au fond de la pièce, Anna pose sa main sur la bouche de Brendan pour étouffer le son qu'il a émis lorsque Nick a laissé tomber son peignoir, en le fixant en dessous de la ceinture.

– Pas un mot, siffle-t-elle.

Les yeux écarquillés de Brendan plongent dans les siens et il secoue la tête pour indiquer qu'il restera bouche cousue. Anna continue à le fixer, paupières plissées, jusqu'à ce qu'il lui fasse un sourire crispé.

C'est plus difficile que ce qu'elle s'était imaginé, bien plus difficile de voir Nick, entouré de jeunes femmes superbes, s'avancer fièrement en tenue d'Adam devant elles. Bien plus difficile.

Je suis une idiote et une jalouse, c'est tout, se dit-elle. *Complètement irrationnelle. Et c'est moi, l'idiote, qui l'ai encouragé.*

Son cœur bat très fort, son pouls grimpe en flèche. Elle doit se forcer à prendre plusieurs respirations profondes pour ne pas s'évanouir.

Mais c'est autre chose que de la jalousie. C'est le sentiment qu'il est à sa place et qu'elle ne l'est pas. C'est comme si leur relation était peu à peu devenue inéquitable. Et bien qu'elle sache qu'elle n'est pas laide, elle a conscience que Nick appartient à une classe différente. Elle l'a toujours su, même si lui l'ignore.

La ravissante maquilleuse sourit à Nick et, quand il lui rend son sourire, le cœur d'Anna se serre douloureusement.

Puis la fille le vaporise entièrement avec un produit qui fait briller sa peau, comme après un effort violent ou après la douche.

– Ça va, Annie ? demande doucement Brendan d'une voix pleine de compassion.

Anna se contente de hocher la tête parce qu'elle n'arrive pas à articuler un mot. Toute cette expérience est tellement plus intense que ce qu'elle avait imaginé.

Brendan lui prend la main et la serre sans plus rien dire.

– Voilà un look très puissant, Nick, dit Massimo avec sérieux. Essayons cette pose dont nous avons parlé plus tôt.

Ayant quelque chose sur quoi se concentrer, Nick commence à se détendre.

Il se doute que la dizaine de premiers clichés que va prendre Massimo montreront un type qui ressemble à un cerf pris dans les phares d'un bus à impériale sur une autoroute. Mais ensuite, ça va s'améliorer. Massimo lui montre sur l'écran certaines photos qu'il a prises. Il a l'air bien moins effrayé sur les dernières.

– Regardez, Nick, voilà un bon angle. Vous avez un profil très fort. (Massimo sourit.) La plupart des gens sont mieux de profil. Nous devons capturer votre meilleur angle. À présent, nous allons changer la lumière. Ce spot plus fort, celui-là plus faible, pour créer des ombres sur vos pectoraux et vos abdominaux. Trop de lumière directe écrase l'image. Il faut mettre en valeur ce physique de rêve.

Nick hoche la tête en signe de compréhension. Il voit ce que veut dire le photographe quand il parle de peindre avec de la lumière et des ombres. Sa nudité ne le gêne pas. Les photos sont splendides. Même lui s'en rend compte.

Il sourit en direction de l'endroit où il pense que se tient Anna, puis pense à la façon d'offrir au photographe les angles et les poses qu'il souhaite.

Anna voit son sourire et le lui rend timidement, tout en sachant qu'il ne peut pas le voir.

Pendant deux heures, elle regarde Monsieur Igashi prendre des centaines de photos, s'arrêter, parler à Nick, choisir une autre pose, composer la lumière autour de lui, s'approcher parfois très près pour capturer le regard de Nick, sa poitrine, ses cuisses ou ses mollets, parfois reculer jusqu'au bout de pièce, en perpétuel mouvement, jamais immobile.

Il encourage Nick en permanence, et l'expression légèrement inquiète que celui-ci a eue les cinq premières minutes a complètement disparu. À la place, Anna voit une intense concentration et des émotions qu'elle croyait appartenir à elle seule.

Anna réalise avec angoisse qu'il se sent chez lui devant l'objectif. Mais pourquoi est-ce que cela la dérange ? Elle a lourdement insisté pour ce projet, et ça se passe encore mieux que ce qu'elle avait pensé. Or, à présent…

La jolie maquilleuse retouche le visage de Nick au pinceau, et Anna le regarde fermer les yeux pour qu'elle puisse travailler. La fille se tient si près de lui, bien sûr complètement concentrée sur ce qu'elle fait, mais tout de même très près de lui. Trop près. Sa poitrine frôle celle de Nick, ses cuisses tout contre la verge sublime de Nick.

Une jalousie folle envahit Anna, bien qu'elle se répète qu'elle est ridicule. Elle ne peut pas regarder ça plus longtemps.

Elle se tourne vers Brendan et murmure :

– Je sors prendre l'air.

– Moi, je reste et je garde un œil sur Baby Spice, lui répond-il en chuchotant, les yeux rivés sur la jolie maquilleuse qui vient de dire quelque chose pour faire rire Nick.

Anna s'enfuit.

CHAPITRE 6

Anna avance à grands pas le long d'une ravissante rue pavée en se morigénant violemment. Elle n'a pas été capable de rester un instant de plus à regarder une femme toucher Nick. Pourtant, sérieusement, qu'est-ce qui aurait bien pu se passer devant tous ces gens qui regardaient ? Rien. Il ne s'est rien passé, il ne se passera rien. Nick ne l'a pas encouragée, et même si la fille a flirté avec lui, tous deux ne font que leur boulot, voilà tout.

– Ridicule ! renifle-t-elle, assez fort pour faire sursauter deux ou trois passants.

Essoufflée à cause de la montée, elle s'aperçoit qu'elle a atteint le sommet du vieux quartier. Elle baisse le regard en direction des rues tortueuses, détaille les anciens immeubles en pierre, puis plisse les yeux devant le soleil qui danse en miroitant sur la mer au loin. Elle commence à se détendre et se surprend presque à rire d'elle-même. Presque. Elle s'autorise à se rappeler que ses sentiments sont complètement naturels. Dans aucun autre environnement que le mannequinat, hormis peut-être une consultation médicale, le corps nu de Nick n'aurait été scruté de si près par tant d'étrangers.

C'est le fait qu'il pose qui n'est pas naturel, pas ce qu'elle ressent.

Réaliser cela permet à Anna de se sentir cent fois mieux. La blessure qu'elle a ressentie quand Nick a souri à la jeune maquilleuse ne disparaît pas complètement, mais elle se persuade que cela ne voulait rien dire.

Elle réalise, quelques heures trop tard, pourquoi les séances de poses de nu sont généralement réalisées sans public. Elle se rappelle aussi avoir lu un article à propos des scènes de sexe au cinéma qui expliquait qu'elles étaient tournées en présence des techniciens strictement nécessaires parce que c'était gênant et que cela remuait des sentiments pénibles.

Elle flâne à travers le labyrinthe de rues étroites en prenant le temps d'admirer la vieille ville, avant de découvrir un bistrot où elle déguste une délicieuse salade de homard et un vin local, doux et frais, suivi par un café et un assortiment de desserts.

S'offrir un verre de vin et des délices sucrés ramène enfin un petit sourire de contentement sur ses lèvres.

Elle envoie un texto à Brendan pour lui dire où elle se trouve et qu'elle se sent mieux après un bon repas. Il lui répond que la séance photo touche à sa fin et qu'elle peut revenir.

À cet instant, Anna l'apprécie comme ami, plus encore que comme assistant personnel. Brendan est son meilleur ami, il la comprend, la protège quand c'est nécessaire et lui botte les fesses quand elle le mérite.

Elle remet ses lunettes de soleil et redescend lentement le long des venelles sinueuses, prenant le temps de s'arrêter çà et là pour examiner un bibelot ou admirer une vitrine.

Ayant retrouvé ses esprits, elle atteint le studio de Massimo et utilise le lourd heurtoir métallique pour annoncer qu'elle est de retour.

Élisa ouvre la porte en souriant.

– Comment s'est passée votre promenade, Anna ? Le Suquet est merveilleux, non ?

– Oui, vraiment. J'ai passé un moment très agréable, merci. Est-ce que Massimo est satisfait de la séance photo ?

Le visage d'Élisa s'éclaire.

– Massimo est satisfait. Il trouve Nick très convaincant. (Elle effleure le bras d'Anna pour souligner ce qu'elle dit.) Venant de lui, c'est un très grand compliment.

Anna éclate de rire.

– Eh bien, merci ! Mais c'est grâce à Nick uniquement, enfin, à lui et ses parents ! Cela n'a rien à voir avec moi !

Élisa sourit comme si elle était détentrice d'un grand secret, et se penche un peu plus pour murmurer.

– Le maestro dit qu'il ne peut pas photographier le bonheur s'il n'existe pas.

Anna en reste comme deux ronds de flan.

– Il a dit ça ?

– Oui. Cela vous surprend ?

Anna ne sait pas trop comment répondre. Mais alors, elle entend la voix de Nick et regarde derrière l'épaule d'Élisa.

Il a remis son short et son tee-shirt. Penché sur Massimo, il semble écraser l'homme plus âgé. Ils sont tous les deux penchés sur l'appareil photo de Massimo, le maestro explique certains détails techniques.

Même Ning Yu se joint à la conversation. Son visage s'anime de façon étonnante quand elle explique l'utilisation qu'elle a faite de certains effets de lumière, et pourquoi elle a choisi tel ou tel type de lampe. Elle montre comment elle a baissé les lumières et ajouté un spot pour créer une atmosphère dramatique pour les photos en noir et blanc.

Nick fronce légèrement les sourcils, comme s'il réfléchissait profondément et se concentrait intensément en hochant la tête pour montrer qu'il a compris.

Le reste de tension que ressentait Anna se dissipe. Nick est complètement engagé dans le projet, totalement concentré. Il est heureux.

Peut-être que Nick a trouvé une nouvelle occupation en dehors de leur relation. Elle souhaite être tout pour lui, mais Anna sait que c'est impossible, même malsain. Elle est suffisamment honnête pour avouer que son propre boulot d'éditorialiste et d'auteure de développement personnel est important pour elle. Nick a besoin des mêmes stimuli, il lui faut des buts.

Elle pénètre plus avant dans le studio.

– Comment ça se passe ?

Nick lève la tête, les yeux brillants d'intérêt.

– Coucou, mon amour ! Tu m'as manqué. Tu as passé un bon moment ? Brendan m'a dit que tu es allée chercher un truc à manger.

Et il hausse les sourcils, visiblement amusé et un peu envieux.

Anna rougit et croise les doigts en mentant.

– Juste un café. Mais raconte-moi le reste de la séance photo. Je n'ai vu que la première moitié…

Nick pousse un grognement gêné.

– C'était assez merdique au début. Poser comme ça, ce n'est pas aussi facile qu'on le croit. J'ai tellement dû tenir la position et m'étirer en même temps que je suis mort ! Jamais je n'aurais cru que poser était si fatigant.

Son regard se perd dans le vague comme s'il revisitait la surcharge d'expériences de la matinée.

– C'était un peu bizarre d'avoir mes bijoux de famille au grand air, mais toute la bande a été vraiment cool, ça m'a bien aidé.

Toute la bande ? Tu veux dire quatre femmes superbes et deux homos, pense Anna méchamment. Elle s'arrange toutefois pour afficher un sourire que Nick lui rend.

– Massimo m'a promis qu'il n'y aurait pas de photos de cul. C'est toujours ça de pris.

Cette fois, Anna éclate de rire.

– Eh bien, c'est un soulagement. Mais tu étais sublime.

Puis elle se rapproche et lui murmure à l'oreille :

– Ça m'a excitée de te voir comme ça.

Nick a l'air surpris, puis il l'embrasse sur le front avant de déposer un long baiser sur ses lèvres. Elle passe ses bras autour de sa taille et pose sa tête contre sa large poitrine, humant l'odeur de l'eau de toilette de Nick.

Au bout d'un moment, il se redresse et la regarde droit dans les yeux.

– Tu sais que moi, ça ne m'a pas excité, n'est-ce pas ? Tu peux t'en rendre compte. Tu es la seule femme qui me fasse bander, Anna.

Ses joues deviennent rouges de gratitude et de désir.

– Oui, je le sais, murmure-t-elle.

Et cette fois, elle le pense vraiment.

Le désir de Nick ne le quitte pas de tout le trajet de retour, et il ne lâche pas sa main. Brendan est assis à côté du chauffeur et bavarde avec lui en français, tout en envoyant des textos. En s'installant sur la banquette arrière, Nick lui a pris la main et l'a posée entre ses cuisses pour lui faire sentir qu'il a envie d'elle.

Elle tente de retirer sa main, mais il l'appuie plus fermement sur son sexe en la défiant d'un sourire libertin.

– On ne peut pas ! siffle-t-elle en jetant un rapide coup d'œil à Brendan et au chauffeur.

Nick hausse un sourcil.

– On ne peut pas, répète Anna, cette fois plus faiblement.

Il empoigne sa petite main et lui fait remuer ses doigts de haut en bas sur son sexe. Il pose sa tête en arrière sur le dossier, ferme les yeux et ouvre la bouche.

Sa main se détend quand celle d'Anna le saisit plus fermement, tout en jetant des regards inquiets en direction du siège avant.

Elle accélère le mouvement. Elle sent la tension dans ses cuisses au fur et à mesure qu'elle augmente la pression. Elle se tortille sur son siège, la tension érotique entre eux l'électrise. Son propre désir devient insupportable.

Sentant sa détresse, Nick glisse sa main entre ses genoux et ses longs doigts se faufilent sous sa jupe, puis remontent jusqu'à ce qu'il lui ait mis deux doigts. Anna frissonne et jouit dès qu'il commence à masser son clito avec son pouce. Elle est au septième ciel.

Nick repose sa main libre sur ses genoux, là où la main d'Anna s'est arrêtée, et lui impose un rythme rapide, rude, mais laisse deux doigts en elle, en les faisant bouger au même rythme.

Anna gémit. Elle serre ses cuisses pour que ça s'arrête. Sans y parvenir. Son rythme est implacable et elle se sent repartir.

Soudain, Nick lâche sa main et plonge la sienne dans son short. Il éjacule dans son poing.

Ses yeux s'ouvrent lentement, sa respiration s'apaise. Un sourire joyeux et détendu éclaire son visage.

Anna sort un mouchoir de son sac et le lui tend.

Nick sourit. Anna est en état de choc. Elle n'a jamais… pas en public… pas devant deux personnes, assis à quelques dizaines de centimètres !

Son corps irradie de chaleur. Elle ouvre la vitre.

– Tu as chaud, mon amour ? lui demande Nick en se penchant vers elle et en l'embrassant tendrement dans le cou.

– Juste un peu, répond-elle en mentant.

– Il fait certainement plus chaud à l'arrière, raille Brendan en fixant ostensiblement sa vitre.

Les joues d'Anna deviennent écarlates. Nick rit doucement.

Une fois arrivés à l'hôtel, il l'attire dans leur chambre.

– Je n'arrive pas à croire… que je… bafouille-t-elle, encore sidérée par son comportement déluré.

– Tu ne savais pas qu'on me surnomme Nick le Débauché ?

Puis il l'entraîne sous la douche et, sans attendre qu'elle se déshabille, il ouvre l'eau.

– Nick ! Mes fringues !

Mais Nick n'a qu'une seule idée en tête.

– Oublie tes fringues, bébé, lui murmure-t-il à l'oreille, en l'embrassant dans le cou et en lui tirant les cheveux un peu fort.

Elle gémit, à moitié inquiète, lorsqu'il lui arrache son chemisier. Son soutien-gorge disparaît en un éclair. Nick est impatient, excité par Anna, par le trajet torride en voiture et parce que faire l'amour sous la douche a toujours été son truc. Il la fixe, comme hypnotisé par l'eau qui coule sur les seins d'Anna. Elle s'embrase à son tour, en caressant ses muscles qu'elle embrasse et mordille.

– Je t'aime, Nick le Débauché, murmure-t-elle en souriant. Montre-moi de quoi tu es capable !

Ses paroles le rendent fou. Il ôte ses vêtements mouillés tout en embrassant chaque partie de son corps.

– Tu rends ça tellement simple, expire-t-elle. Très James bond, mon nom est Renshaw, Nick Renshaw, 007, autorisé au sexe sous la douche.

Elle sent le grondement du rire de Nick contre sa peau nue. En revanche, son sexe, dur, palpitant et pulsant contre le corps humide d'Anna n'a rien de comique.

Tout humour oublié, elle monte et descend contre lui, les ongles profondément enfoncés dans ses abdos et sa poitrine.

Il glisse une main sous la jupe mouillée d'Anna et lui arrache sa culotte.

– Aujourd'hui, Nick le Débauché est vraiment sans pitié, gémit-elle.

Oui, la bête est lâchée. Après les heures de pose, nu, pendant lesquelles il a fait tout ce qu'on lui demandait, il exprime enfin toute sa faim et sa frustration.

– Baise-moi fort, j'en ai besoin ! siffle-t-elle.

Le désir enflamme ses pupilles. Il la soulève facilement, puis la fait retomber sur sa queue. Elle halète quand il l'appuie contre le carrelage de la douche.

Il la pénètre profondément, à de nombreuses reprises. L'eau chaude coule et accompagne chacun de ses mouvements. Les gémissements d'Anna se transforment en cris, à bout de souffle, elle jouit.

Nick continue à pousser plus violemment, plus rapidement, claquant en elle pendant qu'Anna hurle à nouveau, à moitié de plaisir, à moitié de douleur. Alors, il explose en elle. Tout son corps se contracte, les tendons de son cou se tétanisent, les muscles de ses bras et ses cuisses épaisses se rigidifient.

Anna manque d'air, alors Nick se détend lentement et la fait descendre le long de son corps. Sa jupe trempée se colle à lui. Ils s'embrassent, doucement à présent.

***

Ce soir-là, toute molle et assouvie, Anna s'habille pour le dîner. Brendan s'est décommandé, en disant qu'il a dégotté un club où danser « jusqu'au bout de la nuit ». Cela veut sans doute dire « trouver un mec avec qui sortir et le leur raconter le lendemain ».

Anna est heureuse d'avoir Nick juste pour elle. Faire l'amour avec lui est toujours torride, mais il y a quelque chose d'autre dans la sauvagerie de leur comportement, la peur d'être surpris, puis la baise sous la douche avec l'eau jaillissant sur leurs corps, la chaleur de Nick, le carrelage plus frais, la violence avec laquelle il l'a soulevée et baisée, sa barbe qui lui égratignait la peau pendant qu'il haletait dans son cou.

Le simple fait d'y penser la fait rougir, elle a soudain la bouche sèche. Cela fait tellement longtemps qu'il ne l'a pas désirée aussi fort.

Nick semble surpris par le nombre de restaurants qu'ils croisent en se promenant à Cannes. Il n'a pas mangé de toute la journée, mais il a bu un litre d'eau d'un seul trait après le shooting.

Élisa lui a doucement expliqué qu'il pourrait manger des fruits de mer ou du poulet et de la salade. Toujours pas de glucides, car il y a encore un jour de prises de vues, cette fois sur une plage privée.

Anna n'a pas très envie de revivre ça, mais au moins, cette fois, ils ne seront pas confinés dans un studio étouffant et si jamais elle a besoin d'aller faire un tour, la plage sera un endroit parfait pour ça.

Nick regarde Anna examiner le menu, choisir une paella aux crevettes, puis commande une salade aux fruits de mer. Il se fait la promesse de manger tout ce qu'il y a à la carte le lendemain soir.

Anna s'est tenue à l'écart pendant la séance de pose, et Nick s'est rendu compte qu'elle se sentait exclue, peut-être même légèrement menacée. D'abord, il s'est concentré pour tenter de se détendre tout en posant nu, mais au fur et à mesure de la matinée, quand sa confiance est revenue, il s'est senti de plus en plus intéressé par le fait de poser et par la méthode de travail de Massimo.

Il ne comprenait pas toujours la raison pour laquelle Massimo le faisait légèrement changer de position ou demandait que la lumière soit modifiée, mais il a essayé de faire de son mieux. En d'autres termes, il a emmagasiné tout ce qu'il pouvait de cette expérience, la trouvant plus complexe et intéressante qu'il l'aurait crue.

Au moment de la pose, Brendan lui a annoncé qu'Anna était sortie, il a été déçu de ne pas pouvoir discuter de tout ça avec elle. Mais quelque chose dans la façon dont Brendan lui a répondu l'a poussé à se demander comment Anna vivait cette séance de photos.

Il s'est mis à sa place et s'est immédiatement rendu compte qu'il aurait été fou de rage si elle avait posé nue devant une bande d'inconnus, devant des hommes.

Mais là encore, c'est elle qui l'a poussé à faire ce truc.

Ces derniers temps, il lui est difficile d'exprimer ce qu'il ressent : à la dérive est le terme le plus approprié pour définir son état d'esprit. Et il s'emmerde. Voilà l'autre terme. Il a attendu avec impatience une vie où il ne serait plus blessé à tout bout de champ, mais la poussée d'adrénaline qui le submergeait lorsqu'il marquait un bel essai ou qu'il menait son équipe à la victoire lui manque. Appartenir à une équipe lui manque.

Reprends-toi, lui dit une voix intérieure, et peut-être bien que cette voix a le même accent américain qu'Anna.

Il a un sourire mélancolique. Oui, il faut qu'il trouve un moyen d'aller de l'avant. Dériver n'est pas une solution.

Quand sa salade de fruit arrive, il la déguste lentement en s'efforçant d'apprécier la nourriture, la vue splendide sur le boulevard plein de boutiques de luxe, et plus loin sur le port de plaisance. Et l'endroit où il se trouve, avec à ses côtés la femme qui le soutient depuis toujours.

CHAPITRE 7

Le lendemain, le service de voituriers conduit Nick, Anna et Brendan au port, où Élisa les attend avec plusieurs sacs d'appareils photos et un grand sourire.

Le soleil se lève à peine et le ciel est inondé de roses et de pourpres spectaculaires, avec une pointe d'orange à l'horizon.

Anna bâille et frissonne, elle est contente d'avoir pris une veste et un châle.

– Je croyais que nous allions sur une plage privée ? dit Nick à Élisa, en espérant que le lieu de shooting n'a pas été changé pour un endroit public comme le port.

– Oui, bien sûr. Nous allons prendre le bateau du maestro pour l'île Sainte-Marguerite, c'est la plus grande des quatre que vous apercevez là-bas. C'est à seulement quinze minutes.

Nick est ravi de ne pas avoir à passer une journée de plus dans un studio. Anna, elle aussi, semble plus détendue.

Il avait eu des doutes à propos de ce voyage, qui s'est pourtant avéré être une bonne chose pour tous les deux. Cela fait du bien de laisser à Londres, derrière lui, ses doutes et son indécision et de jouir du plaisir simple de voyager ensemble.

Massimo arrive quelques minutes plus tard, accompagné de Ning Yu qui apporte encore plus de matériel. Nick tente de l'aider, mais une grimace et un bref signe de tête l'en dissuadent rapidement.

Le bateau du maestro est un magnifique deux mâts de trente-sept pieds de long, tout blanc, avec une ligne bleu clair. Le yacht s'appelle *La Belle*, ce qui lui va comme un gant.

Le capitaine, qui va les faire naviguer dans le golfe de La Napoule, saute sur le ponton en saluant Massimo dans un français à l'accent étonnamment prononcé. Sa peau est comme tannée par le soleil, il est d'un âge indéterminé et ne parle pas un mot d'anglais.

– Je pense que c'est du patois provençal, chuchote Brendan. J'en ai appris quelques mots hier soir en draguant un marin charmant, Ciprien. Il a été à la hauteur de sa réputation, ce vieux cochon.

Nick relève la tête, amusé, mais Anna fronce les sourcils.

– J'espère que tu as fait attention.

– Mais, ma chère, un peu de danger fait partie du plaisir.

Brendan, enchanté par la traversée en bateau, porte une tenue appropriée qui le fait ressembler un peu à Tadzio dans *Mort à Venise*, un maillot de bain une pièce vieillot à rayures bleues et blanches. Bien que le fond de l'air soit encore frais, il se comporte comme si c'était le plein été.

Massimo tapote la main de Brendan et prend quelques clichés de lui, appuyé au bastingage, fixant l'horizon lointain.

– Même splendide comme je le suis, soupire-t-il, le temps fait pourtant son œuvre. Je pourrai regarder les photos du maestro et penser « moi aussi je fus jadis un objet d'adoration ».

Anna lui fait les gros yeux.

– Moi, je t'adorerai toujours.

– Bien sûr, renifle Brendan. C'est dans la règle de base de la BFF[6]. Je parle de montrer aux jolies petites créatures du futur ce qu'elles ont raté, lorsque l'oncle Brendan était au top.

6. *Best friend forever*, anglicisme qui signifie « meilleur ami pour toujours ».

Il a dit cela avec humour, mais Anna y décèle une trace de tristesse. Depuis qu'elle connaît Brendan, jamais il n'est sorti avec quelqu'un plus d'une semaine. Il prétend qu'il n'a aucune envie de se ranger alors que la pêche reste un de ses hobbys favoris, tant que la mer sera remplie de bombasses, tels sont ses mots. Mais Anna se pose des questions.

Le capitaine, gitane au bec, dénoue les bouts afin de larguer les amarres, puis s'affaire sur le voilier avec la célérité et la souplesse d'un homme moitié moins âgé. Une fois en haute mer, il coupe le moteur et déploie l'une des voiles. La forte brise s'y engouffre et le petit yacht fend les flots en soulevant un beau nuage d'écume à sa proue.

Il fait frais en mer et Anna apprécie que Nick la prenne dans ses bras chauds en posant son menton sur le sommet de son crâne.

– Tu t'amuses ? demande-t-il doucement.

Anna lève la tête en souriant. Ses cheveux, habituellement bien coiffés, fouettés par le vent, sont tout emmêlés. Des taches de rousseur sont sorties sur son nez et ses joues, ce qui lui donne un air joyeux et insouciant.

– Tu es vraiment… commence-t-il, mais ses mots se perdent dans le vent. Je suis désolé d'avoir été… tellement…

Anna lui serre doucement le bras. Ses yeux chocolat rayonnent d'amour.

– Je sais. Ça va. On va être bien.

Elle aurait voulu qu'il lui dise qu'il l'aimait, mais il ne l'a pas fait.

Plus ils s'approchent de l'île, plus les eaux de la Méditerranée virent du bleu marine profond de l'aube à un turquoise scintillant, dans la lumière du matin. Anna lève la main pour se protéger de la lumière qui l'éblouit, en admirant les côtes de sable blanc ponctuées de pointes rocheuses.

Ils mouillent dans une crique minuscule, isolée, bordée de palmiers qui mènent à une belle maison en pierres blondes qui rappelle à Anna Jay Gatsby ou les romans d'Agatha Christie qui se déroulent dans des endroits exotiques.

– Wouah, c'est tellement beau, susurre Anna. Qui habite ici ?

– Un ami de Massimo, répond Élisa. J'adore venir ici.

Le capitaine fait descendre un petit canot et les aide à tous grimper à bord. Massimo tient son appareil photo d'une main et se penche dangereusement pour capturer le scintillement lumineux sur l'arrière-plan spectaculaire de falaises et de sable immaculé.

Une fois à terre, Massimo semble pressé. Il désire profiter de ce moment magique où le soleil est encore bas dans le ciel et où la lumière est plus rouge et plus douce.

Il n'y a pas de maquillage aujourd'hui, Élisa a la double tâche de faire office de coiffeuse et d'assistante du maestro. Elle coiffe et met du gel à Nick pendant que Massimo aboie des ordres à Ning Yu. Quelques minutes plus tard, ils sont prêts et Nick retire ses vêtements.

Anna ne se lasse pas du spectacle de son beau corps et de sa peau lisse, de ses tatouages scintillants et de sa musculature parfaite. Elle sait aussi où trouver le fin réseau de cicatrices résultant de ses nombreuses opérations dues à la pratique du rugby. Ses cuisses épaisses et ses quadriceps, les creux et les bosses de ses abdos, les épaules larges et les pectoraux en relief, le tout surmonté par un visage à la beauté symétrique, et des yeux expressifs, couleur miel. Pas étonnant que Massimo veuille le photographier.

Le maestro travaille vite, un œil sur Nick et l'autre sur le soleil levant.

Vers onze heures du matin, ils font une pause. Le soleil monte et fait plisser les yeux de Nick et apparaître des poches sous ses yeux. Des ombres qui cachent toute expression.

– Ça serait mieux d'avoir des nuages d'altitude, comme ça, la lumière serait bonne mais pas trop violente, murmure Élisa à Anna.

Nick reste stoïque, mais Anna réalise que sa patience est entamée par plus trois heures de travail dans des poses artificielles. La température grimpe, elle aussi, et deux fois déjà elle a dû le badigeonner de crème solaire. Ils sont tous ravis de faire une pause.

– Comment tu te sens ? lui murmure-t-elle pendant qu'il descend une bouteille d'eau à petites gorgées.

– Super, dit-il, pince-sans-rire. J'ai du sable dans les yeux, dans la raie des fesses… et ailleurs. J'ai chaud et je colle.

Il lui fait un grand sourire et un clin d'œil.

– Mais je n'ai pas non plus un pilier de cent vingt kilos qui cherche à me pulvériser dans une mêlée. Donc, je vais bien.

Elle rit.

– C'est tout de même mieux, alors !

Le soleil continue de monter, désintégrant les fins nuages blancs et dégageant complètement le ciel bleu éclatant.

Ils s'abritent tous sous des parasols et s'asseyent à l'ombre, en sirotant des boissons fraîches et en mangeant une salade de fruit, des mini-sandwiches, des croissants miniature et des quiches qu'un insulaire souriant leur a livrés à bord d'une voiturette de golf.

Nick a le droit à un petit morceau de fruit, puis il se lève pour aller faire un tour dans l'île.

– Il ne supporte pas de voir toute cette délicieuse nourriture, marmonne Brendan en fourrant dans sa bouche une autre bouchée à la crevette.

– Je sais, je me sens tellement coupable, acquiesce Anna, en étalant un délicieux fromage à l'ail et aux fines herbes sur un croissant.

Ils échangent un regard et pouffent de concert.

– Pauvre Nick !

– Il est tellement grognon quand il a faim.

– Peut-être qu'il est parti à la recherche d'un magasin de sandwiches, suggère Brendan.

Anna secoue la tête.

– Sérieux ? Non. Il a bien trop de volonté pour ça. Il sait qu'il a encore trois ou quatre heures de séance photos. Mais attends ce soir, il va dévorer tout ce qui lui tombera sous la main, surtout du chocolat.

– Ah, l'homme de fer a un point faible ! répond Brendan. Et pas seulement toi !

La conversation se tarit peu à peu et ils sommeillent pendant cet après-midi de farniente en se laissant bercer par le clapotis des vagues.

Quand Anna rouvre les yeux plus tard, Nick est revenu. Il est allongé sur un transat. Sa peau est bronzée et peut-être un peu rose par endroits.

Elle pense qu'il dort parce que ses yeux sont dissimulés par des lunettes de soleil, mais il tourne la tête vers elle et lui lance son sourire unique. Elle ouvre la bouche pour lui parler, mais il pose un doigt sur ses lèvres et se lève silencieusement, en lui tendant une main. À nouveau, Anna fait mine de parler, mais il secoue la tête avec ce sourire lent, sexy, qui fait remonter ses lèvres charnues vers le haut. Elle prend sa main. Sa paume est chaude et légèrement rugueuse, il enveloppe ses doigts autour des siens en tirant doucement. En glissant un peu dans ses tongs, elle le suit vers la mer. Il se penche et retire ses chaussures. Ils s'avancent dans l'eau cristalline, peu profonde, jusqu'à ce qu'elle leur arrive aux cuisses. Le courant les pousse doucement, c'est frais et délicieux sur la peau chauffée par le soleil.

Ils dépassent un promontoire rocheux et elle découvre une petite crique secrète qui aurait pu servir de refuge à des contrebandiers des siècles passés.

Nick l'attire à lui, l'embrasse sur les lèvres, les joues, le nez, le front. Il lui lèche le cou et mordille ses lobes d'oreilles. Sa peau nue est chaude sous ses mains, et elle sent également son sexe se durcir sous le tissu brillant de son Speedo porte-bonheur.

Elle s'arrête.

Elle lui a offert ce maillot de bain et il l'a porté à chaque match, y compris celui de son jubilé.

– Ce maillot possède une longue histoire, chuchote-t-elle contre sa gorge.

Nick a un sourire carnassier, mais ne dit rien. Son silence est tentant, il l'attire dans son jeu. Anna pousse un long soupir.

Peut-être a-t-il raison. Peut-être ont-ils assez parlé comme ça. Même si ces derniers mois, il y a eu trop de silences entre eux, trop de non-dits. Peut-être qu'à présent, se connecter sans dire un mot est ce dont ils ont besoin.

Elle fait taire son esprit torturé et laisse parler son corps.

Anna saisit le fin tissu du Speedo de Nick et le fait glisser sur ses fesses fermes. Le tissu s'accroche devant sur sa queue et il gémit doucement, en le faisant descendre le long des muscles épais de ses cuisses et de ses mollets.

Il l'attrape par la taille et l'attire à lui en embrassant ses seins et en mordant ses mamelons à travers son haut de bikini. Elle sent plus qu'elle ne le voit dénouer les lacets qui retiennent son haut autour de son cou, sans savoir ensuite où il le jette. Elle s'en fiche. Il ne se donne pas la peine d'enlever son bas, il se contente de repousser le tissu et il la soulève dans la foulée.

Anna halète. Elle l'enveloppe de ses jambes en effectuant un mouvement de balancier pour s'empaler sur lui. Il se sert de sa force incroyable pour la soulever puis la rabaisser. Ses poussées sont lentes et profondes, elle le sent au plus profond d'elle-même. Le soleil cogne sur sa nuque, son dos, ses bras, et la chaleur l'envahit alors que le mouvement s'accélère en devenant plus violent. La violence de son propre désir lui serre la gorge, elle menace d'exploser à chaque seconde, chaque instant, chaque…

Anna pousse un cri en jouissant, elle frissonne, tremble dans les bras de Nick. Il lance un juron à voix basse en éjaculant en elle et tombe lentement à genoux. Le sable chaud se colle au dos en sueur d'Anna.

Ils restent allongés sur le sable, ramollis, en sueur, bouche ouverte et paupières closes.

Nick se retire ensuite, mais garde une main posée sur son ventre pendant qu'elle reprend peu à peu son souffle.

– Ouh ouh ! Où êtes-vous, les tourtereaux ?

La voix de Brendan résonne dans la crique, Anna l'aperçoit qui barbote non loin du bord.

– Bren ! hurle-t-elle en se rasseyant et en cachant ses seins dans ses mains, accorde-nous une minute !

Il s'arrête et se cache le visage derrière sa main dans un geste théâtral.

– Mes yeux ! Ils brûlent ! Je ne devrais pas avoir à voir ma patronne à poil ! Il n'y a pas de loi contre ça ? C'est du harcèlement sexuel ? Suis-je harcelé parce que je ne baise pas pendant ma pause-café alors que ma patronne, elle, le fait ? (Il retire alors sa main et fixe Anna.) Je suis traumatisé !

– Fous le camp, Brendan !

– Charmant, renifle-t-il en faisant demi-tour et en disparaissant par là où il est arrivé. Le maestro exige que sa paire de couilles retourne au boulot. Avec ou sans Speedo.

Nick rigole, Anna lui lance un regard complice et ils éclatent de rire sans pouvoir s'arrêter.

– Oh mon Dieu ! Peut-être qu'on l'a traumatisé à vie ! Il pourrait me poursuivre pour stress sur son lieu de travail.

– Ouais, probablement. Mais je ne crois pas que ce soit tes lolos qui l'ont traumatisé. Il a déjà vu ma bite.

Ils regagnent la mer et lavent tous les endroits de leur corps où le sable n'est pas censé se coller.

Anna tressaille. Elle a l'impression que son pauvre vagin a été passé au papier de verre et Nick a l'air un peu mal à l'aise en renfilant son Speedo humide.

À noter : Faire l'amour sur une plage, *c'est plus sexy dans les livres.*

Nick termine le shooting en ignorant la chaleur moite qui s'est installée, puis insiste pour regagner le bateau à la nage.

Anna l'observe qui fend les flots d'un bleu profond. Sa peau dorée par le soleil luit comme celle d'un dieu antique de la mer et ses tatouages semblent venir d'un autre monde.

Massimo prend les derniers clichés de la journée, capturant Nick en mouvement, avec ses bras qui fendent les vagues, puis s'assied sur la banquette de son yacht avec un sourire satisfait.

Ils sont tous fatigués. Fatigués d'avoir commencé si tôt cette longue journée, fatigués par la chaleur, le déjeuner tranquille et le vin bu dans l'après-midi, et avec la satisfaction tranquille du travail bien fait.

Nick s'est hissé sur le yacht, le corps ruisselant d'eau de mer. Il vide toute une bouteille d'eau minérale d'un litre. Il écarquille les yeux lorsqu'Anna sort les sandwiches et les quiches qu'elle a mis de côté pour lui, il les hume avec avidité. Enfin rassasié pour un moment, il s'assied à côté d'Anna. Sa peau humide, rafraîchie par le contact de l'eau de mer, sent l'iode. Le lent tiraillement du désir monte à nouveau en elle. *Cet homme, cet homme splendide.*

Elle se penche vers lui et ferme les yeux dans la douce lumière du soleil du soir. Elle se sent en paix.

Leur fête de fin de shooting a lieu dans un petit restaurant non loin du studio. Nick ne prononce pas un mot pendant la première demi-heure. Il dévore tout ce qui se présente.

Ils parlent des séances photos et Massimo explique qu'il est ravi. Ils rient à des blagues idiotes, celles que l'on fait quand on partage une expérience, et même Ning Yu se déride un peu.

Puis, le ventre plein et la tête lourde, ils se séparent en se promettant de rester en contact.

Les vacances sont terminées.

CHAPITRE

8

Londres est comme paralysé par un froid cuisant. Les Londoniens n'étaient pas préparés à un retour aussi inattendu de l'hiver. Les vents arctiques venant de l'Est rugissent depuis les steppes russes et le « monstre asiatique », comme la presse a baptisé cet épisode météorologique, enserre la ville dans un gant de glace.

Anna tremble en serrant son épais cardigan autour d'elle. Elle se sent bêtement reconnaissante à Trish de lui avoir offert ces pantoufles panda en fourrure à Noël.

Nick est en bas à la cave, et Anna perçoit le son ténu de ses foulées sur le tapis de jogging. Elle aurait aimé qu'un ingénieur puisse venir récupérer toute cette énergie afin de chauffer la vieille maison. Les hauts plafonds et les larges ouvertures qui l'ont séduite lorsqu'ils cherchaient un logement ont nécessité beaucoup de travaux d'isolation et la pose de doubles vitrages pour les rendre supportables en hiver, et parce qu'elle est frileuse, Nick a fait des folies en installant un chauffage par le sol. Un luxe insolent dont elle lui est chaque jour reconnaissante, et particulièrement en ce moment.

De légers flocons flottent derrière la fenêtre aux vitres givrées. À l'extérieur, le monde est tout blanc et presque silencieux. Les rues ont été salées et sablées la veille, mais les chasse-neige passent rarement dans Londres, excepté dans les artères principales. Ils se contentent de compacter dangereusement la couche de glace au-delà de leur allée.

Anna détourne le regard, abandonnant cette scène de pagaille digne de Noël pour se concentrer sur son ordinateur portable et reprendre son travail.

Quatre-vingt-dix minutes plus tard, Nick réapparaît, tout en sueur. Anna hésite entre le serrer dans ses bras et le jeter sous la douche, bien qu'il lui soit tout à fait impossible de balancer ses quatre-vingt-deux kilos de muscles masculins où que ce soit.

– Comment ça avance, l'écriture ? demande Nick.

– Bien. Ça coule un peu mieux aujourd'hui. Et toi, qu'est-ce que tu vas faire ?

Nick hausse les épaules.

– Je pourrais préparer quelque chose pour le déjeuner.

– Mais il est seulement onze heures, bébé.

– D'accord. (Il jette un coup d'œil à la fenêtre.) Je pourrais aller faire un tour.

– Il fait presque moins six degrés dehors et il neige. C'est quasiment le blizzard !

Nick lui fait un petit sourire.

– Ouais, mais je pensais traverser le Heath[7] et prendre quelques photos. C'est la première fois qu'il neige autant depuis que je suis à Londres.

Il quitte la pièce et Anna l'entend descendre les escaliers quatre à quatre puis fourrager dans un des placards. Elle est contente de le voir enfin s'enthousiasmer pour quelque chose : bien peu de sujets ont retenu son attention depuis leur retour à Londres. Il n'a même pas été très intéressé par elle,

---

7. Le Heath, ou Hampstead Heath, est un très ancien parc londonien d'une superficie d'environ 320 hectares.

à vrai dire. Après leur partie de jambes en l'air torride sur la plage en France, c'est la panne sèche. En fait, ils ont à peine fait l'amour depuis qu'ils sont rentrés, peut-être une fois par semaine si c'était elle qui initiait la chose, pas deux fois par jour comme ils en avaient l'habitude. Le manque d'intérêt permanent de Nick a fait fondre sa confiance en elle, un peu plus chaque jour.

Elle avait espéré que la séance photos avec Massimo arrangerait tout, mais elle a été déçue.

Ana soupire et se remet au travail. En l'absence de Nick, la température dans la pièce semble avoir chuté.

Quelques minutes plus tard, il réapparaît, bottes d'hiver aux pieds, une veste imperméable doublée en peau de mouton, un bonnet noir, des gants épais et un sac de photo à l'épaule. Il lui paraît plus animé que d'habitude. Il l'embrasse longuement sur la bouche, lui fait un clin d'œil en sortant.

– Attends ! Tu as un appareil photo ? Comment se fait-il que je ne l'aie jamais vu auparavant ?

Il passe la tête par la porte, il a l'air étonné.

– Ah bon ?

– Non, jamais.

Il hausse les épaules.

– J'aime bien faire un peu de photo. Mais j'étais trop occupé pour ça, tu sais. Voir Massimo travailler m'a rappelé que ça faisait un moment que je n'en avais pas fait.

Mon Dieu, pense Anna, *cela fait presque cinq ans que nous sommes ensemble* ! Mais elle ne le dit pas.

– Ouah ! C'est cool !

– Je me suis dit tout simplement que j'allais m'amuser un peu avec ça.

– Bon… amuse-toi alors. Si tu rencontres le Père Noël, n'oublie pas de faire un selfie !

Elle sourit en entendant son rire résonner dans le couloir. Puis son sourire s'évanouit. Même son rire semble plus rare ces derniers temps.

Elle replonge dans son travail, le nez sur son écran, mais ses pensées dérivent vers Nick alors que la neige continue à tomber derrière la fenêtre.

Deux heures plus tard, il est rentré, les yeux brillants et les joues rougies par le froid. Ses bottes sont couvertes de neige et le bas de son pantalon est tout blanc. Il tape ses pieds sur le seuil puis se penche pour délacer ses bottes.

– C'est incroyable dehors, dit-il en secouant ses cheveux afin d'en faire tomber les flocons de neige. J'ai réussi quelques chouettes photos. Je regrette de ne pas avoir de meilleur objectif.

Il fait défiler les photos de Hampstead Heath sous la neige, un paysage austère et inhabituel.

– Elles sont vraiment belles, lui dit Anna, étonnée et ravie. Qu'est-ce que tu as comme appareil ?

Nick hausse une épaule.

– C'est un Nikon D6-10, un SLR[8] numérique.

Cela ne dit rien à Anna, mais elle pense réellement que ses photos sont superbes.

– Tu devrais en tirer et en encadrer quelques-unes pour ton bureau, suggère-t-elle.

– Ouais, je pourrais, répond-il pensivement. Je vais les télécharger et les imprimer.

Son sourire s'évanouit dès que Nick sort de la pièce. La chaleur et la complicité qu'ils avaient retrouvées en France ont disparu, leurs conversations sont plus courtes et le silence plus profond. Il lui paraît plus lointain que jamais.

Une heure plus tard, l'estomac d'Anna crie famine. Nick n'est pas ressorti de son bureau, elle va donc le chercher.

Il est toujours devant son ordinateur portable, plongé dans les retouches des scènes de neige qu'il vient de prendre.

– Stupéfiant, lui susurre Anna en admirant les photos. Elles sont encore plus belles à cette taille. Tu as du talent, Nick.

---

8. Pour *Single-Lens Reflex*, Reflex mono-objectif, en français.

Nick sursaute, surpris de ne pas l'avoir entendue entrer.

– Merci, elles sortent pas mal.

– Je peux regarder ?

Nick s'écarte pour qu'Anna puisse les passer en revue.

– Tu devrais encadrer celle-là et… attends, c'est quoi ça ?

Elle vient de tomber sur une série de photos réalisées en France. Elle ne s'était pas rendu compte que Nick les avait prises.

– Tu as utilisé ton téléphone ?

– Ouais.

Il y a des scènes à leur hôtel. Certaines d'elle, prises dans son sommeil, sont à couper le souffle. Elle a l'air si paisible, et l'éclairage tout en douceur du petit matin est flatteur.

– Tu es belle, dit simplement Nick.

– Merci. Je… wouah, je n'avais pas la moindre idée que tu avais pris tout ça.

Elle parcourt une série de clichés des coulisses de la séance photo dans le studio de Massimo et dans l'île. C'est un reportage fascinant du maestro et de son équipe en plein travail, vus par Nick.

– Oh, à propos, tu as reçu un paquet de Massimo. Ça doit être un exemplaire du calendrier. Je ne l'ai pas ouvert, mais c'est uniquement parce que j'ai une volonté de fer, le taquine-t-elle.

Nick recule.

– Oh merde, je ne suis pas certain d'avoir envie de le voir.

– Eh bien, moi si ! Dépêche-toi, ouvre-le ! J'aimerais bien voir si tu es Monsieur Décembre ?

Nick lui jette un drôle de regard, mais il ouvre le paquet qu'elle lui tend et en sort un calendrier. Ses sourcils grimpent en flèche.

– Quoi ? Qu'est-ce qu'il y a ?

– Ils m'ont mis en couverture, dit Nick, complètement sidéré.

La photo de couverture est un des clichés pris sur la plage, qui montre Nick sortant de la mer. L'eau ruisselle de ses épaules et de sa poitrine, ses cheveux sont plaqués en arrière.

Sur cette photo, rétroéclairée par le soleil couchant, il est beau et athlétique, mais c'est également très suggestif, et on ne peut pas savoir que Nick est nu.

– Oh mon Dieu ! Tu es superbe ! Je me demande si Massimo accepterait de me donner un tirage pour que je l'encadre.

– Ouais, et comme ça, on pourrait le coller dans les chiottes, marmonne Nick.

– La ferme ! Je l'adore ! Ooh, je me demande s'il a utilisé d'autres photos de toi.

Anna retire le papier cellophane pendant que Nick hésite derrière son épaule, pas certain de vouloir voir ces photos. Il espère qu'aucun de ses potes n'entendra parler de son travail de mannequin de nu avant qu'il les voie samedi, sinon, il est sûr qu'ils vont lui en faire baver.

En fait, il y a deux autres photos de Nick à l'intérieur, toutes deux sont prises au studio, et il est clair qu'il pose nu.

C'est étrange de se voir là, en noir et blanc. Il se rend bien compte que c'est lui, mais c'est un peu comme s'il regardait un inconnu.

– Elles sont très belles, Nick, vraiment artistiques. Et torrides ! lui lance Anna en faisant mine de s'éventer. Ça te fait quoi ?

Il hausse les épaules.

– J'espère qu'elles rapporteront un maximum de fric à l'association.

– Ça me semble évident, acquiesce Anna en fixant les photos érotiques de son fiancé.

– Je vais faire à manger, marmonne-t-il, et il laisse Anna reluquer les autres athlètes du calendrier.

Bientôt, de délicieux arômes émanant de la cuisine sortent Anna de sa rêverie. Les légumes sautés asiatiques de Nick sont à se damner, et tellement sains qu'elle peut presque sentir son corps absorber les sels minéraux et les vitamines. C'est une bonne chose qu'elle ait planqué quelques cupcakes dans son bureau. Un régime équilibré, c'est tellement important !

– Je vais voir jouer les Phœnix samedi, lui annonce Nick après avoir bu quelques gorgées d'un jus bizarrement vert.

– Oh, c'est super ! répondit-elle trop vivement. Est-ce que Jason est dans le coup ?

– Ouaip. C'est son dernier match à domicile.

Anna est contente. Ils sont amis depuis que Nick est arrivé à Londres, et Jason n'a plus beaucoup de matchs en top league. Il a utilisé ce prétexte pour obtenir de Nick la promesse qu'il viendrait.

– Tu ne veux plus voir jouer les Phœnix ? demande Anna, déconcertée par son manque d'intérêt pour l'équipe qui a été la sienne pendant quatre ans.

Nick fronce les sourcils.

– Oui, non, pas vraiment, dit-il calmement.

Anna a une idée de la raison de cette ambivalence, mais elle veut qu'il crache le morceau. Il lui revient à l'esprit l'un des proverbes favoris de son père, « Il vaut mieux assumer ses erreurs que faire semblant d'être parfait », et deviner ce que pense Nick n'est pas son fort ces derniers temps.

– Ouais, je vais aller voir Jason et encourager les copains, dit-il. Mais c'est différent d'être dans les tribunes. J'aurais encore envie d'être sur le terrain, je le sais, mais en même temps, j'ai définitivement rompu avec le rugby.

Anna hausse un sourcil. En y réfléchissant, il dit la vérité. Même lorsque la télé a retransmis le tournoi des Six Nations, il n'a regardé que quelques minutes de chaque match.

Elle réalise à quel point il avait besoin d'une rupture franche.

Ce sera la première fois qu'il va revoir certains de ses potes du rugby et assister à un match à domicile.

Anna hoche lentement la tête.

– Oui, j'ai déjà vu cela avec certains des footballeurs avec qui j'ai travaillé chez moi, aux USA. On pense que les joueurs seront de vrais fans, mais ce n'est pas toujours le cas. Certains adorent suivre et aller aux matchs, d'autres pas vraiment. C'est tout à fait compréhensible.

Nick se frotte le visage.

– J'aime bien retourner voir les clubs amateurs dans lesquels j'ai joué adolescent, juste pour observer. C'est différent, tu sais ? Les liens avec ton club quand tu es môme. Mais lorsqu'il s'agit d'un club professionnel dans lequel tu as joué, c'est difficile de rester dans les tribunes. Je vais aller voir Jason parce que, sans ça, il va m'engueuler, mais ouais, j'aimerais mieux jouer que regarder.

– Tu veux que je vienne avec toi ? demande Anna.

Nick lui fait un petit sourire.

– Nan, ça va. Il va faire un froid de canard samedi. Et de toute façon, Jason voudra descendre quelques verres après.

Anna sourit intérieurement. Elle sait que c'est le nom de code d'une grosse beuverie pour toute l'équipe, bien que Nick ne soit pas lui-même un gros buveur. Plus maintenant.

– Très bien, ce sera une virée entre mecs, alors.

Nick ne semble pas certain de vouloir y aller, mais Anna se dit que cela lui changera les idées.

Il a à peine vu ses amis depuis qu'il est rentré de France ou depuis son jubilé, en fait.

Pendant les deux jours qui suivent, l'esprit d'Anna se focalise sur la séance photos. Ce ne sont pas les clichés de Massimo qui attirent son attention, mais les photos que Nick a prises. Son intérêt pour la photo la ravit. Il n'a jamais eu de vrai passe-temps, il a toujours été trop occupé. À peine une nuit de poker de temps à autre avec ses coéquipiers.

De façon totalement impulsive, Anna envoie un mail à Massimo en lui mettant en pièces jointes les paysages enneigés de Nick et les photos de coulisses qu'il a réalisées, en lui demandant conseil pour des objectifs supplémentaires pour son appareil photo.

Il lui répond le soir même, avec des commentaires encourageants. Elle est légèrement déconcertée en découvrant qu'il lui suggère d'acheter deux nouveaux objectifs, un cinquante millimètres et un quatre-vingt-cinq millimètres avec pied, pour un total de plus de mille livres. Pourtant, elle passe commande en ligne.

***

Nick espérait que le calendrier resterait confidentiel pendant encore quelques jours. Mais apparemment Massimo ou les gens du marketing l'ont envoyé à la presse britannique.

Nick est à nouveau sur le devant de la scène. Les unes sont relativement modérées :

La fusée du rugby devient top-modèle

Les débuts de Renshaw pour les calendriers

Sauf celles des tabloïds :

L'as du rugby se dévergonde

Nick le débauché se met à nu

Le strip-tease de Nick

Nick et Anna l'ont compris quand le téléphone n'a pas cessé de sonner parce que les journalistes voulaient des interviews. Anna a demandé de l'aide à Brendan pour leur répondre et leur envoyer un communiqué de presse afin d'expliquer les objectifs de l'œuvre de bienfaisance, avec une courte citation de Nick expliquant qu'il avait beaucoup apprécié travailler avec Massimo.

Mais lorsque Nick arrive au stade des Phœnix le samedi après-midi, les murs des vestiaires sont entièrement tapissés de photocopies de son calendrier, avec des ajouts de moustaches, de soutiens-gorge, de triples tétons, de bites géantes et de divers autres graffitis.

– Nick le débauché, tu veux bien signer mes seins ? beugle Jason lorsqu'il le voit arriver.

– Va te faire foutre, lui répond-il doucement.

C'est ce qu'il avait redouté. L'équipe le charrie pendant au moins dix minutes jusqu'à ce que Sim Andrews, l'entraîneur en chef, vienne à son secours en demandant aux joueurs de se concentrer sur le match à venir. Ils se serrent la main et son ancien patron lui adresse un sourire bizarre.

– Content de te voir, Nick, tu as bien choisi ton moment pour nous rendre visite.

– Cela ne m'a pas paru une si mauvaise idée, gémit Nick.

– Je pense que tu as joué finement, mon pote. Tu vas avoir une foule de photographes qui vont faire la queue pour prendre ta tronche en photo.

Nick sursaute.

– Tu crois ?

– Ouais, j'en suis certain. Et des éditeurs qui vont vouloir écrire ton autobiographie.

Nick secoue la tête.

– J'en ai déjà eu après mon jubilé. Et je n'ai que trente-quatre ans. C'est un peu jeune pour une autobiographie, tu ne trouves pas ?

Sim hausse les épaules.

– J'en sais rien, mon pote. Apparemment, on écrit des bouquins sur certaines de ces pop-stars avant qu'elles aient atteint l'âge de la puberté. Mais qu'est-ce que j'en sais ? Je ne suis qu'un vieux schnock. Bon, tu as intérêt à te mettre en mouvement. Tu seras dans les gradins ou dans les loges, avec les huiles ?

– Dans les gradins, dit Nick en recevant un coup d'épaule approbateur de Sim.

– À plus tard, mon garçon.

Nick fait le tour du vestiaire où des vêtements jonchent le sol dans un chaos abominable. Les kinés posent des straps et la pièce est remplie d'odeur de Baume du Tigre. Il réalise que tout ça lui manque terriblement. Il a envie de s'enfuir, mais il ne peut pas, il a promis. À la place, il se dirige du côté des gradins en discutant avec les fans et les supporters qu'il rencontre.

Il fait froid, mais au moins la neige a fondu. Elle reste rarement longtemps dans le sud tempéré de l'Angleterre.

Alors que la seconde mi-temps du match progresse, Nick sent la tension monter en lui. L'adrénaline se diffuse dans ses veines pendant qu'il regarde les actions et qu'il se retrouve à faire le match mentalement avec ses amis. Il est à la torture, tout son organisme lui crie qu'il devrait être sur le terrain avec eux, en train de mener son équipe. Mais une autre partie de lui rêve de foutre le camp très loin de là. Le froid s'insinue dans son corps, réveillant une douleur à l'épaule qui lui rappelle soudain sa dernière opération, moins d'un an plus tôt. Juste avant son anniversaire, celui de ses trente-quatre ans.

Il doit le reconnaître, trente-quatre ans, c'est trop vieux pour un match difficile.

Encore un match seulement, pense-t-il.

Trop vieux, mon pote, lui répond sa tête.

Nick se serait échappé dès la fin du match s'il n'avait pas promis à Jason d'aller boire un verre avec lui et les copains de l'équipe.

Les jeunes joueurs le regardent avec admiration. Après tout, c'est quand il était capitaine que Nick a mené l'équipe des Phœnix à plus de victoires que personne avant lui et qu'il a remporté deux fois la Coupe du monde pour l'équipe d'Angleterre.

Il appartient à l'histoire dorénavant.

Il aurait voulu se perdre dans les vapeurs d'alcool, mais de trop nombreuses soirées très arrosées lui ont enlevé toute envie de se saouler. Il se contente d'une seule bière blonde, puis passe à l'eau.

– On assurait, n'est-ce pas mon pote ? lance Jason, en passant son bras autour des épaules de Nick. On était les meilleurs arrières qui soient. Nous étions des légendes, des légendes.

Puis il se tourne pour le regarder.

– Comment tu fais ? Comment tu fais pour arrêter ? Parce que je n'en ai pas le début d'une idée. Je te le dis, Nick, ça me fout les jetons. J'aurais l'impression de perdre mes couilles. (Il a un rire cynique.) Peut-être que je ferai comme toi et je montrerai mon engin contre du fric. Tu penses que je pourrais poser pour un calendrier ?

Ben Richards, un des nouveaux joueurs, attrape alors Jason par le cou et lui tape sur le crâne.

– Nan, mon pote. T'es bien trop moche, mais tu me bottes quand même !

Et il lui claque un énorme baiser mouillé sur la joue.

Jason beugle d'indignation et se penche sur le bar pour commander une autre tournée sans attendre la réponse de Nick. Cela dit, que pourrait-il lui répondre ?

Pourtant, tous ses coéquipiers pensent qu'il s'en sort bien alors qu'en réalité, il se noie. Il ne peut pas leur en parler, leur avouer comment il se sent réellement.

Plus tard dans la soirée, alors que Nick empêche Jason de glisser sous son tabouret, il sent son téléphone vibrer mais quand il voit un numéro inconnu, il laisse l'appel basculer sur la boîte vocale.

Finalement, le barman prend les dernières commandes, les laisse vider leurs verres et ferme le pub. Le reste des Phœnix ont décidé d'aller terminer la nuit dans un club. Nick refuse de les suivre pour rejoindre Anna à la maison.

Il y a bien sûr un certain nombre d'allusions paillardes.

Nick a hâte de quitter le pub et de se débarrasser de ses vêtements qui puent la bière. Ce n'est qu'une fois dans le métro qu'il écoute le message qu'il a reçu plus tôt.

Bonjour Nick,

Je m'appelle Adrienne Catalano. Je dirige une agence de mannequins à Manhattan. Massimo Igashi m'a envoyé un exemplaire du calendrier qu'il a fait avec vous. Vous avez une vraie présence physique que nous aimons énormément et nous voudrions vous représenter à New York. Je ne sais si vous envisagez l'éventualité d'une carrière de mannequin, mais pourquoi ne pas venir pendant un mois faire un essai ? Appelez-moi pour que nous puissions en discuter.

Nick écoute le message deux fois de suite, puis googlise Adrienne Catalano. Il est surpris de constater qu'elle dirige bien une véritable agence de mannequins.

Sa première réaction est de lui répondre qu'il n'est pas intéressé, puis il réfléchit… Il faut qu'il fasse quelque chose de sa vie. Il ne peut pas continuer à vivre sur ses économies, et il est hors de question qu'il vive sur le dos d'Anna, bien qu'elle lui affirme que ça ne lui pose aucun problème. Il ne peut pas continuer à la décevoir.

Lorsqu'il rentre à la maison, tout est silencieux, mais elle a laissé une lampe allumée pour lui dans l'entrée, un mot sur la table de la cuisine et un verre de lait et un cookie sur une assiette. Nick tire une chaise et s'assied lourdement en souriant pour lire le mot.

J'espère que tu as passé une super-soirée et que Jason s'est tenu correctement (enfin presque).

Le lait, c'est au cas où tu aurais mangé un de ces kebabs sur le chemin du retour, et le cookie, c'est moi qui l'ai fait parce que je t'aime.

Anna x.

Nick s'installe à table, il grignote le biscuit aux pépites de chocolat et boit le lait en réfléchissant à ce qu'il veut faire de sa vie. Il reste assis un long moment.

Puis il grimpe les escaliers et se glisse dans les draps réchauffés par le corps d'Anna.

– Salut, dit-elle en clignant des paupières, la voix tout ensommeillée, comment était ta soirée ? Est-ce que Jason…

Nick interrompt ses questions par un baiser, vide son esprit et fait l'amour à la femme qui est à ses côtés sans prononcer un seul mot.

CHAPITRE

9

Le lendemain matin, Anna est encore au lit quand Nick lui parle du message de l'agence de mannequins.

Il est réveillé depuis des heures, mais elle ne l'a pas entendu se lever. Ça n'a rien de nouveau. Il est souvent parti faire son footing matinal avant qu'elle ait eu le temps de se glisser sous la douche, puis de boire deux tasses de café noir pour se sentir vaguement humaine à nouveau.

Les œufs brouillés qu'il lui a apportés sur un toast refroidissent pendant qu'elle écoute le message de l'agence.

– Wouah, dit-elle calmement, en le regardant. C'est… wouah !

– Ouais, c'est dingue, non ?

– Je ne dirais pas ça. Les photos qu'a faites Massimo sont splendides. On aurait dû se douter que tu allais recevoir ce genre de proposition. Qu'en dis-tu ?

Nick hausse les épaules.

– J'en sais rien. Elle a l'air d'avoir pignon sur rue. Je ne suis allé qu'une seule fois à New York quand…

Il ne termine pas sa phrase et tous deux restent silencieux. La seule fois que Nick est allé à New York, c'était pour les funérailles du père d'Anna. Ça avait été une journée difficile. Aucun d'eux n'a envie d'y penser.

– Alors, tu as envie d'essayer ?

Nick s'assied en s'appuyant contre la tête de lit.

– Tes œufs sont en train de refroidir.

Anna n'en a pas envie, mais il les a préparés pour elle, alors elle prend sa fourchette et mange.

– On partage ?

Il secoue la tête.

– J'ai mangé les miens il y a une heure. J'attendais que tu te réveilles.

Anna n'en est pas certaine, est-ce qu'elle a perçu un soupçon d'enthousiasme dans sa voix ? Elle s'efforce de se réveiller tout à fait afin que son cerveau puisse carburer normalement.

– Ça ne coûterait rien de téléphoner à cette femme, pour en savoir un peu plus.

– Ouais, ok. Je l'appellerai lundi.

Anna sourit.

– Bébé, c'est un truc que tu dois apprendre. Les New-Yorkais sont toujours au taquet. Je te parie que si tu l'appelles maintenant, elle va te répondre.

– Mais il est quoi, trois ou quatre heures de matin là-bas !

Anna lui adresse un petit sourire.

– Hmmm, c'est peut-être un peu tôt !

Nick lui lance un regard noir. Anna a vécu des années à New York, elle est même allée en fac là-bas, elle sait que c'est non-stop dans « la ville qui ne dort jamais ».

Elle est sur le point de prendre une autre bouchée de ses œufs froids lorsqu'elle réalise que Nick la regarde d'un air émoustillé. Elle manque lâcher sa fourchette, surprise par tant d'enthousiasme. La nuit dernière a été la première fois depuis un moment, et voilà qu'il a à nouveau envie d'elle ?

Nick reprend l'assiette, la pose par terre et se jette sur elle d'un air affamé.

***

– Alors, qu'est-ce que la patronne de l'agence a dit quand Nick l'a appelée, demande Brendan avec impatience en ajoutant une troisième cuillerée de sucre dans son café du lundi matin.

Anna sourit.

– En gros, elle lui a dit de ramener ses fesses, de faire quelques castings et de voir ce que ça donne. Sans garanties, mais elle pense pouvoir lui trouver du boulot comme mannequin.

– Oh, on dirait un conte de fées, soupire Brendan en soulevant sa tasse et en soufflant dessus, avec une pantoufle de vair ou un maillot Speedo porte-bonheur.

Anna fronce les sourcils.

– Je regrette de t'avoir mis au parfum concernant ce Speedo porte-bonheur.

Brendan lui sourit.

– Moi, je trouve ça romantique. Peut-être qu'un jour, un mec superbe m'offrira un Speedo porte-bonheur, le sien de préférence.

– Oh Seigneur ! Tu ne t'arrêtes jamais ?

Brendan secoue la tête.

– Non, je suis une véritable bête de sexe. Et toi, Anna-Banana ? Comment va ta vie sexuelle ces derniers temps ? Parce que, ce matin, tu as cet éclat post-orgasme.

Anna est habituée à l'absence de tout ce qui peut ressembler à des limites chez Brendan, elle s'efforce de ne pas rougir.

– Ça ne te regarde pas.

– Oh, alors tu l'as fait, espèce de petite débauchée ! roucoule-t-il, en faisant semblant de défaillir. Un bon ramonage par le Roméo du rugby. J'en suis tout chose.

Anna l'ignore.

– Nous avons du travail, au cas où tu te poserais la question.

– Ooooh, Madame en pétard est dans la place. Je croyais que baiser était censé te détendre.

– Brendan !

– D'accord, d'accord. J'ai parlé à ton éditeur et je lui ai donné les photos qui avaient besoin d'être légendées, et j'ai fixé ta participation à Loose Women[9] pour le dix-sept. Le staff de David Beckham a refusé ta demande d'interview, bouh ! Mais Jonnie Peacock[10] (Seigneur, j'adore ce nom) et Jonny Wilkinson ont tous les deux accepté, les dates sont à confirmer. J'ai trié ton courrier électronique, j'ai bazardé les dingues, je t'ai envoyé ceux que tu dois regarder personnellement et j'ai répondu aux autres. Oh, et Nick a reçu 1753 commandes pour le calendrier sur son site, que j'ai transféré à l'équipe des *Dieux du stade*.

Anna relève la tête brusquement.

– Combien ?

– Je sais, et en cinq jours seulement ! C'est comme si tu sortais avec une James Bond girl, tu sais, de sortir avec Monsieur Février, Monsieur Juin et Monsieur Août, espèce de sale veinarde !

Anna ouvre la bouche, mais ne dit rien. Elle adore sortir avec Nick, pourtant pendant leur première année voir les autres femmes le reluquer l'a fragilisée et ça a encore empiré depuis la sortie du calendrier. Elle n'ose imaginer ce que ça va donner s'il se lance dans le mannequinat. Que va-t-il arriver s'il devient aussi célèbre que Jamie Dorman ou David Gandy ? Ça lui fera quoi ? C'est une chose d'être célèbre en tant que sportif, mais Anna n'est pas naïve : poser, c'est vendre du sexe.

– Anna, qu'est-ce que tu as ? Tu as l'air constipée.

– Seigneur. Bren !

Mais Anna rit tout de même. Brendan s'en sort toujours par une pirouette. Il le sait et s'en sert sans vergogne.

– Cela devient juste un peu chiant de voir les femmes le regarder fixement en chuchotant. Hier, pendant que nous

---

9. Nom d'une émission de talk-show britannique où quatre intervieweuses reçoivent des célébrités.

10. Signifie « paon » en anglais, mais Brendan joue sur les mots : *cock* veut dire « bite » et *pea* sonne comme *pee*, « faire pipi ».

déjeunions dans ce pub dans le Heath, trois sont venues prendre des selfies.

– Ooh, j'adore cet endroit, c'est tellement romantique. J'adore la nourriture et leur alcôve avec son énorme cheminée.

– Eh bien, c'était romantique jusqu'à ce qu'elles débarquent. Nick a été poli, comme toujours, mais ça a tout gâché.

Brendan a hoché la tête.

– Il faut que tu voies les choses du bon côté

– Facile à dire, tu n'es pas fiancé avec Monsieur Février.

Le ton d'Anna est ironique. Content de l'avoir fait sourire, Brendan ouvre son iPad et affiche le calendrier à l'écran.

– Bon, quand est-ce que Nick pense aller à New York ? Il faut que je vérifie vos emplois du temps si vous devez être absents pendant un mois et…

– Bren, dit Anna en posant la main sur son bras, je ne vais pas à New York. Nick y va tout seul.

Une fois n'est pas coutume, Brendan reste muet. Puis il lui lance un regard sévère.

– Vous pouvez m'expliquer, Docteur Scott ? Parce que je ne vois rien dans ton emploi du temps qui puisse t'en empêcher.

Anna se mord la lèvre et secoue la tête.

– Je pense simplement qu'il a besoin de faire ça tout seul.

Brendan se tapote le menton.

– Et tu penses ça pourquoi ?

Anna soupire.

– Bren, tu as bien vu comment c'est depuis le jubilé. Le voyage en France, c'est la première fois que j'ai perçu une étincelle en lui depuis qu'il est à la retraite. Il a besoin de trouver sa voie par lui-même, sans que je le brime tout le temps.

Brendan écarquille les yeux.

– Tu penses que tu le brimes ?

– Pas complètement, mais… okay, oui, je le pense parfois.

– Hum, hum, et qu'est-ce que tu penses qu'il ferait si tu n'étais pas là ?

Anna déglutit.

– Je ne sais pas. Je ne suis même pas sûre qu'il resterait à Londres. Il rentrerait probablement dans le Yorkshire pour être près de sa famille.

Brendan lève les yeux au ciel, comme s'il cherchait une aide divine, puis fixe de nouveau Anna.

– Anna, tu dis n'importe quoi. Nick ne sait pas ce qu'il veut faire. Et comme tu me l'as dit mille fois toi-même, c'est complètement normal pour un ancien athlète. Il est clair qu'il n'a pas envie de devenir entraîneur et qu'il a fait une rupture nette avec le rugby, mais il ne sait pas ce qui va se passer pour lui. Alors pourquoi toi, tu devrais le savoir, c'est un mystère total pour moi. Je veux dire, j'ai vingt-neuf ans et je ne sais toujours pas ce que je veux faire quand je serai grand.

– Bren, tu as eu trente et un ans.

– Chuuuutttt, les murs ont des oreilles ! lance-t-il en prenant un ton dramatique. Et ne change pas de sujet. Pourquoi tu ne vas pas à New York ? Dis-moi la vérité, à présent.

Anna se penche sur sa chaise.

– Comme je te l'ai dit, il doit le faire tout seul. Je ne sais pas si c'est ce qu'il veut, et lui non plus, mais m'avoir dans ses pattes n'aide pas. Honnêtement, Bren, je crois que c'est pire pour lui, c'est comme s'il se sentait coupable de me voir travailler pendant des heures alors que lui n'a rien sur quoi se concentrer. Je ne veux pas qu'il se sente coupable. Je veux qu'il trouve un truc qu'il a envie de faire. Ce sera peut-être mannequin, peut-être pas, mais ce doit être parce que ça l'intéresse, pas parce qu'il croit que j'ai envie qu'il le fasse.

Brendan lui fait un clin d'œil.

– C'est un peu tordu, ton truc. Tu en as parlé à Nick ?

Anna grimace.

– Qu'est-ce que tu as fait ?

Anna s'enfonce dans son siège.

– J'ai menti, murmure-t-elle.

– Quoi ?

– J'ai menti. Je lui ai dit que j'avais trop de boulot pour venir à New York.

Brendan se frappe le front.

– Annie !

– Je sais ! Je sais ! Ne me crie pas dessus ! Il va tellement me manquer. Mais comme ça, je le libère.

CHAPITRE 10

New York City

La fatigue de Nick disparaît pour faire place à de l'excitation. Et à un sentiment de libération.

Il est à New York pour un nouveau départ.

Il ressent malgré tout ce sentiment de culpabilité familier pour lui. Anna lui manque, mais c'est un soulagement d'être loin de sa déception, de sa tristesse. Elle a été tellement excitée par l'offre d'Adrienne, elle l'a poussé à lui parler et à envisager sérieusement le mannequinat comme une carrière possible. Anna a dit tout ce qu'il fallait dire, elle l'a encouragé, mais au plus profond de lui, Nick sait qu'elle aurait fait exactement la même chose pour tout ce qui aurait semblé l'intéresser un minimum.

Il sait qu'il est parti à la dérive depuis qu'il a arrêté le rugby. Ça lui manque énormément. Son équipe lui manque, l'entraînement lui manque, et plus que tout, les jours de match lui manquent, l'adrénaline d'une grande victoire, il n'y a rien de tel.

Les blessures, elles, ne lui manquent pas. Mais le rugby, c'est du passé, il faut qu'il trouve un moyen de gagner sa vie à présent, il doit penser à l'avenir.

Peut-être que le boulot de modèle sera une piste. Nick n'en sait rien, parce que c'est vraiment différent de tout ce qu'il a fait jusque-là. Il n'a jamais songé à son apparence, jamais pensé à son corps musclé, autrement que pour s'en servir sur un terrain de rugby. Mais si un photographe mondialement connu comme Massimo Igashi pense qu'il en est capable, il ne peut pas ne pas le tenter.

Il ne supporte plus la façon dont Anna le regarde constamment, comme s'il était une petite chose fragile. Elle sourit, mais il sent ses doutes, ses incertitudes.

Il sait qu'il doit trouver quelque chose en dehors de leur relation. Il faut qu'il se reprenne en main. Il faut qu'il agisse en homme.

Il a été soulagé d'apprendre que les principaux clients de l'agence se trouvent aux États-Unis, et pas trop en Europe. Au Royaume-Uni, en France, en Allemagne et en Italie, il est Nick Renshaw, le vainqueur de la Coupe du monde de rugby. En Amérique, il est inconnu, et cela lui va bien. S'il doit réussir en tant que mannequin, ce sera uniquement grâce à son mérite. Il ne veut jamais, jamais entendre quelqu'un dire : Est-ce que ce n'est pas quelqu'un qui a été célèbre ?

Il traverse à grandes enjambées le hall des arrivées de JFK[11], son lourd sac à dos sur l'épaule, et prend un taxi. Pendant tout le trajet le long des rues sombres du Queens, il regarde fixement à travers la vitre. La voiture passe l'East River pour entrer dans Manhattan et dépose Nick à une adresse du centre-ville. Nick remercie le chauffeur, rassemble ses bagages et grimpe la volée d'escaliers qui mène à une porte vitrée. Une réceptionniste le dévisage, puis lui ouvre la porte en lui souriant poliment.

---

11. John Fitzgerald Kennedy, l'aéroport international de New York.

– Salut, je suis Nick Renshaw. J'ai rendez-vous avec Adrienne.

– Excusez-moi ?

Nick se répète, puis l'observe, un brin perplexe, pendant qu'elle note par trois fois son nom en se trompant avant d'enfin comprendre.

– Oh ! Nick Ren-shuer ! s'exclame-t-elle comme si la lumière venait de jaillir. C'est votre accent. Vous êtes écossais ?

– Non, je viens du Yorkshire.

– C'est en Écosse ?

– Non, en Angleterre. Dans le Nord.

– Oh wouah ! Ça ne sonne pas anglais. OK, c'est cool. Je préviens Adrienne que vous êtes là. Vous avez votre book ?

– Mon book ?

La femme a l'air surprise.

– Votre book ! Des photos de vous.

– Oh, mon portfolio, ouais, bien sûr, acquiesce Nick.

Élisa lui a envoyé une sélection des photos qu'a prises Massimo. En pied, des portraits, des gros plans de son visage, bref toutes les photos dont les mannequins ont besoin, apparemment. Nick a également apporté quelques photos de lui, en train de jouer au rugby, mais il hésite à les inclure dans son portfolio. Peut-être que quelqu'un pourra le conseiller à ce sujet.

Son nouvel agent, Adrienne Catalano, est une relation de Massimo. Elle a accepté de prendre Nick après avoir vu les photos du calendrier, mais ce premier rendez-vous en face à face est tout de même important pour instaurer de bonnes relations de travail.

Pendant qu'il attend, il jette un coup d'œil autour de lui. Les murs sont entièrement blancs, décorés d'élégantes photos de femmes splendides, ainsi que d'autres qui semblent SDF ou accros à la méth. Nick n'a jamais compris l'attrait du look héroïnomane-chic. Il préfère les femmes en bonne santé, qui apprécient la nourriture, un peu comme Anna.

Il n'y a pas beaucoup de photos d'hommes, et aucun d'eux ne ressemble à Nick. Ils sont tous super-minces, et bien que musclés, ils ne sont pas du tout bâtis comme lui. Plusieurs d'entre eux sont même maigrichons.

Nick sait combien il est difficile pour lui de trouver des vêtements à sa taille. Ses quadriceps sont bien plus gros que la moyenne, et trouver des jeans dans lesquels ses cuisses tiennent sans flotter au niveau de sa taille est une gageure. Heureusement qu'il existe des jeans stretch.

– Adrienne va vous recevoir.

Nick suit la réceptionniste le long d'un couloir étroit, lui aussi décoré d'autres photos encadrées, de couvertures de magazines, jusqu'au bureau d'Adrienne. Assise derrière un bureau massif, il découvre une petite femme à l'air féroce, entièrement vêtue de noir. Ses yeux marron foncé sont cerclés de lunettes épaisses, sous une frange bien nette.

Lorsqu'elle tend le bras pour lui serrer la main, des dizaines de bracelets en argent cliquettent à ses poignets.

– Ah Nick ! Ravie de vous rencontrer ! Comment allez-vous ? Vous avez fait bon voyage ? Vous avez apporté votre book ? Très bien. Vous êtes déjà passé à votre hôtel ?

Nick tressaille devant l'avalanche de questions, toujours en plein décalage horaire, il est environ minuit à Londres.

Il sort son portfolio et le tend à Adrienne.

– Ouais, pas trop mauvais, merci. Je pensais aller à l'hôtel après.

Adrienne regarde les photos rapidement, en marmonnant entre ses dents, les glisse ensuite dans une pile puis serre ses mains aux doigts lourdement bagués.

– Bon, Nick, voilà ce dont il s'agit. Nous n'avons que deux mannequins santé à notre catalogue, et c'est quelque chose que je veux changer parce que c'est un marché en expansion. Par le passé, nous nous sommes concentrés sur les mannequins de mode, ce qui est un business totalement différent. Vu votre carrure, vous n'entrez pas dans ces critères, bien que ça aussi, ce soit en train de changer. Bon, retirez votre chemise, s'il vous plaît.

– Maintenant ?

Elle lui lance un sourire amusé.

– Il faut bien que je voie la marchandise. Les photos peuvent toujours être retouchées.

Plus embarrassé qu'avec l'équipe de Massimo, Nick enlève cependant sa veste de cuir et son tee-shirt. Il est torse nu devant Adrienne qui l'observe depuis son bureau.

– Sympa le tatouage. Tournez-vous.

Nick suit ses instructions, en sentant son regard qui lui brûle le dos.

– Ok, vous pouvez vous rhabiller.

Nick ramasse son tee-shirt et l'enfile.

– Bon. Le truc, avec des tatouages de cette taille, c'est que la moitié des magazines masculins ne voudront pas de vous. Bien sûr, on peut toujours tout photoshoper, mais cela prend du temps, et le temps c'est de l'argent.

Nick est dépité. Il est fier de ses tatouages. Chacun d'eux a une vraie signification pour lui, et il ne regrette pas les heures passées sur le fauteuil du tatoueur. A-t-il fait tout ce voyage pour rien ?

Adrienne l'évalue d'un œil critique.

– Mais il y a des marchés de niche qui apprécient ce genre de travail. Je vais être honnête : je ne sais pas du tout comment se passeront les castings pour vous. Mais le nom de Massimo va vous ouvrir bien des portes. Dans ce business, il y a des gens qui ont l'endurance nécessaire pour réussir, et d'autres qui ne mettent pas longtemps à se plaindre que les choses ne se déroulent pas comme ils veulent. Je suis dans cette branche depuis vingt-sept ans. Certains mannequins passent des années à aller sur des castings et à attendre qu'on les appelle. Parce que vous êtes aussi bon que votre dernière photo. Si vous n'êtes pas rappelé après qu'ils ont vu votre book et votre composite, c'est que le client ne veut pas de vous ce jour-là. Cela ne signifie pas qu'il ne voudra pas de vous à l'avenir. Ils n'ont que peu de temps pour voir vingt ou trente mannequins. Alors, vous avez intérêt à vous préparer à être rejeté. Mais n'abandonnez pas pour autant : vous présenterez encore et encore votre book. Cette industrie change en permanence. Vous êtes en bonne condition physique. Alors, allons-y. Êtes-vous prêt à travailler, Nick ?

– Je suis prêt.

Adrienne cache un sourire.

– Un agneau à l'abattoir, soupire-t-elle, amusée par son enthousiasme, tout en lui tendant un morceau de papier.

– Voilà l'adresse des sept castings auxquels je vous envoie demain.

– Sept ? Wouah !

Adrienne hausse un sourcil.

– On peut facilement faire vingt castings par jour. C'est assez commun, mais j'ai pensé qu'il valait mieux commencer doucement. J'envoie aussi Orion, un autre de mes mannequins. Et voici votre composite.

– Mon quoi ?

Adrienne fait claquer sa langue.

– Il va falloir apprendre notre jargon, Nick. Votre composite, c'est un résumé de votre présentation. Voilà.

Et elle lui tend plusieurs cartes avec l'un des gros plans de Massimo en couverture. Nick les retourne et constate qu'au dos il y a des photos plus petites et ses mensurations : hauteur, poids, tour de poitrine, de taille, pointure, couleur des yeux et des cheveux, nationalité et le contact de l'agence d'Adrienne. Il n'y a aucune photo de rugby. Nick fronce les sourcils et ouvre la bouche pour parler, mais Adrienne a déjà terminé leur entretien et s'est lancée dans la lecture de ses mails sur son ordinateur.

– Une autre façon de se faire remarquer, c'est de se montrer, ce qui signifie que je vous dirai à quelles soirées vous pouvez rencontrer des gens importants. Allez-y, soyez amical, mais pas trop.

Et elle le regarde fixement.

Nick a un léger froncement de sourcils.

– Je suis embauché ?

– Hmmm. Soyez poli, socialisez, mais ne buvez pas trop. Soyez en permanence professionnel. Capiche ?

Nick hoche la tête et Adrienne le dévisage.

– Ok. Si, demain, le premier rendez-vous dans la liste n'est pas un casting ouvert, cela durera sans doute vingt minutes, peut-être moins. Pareil pour les autres. Oh, attendez, le numéro six est ouvert, vous pourriez donc y rester plus longtemps. Bonne chance, Nick. Appelez-moi lorsque vous aurez terminé. Et quand je trouverai une soirée pour vous, je vous enverrai les détails par texto.

Nick quitte le bureau d'Adrienne un peu abasourdi. Il ne s'attendait pas à être envoyé à un casting si rapidement et certainement pas à sept en une seule journée, mais si c'est comme ça que ça se passe à New York… Il est très heureux d'être occupé.

Maintenant, il veut manger et dormir. Mais pas trop manger.

Ça, c'est le truc qu'il ne va pas trop apprécier dans le mannequinat.

Il affiche l'adresse de son hôtel sur son téléphone et cherche son chemin à travers les rues. Il tremble légèrement car il fait plus froid qu'à Londres. Il regrette de ne pas avoir pris de manteau plus épais. Nick n'a pas apporté beaucoup de vêtements, puisqu'il ne doit rester qu'un mois.

L'hôtel fait partie d'une des chaînes les moins chères. Anna aurait préféré qu'il choisisse quelque chose de mieux, mais Nick n'a pas besoin de grand-chose pour se sentir à l'aise. Au moins, il ne devra pas partager sa chambre avec un coéquipier qui ronfle comme un sonneur. Il dépose ses sacs sur le lit, teste le matelas puis appelle Anna. Elle répond dès la première sonnerie.

– Nick ! Comment ça va ?

Elle semble fatiguée, il sait qu'il est presque deux heures du matin.

– Comment s'est passé ton vol ?

– Ouais, ok. Comme d'hab.

– Pas de problèmes à l'immigration ?

– Nan. J'avais tous les papiers nécessaires et les files n'étaient pas si longues que ça.

Il sent la tension quitter sa voix.

– Est-ce que tu as déjà rencontré ton agent ?

– Ouais. Adrienne a l'air sympa. J'ai déjà un rendez-vous pour un casting demain matin. Pour sept en réalité.

– Attends, tu as dit sept ?

– C'est dingue, non ? Le premier est à huit heures trente.

– Si tôt ! Et sept, vraiment ?

Il décèle de la surprise dans sa voix.

– Adrienne dit que vingt par jour, c'est normal.

– Wouah ! Ça paraît… énorme, mais je sais que tu seras parfait.

La chaleur de sa voix passe à travers le téléphone. Pourquoi s'est-il dit que c'était une bonne idée de mettre quatre mille huit cents kilomètres entre elle et lui ? Mais il sait qu'il le regrettera toujours s'il ne tente pas sa chance. Il décide de ne pas lui dire qu'il est censé se rendre à des soirées pour se faire remarquer. Elle va s'inquiéter, il ne veut pas qu'elle s'angoisse encore plus.

Ils continuent à bavarder quelques minutes avant que le décalage horaire ne se fasse sentir et qu'Anna se mette à bâiller.

Nick promet de l'appeler le lendemain dès qu'il sera sorti des castings.

Il s'assied sur son lit et ouvre sa valise, en sort ses vêtements et quelque chose à mettre le lendemain. Au fond, il est surpris de découvrir son sac photo, parce qu'il sait qu'il ne l'y a pas mis, ainsi que deux petites boîtes contenant de nouveaux objectifs, et un mot dans l'une d'entre elles.

Mon amour,

J'ai envoyé tes photos de Hampstead sous la neige à Massimo. Il les a trouvées très belles et a recommandé que tu essaies ces deux nouveaux objectifs. Je n'ai aucune idée de ce qu'ils font, mais j'espère que tu trouveras comment les utiliser en ville.

Sois toi-même. Sois magnifique.

Je t'aime.

A x

Il déballe les objectifs en songeant aux possibilités qu'ils offrent, puis avec un sourire et son sac photo en bandoulière, il sort pour prendre un repas léger. Quand il rentre enfin à son hôtel, il s'écroule pendant sept heures.

Le lendemain matin, Nick cherche Anna à ses côtés, mais sa main ne rencontre que du vide, des draps froids, et il se rappelle alors où il est. *New York City, mon pote !* Et il va leur filer un bon coup de pied au cul, à l'anglaise. Enfin, façon Yorkshire.

Il ouvre les rideaux et regarde fixement le mur en béton, à quelques mètres à peine de sa fenêtre. En levant les yeux, il découvre un ciel couleur charbon de bois, sinistre, avec des nuages sombres, épais. Nick s'en fout.

Il étire ses muscles, relâchant peu à peu les tensions et les douleurs habituelles qu'il ressent au réveil. Après s'être échauffé, il avale quelques précieuses gorgées d'eau, enfile son jogging et ses chaussures de course et part faire un circuit de cinq kilomètres dans Midtown, avant de rentrer à l'hôtel boire un café.

Il a faim, mais tente d'ignorer ses crampes d'estomac.

Ça en vaudra la peine, si je décroche un boulot, pense-t-il. Et même si ce n'est pas le cas, ce sera une bonne expérience.

Il prend une douche rapide, taille sa barbe et se coiffe. Il porte un jean et un tee-shirt gris tout simple qui moule ses épaules et sa poitrine. Si les castings ressemblent un tant soit peu à la veille, il ne le portera pas bien longtemps. Nick secoue la tête, amusé. Certaines personnes ont vraiment des jobs bizarres.

Il ouvre une nouvelle boîte d'Ibuprofène, la regarde un moment fixement avant de lui préférer celle de Tramadol, et d'en avaler deux comprimés. Son épaule est douloureuse car il a dormi sur un matelas inconnu et il veut se sentir au mieux de sa forme pendant les entretiens.

Voilà ce qu'il se raconte…

CHAPITRE 11

Le premier casting se déroule dans des bureaux dans l'Upper East Side, à quelques kilomètres à peine. Nick décide d'y aller à pied.

Il marche à grands pas dans les rues, son portfolio et ses composites dans un sac.

Tout le monde marche d'un bon pas, tout le monde semble pressé. Nick sent l'énergie de la ville s'insinuer dans ses veines. Il est très excité. Il n'a pas ressenti ça depuis bien longtemps.

À la dernière minute, il a décidé d'emporter son appareil photo. Il n'aura sans doute pas vraiment le temps de s'en servir, mais s'il trouve un moment, il aimerait bien prendre quelques clichés tests et voir comment fonctionnent ses nouveaux objectifs. Il n'arrive toujours pas croire qu'Anna ait fait ça pour lui, qu'elle se soit donné la peine de contacter Massimo.

Il a une chance folle de l'avoir rencontrée. Cette pensée déclenche en lui des sentiments mêlés parce que, depuis qu'il a pris sa retraite, il a l'impression de l'avoir laissée tomber un peu plus chaque jour. Ne pas savoir comment il va passer les cinquante années à venir lui pèse. Il ne supporte plus d'être déprimé par ses encouragements.

En arrivant sur les lieux du casting, il découvre un immeuble d'entrepôts auquel on accède par un escalier métallique extérieur. Il est déçu de voir qu'une vingtaine de types attendent déjà pour passer l'audition. Tous sont athlétiques, mesurent au moins un mètre quatre-vingt-cinq et ont entre vingt et trente-cinq ans. Tous ont des composites et des portfolios. Mais les similitudes s'arrêtent là. Certains types portent les cheveux longs, d'autres les cheveux ras, il y a des blonds, des bruns, des roux, certains sont teints, d'autres chauves. Il y a des rasés de près, des barbus, des moustachus ; ils sont noirs, blancs et de toutes les nuances possibles de peau. L'un d'eux a une sublime peau d'ébène, un autre le teint cuivré, peut-être un Indien d'Amérique. Certains autres au teint olivâtre semblent latinos, et il y avait même deux Slaves à la peau claire et aux pommettes hautes, comme taillées dans le granit.

Apparemment, il s'agit d'une séance photo pour *Men's Health*, du coup le choix est assez vaste.

Il sort son appareil photo et prend rapidement quelques clichés, juste pour pouvoir les montrer à Anna plus tard.

Puis il s'approche d'une femme à la réception qui semble s'ennuyer ferme et lui tend son composite.

– Nom ?

– Nick Renshaw.

– Numéro vingt-trois. Asseyez-vous.

Il n'y a pas de sièges. Plusieurs types sont assis par terre, ils écoutent de la musique dans leur casque en hochant la tête. La plupart des autres regardent leur téléphone et l'un d'eux semble dormir.

Nick s'appuie contre le mur, à un endroit où il peut regarder par la fenêtre. À New York, c'est passionnant d'observer les gens, et de là il peut en même temps suivre d'un œil le déroulement du casting.

Un des mannequins, au début de la queue, s'est levé et s'est tourné vers lui.

– Tu es Nick, n'est-ce pas ? Je m'appelle Orion Lucas.

– Adrienne Catalano m'avait prévenu que j'allais te voir ici.

Ils se serrent la main, tout en se jaugeant.

– Comment est-ce que tu trouves New York ?

– Très bien, jusqu'à présent. Je ne suis arrivé qu'hier soir, du coup je n'ai pas encore vu grand-chose.

– C'est la première fois que tu viens ?

– Pas vraiment, mais ma fiancée est originaire du Nord, elle m'a fait une liste des endroits à visiter.

– Elle est venue avec toi ?

Nick secoue la tête.

– Non, elle a du boulot.

– C'est dur, ça. Au fait, c'est quoi ta méthode ?

– Ma méthode pour quoi ?

– Tu sais, l'entraînement et le régime pour les castings.

– Ah oui. Très peu de glucides, beaucoup de protéines. Cardio le matin, lever de poids l'après-midi ; déshydratation le jour des prises de vues.

– Moi, mec, c'est cette partie-là que je déteste, lance un autre mannequin qui les écoutait. J'ai tellement soif que je tuerais pour un soda, tu vois ? Ça me rend dingue.

Un autre homme se joint à eux. Il se plaint amèrement de ne plus pouvoir boire de bière, même le jour de l'an.

Nick sait que s'il veut réussir dans ce milieu, il doit être en forme tous les jours, mais comme il s'est entraîné professionnellement, il a l'habitude de cette discipline, il l'apprécie même. La seule différence, c'est qu'il pèse sept kilos de moins que lorsqu'il jouait au rugby.

Les types parlent de leurs boissons protéinées, leurs régimes et leurs séances d'entraînement. Il semble tous se connaître, ils se voient à d'autres castings. Il y a une certaine camaraderie, combinée à de la compétitivité, ce qui entraîne une tension assortie à de l'ennui. Ils sont plusieurs à râler à cause de l'attente.

Deux d'entre eux sont des mannequins Instagram. Ils ont été convoqués pour le casting bien qu'ils n'aient pas d'agent.

Le business est en train de changer, disent-ils. Nick comprend qu'il a beaucoup à apprendre.

– Tu sors avec quelqu'un ? demande Orion.

– Ouaip, mais elle est restée chez moi.

– Ah ouais, tu me l'as déjà dit. Excuse. Vous êtes ensemble depuis longtemps ?

– Presque cinq ans.

– Ouah ! Ça fait un sacré bail ! Moi, je n'ai pas eu de petite amie avant mes dix-neuf ans. Au lycée, j'étais petit et maigrichon, c'est dingue, je sais. Et j'avais fait un serment de virginité.

Nick fronce les sourcils.

– C'est quoi ce truc ?

– Attends, vous n'avez pas ça au Royaume-Uni ? Ben, mon pote ! Dans mon église, ils nous encouragent à nous préserver pour le mariage, tu vois ?

Nick réalise qu'Orion est sérieux.

– Qu'est-ce qui s'est passé ?

– J'ai atteint un mètre quatre-vingt-cinq et je me suis mis à la salle. Je me suis fait draguer. Et une fois que tu commences à baiser, c'est sacrément difficile d'arrêter. Je sais que ça peut paraître nase, mais une fois je suis allé chez une fille juste pour faire l'amour. Elle m'a fait attendre dehors parce qu'elle n'était pas encore maquillée. Tu te rends compte, on allait juste baiser pendant vingt minutes, ce n'était même pas un vrai rencard !

D'une certaine façon, les paroles d'Orion rappellent Molly à Nick. C'était tout à fait le genre de choses qu'elle faisait. Il n'aime pas du tout penser à son ex.

Il attrape quelques mots au vol de la conversation qu'Orion a engagée avec un type à côté de lui. Soudain celui-ci joint ses deux pouces.

– Ma queue est plus grosse que ça.

– Pas la mienne, répond l'autre tristement.

Nick regarde Orion et hausse les épaules.

– C'est les stéroïdes. Ça rétrécit la bite et ça fait tomber les cheveux. Vise le mec chauve !

Nick suit son regard. Les biceps du mannequin sont plus gros que les cuisses d'Anna.

Nick n'est pas naïf. Il a vu des athlètes céder à la tentation pour devenir plus baraqués, plus costauds ou pour se remettre d'une blessure plus rapidement. Mais s'ils se font prendre, les conséquences sont très sérieuses. Nick n'a jamais pris de stéroïdes, ça augmente trop la pression artérielle. Il a obtenu son physique à la dure.

Puis il pense au Tramadol qu'il a avalé le matin même.

– Il n'aura pas le job, murmure Orion. Je ne sais pas pourquoi son agent continue à l'envoyer. En plus, il est franchement vieux, il a au moins trente ans.

Nick écoute le reste la conversation en silence. Quand son numéro est appelé, il entre dans la pièce ou trois hommes et deux femmes sont assis derrière une longue table.

– Nick, pouvez-vous vous mettre en sous-vêtements derrière ce paravent et revenir ensuite ?

Nick s'exécute. Il portait son maillot porte-bonheur, mais avant même qu'il se retourne, une femme s'écrie :

– Mon Dieu, non, il a trop de tatouages. Nous ne l'avions pas mentionné dans le cahier des charges ?

– Je suppose que non, dit une autre.

– D'où venez-vous, Nick ?

– Du Royaume-Uni.

– Hum hum. Et quand êtes-vous arrivé dans la Grosse Pomme ?

– Hier.

– Uh uh. Vous avez déjà posé ?

– Une fois. J'ai fait un calendrier avec Massimo Igashi.

L'homme arrête de prendre des notes et lève les yeux.

– Vous avez travaillé avec Massimo ?

– Oui, j'ai les photos dans mon portfol… mon book.

Et il lui montre deux clichés.

– Et vous êtes… joueur de rugby ?

– Euh, ouais… je… fais un break, dit Nick qui ne veut pas avouer qu'il a pris sa retraite. Ça fait tellement vieux.

Les responsables du casting échangent quelques regards et prennent encore quelques notes.

– Eh bien, merci d'être passé.

Nick renfile ses vêtements, récupère son portfolio et sort.

Orion l'attend.

– Toi aussi, tu es *out* ?

– Ouaip. Ça a duré moins d'une minute.

Orion a un petit rire piteux.

– C'est assez brutal, hein ? Bienvenue dans la Grosse Pomme. Mieux vaut enchaîner tout de suite avec le suivant.

Au second rendez-vous, Nick reste cinq minutes et pense qu'il a peut-être une chance, mais quand on lui demande d'essayer les vêtements et qu'il ne peut pas passer le pantalon sur ses cuisses, il sait qu'on ne le rappellera pas. En observant ses concurrents, il se rend compte que bien qu'athlétiques, ils sont moins musclés que lui. Même s'il a quelques kilos de moins que lorsqu'il jouait, il est encore très costaud.

Le troisième casting se déroule de la même façon. Au quatrième, quelqu'un décide qu'il a trop de tatouages. Le cinquième a été annulé sans explications, quant au sixième, c'est un casting ouvert, avec plus d'une centaine de types qui font la queue dans le hall d'entrée et les escaliers. L'un de ces jeunes gars a fait tout le trajet depuis l'Ohio et est désespéré d'avoir été rejeté en moins de trois minutes.

Nick est désolé pour lui, mais n'a aucun conseil à lui prodiguer.

Orion, lui non plus, n'est pas dans un jour de chance.

– Tu veux aller boire une bière ?

– C'est pas de refus, accepte Nick avec lassitude.

Ils s'installent et picolent pendant deux heures, environ. Orion lui avoue que son vrai nom est Ryan, mais qu'il utilise un pseudo pour le mannequinat.

– Donc, toi mon pote, tu n'as pas encore beaucoup bossé comme mannequin ? lui demande Orion.

– Non. Je veux juste tenter ma chance et voir ce que ça donne.

Orion écluse sa troisième bière, puis en commande une quatrième.

– Bon, fais gaffe aux photographes vicelards. Il y en a plein.

– Qu'est-ce que tu veux dire ?

– Tu fais du nu, non ?

Nick secoue la tête.

– Non, j'ai prévenu Adrienne que je n'en ferais pas.

C'est la vérité, et d'ailleurs elle n'était pas très contente. Mais Nick sait que s'il laisse publier ce type de photos dans les tabloïds anglais, la tempête médiatique qui se déchaînera ressemblera à l'enfer aussi bien pour Anna que pour lui. Il a eu du mal à faire confiance à Massimo Igashi, mais les résultats sont excellents et aucune photo trop suggestive n'est parue dans les journaux ni sur les sites web. une première expérience concluante.

– Bien joué, mon pote, dit Orion en inclinant la tête, pensif. Certains photographes veulent juste te voir à poil. D'autres exigent que tu fasses quelques photos de nu, qu'ils gardent ou qu'ils vendent à des collectionneurs privés pour pouvoir bosser avec eux. Je suppose que c'est la même chose avec les filles.

– Des collectionneurs privés ?

Il n'aime pas du tout cette expression.

– Ouais. Mais même ceux qui ne font pas de nu peuvent être dégueulasses. Ils te tripotent partout.

Orion lui fait un signe avec sa bouteille.

– Tu verras.

***

Le reste de la semaine se déroule de la même façon. À chaque casting, il y a quelque chose qui cloche et c'est encore un refus. Tout le monde lui dit que c'est normal, mais c'est dur à avaler.

Nick s'aperçoit aussi qu'il n'est pas rare d'enchaîner vingt castings par jour, tous les jours de la semaine. *Bordel, ça n'est pas facile de rester positif lorsqu'on est rejeté comme ça plusieurs fois par jour*, se dit-il.

Mais, au moins, il peut visiter New York. Les Starbucks à chaque coin de rue le ravissent, il adore se balader à pied dans Manhattan. Il apprend peu à peu à se débrouiller dans le métro.

Il est habitué au rythme rapide de Londres, mais ici, c'est encore plus frénétique. Au bout de quinze jours, il marche aussi vite qu'un autochtone. Il a même trouvé le temps de visiter Times Square, est allé deux fois au cinéma et a testé tous les restaurants thaïs du quartier, son petit plaisir coupable.

Anna lui manque. Il l'appelle par Facetime toutes les nuits, en essayant de lui présenter chaque nouveau refus de manière positive. Elle est délibérément optimiste, certaine qu'il décrochera bientôt un boulot. Il ne veut pas lui ôter ses illusions ni lui raconter qu'à chaque casting, il y a des types plus jeunes, plus beaux, plus désirables. Et que la plupart d'entre eux rentrent dans un jean de taille normale.

Ce soir-là, Adrienne lui a indiqué une soirée en bas de Manhattan où il doit se rendre, habillé « chic décontracté ». Il ignore ce que ça peut bien vouloir dire. Nick aime porter soit un jean et un tee-shirt, soit un costume trois-pièces. Mais rien entre les deux.

Il finit par enfiler son jean noir favori et une chemise blanche. Avant de jeter un coup d'œil à son miroir. Pas mal.

C'est bizarre d'aller à une soirée où il ne connaît ni les hôtes ni aucun des invités, mais lorsqu'il sonne à la porte du penthouse avec toit-terrasse, on lui ouvre sans lui poser la moindre question. La pièce est pleine à craquer, des dizaines de gens se pressent sur la terrasse qui offre une vue époustouflante sur l'East River et Brooklyn.

Nick est content de rester à l'extérieur, penché sur le balcon, une bière fraîche à la main. La pièce est remplie d'une épaisse fumée de cigarettes et il tient trop à ses poumons pour rester à l'intérieur. Il regarde en bas lorsqu'une femme s'approche de lui.

– C'est une sacrée vue, n'est-ce pas ?

– Oui, c'est splendide.

– Oh mon Dieu ! J'adore votre accent ! Écossais, n'est-ce pas ?

Nick secoue la tête, sidéré. C'est la deuxième personne qui pense qu'il EST originaire d'Écosse.

– Non, Yorkshire. Mais je suppose que j'ai un fort accent, s'amuse-t-il.

La femme le détaille des pieds à la tête.

– Et qu'est-ce qui vous amène dans la Grosse Pomme ?

Il répond, légèrement gêné :

– J'ai signé un contrat avec une agence de mannequins, je viens voir comment ça se passe pendant quelque temps.

Elle lui fait un grand sourire.

– J'aurais dû le deviner.

Et elle lui tend la main.

– Je m'appelle Kirsten.

– Nick. Ravi de vous rencontrer.

– Tout le plaisir est pour moi, ronronne-t-elle avec un sourire charmeur en secouant son épaisse chevelure couleur miel.

Nick ne peut s'empêcher de remarquer sa poitrine impressionnante.

Malheureusement, elle surprend son regard et en tire une conclusion erronée.

– Et bien, c'est un peu prématuré, Nick, mais peut-être que si vous m'apportez un autre drink…

Nick écarquille les yeux et secoue la tête.

– Désolé, euh, désolé ! Je… euh… sans vouloir vous offenser, je suis fiancé.

Devant son air paniqué, Kirsten éclate de rire.

– Oh, eh bien dans ce cas, peut-être pouvons nous avoir une conversation à l'ancienne ?

Nick sourit, soulagé.

– Avec grand plaisir.

Ils bavardent pendant une heure. Nick ne fait absolument aucun effort de relations publiques. Ils décident ensuite de quitter la soirée pour aller manger un morceau. Lorsqu'ils sortent de l'appartement, Nick lui tient la porte et Kirsten le remercie d'un sourire.

Soudain, Nick est aveuglé par un flash. Un journaliste vient de les prendre en photo.

– Bon sang, mec ! proteste Nick.

L'homme l'ignore, prend deux autres photos, puis se penche vers son collègue qui n'a même pas levé son appareil.

– Tu le connais ?

– Non, mon pote. C'est personne.

Nick sait qu'il vaut mieux que personne ne le reconnaisse, mais l'insulte le vexe.

– Deux types charmants, hein ? dit Kirsten en secouant la tête.

Toujours énervé, Nick l'emmène dîner dans un restaurant italien voisin où chacun apprécie la compagnie de l'autre, avant que Kirsten appelle un taxi et quitte Nick en l'embrassant sur la joue.

***

Le lendemain, Nick obtient son premier contrat. Le casting s'est bien passé et les clients semblent vraiment s'intéresser à sa carrière de rugbyman. Ils lui posent beaucoup de questions sur son sport, puis ils lui disent qu'ils aimeraient le faire poser pour des vêtements de sport d'une marque célèbre.

Nick se sent bien, il a failli laisser tomber le dernier casting de la journée, mais a décidé que puisque la chance tournait, il allait faire un effort. Orion est déjà là, il court à sa rencontre.

– Mec, on m'a dit que tu avais dégotté le contrat Walmart ! Bien joué !

Nick hausse les sourcils.

– Comment sais-tu que c'est pour Walmart ? Même moi, je ne le sais pas.

Orion a un petit rire.

– Les nouvelles vont vite et un de mes potes a reconnu la fille du marketing qui t'a interviewé, elle l'avait vu l'année dernière pour une autre campagne. (Il hausse les épaules.) Comme je te le dis, les nouvelles vont vite. J'ai entendu dire que c'était Bruce Waters le photographe.

– Je ne sais pas, ils ne m'ont rien dit.

– Walmart fait parfois appel à lui. Fais juste… gaffe avec lui.

– Quoi ?

– Il est du genre vicelard.

Nick se raidit.

Deux ou trois jours plus tard, une voiture s'arrête devant l'hôtel de Nick pour l'emmener à la séance photo. Depuis le commentaire très ambigu d'Orion, il n'arrête pas de se poser des questions. Il a googlisé le nom du photographe, mais n'a rien découvert de spécial. Anna lui a conseillé de ne pas accepter ce boulot s'il avait le moindre doute. Du coup, Nick s'est dit qu'il improviserait sur place.

Quand il se rend compte que le shooting se déroule dans une salle de gym appartenant à une chaîne bien connue de fitness, il est soulagé. Rien de glauque là-dedans.

Il est accueilli par une jeune femme d'une vingtaine d'années, au visage lisse, souriante, qui lui offre immédiatement du café, de l'eau et des bagels.

– Non merci, je ne mange rien avant les shootings, mais je prendrais volontiers un café noir.

– Oh, hum ! Je suis désolée ! J'avais complètement oublié ! Je suis stagiaire, c'est mon premier jour. Je vais vous chercher un café. Et, oh, wouah, je suis vraiment désolée.

– Je vais prendre la relève, Laura, dit alors un petit homme maigre comme un clou, au crâne rasé, qui porte une barbe et une moustache à la Frank Zappa.

– C'est Alana, murmure la fille en s'éloignant à toute vitesse.

– Bruce, se présente l'homme en serrant la main de Nick un peu trop longtemps. Mon Dieu, Mike, vous êtes encore plus impressionnant en réalité qu'en photo.

– Nick.

L'homme semble ne pas entendre, trop occupé à détailler le corps de Nick, les lèvres humides et les yeux brillants.

– À présent, Mike, j'aimerais juste échanger avec toi quelques mots en privé, discuter de ce que nous allons faire aujourd'hui.

En gardant son calme, Nick le suit.

– Nous avons réservé la salle de gym pour toute la journée, explique Bruce. Je me suis dit que ça serait sympa de faire un petit boulot un peu plus expressif, plus créatif, une fois que la partie purement alimentaire sera en boîte. Qu'en dis-tu ? Je pense que nous pourrions créer quelque chose de formidable tous les deux.

– À quoi pensez-vous exactement ? demande Nick, les bras croisés, définitivement mal à l'aise.

– Appelle-moi Bruce, dit-il en effleurant l'épaule de Nick, puis en lui tapotant le bras. Bien entendu, il y a un peu plus de fric à se faire, en guise de bonus. Tu as un très beau visage.

Et il passe un doigt le long de la mâchoire de Nick avant que celui-ci ait eu le temps de reculer.

Nick a une idée assez claire de ce que l'après-shooting peut impliquer grâce à la mise en garde d'Orion. En plus, il n'est pas difficile de comprendre les sous-entendus graveleux. Nick pensait que l'homme serait facile à contenir, mais il se trompait du tout au tout.

Bruce est trop tactile, il envahit l'espace personnel de Nick dès qu'il en a la possibilité. Il critique le travail de la coiffeuse jusqu'à la faire éclater en sanglots, puis insiste pour passer ses mains dans les cheveux de Nick et lui faire un massage du crâne. La maquilleuse est également déclarée incompétente et Bruce lui retire lui-même la poudre du visage, en passant la brosse sur ses pommettes de façon répétée.

Le coup fatal a lieu lorsqu'il s'avance vers Nick, une bouteille d'huile pour bébé à la main, avec l'intention évidente de le frictionner.

– Merci, lui lance Nick en saisissant de la bouteille, je peux le faire moi-même.

Un silence de plomb tombe sur le studio.

Bruce recule, l'air en colère, pendant que Nick se tartine la poitrine, les bras, les jambes et le dos.

Le shooting se poursuit ensuite sans problème. Les instructions de Bruce sont laconiques, mais s'il y a une chose que sait Nick, c'est comment se comporter dans un vêtement de sport.

À la fin de la séance, Bruce empaquette son matériel sans dire un mot à personne, à part hurler à Alana de lui appeler un taxi.

Nick apprendra plus tard que Bruce a appelé Adrienne pour se plaindre de son attitude non professionnelle.

Pour compliquer encore les choses, la rencontre tout à fait innocente de Nick avec Kirsten a été publiée dans la presse britannique avec un titre suggestif :

« Nick le débauché remet ça à New York »

La photo le montre en train de sourire chaleureusement à Kristen. Sa robe décolletée met en valeur ses seins qui avaient attiré l'attention de Nick, et tous deux ont l'air très complices. L'histoire est sortie deux jours plus tôt, ce qui signifie qu'Anna est au courant mais n'a rien dit pendant deux jours. Nick lui téléphone tout de suite.

– Je viens de voir ce que les tabloïds racontent sur moi. Tu sais que c'est bidon, n'est-ce pas ?

Il y a un long silence avant qu'Anna soupire.

– Ouais, c'est ce que je pensais. Mais comme tu n'en parlais pas…

Nick se frotte le front.

– J'ignorais qu'il y avait quoi que ce soit à en dire ! Je l'ai rencontrée il y a plusieurs semaines…

Au bruit que fait Anna en expirant violemment, Nick comprend qu'il n'aurait jamais dû répondre ça et fait marche arrière.

– C'est juste quelqu'un que j'ai rencontré à une fête. Nous avons bavardé un moment et ensuite nous sommes allés dîner ensemble. C'est tout.

La voix d'Anna lui paraît plus fluette.

– C'est arrivé il y a plusieurs semaines et tu ne m'as rien dit ?

– Je ne voulais pas t'inquiéter. Seigneur, je ne fais qu'empirer les choses, mais je te le jure ! Il ne s'est rien passé ! Tu me crois, n'est-ce pas ?

– Oui, répond doucement Anna. Bien sûr que je te crois, mais Nick, ne me laisse plus apprendre ça par la presse la prochaine fois. Tu n'as pas idée à quel point ça fait mal.

Elle se met à chuchoter.

– Il y a des journalistes devant chez nous qui me demandent ce que je pense de ta nouvelle petite amie.

Nick se sent vraiment merdeux.

– Je suis désolé, Anna. Je t'aime. Jamais je ne te ferais du mal.

– Je sais.

Le cœur de Nick se brise face à la tristesse de sa voix et il se promet de ne plus jamais rien lui cacher, même les choses les plus insignifiantes.

***

Selon Orion, la mésaventure de Nick avec le photographe pervers n'a rien de nouveau. Et tous les mannequins qu'il rencontre sur différents castings ont déjà eu de genre d'histoire. Cela semble être accepté comme faisant partie du job. Un truc désagréable, mais inévitable.

Certains mannequins assurent qu'ils auraient accepté le fric, et un type d'environ vingt ans, nommé Eduardo, résume l'attitude générale :

– S'il veut se branler sur mes photos, qu'est-ce que j'en ai à faire ? Comme ça, j'aurai plus de chances d'être choisi pour une future campagne de pub.

Nick n'en est pas si sûr. Il n'imagine pas qu'une entreprise grand public comme Walmart qui s'adresse aux familles accepte des mannequins qui peuvent finir sur des sites pornos, mais il garde son avis pour lui.

Il réalise aussi la chance qu'il a eue de travailler avec un véritable artiste comme Massimo. Quand il raconte sa mésaventure à Anna, elle est épouvantée.

– Je n'arrive pas à croire que ce photographe puisse s'en sortir comme ça. Qu'a dit Adrienne ?

Nick est allongé sur son lit pour leur Facetime nocturne.

– Elle a dit qu'elle était au courant, mais qu'il n'avait jamais dépassé les bornes et que c'est comme ça qu'il s'en sort. Comme j'ai clairement fait comprendre que je n'étais pas intéressé, il n'est pas allé plus loin.

Anna semble furieuse.

– Oui, mais imagine que tu aies dix-neuf ans, que tu sois tout seul à New York pour tenter de devenir mannequin, que tu t'endettes de plus en plus, que tu croies quelqu'un dans son genre qui te dit que tous les mannequins le font. Tu n'aurais personne à qui parler, nulle part où te retourner. Beurk, ça me rend malade !

Nick doit reconnaître qu'elle a raison. Toute cette affaire le dégoûte. Mais depuis, il n'y a aucun doute que le boulot se fait plus rare.

Il se morfond, il sent qu'il devient dingue. Les deux semaines précédentes, il n'a participé qu'à trois castings et n'a jamais été rappelé. Ce soir-là, il ouvre et referme son iPad au moins dix fois, zappe sur la cinquantaine de chaînes de télé gratuites de l'hôtel, avant que cela l'ennuie aussi. Il se dit qu'il aurait dû apporter sa guitare, même s'il n'y a pas touché depuis des mois. Il déteste ne rien faire, il a l'impression de vraiment perdre son temps. Il a déjà fait un footing de dix kilomètres et deux heures d'entraînement en salle. Anna lui manque de plus en plus. La solitude et cette impression d'échec lui pèsent.

Leurs soirées tranquilles à Londres, quand ils cuisinaient ensemble, le cinéma ou les galas sportifs, tout ça manque à Nick.

Mais il sait aussi que s'il était chez lui en ce moment, il éprouverait la même sensation d'insatisfaction et d'échec. Être à New York lui prouve que, où qu'on aille, on trimballe ses problèmes avec soi.

Il ne s'attendait pas à ce que ce soit facile. Il se contente donc de s'accrocher. À chaque jour suffit sa peine. Puisqu'il est là, il va en profiter un maximum.

Il fait beaucoup de tourisme et prend des photos qu'il aime partager avec Anna lorsqu'ils se parlent chaque soir sur Facetime.

Il y a des moments où il regrette qu'elle ne soit pas avec lui, mais elle est trop occupée avec son boulot et sa vie à elle. Il y a aussi des moments où Nick est content de faire quelque chose pour lui tout seul. Depuis son enfance, il a vécu une vie d'équipe. Cela fait du bien de pouvoir faire ses propres choix.

Il se balade partout à pied, il trouve que c'est la meilleure façon de découvrir de nouveaux lieux. C'est ce qu'il avait fait quand ils ont déménagé à Londres, et il apprécie toujours d'explorer de nouveaux quartiers de la ville.

Une chose l'étonne à propos des New-Yorkais, leur sans-gêne. Chez les hommes comme chez les femmes, qui vont jusqu'à s'installer à sa table quand il prend son repas seul au restaurant.

Il a d'abord dit la vérité, à savoir qu'il voyage seul mais qu'il est fiancé. Ce qui ne semble faire reculer personne. En fait, certaines femmes prennent cela pour une invitation. Deux fois de suite, elles se sont assises à sa table et ont engagé la conversation avec lui. Peu leur importe qu'il leur dise poliment qu'il n'est pas intéressé, elles ne considèrent son refus comme une réponse valable que lorsqu'il se lève et quitte les lieux.

Voilà pourquoi il se met à raconter qu'il est en retard pour prendre un avion et avale son repas en quatrième vitesse, quitte à en avoir une indigestion. Il ne sait pas pourquoi, mais les New-Yorkais sont beaucoup plus difficiles à semer que les Britanniques.

De temps en temps, il achète une salade sous plastique ou un repas chez un traiteur et le rapporte à son hôtel pour pouvoir manger en paix. Il a récemment découvert un petit bistrot qui possède un comptoir où il peut s'asseoir, et depuis qu'il connaît les serveurs, ils interviennent quand il se retrouve coincé par un admirateur.

– Vous êtes trop sympa, lui dit Franco, le patron. Dites-leur juste d'aller se faire voir.

Nick secoue la tête.

– Je ne peux pas faire ça.

– Eh bien, imaginez que c'est votre petite amie qui se fait emmerder. Qu'est-ce que vous diriez ?

Nick lui lance un regard noir.

Franco éclate de rire.

– Il suffit que vous leur fassiez cette tronche, mon vieux !

Mais ce soir-là, vu que Nick a déjà mangé et bu sur le chemin de son hôtel, il n'a même pas l'excuse d'aller acheter à manger.

Alors qu'il vient tout juste de décider de retourner à la salle de gym pour une nouvelle séance d'entraînement, son téléphone sonne et le nom d'Orion s'affiche sur l'écran.

– Nick mon pote ! Comment va ?

– Pas mal. Et toi ?

– Ouais, super-bien ! Adrienne m'envoie à un nouveau casting pour une marque de fringues topissime la semaine prochaine. Elle est surexcitée. Elle dit que ça pourrait bien être ma chance.

Nick ne se donne pas la peine de répondre. Il a déjà eu cette conversation avec Orion plus d'une dizaine de fois. Ce type est toujours certain que Giorgio Armani en personne va l'appeler pour lui proposer un contrat à six chiffres.

Soit il y croit vraiment, soit il a lu dans un livre de développement personnel qu'offrir une image positive de soi va lui apporter des retombées appréciables. Il n'est clairement pas du genre à minimiser ses qualités, ce qui signifie que lui et Nick n'ont pratiquement rien en commun, à part leur agente.

Mais Nick n'a aucun ami à New-York, alors Orion fait l'affaire.

– Tu es pris ce soir ?

Nick reste prudent.

– J'ai plusieurs trucs dont je dois m'occuper…

– Remets, mon pote. Je suis invité à cette soirée et on m'a dit d'amener des copains. Je t'assure, ça va être une folie. Tout le monde sera là, c'est une super occase de se faire remarquer. Tu viens ?

Nick a fréquenté les boîtes de nuit à l'époque de ses vingt ans, il s'agissait surtout de boire et de draguer, or ni l'un ni l'autre ne l'intéresse. Il n'est pas pressé non plus de répéter sa mésaventure avec Kirsten.

Orion perçoit son hésitation.

– Allez, viens, mec ! C'est un gros truc, il y aura plein de scouts et d'agents, voir et être vu, c'est ça qui compte, pas vrai ?

Nick pèse le pour et le contre. Une autre soirée en solitaire, ou aller traîner avec Orion et ses potes pendant quelques heures. Finalement il accepte de retrouver Orion à Greenwich Village dans un bar où ils sont déjà allés plusieurs fois. Orion est assis avec trois autres types d'environ vingt-cinq ans, qui tentent tous de percer dans le mannequinat. Nick reconnaît leur coup d'œil rapide, cette évaluation qu'il a perçue à chaque casting auquel il a participé, lorsque les autres mannequins jaugent la concurrence.

Il leur serre la main, s'assied sur un tabouret au bar pendant qu'Orion va faire un tour aux toilettes avant de commander à boire. Nick a demandé une bouteille de Heineken, mais Orion revient avec un plateau de shots de tequila.

Ils en descendent deux, coup sur coup, puis Brodie qui semble être celui qui a des relations annonce qu'il est temps d'y aller. Orion saute presque de son siège, visiblement très pressé de partir. Vu la façon dont ses pupilles sont dilatées, Nick se dit qu'il a dû faire plusieurs allers-retours aux toilettes. Il n'aime pas côtoyer les gens qui se droguent, cela lui rappelle trop combien il devenait incontrôlable quand il buvait, à une sale période de sa vie. Il se fait la promesse que quoi qu'on serve à cette soirée, il ne boira que de l'eau.

Brodie les conduit au bout d'une allée, s'arrête devant une lourde porte d'acier où il frappe à deux reprises.

Un énorme videur leur fait un signe de la main, puis demande à un autre, tout aussi impressionnant, de les fouiller. Il trouve ce que planquait Orion… probablement du speed… mais lui rend le paquet. Leurs téléphones sont confisqués. Nick s'agrippe au sien en jetant un regard noir à Orion qui hausse les épaules.

– Il y a plein de gens célèbres là-dedans, mon pote. Tu dois faire comme tout le monde.

À contrecœur, Nick donne son téléphone et on les autorise à entrer.

L'escalier étroit donne sur un immense loft, avec une piste de danse faiblement éclairée et la musique à fond.

Partout où Nick regarde, des gens dansent et boivent. L'odeur d'herbe est lourde, il fait chaud. Orion lui met une bouteille de bière dans la main et lui hurle quelque chose à l'oreille qui ressemble à « raide arty » ou quelque chose à propos d'un rade. Oh, attendez, « Rad party[12] » ! On est de retour dans les années 90 ?

Nick est mal à l'aise. Il aurait préféré boire une bière avec ses potes dans un pub plutôt que de regarder des inconnus se défoncer. Les athlètes qui prennent de la came mettent leur carrière en danger. Les tests d'urine sont aléatoires, quatre d'entre eux sont tirés au sort dans la feuille de match, ou dans celle d'entraînement, et obligatoires.

Un représentant du laboratoire de dépistage des drogues vous regarde pisser dans une éprouvette, prélève deux échantillons, et un résultat positif pour la moindre substance interdite entraîne une interdiction : six mois pour amphétamines et jusqu'à deux ans pour stéroïdes.

Même les médicaments contre le rhume peuvent contenir des substances interdites.

– En route pour la déconne ! hurle Orion en arrachant sa chemise.

Il n'est pas le seul à être dénudé. Plusieurs filles ne portent que des bikinis, pourtant pas de piscine à l'horizon. Les plus vieux des invités transpirent le fric et le pouvoir, ils portent des vêtements de créateurs et des bijoux de prix.

Nick s'éloigne en se frayant un passage dans la foule. Les hommes comme les femmes sniffent ouvertement de la coke, les yeux trop brillants, riant trop fort, faisant comme si c'était le meilleur moment de leur existence.

Il semble évident qu'une bonne partie des fêtards sont mineurs. Ils ont clairement moins de vingt et un ans, probablement encore adolescents. Nick tressaille en voyant une fille qui doit encore être au lycée, le regard vitreux, fumer un truc qui n'est ni une cigarette ni un joint. Les gens autour d'elle rigolent quand un type la rattrape au moment où elle s'effondre et la porte hors de la pièce.

---

12. *Rad Party* était un fanzine hardcore/punk des années 80, et par extension le nom de concerts très déjantés.

Et il n'y a pas que des filles. De jeunes et jolis garçons très minces traînent en débardeurs et jeans skinny, suspendus aux bras d'hommes riches et puissants, en espérant qu'un peu de leur réussite leur retombera dessus.

C'était comme si la campagne MeToo# n'avait jamais eu lieu.

Nick reconnaît le photographe vicelard de la semaine précédente, le petit type aux mains baladeuses.

– Le look bad boy te va vraiment bien, chéri.

Nick regarde, circonspect, une femme qui planque son âge sous du Botox depuis au moins trente ans.

– Je parie que tu es… mannequin. J'ai raison ?

Nick acquiesce d'un signe de tête.

– Viens t'asseoir un peu avec moi. J'ai des amis qui pourraient avoir besoin de quelqu'un comme toi. Tout ce qu'il te faut, ce sont de bonnes connexions et tu vas faire un malheur.

Elle tapote le canapé et croise les jambes, laissant deviner quelle ne porte pas de culotte.

– Non merci, dit Nick en reculant, l'air dégoûté.

– Tu es sacrément prude, pas vrai ?

Sous le coup de la colère, les yeux de Nick deviennent noirs.

– Si vous pensez que dire à des mômes qu'ils vont devenir riches et célèbres en couchant avec des gens assez âgés pour être leurs grands-parents me choque, alors oui, je suis prude en effet.

Elle lui éclate de rire au visage.

– Depuis quand es-tu arrivé à la Grosse Pomme, mon chou ?

– Depuis trop longtemps, marmonne Nick en reculant.

Il pose son reste de bière et se dirige vers l'escalier. Orion a disparu. Nick n'a pas la moindre intention de partir à sa recherche ou à celle des autres mannequins avec qui il est arrivé.

Il passe devant deux filles qui se pelotent, à moitié nues, devant un groupe d'hommes bien plus âgés qui les encouragent, pendant que l'un d'eux filme la scène.

Comment diable a-t-il eu l'autorisation de garder son téléphone ?

Lorsqu'il retraverse le couloir, la fête a gagné en intensité, des couples ou des groupes utilisent les chambres à coucher pour baiser ou se faire baiser. Ce n'est pas la baise qui le dérange, mais l'impression qu'on utilise des gens ; des jeunes, des mannequins désespérés, des acteurs et des actrices, prêts à tout pour réussir.

Nick se sent sale par association et se demande si la police pourrait s'intéresser à ce genre de soirée : de la drogue, du sexe, des mineurs…

Il descend les escaliers quatre à quatre et réclame son téléphone au videur. Nick sent la colère monter. Il se dresse devant l'homme qui pèse dans les cent vingt kilos, les yeux rivés dans son regard glacial jusqu'à ce qu'il lui rende son téléphone, puis il sort.

Il respire enfin ! Heureux d'avoir quitté ce lieu de débauche rempli de prédateurs.

Et soudain, un souvenir lui revient en mémoire. Celui d'un coach-assistant dans une des équipes des moins de quinze ans dans lesquelles il avait joué : un type louche qui traînait toujours dans les parages quand les mômes prenaient leur douche après l'entraînement. Nick n'avait plus pensé à lui depuis des années.

Il sort son téléphone pour appeler la police, mais s'arrête. Il était présent à cette fête. N'importe qui pourrait l'identifier. S'il appelle les flics, ils s'apercevront très vite qu'il a un casier judiciaire. Et ensuite, plus personne ne le croira.

Anna saurait, elle, ce qu'il convient de faire.

Voilà ce qu'il se dit.

Il finit par acheter un téléphone à carte bon marché, trente-sept dollars, appelle le 911 et leur raconte ce qu'il a vu en déguisant sa voix. Ensuite, il balance le téléphone et rentre à son hôtel, écœuré.

– Tu as bien fait, chuchote Anna à Nick, qui est déjà dans son lit.

Sa journée à elle commence à peine, mais Nick, lui, ne dort toujours pas.

– Vraiment ? J'aurais dû faire plus.

Anna soupire.

– Dans un monde idéal, oui, tu aurais pu appeler la police et attendre qu'elle arrive pour lui désigner les coupables. Mais nous ne sommes pas dans un monde idéal et tu te serais mis en danger.

Nick ferme les yeux. Il a besoin d'entendre ses mots, sa voix, il a besoin qu'elle lui dise qu'il n'est ni une merde totale ni un lâche.

– Ce que tu me racontes existe dans tous les milieux professionnels, tout le monde le sait. Avec tout le battage sur l'affaire Weinstein, bien des horreurs ont été exposées au grand jour, mais il y en a encore beaucoup à découvrir dans les recoins sombres. Tu ne peux pas jouer les héros pour tout le monde, Nick.

Elle fait une pause et ajoute :

– Mais tu es mon héros.

Nick étouffe un petit rire.

– Comment se fait-il que tu saches toujours ce qu'il faut dire ?

Cette fois, la pause est plus longue avant qu'elle poursuive sur un ton plus grave.

– C'est parce que nous avons tous les deux traversé l'enfer, et que nous savons tous les deux que tout n'est pas simplement noir ou blanc.

Agrippé à son téléphone, Nick se concentre sur sa voix.

Le lendemain Nick vérifie tous les sites de news pour voir s'ils mentionnent la soirée, mais il ne trouve rien. Et lorsque, sa curiosité exacerbée, il envoie un texto à Orion, la seule réponse qu'il obtient est un émoticon « clin d'œil ».

Personne n'évoque plus jamais la fête.

CHAPITRE 12

Le mois que Nick avait prévu à New York est passé depuis plusieurs semaines. L'été va arriver, mais il ne veut pas admettre qu'il a échoué et doit rentrer à la maison. Anna lui manque, il souffre physiquement de son absence. Il se surprend parfois à se masser le plexus, là où il ressent cette douleur. Il a déménagé dans un hôtel moins cher pour faire des économies, mais ce sentiment d'échec lui laisse un goût amer. Il lui suffirait d'une photo, une chance, une seule bonne photo pour qu'il éprouve moins violemment l'échec. Anna lui a dit de prendre son temps, qu'elle le soutiendra quoi qu'il décide. D'une certaine façon, il aimerait qu'elle ne soit pas aussi optimiste au sujet de sa prétendue carrière de mannequin. Il aimerait l'entendre dire qu'il lui manque et qu'elle veut qu'il rentre. Mais elle est résolument optimiste, elle pense que ça va marcher, du coup il n'a pas d'autre choix que de persévérer, pendant un temps au moins.

Alors qu'il rentre de son entraînement, Nick s'aperçoit qu'il a un message de l'assistante d'Adrienne qui lui demande de la rappeler.

Comme l'agence n'est pas loin de la salle de gym, il décide d'y faire un saut.

– Salut, Nick, lui lance l'assistante d'Adrienne. Ça gaze ?

– Ouais, pas mal, Shonda. Et toi ?

Elle ferme les yeux d'un air extasié.

– Oh, wouah, j'adore ton accent ! Attends, je vais voir si Adrienne peut te recevoir.

Après une courte conversation, elle lui dit d'entrer.

– Nick, asseyez-vous. J'ai peut-être quelque chose pour vous.

– Wouah, vraiment ? Ça me ferait du changement.

Adrienne lui jette un regard en coin.

– Je vous avais prévenu dès le début, ce métier est dur. Bon, que pensez-vous des romances ?

– Euh, Anna dit que je peux être romantique.

Adrienne éclate de rire.

– J'en suis certaine, mon chou ! Ce que je veux dire, c'est que diriez-vous de poser pour une couverture de romance ? Peu de prises, un photographe bien établi qui recherche quelqu'un dans votre genre. Hum, attendez oui, il s'appelle Golden Czermak. C'est un chouette type, réputé dans ce domaine. Il préfère des mannequins fitness et je crois qu'il fait un peu de mannequinat lui-même. Il est à New York pour quelques jours et veut faire les photos demain, dans sa chambre d'hôtel. C'est un type réglo. Ça vous intéresse ?

– Est-ce qu'il a vu des photos de moi ?

Nick est prudent. Il a perdu tellement de contrats parce qu'on n'aimait pas sa taille ou ses tatouages qu'il n'a pas envie de perdre son temps.

– Oui, et il aime votre look, répond Adrienne du tac au tac. Il est lui-même très tatoué, ce ne sera donc pas un problème.

Nick hoche la tête.

– Ok, je vais aller voir.

– Excellent ! Voilà les détails.

Nick est un peu sceptique, d'autant que le shooting se déroule dans la chambre d'hôtel du type, mais si ça ne lui convient pas, il pourra toujours ficher le camp. Cela dit, une fois vérifiée la page Facebook du photographe, il est rassuré.

Du coup, le lendemain matin, Nick frappe à la porte de la chambre d'hôtel dans Midtown.

Une petite femme énergique aux cheveux noirs coupés court lui ouvre, l'air tout surpris et les yeux écarquillés.

Plusieurs autres femmes rient bêtement derrière elle, et quand Nick entend sauter un bouchon de champagne, il a la sensation d'être arrivé à un enterrement de vie de jeune fille. En tout cas, il s'est certainement trompé de chambre et il s'apprête à rebrousser chemin. Mais la femme l'attrape par le bras et l'entraîne dans la chambre.

– Salut ! Vous devez être Nick ! Bien sûr que vous êtes Nick ! Vous venez pour le shooting de Golden, n'est-ce pas ? Entrez. Je m'appelle Élaine. Je suis la tatoueuse.

Nick ouvre de grands yeux et Élaine se met à rire.

– Oh, non, ce n'est pas ça ! Ils veulent un tatouage particulier pour le shooting, je dois donc le peindre. Ça partira sous la douche, ne vous en faites pas.

– J'ai déjà pas mal d'encre sur la peau, la prévient-il.

– Oh mon Dieu ! J'adore vous entendre parler. Votre accent est dément ! Vous êtes irlandais ?

– Non, anglais.

– Vous déconnez ?

– Non.

– Oh, ok. Hé, voilà Meagan !

Elle présente Nick à la femme trapue, avec des cheveux violets coupés court et des tatouages colorés sur les bras.

– C'est l'auteure. Vous faites la couverture de son livre.

– Salut, Nick. Contente de vous rencontrer.

– Moi aussi.

Ensuite Nick rencontre le photographe. Golden est un bel homme placide, avec de bons muscles et presque autant de tatouages que Nick. Il lui serre la main et fait signe à une femme menue aux cheveux bruns mousseux de s'approcher.

– Voilà Shelly. C'est votre partenaire pour cette photo.

Nick est pris de court. Il n'a pas prévu d'être photographié avec une femme. Même s'il savait qu'il s'agissait d'une couverture de romance, Adrienne aurait dû le lui dire…

– Hum, Golden, mon agente ne m'a pas dit qu'il s'agissait d'une photo de couple.

– C'est un problème ?

– Je ne l'ai jamais fait auparavant et… et je suis fiancé.

Golden lui sourit franchement.

– Ok, on peut contourner le problème. La photo sera un peu sexy, mais les couvertures doivent recevoir l'agrément d'un jury d'Amazon, donc il n'y aura rien de trop érotique. Ça te va comme ça ?

Nick hoche la tête, il décide de faire confiance au photographe. Pour l'instant, du moins.

Puis on lui présente trois autres femmes : l'agente de l'auteure, la maquilleuse et une autre femme nommée Janice, mais il ne comprend pas vraiment son rôle dans tout ce binz.

Il y a beaucoup de gens dans cette chambre d'hôtel.

Le niveau sonore continue d'augmenter, Golden discute calmement des plans du shooting. Nick l'apprécie immédiatement. Il est d'un abord facile et va droit au but. Et d'une façon ou d'une autre, il réussit à faire la sourde oreille tandis que les femmes derrière lui font visiblement la fête.

Leur attention est concentrée sur Shelly qui enfile une jupe en cuir et un bustier et à qui on pose une perruque qui tombe à la taille et semble aussi naturelle que des cornes sur un chameau.

Golden reste impassible malgré le bruit que font les filles, mais la tension de son corps le trahit. Nick est soulagé d'avoir un allié pour l'aider à supporter tout ça.

C'est alors qu'Elaine s'avance, une grande trousse de maquillage à la main.

– Nick, je peux t'apporter quelque chose à boire, ou de l'eau ? Il faut que je bosse sur ton tatouage, ça peut prendre un certain temps.

– Juste de l'eau, merci.

Elle lui tend une bouteille et lui désigne une chaise.

– Est-ce que tu peux enlever ton tee-shirt et te pencher en avant ?

Nick passe son tee-shirt par-dessus sa tête, sous les hurlements approbateurs des autres filles.

– Elles sont un peu excitées, explique Elaine, l'air de ne pas y toucher. Ça va être un shooting génial.

– Bon...

Nick se penche en avant pendant qu'Élaine examine les tatouages dans son dos.

– Hé, Meagan, tu peux venir un instant ?

L'auteure lève les yeux, elle semble troublée, peut-être à cause du champagne ou de cet homme à moitié nu devant elle. Sans doute les deux.

– Bien sûr !

– Ok. Donc soit j'harmonise le nouveau tatouage aux siens, soit je pars dans le genre death metal auquel tu pensais.

Death metal ?

– Oh, wouah, ok. Je ne sais pas. Qu'en penses-tu, Isabelle ?

L'agente s'avance, très sûre d'elle.

– Ouais, faisons comme dit Elaine. J'adore cette idée.

Puis elle se penche vers Nick, en lui tapotant l'épaule.

– Vous êtes d'accord ?

– Bien sûr, pas de problème.

– Ok, cool !

Elaine étale un peu de liquide sur son dos, puis essuie sa peau avec un morceau de coton. Il sent les caresses d'un pinceau quand elle commence à dessiner le faux tatouage.

Quinze minutes plus tard, Elaine a terminé et tout le harem est rassemblé autour d'eux pour admirer son travail.

Alors la maquilleuse, qui s'avère être aussi coiffeuse, met du gel dans les cheveux de Nick, lui fait une petite queue-de-cheval et le poudre légèrement.

Golden fait un petit sourire complice à Nick puis allume les deux projecteurs portables qu'il a installés.

– Je vais commencer par quelques gros plans de ton encre et du faux tatouage, ok ?

– Ok.

Nick suit les instructions de Golden, heureux de comprendre plus vite quel genre de poses désire un photographe, comment bouger son corps et contracter ses muscles pour les mettre en valeur.

Puis les photos de couple commencent avec Shelly. Nick doit la regarder dans les yeux.

– Nick, on dirait que tu es en pétard, lui dit Golden. Imagine que c'est ta petite copine.

Nick ferme les yeux une seconde et pense à Anna. Pus il regarde Shelly en faisant glisser un doigt le long de sa joue.

Les filles se mettent à hurler, ce qui déconcentre Nick, mais il s'efforce de garder l'image du visage d'Anna à l'esprit. Il imagine son visage quand il l'embrasse, quand il la touche… Il doit vite renoncer cette pensée.

Ensuite, on lui demande d'attraper Shelly et de la pousser contre le mur comme s'ils faisaient l'amour. Elle est beaucoup plus légère qu'Anna et elle part en arrière en faisant un bruit sourd contre la cloison trop fine.

– Désolé, murmure Nick, mais Shelly se contente de hocher la tête, surprise, le souffle coupé.

Derrière eux, le chœur fait des *Oh !* et des *Ah !* intempestifs.

Ils travaillent encore quelques minutes avant que Golden se relève et s'étire, puis se retourne vers l'auteure pour avoir son avis sur la séance de photos.

Les filles poussent à nouveau des cris aigus. Nick ne comprend pas bien pourquoi. Golden échange avec lui un regard las. C'est la séance de prises de vue la plus étrange que Nick ait jamais vue, non qu'il en ait connu beaucoup, mais tout de même…

Golden hausse les épaules et retourne vérifier la cellule de son appareil.

– Oh mon Dieu ! Oh mon Dieu ! On devrait absolument essayer avec la veste de cuir ! s'écrie l'une des filles.

Ce doit être l'éditrice ou la directrice de collection, peut-être l'agente, Nick ne sait plus trop. Elle ne l'a pas regardé dans les yeux lorsqu'ils se sont salués ; elle l'a tout simplement déshabillé du regard. Il commence à en avoir l'habitude, mais il n'aime pas ça pour autant.

– Je vais transpirer en veste de cuir, dit doucement Nick. Et ça va faire baver le faux tatouage.

– Ouais, mais nous avons absolument besoin de cette prise. Si nous faisons vite…

Nick hoche la tête et fait ce qu'elle a demandé, en faisant glisser avec précaution la veste sur ses larges épaules.

Golden prend quelques photos supplémentaires sur lesquelles Nick fixe intensément l'objectif, puis se retourne vers l'auteure.

– Ok, Meagan, alors, c'est quoi l'histoire ? Qu'est-ce qu'on raconte dans cette scène ? Tu veux avoir Nick sur le pieu ?

C'était la phrase à ne pas prononcer.

Les femmes se mettent à parler entre elles en lançant des coups d'œil à Nick par-dessus leurs épaules et en riant bêtement. Seigneur, que c'est ennuyeux. Puis l'éditrice s'adresse à Golden.

– Vous pouvez lui demander d'enlever son pantalon ?

Golden regarde Nick, en haussant les sourcils.

– Tu es d'accord, Nick ?

– Bien sûr.

Nick retire ses boots et fait glisser son pantalon sur ses hanches en ignorant l'excitation de son public.

– Oh mon Dieu, regardez-moi ce cul !

– Le plus joli petit cul que j'ai jamais vu !

Nick a envie de leur rappeler qu'il est une personne, pas un simple morceau de viande, mais décide que plus vite ce sera terminé, mieux ce sera.

Il s'allonge sur le lit. Son regard intense chauffe l'atmosphère de la pièce pendant que Golden capture chaque expression de son visage et chaque mouvement de son corps.

Quand Shelly le rejoint, en soutien-gorge et petite culotte, et qu'elle s'allonge sur lui, en mêlant ses jambes aux siennes, Nick pense à Anna. Mais il a l'impression de la tromper.

Lorsqu'il doit se mettre au-dessus de Shelly et faire semblant de l'embrasser, il frémit intérieurement. Ce n'est pas correct vis-à-vis d'Anna. Et même pas vis-à-vis de lui.

Finalement, le shooting se termine et Golden éteint les projecteurs. Nick lit le soulagement dans ses yeux.

– Tu veux aller boire une bière ? chuchote-t-il à Nick.

– Bonne idée.

Nick s'habille, serre la main de l'auteure, se fait embrasser par toutes les autres et, quelques minutes plus tard, Golden et lui se retrouvent au bar de l'hôtel.

– C'était… différent, dit Nick avec une considérable retenue.

Golden soupire en se massant les tempes.

– J'ai l'habitude de travailler tout seul. C'était…

Il ne trouve pas les mots, mais Nick acquiesce.

– Ce n'est pas toujours comme ça, finit par dire Golden. En fait, je n'ai jamais rien connu de semblable. D'habitude, c'est très pro. J'espère que tu ne t'es pas senti trop mal à l'aise.

Nick avale une grande gorgée de bière et passe le verre glacé sur son front. La vérité, c'est qu'il vient de prendre la décision de ne plus jamais faire de photos de couple. Cela lui paraît irrespectueux vis-à-vis d'Anna, vis-à-vis de ce que leur relation signifie pour lui. Il ne veut pas faire comme s'il baisait d'autres femmes, même si ce n'est qu'un faux-semblant.

– Nan, je suis juste content que tu aies été là, mec. C'est plus sûr à plusieurs.

Golden rigole.

– C'est bien dit, mon pote ! Alors, que penses-tu du monde du mannequinat pour romances ?

– C'est plus difficile que je ne le croyais, et on passe son temps à attendre. Tu es photographe depuis longtemps ?

Golden sourit, ses yeux se plissent de plaisir.

– Depuis que je suis môme, je pense. J'ai toujours aimé prendre des photos. Je préfère faire des photos en extérieur. Comme ça, je vois des endroits magnifiques. C'est dur à expliquer, mais même si c'est juste une petite ruelle, il existe une vibration qu'on peut chopper et le mannequin peut s'amuser avec. Les extérieurs offrent de merveilleux arrière-plans et de l'épaisseur.

Il se frotte le menton pensivement.

– Mais les photos en studio permettent de mieux contrôler la lumière.

Nick se souvient de son expérience avec Massimo.

– Tu penses que tu vas rester dans le business du mannequinat ? demande Golden.

– Peut-être. Je tente ma chance pendant que je suis ici, mais à long terme…

– Tu pourrais très bien réussir, dit pensivement Golden. La confiance en soi, c'est la chose la plus importante, d'après moi. Je ne parle pas d'ego ni de grosse tête. (Il rit à nouveau.) Je crois que la confiance en soi guide tout le reste : l'apparence, la forme, etc., pour la création de belles images. Les mannequins qui s'entretiennent réussissent bien dans la romance. Les lectrices fantasment sur leurs corps musclés. En revanche, si tu fais trop de gonflette, tu entres dans la catégorie culturisme, ce qui est plus difficile à vendre.

Il regarde longuement Nick.

– Je sais que tu as débuté il y a peu, j'ai été surpris de voir à quelle vitesse tu as été capable de prendre la pose et de faire ce qu'on te demandait. Et cette gueule d'ange, ça aide aussi !

Nick rigole, un peu gêné. Il n'a pas l'habitude que son apparence soit plus importante que son jeu.

– Quel genre d'appareil tu utilises ? demande-t-il pour changer de sujet, mais également parce qu'il veut comprendre et apprendre.

– J'utilise un Nikon D800, généralement avec un objectif f 2.8 24-70 millimètres.

Nick ouvre grand les oreilles, son intérêt piqué au vif.

– Et ça fonctionne aussi bien en intérieur qu'en extérieur ?

Pendant un bon moment, ils parlent technique, lumières, objectifs, et de l'heure d'or, cette heure que les photographes adorent.

C'est alors que Nick pose la question qui l'a démangé toute la journée.

– Dis-moi, comment t'es-tu retrouvé dans l'industrie de la romance ?

Golden a un petit sourire narquois.

– C'est une histoire fort intéressante. Mais nous allons avoir besoin d'une autre bière…

CHAPITRE 13

– Vous êtes sérieux ? On dirait une môme.

Nick a refusé quelques séances de photos de couple après son expérience avec Shelly. Il n'a rien contre elle, mais prendre des positions intimes avec une autre femme, même devant sept autres personnes, lui donne l'impression de tromper Anna.

Adrienne lui a expliqué que c'était un gros coup, un client important, et qu'il serait stupide de refuser. Elle a fini par lui lancer qu'au moins une centaine d'autres types étaient prêts à saisir cette opportunité.

À la fin, il a accepté avec la promesse qu'il n'y aurait pas de poses nues. Il pensait savoir ce qu'il faisait…

Mais cette fillette ?

Nick est catastrophé. Il est censé faire une photo sexy avec une enfant ?

Le responsable des relations client lui lance un regard impatient.

– Tu veux dire que tu ne la reconnais pas ? C'est Cee Cee Eloy, le futur top-modèle, mon pote. Elle a fait plus de couvertures cette année que Gigi Hadid. Elle te fait une faveur en acceptant de poser avec toi, un inconnu.

Nick ignore la remarque.

– Quel âge a-t-elle ?

– Quinze ans.

La fille s'approche, un maquillage léger accentue son teint de porcelaine et ses grands yeux de poupée. Elle bâille.

– J'ai treize ans. J'ai dû sucer pas mal de bites pour en arriver là où je suis.

Nick reste bouche bée. *Elle plaisante. Mon Dieu, j'espère qu'elle plaisante.* Mais peut-être pas.

Il n'a vu personne d'aussi jeune qu'elle à la soirée où Orion l'a traîné. Nick n'est pas naïf, on l'a prévenu que ce milieu était dur, qu'on y idolâtre la jeunesse. Mais le voir… le voir, en chair et en os…

– Où sont tes parents ?

La fille roule de grands yeux et bâille de nouveau.

– Je suis légalement émancipée.

– Écoute, mon pote, commence le type des relations publiques.

– Mon nom, c'est Nick.

– Soit, Nick ! Écoute, tu as été booké pour cette séance de prises de vues. Si tu nous lâches, ça coûtera une fortune au client. Cee Cee est payée dix mille dollars de l'heure, tu entends ? Quel que soit ton cachet sur ce petit truc, elle gagne vingt fois plus. C'est elle qui mène la danse. Toi et moi, on bosse, c'est tout. Tu te barres, et la boîte de parfums t'attaquera en justice, pour les dépenses d'aujourd'hui, pour le retard, leurs frais de justice ; leurs pertes potentielles, les sponsors, le magazine avec lequel le shooting est organisé. Tu seras fini dans cette ville, mon pote. C'est ce que tu veux ?

La moutarde monte au nez de Nick.

– Mais c'est une enfant ! Je suis supposé…

– La séduire. Ouais, on sait. Tu es le serpent dans le jardin d'Éden ; elle est Ève, elle représente l'innocence, et patati et patata. C'est une grosse campagne de pub. Alors, fais ton boulot, et arrête de tout faire foirer pour tout le monde.

Nick ignore le type et repart dans la pièce où il a laissé ses vêtements. Il appelle la seule personne qui comprendra. Et ce n'est pas son agente. Le téléphone sonne, sonne.

– Allez, réponds ! gronde Nick.

Et juste quand il pense qu'il va tomber sur la boîte vocale, il entend la voix à bout de souffle d'Anna.

– Nick ! Je croyais que tu faisais des photos ce matin. Désolée, j'ai couru.

– Je suis au studio.

Elle perçoit l'angoisse dans sa voix.

– Qu'est-ce qui ne va pas ?

Il se racle la gorge, c'est difficile de lui dire.

– Tu sais que je fais une photo de couple, basée sur l'histoire d'Adam et Ève ?

– Oui ?

– Eh bien, je suis censé être le serpent dans le jardin d'Éden qui tente de faire croquer la pomme à la fille, je suis le mal pur, ou un truc de ce genre, et la fille, c'est Ève. L'amour et l'innocence, tu vois le genre ?

– Je pense que tu vas découvrir qu'Ève n'est pas totalement innocente, mais bon… continue.

– Ouais, bon, c'est la fille qu'ils ont bookée.

– Tu ne l'aimes pas ?

– Ce n'est pas ça. Je ne la connais même pas, mais… c'est une môme !

Il y a un long silence.

– Je ne comprends pas, Nick.

Il soupire et commence à faire courir ses doigts dans ses cheveux avant de se rappeler que le coiffeur a mis une demi-heure pour les apprêter avec des boucles qui brillent comme si elles étaient mouillées.

– Je suis censé la séduire. Tu sais, faire comme si je la draguais.

– Oh, je ne sais pas quoi te dire. Si c'est le boulot que tu as accepté…

– C'est bien ça. Mais je n'avais pas réalisé que ce serait si… si… Seigneur, je ne sais même pas comment ça va se passer. C'est une môme ! Elle a treize ans. Je vais avoir l'impression d'être un vrai pédophile.

Il entend Anna respirer.

– Si jeune…

– Ouais ! Ils disent qu'elle est vraiment célèbre comme mannequin. Cee Cee, truc.

Anna manque s'étrangler.

– Attends ! Pas Cee Cee Eloy ?

– Si, c'est ça. Tu la connais ?

Anna a un rire affecté.

– Oui, elle est plutôt connue, mais je ne pensais pas qu'elle était si jeune. Remarque, Kate Moss a débuté à quatorze ans…

Nick s'assied lourdement.

– Je ne sais pas quoi faire. Ils me disent que si je quitte le plateau, je suis fini. Personne ne me reprendra plus et je me ferai sans doute poursuivre en justice.

La voix d'Anna lui semble plus forte lorsqu'elle reprend la parole.

– Tu as le droit de te sentir à l'aise sur un plateau, Nick. Pour l'instant, la seule chose qu'ils t'ont demandée, c'est de travailler avec cette fille. Ils ne t'ont rien demandé qui soit inapproprié. Pour l'instant…

– Bordel de merde, Anna ! C'est tout ce truc qui est inapproprié ! Elle a treize ans !

– Je sais, soupire-t-elle. Tout ce que je peux te dire, c'est de faire ce que te dicte ton instinct. Si tu veux partir, pars. Je te soutiendrai, quoi que tu décides.

– Merci, mon amour.

La voix d'Anna se transforme en chuchotement.

– Et qu'est-ce que tu portes pour séduire Ève ?

Nick se met à rire.

– Pas grand-chose.

– Oh, dis-moi !

– Un slip qui ressemble à une chaussette et un peignoir.

Il sent le sourire dans la voix d'Anna :

– Ça semble sexy…

– Pas vraiment. C'est une chaussette couleur chair et c'est vachement inconfortable.

– Comment est-ce qu'une chaussette peut être inconfortable ? Tu sais quoi, n'y pense pas ! (Elle soupire.) C'est bon de t'entendre rire.

– Désolé si je t'ai enquiquinée. Je te revaudrai ça.

– Bon d'accord, mais tu n'en as pas besoin.

Elle marque une pause, et sa voix grimpe d'une demi-octave.

– En fait, ouais, disons que tu me dois quelque chose. Ça peut être marrant !

Nick sourit en imaginant toutes les façons qu'il aurait de s'acquitter de sa dette envers Anna, mais il fait la grimace quand un membre de l'équipe frappe à la porte et lui montre sa montre.

– Je dois y aller, soupire-t-il.

– Ok, appelle-moi plus tard. Et préviens-moi si je dois commencer à vendre la maison pour payer les honoraires des avocats.

– Ah, ah ! Ok.

– Tu sais, je n'arrive pas à imaginer une grande campagne de pub pour du parfum qui puisse offrir une mauvaise image. Mais sérieusement, Nick. Ne fais rien qui te mette mal à l'aise.

Légèrement rasséréné par ses paroles, Nick retourne sur le plateau. Il fait quelques degrés de plus que dans le vestiaire avec les spots déjà allumés.

Cee Cee lève les yeux de son téléphone lorsque Nick s'assied sur une chaise en prenant soin de laisser un peu d'espace entre eux. Elle mâchouille une de ses mèches et lui sourit.

– C'était sympa. Personne ne s'est jamais préoccupé de ça avant, dit-elle, en passant au niveau supérieur de son jeu de Candy Crush. La plupart des mecs sont vraiment lourds.

– Eh bien, quelqu'un devrait s'occuper de toi, lui lance Nick sur un ton bourru.

Elle zsquisse un sourire qui la fait paraître plus vieille de plusieurs années.

– Ils n'iraient pas bien loin dans ce business s'ils essayaient. Tu as dit que tu t'appelais Nick ?

– Ouaip, Nick Renshaw.

– Ah ouais, tu es le type que Massimo a recommandé.

Il a fait ça ?

– Eh bien, Nick Renshaw, je vais peut-être pouvoir bosser encore dix ans, peut-être pas. Je pourrais être complètement has been quand j'aurai seize ans. Tout le monde n'a pas la chance d'avoir une carrière comme celle de Giselle, de Naomi ou de Kate. La plupart d'entre nous sont finies dès vingt-cinq ans. Mon agent me dit qu'il faut que je me prépare à prendre ma retraite lorsque j'atteindrai les vingt ans.

Nick la regarde soudain avec sympathie et une certaine compréhension.

Elle reprend :

– Personne ne me dit ce que je dois faire. C'est moi qui décide.

Nick sent le poids de sa naïveté dans ces mots et croise un regard d'adulte quand elle le regarde très attentivement.

– Tu as l'air plutôt tendu. Tu as besoin de prendre un truc pour te calmer ?

– Quoi ?

Cee Cee hausse les épaules.

– Tu as juste l'air méga-stressé.

Il grimace.

– Non, ça va bien. Merci.

– Si tu le dis. Comme je t'ai vu avaler un truc tout à l'heure, je pensais que tu étais cool.

Nick fronce les sourcils, soudain sur la défensive.

– C'était de l'Ibuprofène. J'ai eu une opération à l'épaule.

– Bien entendu, mais peu importe, mec.

Elle met une petite pilule bleue dans sa bouche et l'avale avec une gorgée d'eau. Au moins quatre personnes la voient faire, mais personne n'intervient.

On l'appelle et on l'escorte sur le plateau principal.

– Est-ce que c'est moi qui déconne, ou bien c'est étrange qu'ils aient choisi le type le plus sympa du milieu pour jouer le rôle du diable ? s'écrie-t-elle en riant.

Nick est mal à l'aise d'avoir été surpris en train d'avaler des antidouleur. C'est une bonne chose qu'Anna ne soit pas au courant. Mais ça l'aide. Il n'a pas bien dormi et son épaule lui fait mal. Il en a besoin. Il en a absolument besoin.

Je devrais arrêter.

Avoir vu la môme prendre de la drogue sur le plateau sans que ça interpelle quiconque lui donne sérieusement matière à réflexion.

C'est une situation tellement bizarre : la jeune fille de treize ans qui se comporte comme une femme de trente, et Nick qui a envie de partir en courant loin de ce monde qu'il ne comprend décidément pas.

Il voit bien que toute l'équipe le regarde avec un mélange de pitié et d'impatience.

Il décide de suivre le conseil d'Anna : si jamais il se sent mal à l'aise lorsque les prises de vues auront commencé, il fichera le camp, et au diable les conséquences !

– Hé Nick, comment va ? Je suis Alan Schafhaus, le photographe. On m'a dit que tu avais quelques réserves à propos de ce que nous allons faire. Je comprends parfaitement. Je te promets que j'ai le plus grand respect pour mes mannequins et que je veux que tu te sentes tout à fait à l'aise. (Il pose la main sur l'épaule de Nick.) On est tous des pro, tu me suis ?

Nick hoche la tête et se force à sourire.

– Bien sûr.

– Super ! Alors, au boulot !

Comme un chef guidant son orchestre jusqu'au crescendo, Alan dirige, organise et commande.

Dès que Nick ôte son peignoir, une femme se rue sur lui, un spray à la main, et vaporise une légère brume de glycérine et d'eau de rose pour faire reluire sa peau et ressortir ses tatouages. Un coiffeur se précipite à son tour et le transforme en véritable guerrier.

Quand Nick se voit, il est choqué de se trouver l'air d'un prédateur. Il repense au surnom que lui avait donné la presse britannique lorsqu'il avait été accusé à tort d'avoir eu des aventures avec les femmes de plusieurs de ses coéquipiers. « Nick le débauché ».

Et pour une fois, il a envie de vivre cette expérience à fond. Comme sa mère avait l'habitude de le dire : « Tant qu'à être pris, autant que ça en vaille la peine ! » Il a déjà payé pour ses supposés crimes…

En repensant à cette dernière année de rugby qu'on lui a gachée, Nick éprouve une profonde colère. La petite flamme furieuse qui dort en lui ne demande qu'à se métamorphoser en incendie furieux si on lui en donne l'opportunité.

Nick laisse sortir un peu de cette colère, la laisse se diffuser à travers tout son être. L'éclat dans ses yeux prévient qu'on n'a pas intérêt à le chercher, une arrogance impétueuse qui montre qu'il trouve tout ce truc de mannequinat complètement vain et légèrement ridicule.

Malgré les gens qui l'entourent, qui le coiffent, le maquillent, il reste isolé, il les supporte sans pour autant participer.

Alan Schafhaus est surexcité. Il se rend compte que cette séance de photos va être épique. L'humeur étrangement colérique du mannequin britannique lui donne une intensité, un charme vénéneux, celui d'un dieu prédateur sombre. L'innocence de Cee Cee, complètement défoncée, s'y heurtera, en opposition parfaite.

Avec le sixième sens du professionnel au sommet de son art, il sait que ça va être génial. Il en salive presque. Il meurt d'envie de commencer à prendre des photos.

Nick est éclairé de façon à sortir de l'ombre. Un filtre rouge donne à la lumière un effet surnaturel et Cee-Cee est allongée, alanguie, dans une lumière jaune diffuse qui dépose comme une brume légère sur son joli visage de poupée. Étonnant, pense Alan, *qu'une telle force émotionnelle puisse se lire dans les yeux d'une enfant.*

Bien que, aux yeux de la profession, ce soit Cee Cee la professionnelle et Nick l'ingénu.

Intuitivement, Alan Schafhaus comprend qu'il ne doit pas brusquer les choses. Progressivement, il rapproche ses modèles l'un de l'autre : un geste, un regard, un désir dans les yeux.

Tout compte fait, les poses que Nick doit prendre avec Cee Cee n'ont absolument rien d'intime. Oui, elle est tout contre lui, leurs visages se touchent presque, mais cela ressemble plutôt à un jeu de Twister, consistant à mettre ses jambes et ses bras dans les positions étranges que demande Alan.

Il tente de rester stoïque, mais la colère est bien là et le photographe semble vouloir l'extirper de lui délibérément, le faisant reprendre la pose, encore et encore.

À maintes reprises, leurs poses sont minutieusement ajustées. À maintes reprises, on change la lumière, ou alors Alan dévisse son appareil de son trépied pour faire un gros plan en parlant, et en lançant des ordres en permanence.

Cee Cee enroule ses longs membres autour de Nick. Une jambe autour de ses hanches, un bras autour de son cou, avec un regard rempli d'une innocence plus feinte que réelle.

Une machine à vent souffle sur un drap de soie derrière l'épaule de Nick. Ses mains sont posées sur son ventre et sur sa cuisse. On n'a vraiment pas l'impression que c'est lui le séducteur dans cette scène.

L'appareil photo aime la belle femme-enfant et l'homme-démon, et tous en coulisses ressentent la magie qui se crée là, devant leurs yeux.

En même temps, l'ambiance est bien plus frénétique que celle paisible et sereine du studio de Massimo. Lorsque sa patience est à bout, après deux heures de poses artificielles, Nick tente de trouver en lui le calme nécessaire. Sa colère violente menace d'exploser. Cee Cee semble planer au-dessus de tout ça.

Nick ignore ce qu'elle a pris, mais ça marche très bien pour elle. Il en est presque jaloux. Presque.

Finalement, le shooting se termine et quelqu'un tend une serviette à Nick.

– Super-séance, lui dit Alan, en étreignant Nick. Le client va être fou de joie.

Nick hoche la tête et recule, avant de se rappeler qu'il est censé faire carrière dans le mannequinat et d'ajouter « merci ».

Cee Cee lui adresse un sourire langoureux.

– C'était chouette de bosser avec toi, M. le gentil garçon. Tu n'as même pas essayé une seule fois de me peloter.

Elle ajoute en pointant un long doigt maigre vers lui :

– Je t'aime bien.

Nick la regarde s'éloigner, toujours défoncée.

Une vague d'inquiétude l'envahit subitement : *Jamais mon enfant ne sera livré à lui-même comme ça.*

Anna et lui ont parlé d'avoir des enfants, d'une manière vague, dans un avenir lointain, mais à cet instant, Nick a très envie d'être avec sa famille, Anna et l'enfant qu'ils auront un jour.

Mais qu'est-ce que je fous ici ?

***

Quelques mois plus tard, Nick découvre le résultat de la séance photo avec Cee Cee. Il est choqué. Les photos de la pub du parfum sont bien plus érotiques et intenses que ce qu'il pensait. Le photographe en a fait plusieurs, de très près. Il a capté l'expression furieuse de Nick et la tendre naïveté de Cee Cee.

Des flammes ont été rajoutées derrière Nick, ce qui accentue le caractère dramatique de la scène.

Nick est troublé en se rendant compte qu'il semble énorme

à côté de la jeune mannequin ; balourd et ténébreux, tandis qu'elle est éthérée et légère.

Il se demande ce que se dira Anna lorsqu'elle verra cette image. Ce que les autres penseront ne compte pas, bien qu'il devine déjà la réaction de la presse britannique :

« Nick le débauché et sa partie de jambes en l'air avec une ado »

Il s'est rappelé les paroles d'Anna : *une photo de presse reste pour toujours.*

Oh merde !

CHAPITRE 14

– Seigneur, que c'est bon d'entendre ta voix !

Nick est à New York depuis trois mois. Il n'a fait qu'un aller-retour éclair à Londres.

Depuis qu'il a posé avec Cee Cee, il a travaillé pratiquement tout le temps pour des campagnes de pub. Les choses commencent à marcher pour lui, il sait qu'il va avoir des décisions à prendre.

Il est affalé sur le lit dans sa petite chambre. Les yeux fermés, il sourit en écoutant la voix d'Anna. Elle semble si proche ! Il souhaite pour la millième fois qu'elle soit là, dans la pièce avec lui.

– Hé, dit-elle d'un air gai. Comment s'est passée ta journée ?

Il entend la voix de Brendan en fond.

– Tu travailles encore ?

– Je termine juste quelques trucs autour d'une bouteille de vin. Oh, Brendan te dit bonjour et demande où tu as trouvé ces boxers que tu portes sur les photos que tu m'as envoyées ?

Nick rigole.

– Dis-lui que je lui en rapporterai.

Il entend un murmure de désapprobation étouffé et Anna qui chuchote :

– Je ne lui dis pas ça !

– Qu'est-ce qui se passe, mon cœur ?

– Oh, c'est juste Brendan qui fait son Brendan.

– Est-ce que je dois savoir ?

– Certainement pas !

Nick s'esclaffe de nouveau, le pincement qu'il ressentait dans sa poitrine s'estompe.

– Ok.

– Alors, comment s'est passée ta journée ?

– J'ai obtenu un nouveau contrat. La Miami Swim Week. Je suppose que je vais devoir me pavaner sur un vrai podium. Ce sera différent.

Il est impatient de tenter quelque chose de nouveau.

Anna paraît impressionnée.

– Oh wouah ! Un vrai podium, C'est génial ! Attends, qu'est-ce que tu dois porter ?

Nick glousse.

– Je pense que le nom, c'est l'indice : des maillots de bain. Apparemment, c'est le plus grand Salon au monde pour les vêtements de natation. Enfin, c'est ce que dit Adrienne…

– Des maillots de bain, hein ? Ça paraît… top. C'est quand ?

– Dans deux semaines, mi-juillet.

Il y a un long silence et Nick jette un regard au téléphone, se demandant si la communication a été coupée.

– Anna ?

– Oh, oui, désolée. Wouah, vraiment ? Un défilé à Miami ! C'est génial.

– Tu le penses ?

– Carrément.

Nick glisse une main derrière sa tête et ferme les yeux.

– Adrienne dit qu'il y aura entre deux cents et trois cents mannequins, surtout des filles, je pense. Mais ouais, ça devrait être amusant. Un bon tremplin pour moi, beaucoup de nouveaux contacts, tu vois ?

Anna ne peut que trop bien imaginer le genre de contacts.

Il lui manque.

Elle se sent seule. Elle remplit ses journées en travaillant encore et encore et sort de temps en temps avec Brendan, mais ce n'est pas la même chose qu'avec son âme sœur.

Et là, il est si loin. Elle a si souvent été tentée de le rejoindre, d'emporter son boulot, mais quelque chose l'a retenue à chaque fois : le besoin qu'a Nick de s'en sortir sans son aide. Ils se sont querellés à ce sujet, elle pensait l'aider, il n'y voyait que de la faiblesse ? Cela la frustre à mort.

Et elle aurait voulu qu'il lui dise qu'elle lui manquait, qu'il avait besoin d'elle. Il ne l'a jamais dit.

Mais la patience d'Anna est à bout, elle a besoin de le voir. Alors, lorsqu'il a parlé de Miami, elle a eu une idée…

– Ça paraît génial. Vraiment. Ok, attends… hum, Nick, je pourrais venir passer quelque temps là-bas, qu'en penses-tu ?

Elle hésite.

– Je pourrais aller voir maman quelques jours avant de te rejoindre. Je ne veux pas te déranger dans ton travail ou quoi que ce soit…

Nick est surpris par l'onde de bonheur qui l'envahit. Il pensait qu'il avait pris l'habitude de vivre sans Anna, mais sa proposition l'enchante.

– Vraiment, tu pourrais prendre du temps ? demande-t-il prudemment. Je croyais que tu bossais sur ton livre…

– En effet…

Elle marque une pause.

– Mais ça peut attendre. Envoie-moi tes dates et je vais réserver un vol. J'ai envie de te voir, Nick.

Le désir dans sa voix traverse les milliers de kilomètres d'océan qui les séparent.

– Oui, mon Dieu, oui ! répond Nick, la gorge serrée par l'émotion, ce serait génial.

Encore une fois, il entend une discussion assourdie en arrière-plan.

– Brendan veut venir aussi, dit Anna, et Nick discerne de l'amusement dans sa voix. Il dit… en réalité, tu ne veux pas savoir ce qu'il dit. Tu es d'accord ?

– Ouais, pourquoi pas. J'ai entendu dire que là-bas, les afters étaient énormes.

– Je pense qu'il vient de tomber dans les pommes. Mais ça va aller.

– Tu veux lui dire maintenant ou plus tard qu'il y a 85% de femmes parmi les mannequins qui défilent ?

Anna ricane et Nick sent son moral remonter en flèche.

– Je pense qu'on va le laisser s'en rendre compte par lui-même. On se voit dans deux semaines !

– J'ai hâte !

Anna raccroche, avec un sourire béat. *Je vais voir Nick !* En toute honnêteté, elle a même imaginé qu'il pourrait refuser, qu'il serait trop occupé pour passer du temps avec elle. Mais ce n'est pas le cas.

– Tu vois, ce n'était pas si difficile que ça ? dit Brendan en la regardant du coin de l'œil. « Miss-je-dois-lui-laisser-son-indépendance ». Tu lui manques autant qu'il te manque.

Anna renifle et époussette une miette de muffin qui est restée collée à son jean.

– Tu appelles ça se languir ?

– J'appelle ça de la boulimie de réconfort, Docteur Scott. Il est grand temps de descendre vos petites fesses dans la salle de gym de Nick et de faire fondre toute cette graisse superflue.

Soudain, les sourcils de Brendan montent en flèche.

– Attends ! Hé, tu as un polichinelle dans le tiroir ?

– Un quoi ?

– Enceinte, en cloque ?

Anna devient rouge pivoine.

– Non !

– Tu n'es pas enceinte ?

– Et par quel miracle ? réplique-t-elle avec aigreur.

– Alors, tu es un peu en surpoids. Il est temps d'arrêter les Frappucinos au caramel au beurre salé. Sans ça, tu vas choper des vergetures avant même d'être en cloque.

– Je n'ai pas… je ne suis pas si grosse… râle-t-elle.

– Tu m'as dit que tu avais pris quatre cinq kilos depuis son départ, mais moi j'en vois au moins dix. Haut les cœurs, Anna-banana, Miami va être plein de pétasses filiformes à gros lolos. Cours à la salle de gym, ma vieille, avant que ton dégoût de toi-même ne prenne le dessus.

– Je te déteste, murmura Anna dans un souffle. Je t'ai raconté ça en confiance. Tu romps le code du BFF.

– Tu ne me détestes pas. Te dire la vérité, c'est ça le job d'un BFF. Alors, je vous préviens, *toi et tes poignées d'amour*, commencez à bosser comme un charpentier à une expo de maisons en bois.

– Alors, disons que je ne t'aime vraiment pas, ronchonne Anna en grimpant les escaliers pour aller enfiler un pantalon de yoga plus confortable. En réalité, je te déteste plutôt.

– Fais-moi disparaître tout ça, bouton d'or ! Je ne veux pas que toi et tes suppléments de bagages, vous me filiez la honte !

Seigneur, elle déteste lorsqu'il a raison.

Anna ne veut pas que Nick la voie comme ça, surtout s'il est entouré de filles splendides, de dix ans plus jeunes qu'elle. Mais il n'y a pas que ça. Même lorsqu'il a été blessé, il ne s'est jamais laissé aller comme elle. Jamais.

Sauf une fois, avant qu'ils soient ensemble. Trish lui a raconté qu'il s'était mis à boire. C'est difficile à imaginer, Nick est tellement obnubilé par son équilibre alimentaire et son exercice quotidien.

Seigneur, quotidien !

Elle enfile son pantalon de yoga favori et entoure la graisse de son ventre avec ses deux mains. Elle aimerait tellement que ces rondeurs signifient qu'elle porte son enfant. Mais ce n'est pas ça. Et à moins que Nick et elle parviennent à se retrouver, ça ne le sera jamais.

Avec une froide détermination, elle attache ses cheveux et se dirige vers le tapis de jogging du sous-sol.

Elle a du pain sur la planche.

Après une demi-heure de marche rapide, pendant que Brendan se repose sur le banc de musculation en l'encourageant, Anna dégouline de sueur et a des envies de meurtre.

– Si tu fais ça cent fois par jour, tu seras en forme pour Miami, lui lance Brendan.

– Cent fois par jour ? souffle-t-elle. Et depuis quand y a-t-il cinquante heures dans une journée ?

– Je cherche à te motiver, répond-il en feuilletant un numéro de *GQ*.

– Tu es agaçant. Va-t'en.

– Ne sois pas râleuse. Tu as probablement faim. Je vais te préparer une belle salade verte.

Il lève ses longues jambes et sort en chaloupant.

Anna soupire.

Puis en gémissant, elle remet le tapis en marche.

***

Deux semaines plus tard et trois kilos en moins, Anna s'envole pour JFK. Sa mère l'attend à l'arrivée, ses cheveux argentés impeccablement coiffés.

– Maman !

– Oh ma chérie ! C'est tellement bon de te voir !

Anna scrute le visage de sa mère. Elle remarque que des rides plus profondes entourent ses yeux et que le chagrin en a gravé d'autres autour de sa bouche.

La perte de son mari cinq ans plus tôt a été difficile, atrocement difficile, mais elle a réussi à reconstruire une vie sans lui. Ses efforts ont porté leurs fruits et, malgré tout, ses yeux clairs brillent de la joie de voir sa fille.

Elle serre les mains d'Anna et lui plante un baiser au rouge à lèvres sur la joue, qu'elle essuie ensuite avec son pouce.

– Oh mon Dieu ! Tu vas cracher dans ton mouchoir et me laver le visage ensuite ?

– Seulement si tu manges de la glace aussi salement que lorsque tu avais trois ans.

Elles se dirigent vers le tapis roulant des bagages et Anna récupère sa valise en soufflant.

– Mon Dieu ! Tu as emporté beaucoup de choses pour deux semaines de vacances !

– Seigneur, je sais ! Je n'arrivais pas à me décider, alors j'ai tout pris.

Sa mère examine les joues rondes et le ventre d'Anna.

– Ma chérie, tu es enceinte ?

Le visage d'Anna s'empourpre.

– Non maman ! J'ai juste un peu pris de poids, c'est tout.

– Tu es sûre ? Parce que j'adorerais avoir des petits-enfants, tu sais.

– Je sais, maman, dit Anna en serrant les dents. Tu l'as déjà dit deux ou trois fois. *Ou peut-être bien une centaine.*

– Et quand est-ce que vous allez vous marier ? Je n'arrive pas à croire que vous ayez déjà attendu cinq ans ! Pourquoi attendre encore ?

Alors, Anna éclate en sanglots devant sa mère complètement ahurie. Celle-ci l'entoure de ses bras en s'en voulant à mort d'avoir parlé sans réfléchir.

– Toi et Nick vous… êtes séparés ? demande-t-elle doucement.

Anna renifle et s'essuie le nez dans un mouchoir en papier.

– Non, rien de tout ça. Oh mon Dieu, maman ! C'est qu'à présent, j'ai l'impression que c'est ma propre vie qui est en suspens. Il est tellement loin et il réussit si bien. Je me sens juste grosse, et vieille, et moche.

Sa mère la serre plus fort encore, lui caresse les cheveux comme elle a coutume de le faire depuis qu'Anna est bébé.

– C'est complètement absurde, ma chérie, dit-elle en essuyant les larmes sur les joues d'Anna avec son pouce.

Tu es jeune et belle, et moi je suis une vieille folle. En plus, tu vas voir Nick dans quelques jours. Je suis sûre que tu pourras régler tout ça.

– Il me manque tellement.

– Bien sûr, ma douce. C'est normal. Les longues relations à distance sont difficiles à vivre. Quand ton père voyageait tout le temps avec l'équipe et que vous étiez petits, bien souvent, cela me semblait très dur, mais nous avons survécu, nous nous en sommes sortis. Le mariage, les relations amoureuses demandent des efforts. Je trouve cela formidable que tu sois ici, et comme je viens de te le dire, je sais que tout va bien se passer.

– J'espère, j'espère vraiment.

Sa mère change de sujet en se dirigeant vers le parking.

– Comment va Brendan ? J'avais cru comprendre qu'il venait, lui aussi ?

– Oui, mais il va prendre un vol direct pour Miami, parce qu'il va passer des vacances avec ses parents.

– Oh, vraiment ? Je croyais qu'il ne s'entendait pas très bien avec eux.

– C'est vrai, mais sa mère a été malade, alors il s'est dit qu'il fallait qu'il aille leur rendre visite. C'est plus avec son père qu'il a des problèmes. Apparemment, il n'est pas heureux du tout d'avoir un fils queer. C'est ce que dit Bren.

La mère d'Anna prend un air triste.

– Les enfants sont tellement précieux, cela me fait de la peine de penser qu'un garçon aussi charmant est traité de la sorte.

– Je sais. Il n'en parle pas beaucoup, soupire Anna. Seulement lorsqu'il est un peu pompette. Quoi qu'il en soit, il t'embrasse et il promet de t'emmener dans une soirée salsa la prochaine fois que tu viens à Londres.

– Oh mon Dieu ! J'espère que d'ici là il aura oublié !

– Sûrement pas ! Il attend ça avec impatience. Il t'appelle sa nana-banana américaine.

– Oh, c'est très gentil. Enfin, il me semble.

– Il peut l'être parfois, sourit Anna. Il a également mentionné du shopping chez Harrods, ce qui est probablement plus ton truc.

– Hé ! J'ai peut-être soixante-trois ans, mais je peux encore bouger, s'amuse sa mère.

– Oui, mais tu préférerais aller faire du shopping.

– Tu me connais tellement bien, ma fille.

Ce soir-là, elles passent un bon dîner tranquille dans un restaurant italien dans Tarrytown, juste à côté de l'Hudson river, sur une terrasse qui fait face au soleil couchant.

C'est si paisible et facile. Anna se rappelle combien sa mère lui manque. Elle avance sa main à travers la table et saisit la sienne.

– C'est si bon de te voir.

– Oh ma chérie ! C'est un tel plaisir de t'avoir ici avec moi.

Puis, après une pause :

– Est-ce que tu veux m'en parler ?

Anna hésite. Elle n'est pas certaine de ce qu'elle veut dire. Mais sa mère a eu les mêmes problèmes qu'elle lorsque son père a pris sa retraite de la NFL. Anna est une psychologue sportive aguerrie, mais en parler à une autre femme qui a éprouvé les mêmes sentiments…

– Je ne sais pas quoi te dire, maman. Nous attendions tous les deux sa retraite avec impatience, nous avions tellement de projets !

Sa voix se fait mélancolique.

– Nous devions nous marier, avoir des enfants, fonder une famille. Nick songeait à ouvrir une salle de gym à côté de chez nous pour travailler avec des athlètes issus de différentes disciplines. Il disait qu'il ne voulait pas devenir entraîneur de rugby parce qu'il voulait essayer des choses nouvelles…

– Et ?

– C'est difficile à expliquer. Quand le temps est venu, il n'a plus eu d'enthousiasme pour rien. Et quand nous avons examiné ce que coûterait une salle de gym à Londres, les prix étaient déments. Il aurait tout de même pu le faire. Il avait parlé de s'associer à certains de ses anciens coéquipiers, mais je ne sais pas. Il ne semblait plus aussi enthousiaste que ça.

Elle baisse la tête vers son assiette.

– Même à propos de notre mariage.

Elle relève la tête.

– Comment puis-je songer à fonder une famille avec un homme absent ? Et je ne veux pas dire physiquement, parce que même quand il est à Londres, il est ailleurs. Je sais qu'il a été déprimé et que je dois lui laisser du temps pour qu'il assume sa nouvelle vie. J'avais espéré que le mannequinat lui apporterait cela, et parfois il semble y prendre du plaisir, mais je ne sais pas. Ça change en permanence : à un moment, on le demande et il est très occupé, il bosse comme un fou et, la minute suivante, il n'a plus rien pendant des semaines. Il a besoin d'avoir un but, de travailler sur le long terme. J'avais pensé que ce serait nous, notre famille… mais je suppose que non.

Sa mère tend la main vers Anna.

– Chérie, je crois sincèrement qu'il va comprendre. Peut-être a-t-il besoin d'essayer différentes choses avant de trouver ce qui l'attire réellement. Mais il me semble que le mannequinat, c'est encore une carrière à court terme. Je sais que dans ce métier, il y a quelques vieux beaux, mais c'est l'exception, pas la règle.

Anna ouvre de grands yeux.

– Je n'y avais pas pensé ainsi. Oh Seigneur ! Et c'est moi qui l'ai poussé à faire ça !

– Non, ce n'est pas ce que j'ai voulu dire, la réprimande gentiment sa mère. C'est toi qui as entrouvert la porte, mais c'est lui qui l'a franchi. D'après moi, dans la vie, toutes les expériences sont utiles ; tu ne sais jamais où cela peut te mener.

Elle se renfonce dans sa chaise et regarde, à travers la fenêtre, la lumière qui danse sur la rivière au soleil couchant.

– Tu te rappelles quand tu étais enfant et que tu as voulu essayer l'équitation ?

– Bien sûr ! J'ai détesté ça !

– Oui, c'est vrai, mais tu t'es acharnée pendant six mois, tu étais tellement têtue. Et ensuite tu as essayé la danse classique…

– C'était encore pire !

– Et le patin à glace…

– Je n'étais pas trop mauvaise…

– Non, mais ça n'a pas collé non plus.

Anna a froncé les sourcils.

– Où veux-tu en venir, maman ?

Sa mère a un petit rire léger.

– Il n'y a aucun mal à essayer des choses différentes et à admettre qu'elles ne sont pas faites pour soi. Toute la vie de Nick a été remplie par le rugby. Laisse-lui assez d'espace pour qu'il découvre ce qu'il aime faire d'autre.

Le froncement de sourcils d'Anna s'accentue encore.

– J'essaie, maman. C'est juste…

– Quoi ma chérie ?

– Parfois, je déteste qu'il soit aussi beau !

Sa mère a l'air surpris, Anna poursuit.

– Il y a tout le temps des femmes qui le matent, et des hommes aussi. Parfois, c'est comme si j'étais invisible, ils ne me voient même pas. Et voilà qu'il est maintenant entouré par toutes ces créatures sublimes et hyper-glamour, et je me sens… je ne fais pas le poids.

Sa mère boit une petite gorgée d'eau en plongeant son regard dans celui, désespéré, d'Anna.

– Laisse-moi te poser une question, ma chérie, et réfléchis bien avant de me répondre.

– Okaaay.

– Pense à un de ces moments pendant lequel tu as eu l'impression d'être invisible, quand tu as été ignorée par les autres…

– Oui ?

– Qu'est-ce que Nick a fait ? Est-ce qu'il t'a ignorée, lui aussi ? Est-ce que tu étais invisible pour lui ? Est-ce qu'il s'est rendu compte que tu étais ennuyée et contrariée ?

Anna ravale les larmes brûlantes qui emplissent ses yeux et secoue la tête.

– Non, lui me regarde toujours. Je me sens toujours aimée.

Sa mère lui sourit.

– Bien, est-ce que cela ne te prouve pas ce qui est important ? La façon dont il te traite ? Et en plus, tu ne penses pas que c'est à Nick que tu devrais dire tout ça, et pas à moi ?

Anna réfléchit aux paroles de sa mère.

– Peut-être. Mais je veux qu'il rentre chez nous parce qu'il en a envie, pas parce qu'il se sent coupable vis-à-vis de moi.

– Est-ce idiot de dire à ton fiancé qu'il te manque ?

Anna réfléchit.

– Oui, ça pourrait l'être. Quand nous parlons sur Facetime, je dois me mordre la langue pour ne pas dire quelque chose qui pourrait lui faire penser que je lui en veux d'être loin. Je ne le fais pas, pas vraiment. Je veux qu'il soit heureux et si c'est comme ça qu'il peut se retrouver, alors sans aucune hésitation, c'est ce que je veux pour lui. Je ne nie pas que je trouve ça dur et que je me sens très seule, mais je veux le conforter dans ses choix, tu vois ?

– Et tu lui fais confiance ?

La réponse d'Anna est immédiate.

– Oui !

– Alors, tu as ta réponse. Il te voit, Anna. Tu es importante à ses yeux. Accorde-lui du temps, mais soutiens-le.

Et elle secoue la tête.

– Fais-le à ta façon, ma chérie. C'est ce que tu fais d'habitude, et ça fonctionne très bien. Va à Miami, montre-lui qu'aucune de ces jolies filles ne te gêne le moins du monde. Montre-lui que tu le soutiens, quoi qu'il veuille faire.

Anna ravale ses larmes, prend la main de sa mère et la serre.

– Comment as-tu fait pour devenir si sage, maman ?

– En vivant soixante-trois ans… et en étant mariée avec un homme splendide pendant trente-cinq ans.

Et toutes deux se mettent à rire et à pleurer, après avoir commandé imprudemment une autre bouteille de vin.

CHAPITRE 15

Nick examine les photos d'un air incrédule. Adrienne lui a envoyé la campagne de Wallmart, son premier boulot de pub à New York. Et voilà… elle l'avait prévenu qu'il allait être déçu. Nick n'avait pas compris avant d'ouvrir les pièces jointes à son mail.

Il secoue la tête. Quelle grosse blague ! Sur chaque photo, sa tête a été remplacée par celle d'un autre mannequin, un homme plus jeune aux cheveux blonds. Ils ont également effacé ses tatouages avec Photoshop. Pourquoi diable se sont-ils donné la peine de l'engager s'ils n'appréciaient pas son physique ? Franchement, quand il a vu les photos, il a d'abord pensé qu'ils avaient refait une séance photos avec quelqu'un d'autre, mais en regardant plus attentivement, il a reconnu ses doigts tordus et la cicatrice à sa cheville, à l'arrière de son tendon d'Achille. C'est bien son corps, mais lui seul peut le savoir. Enfin, lui et Anna. Il est prêt à parier que ce sale type de photographe s'est vengé de lui pour avoir repoussé ses avances. Au moins, il a été payé, mais sa fierté du travail accompli en prend un coup.

Dégoûté, il referme son ordinateur portable. Le métier de mannequin est vraiment un boulot difficile et il est sûr de ne pas aimer ce qu'il en a découvert.

Nick n'est pas sur la paille. Il a mis de l'argent de côté pendant les quatre ans et demi qu'il a passés chez les Phœnix, mais il n'a que trente-quatre ans et l'argent qu'il a gagné doit durer longtemps, en supposant qu'il vive jusqu'à soixante-dix ans, au minimum. Il a investi les gains de son jubilé dans deux propriétés du sud-est de Londres. Le revenu qu'il en tire lui permet de subsister à New York.

Mais nombre de mannequins plus jeunes que lui sont en galère. La plupart cumulent deux ou trois jobs et espèrent décrocher un contrat bien payé pour pouvoir abandonner leur boulot de serveur, de coursier, de promeneur de chiens ou toute autre occupation qui leur permet d'être suffisamment flexibles pour se rendre aux castings.

La plupart sont fauchés.

Si leur agent décide que ça ne marche pas pour eux aux États-Unis, ils partent faire une série de castings en Allemagne, par exemple, et si ça ne fonctionne pas non plus, à Londres. Et même si c'est leur agence qui paie les billets d'avion, ils doivent rembourser dès qu'ils trouvent du boulot.

S'ils n'en trouvent pas, ils sont encore plus endettés et doublement coincés.

C'est l'une des raisons pour lesquelles ils cherchent désespérément à développer leurs réseaux sociaux. Ils veulent se montrer le plus possible.

Nick lui, n'a pas l'intention de réapparaître sur les réseaux sociaux. Il a été suffisamment sous les projecteurs de la presse britannique pendant des années.

La semaine précédant son départ pour Miami, il a passé du temps à la salle de gym à faire du cardio et à courir sur le tapis de jogging afin d'obtenir l'apparence mince et sculpturale que voulait la boîte de maillots de bain qui l'avait embauché. Rien de trop « gonflette ».

Il s'est également rasé la poitrine et a pris rendez-vous pour une séance de bronzage à l'aérosol et une épilation masculine qui semble indispensable pour ce boulot. Simplement beau et lisse, les touffes, c'était dans les années soixante-dix, a dit Adrienne.

Après ça, Adrienne lui a donné, ainsi qu'à deux autres mannequins, une leçon rapide de démarche sur un podium, ce qui visiblement implique bien autre chose que le simple fait de mettre un pied devant l'autre.

– Vous ne pouvez pas vous contenter de marcher comme vous le feriez dans la rue : vous ne voulez pas ressembler à un grand singe, en roulant d'une hanche à l'autre, et vous ne voulez pas paraître trop féminins non plus. Les femmes, elles, posent directement un pied devant l'autre sur les podiums ; vous devez avancer en ligne droite, mais sans chalouper pour autant. La manière masculine d'arpenter les podiums, c'est quelque chose entre les deux, élégante et sûre d'elle. Il faut que vous captiviez la salle entière.

– Orion, ne regarde pas tes pieds, fais de longues enjambées tranquilles. Laisse tes bras se balancer naturellement. Nick, ne croise pas le regard du public à moins que le client ne te le demande. Regarde droit devant, un point imaginaire au loin. Ne crispe pas ta bouche. Ne souris pas sauf si le client te le demande. Ne balance pas tant les bras !

Tout cela paraît très bizarre à Nick. Finalement, le plus difficile, c'est de rester naturel. Soudain, il a l'impression que ses bras sont bizarres, à pendre comme ça de chaque côté. Il ne sait plus quoi en faire. Adrienne les observe traverser et retraverser la pièce en fronçant les sourcils lorsqu'ils s'arrêtent à une extrémité pour simuler un podium de défilé.

– Orion, marche la tête haute et les épaules en arrière. Essaie de te détendre. Il ne faut pas que tu aies l'air d'un robot. Plus d'assurance, Orion. Nick : puissant, déterminé, tu es déjà naturellement sexy.

Il continue à s'entraîner parce qu'il veut faire bonne figure ; il veut réussir tout ce qu'il tente. Même ça.

***

Nick atterrit à Miami en milieu d'après-midi. La chaleur humide est lourde, il sent immédiatement la sueur couler le long de son dos. La veste légère en jean qu'il portait à New York lui paraît soudain lourde, en plein cœur de l'été de Floride.

Heureusement, son taxi est climatisé. Le chauffeur le conduit au son de la musique sud-américaine jusqu'à un long pont surplombant une eau bleue scintillante qui mène au sable incroyablement blanc et aux palmiers tellement déco de South Beach.

Ils s'arrêtent devant un petit hôtel où Nick a retenu deux chambres, l'une pour Anna et lui, l'autre pour Brendan. Il est situé dans une rue transversale très tranquille d'où l'on peut apercevoir l'océan briller au loin.

Nick récupère sa clé, ravi de sa jolie chambre et de son grand lit confortable. Anna lui manque terriblement. Savoir qu'elle sera là dans deux jours intensifie ce sentiment.

Il file s'inscrire au Convention Center, là où se déroule la Swim Week, avant d'aller rencontrer son client.

En short, débardeur et tongs, il attrape sa pochette, les clés de sa chambre et ses lunettes de soleil en prenant un moment pour apprécier la chaleur sur sa peau et le parfum salé de l'air humide.

Il a faim, pas seulement de nourriture, mais de toutes les aventures qu'il va vivre à Miami.

Nick flâne le long de Ocean Drive, jouissant de l'atmosphère tellement plus décontractée qu'à New York. Il s'arrête devant un restaurant cubain, séduit par les délicieuses senteurs épicées qui s'en dégagent. Son estomac gargouille et il s'éloigne rapidement avant de céder à la tentation de goûter aux *Frijoles negros* et au *Papa Rellena*.

Avant de devenir mannequin, il mangeait sainement, mais il n'a jamais été affamé à ce point.

Après avoir rencontré son client, Nick reste dubitatif. Il y a un défilé le lendemain de l'arrivée d'Anna, mais le reste du temps, le boulot de Nick consiste à se rendre aux soirées qu'on lui indiquera et à bavarder en portant les vêtements de natation de son client. Ce n'est pas exactement ce à quoi il s'attendait, mais ça lui va.

Au moins, il pourra manger un peu. C'est étonnant de voir à quel point la nourriture est devenue une obsession chez lui. Il commence à comprendre pourquoi on trouve des coupe-faim dans les affaires des mannequins.

Les autres modèles qui ont été embauchés sont assez sympas, très mélangés : la plupart hétéros et un couple gay. Des Blancs, des Noirs, des Latinos et de toutes les nuances de peau possibles. Cheveux longs, courts, crânes rasés ; tatoués, avec des piercings, mais sans body art. Ils ont tous en commun de mesurer plus d'un mètre quatre-vingts et d'avoir des corps secs et musclés. Ils sont là pour vendre du rêve.

Il est étonné de constater que plusieurs d'entre eux sont timides. Les mannequins new-yorkais sont pratiquement tous comme Orion, prompts à vanter leurs mérites.

Il passe la soirée à traîner avec eux, puis rentre seul à son hôtel.

***

Pendant les deux jours suivants, il se rend à des soirées, vêtu des vêtements de son client, et parle aux uns et aux autres. Il est photographié à maintes reprises et toutes les photos se retrouvent dans les tabloïds britanniques avec des légendes assurant qu'il fait la fête et qu'il a été vu en compagnie de différentes femmes, ce qui, en réalité, fait partie de son boulot.

La seule chose positive, c'est qu'Anna est déjà à New York avec sa mère.

Il l'appelle dès les premières parutions.

– J'ai déjà vu ces images, soupire-t-elle. Ils rendent tout cela tellement sordide. Je déteste l'idée qu'ils te fassent passer pour un tel gigolo. C'est tellement injuste ! *Encore un petit cul pour Nick, et de neuf !* Comment osent-ils écrire des trucs pareils ?

Nick n'a même plus la force d'être en colère.

– Ces conneries font vendre du papier. Ils ont coupé toutes les photos pour supprimer les gens qui m'entourent. Ils les publient de façon à ce que ça ait l'air de… tu sais bien.

Anna reste silencieuse. Nick n'a pas besoin d'être plus explicite.

– J'ai tellement hâte de te voir, dit-il doucement.

– Moi aussi, répond-elle.

Nick a horreur d'entendre une telle tristesse dans sa voix.

Il s'est promis qu'il n'aurait plus jamais de secrets pour elle, mais il ne peut pas lui dire qu'il se fait draguer en permanence dans ces soirées. Elle n'a pas besoin de savoir ça. Anna doit juste savoir qu'elle est la seule femme qui l'intéresse.

***

Les fêtes qui ont lieu le midi sont plus amusantes parce que plus décontractées. Les soirées sont un peu plus dingues, mais il est payé pour y rester jusqu'à vingt-deux heures seulement, ensuite il est libre.

Le lendemain matin, Nick a un court rendez-vous avec son client et les autres mannequins pour préparer le défilé du lendemain.

Il passe son temps à regarder sa montre, attendant le moment où l'avion d'Anna va se poser en provenance de New York. Brendan arrive dans la foulée de Londres.

Dès la fin de son rendez-vous, Nick court à son hôtel attendre son Anna dans le hall.

Lorsqu'il la voit descendre du taxi, il traverse la petite entrée d'un bond et la prend dans ses bras en l'embrassant frénétiquement.

– Salut ! dit-elle, et son sourire illumine Miami.

Elle est blottie contre sa poitrine, et ses courbes et sa douceur sont de véritables antidotes à tout ce qui ne tourne pas rond sur cette terre.

Il l'embrasse à nouveau et la sent fondre entre ses bras.

– Coucou ! Je suis là, moi aussi, si ça intéresse quelqu'un ! siffle Brendan d'un air contrarié.

Nick lui sourit, avant de se pencher par-dessus la pile de bagages pour lui serrer la main.

– Désolé, Brendan, dit-il en souriant. Toi aussi, tu m'as manqué.

– Euh, on ne dirait pas. Je n'ai même pas eu droit à un baiser !

Nick lui fait un clin d'œil et l'aide à porter les valises et les sacs jusqu'à la réception.

– Seigneur ! J'ai tellement envie d'un dîner rapide et de me coucher tôt, bâille Anna lorsqu'ils pénétrèrent dans l'ascenseur.

Nick lui adresse un regard chagrin.

– Je suis désolé, mon amour. Je suis censé dîner avec les autres mannequins ce soir. Mais tu peux venir, si tu veux ? Je viens juste de l'apprendre.

Brendan est emballé par l'idée.

– Dîner avec les mannequins ? Seigneur, oui ! C'est à quelle heure ?

Nick le regarde, amusé.

– À dix-neuf heures, mon pote. Tu auras assez de temps ?

– Argh ! Je n'ai que deux heures pour me faire beau ? Bon, je vais me débrouiller. Quel look ? Celui d'un British, évidemment : Eddie Redmayne ou ce bad boy d'Alex Pettyfer ?

Anna sourit.

– J'ai toujours pensé qu'Eddie représentait la quintessence de la britannité, alors…

– Oui, tu as raison, dit Brendan très sérieusement. C'est dans mes cordes.

Et il disparaît dans le couloir en traînant deux énormes valises.

Nick accroche une pancarte « Ne pas déranger » sur la porte, ce qui fait rire Anna.

– On a une heure et cinquante-cinq minutes, dit Nick d'une voix rauque.

– Et que fais-tu des cinq dernières minutes ? demande Anna en ouvrant de grands yeux.

– C'est le temps qu'il te reste pour te préparer. Tu es déjà si belle, dit-il en repoussant ses cheveux noirs derrière ses oreilles, avant de se pencher pour l'embrasser.

La sensation de chaleur qu'elle ressent après avoir fait l'amour avec son magnifique fiancé dure pendant la première partir du dîner en compagnie des collègues mannequins de Nick. Puis ses doutes réapparaissent.

– Alors, vous n'êtes pas mariée ?

– Non, je suis fiancée. Avec lui.

Elle pointe Nick du doigt, à l'autre bout de la table.

Le mannequin hausse les épaules.

– Les nanas n'en ont rien à faire de se marier. Elles veulent juste pouvoir dire qu'elles sont avec un mannequin.

Anna dévisage le type d'une vingtaine d'années.

– Certaines femmes, articule-t-elle lentement.

Il la regarde en réfléchissant à ce qu'elle vient de lui dire. Elle décide de changer de sujet.

– Vous êtes mannequin depuis combien de temps ? demande-t-elle.

Il ne lui répond pas et l'ignore pendant tout le reste de la soirée en ne parlant qu'à la femme assise de l'autre côté.

Dès qu'il a compris qu'elle n'était pas mannequin et qu'elle ne coucherait pas avec lui, elle n'a plus eu aucun intérêt pour lui.

Les conversations tournent autour des régimes et des entraînements sportifs, ou des stéroïdes, du speed ou des coupe-faim, que certains prennent pour obtenir le corps qu'ils désirent.

Anna trouve toutes ces discussions fort ennuyeuses. Nick semble, lui aussi, complètement éteint. À deux ou trois reprises, il a tenté de lancer la conversation sur le football ou le base-ball… sans succès.

Brendan, lui, s'amuse comme un fou. Il a exploité son côté Eddie Redmayne avec une chemise blanche, un nœud papillon en tweed, un cardigan coordonné et des jeans skinny. Les mannequins homos le reluquent tous et Anna sait qu'il n'aura que l'embarras du choix. Mais au bout d'un moment, il remarque que personne ne parle avec elle et rapproche sa chaise pour s'installer entre elle et le mannequin qui l'a snobée toute la soirée.

– Ça va, Annie ? demande-t-il d'une voix légèrement pâteuse à cause de l'alcool et de la fatigue, en passant un bras autour de ses épaules.

– Super, répond-elle sur un ton sarcastique. C'est la meilleure soirée de ma vie.

– Aïe, pauvre petite brioche, dit-il en lui pinçant la joue. Ce n'est pas ton truc tout ça, hein chérie ?

Anna rougit, parfaitement consciente des six kilos qu'elle n'a pas réussi à perdre depuis le départ de Nick. Elle a passé des soirées solitaires avec pour seule compagnie une boîte de bonbons. Elle a d'abord pensé, en se sentant un peu serrée dans ses jeans, qu'ils avaient rétréci au lavage. Lorsqu'elle a réalisé que grignoter n'était pas une solution et parce que Brendan le lui a fait remarquer, elle a arrêté et s'est mise à faire de l'exercice.

Elle a facilement perdu trois kilos et demi, mais la graisse superflue est restée figée sur son ventre.

Et, honnêtement, être à table avec plusieurs sublimes mannequins féminins longilignes ne lui remonte pas le moral.

Elle avale encore quelques gorgées de son cocktail, tout en sachant que ce n'est pas une bonne idée.

– Raconte tout à tata Brendan, dit-il pour l'encourager en lui donnant un coup de coude, ce qui lui fait avaler une plus grosse gorgée que prévu.

Elle s'essuie la bouche d'un revers de main et secoue la tête.

– Ce n'est pas comme si j'étais un alien. Je suis juste normale. Je ne suis pas comme *ces filles-là*. (Elle lui montre la bande de mannequins longilignes, ces filles absolument sublimes qui font attention au moindre gramme de graisse qui pourrait se nicher dans leurs fesses parfaites ou leur ventre, plus plat qu'une planche à repasser.) Mais je ne suis pas une baleine non plus. Je suis normale.

Brendan la dévisage.

– Est-ce que j'entends ce que j'entends, Miss Triste Figure ? Toi, avec ton fiancé super-bandant, toi l'auteure et la journaliste à succès, spécialiste du développement personnel ? Peut-être que tu devrais potasser un peu ton propre livre.

– Oui, mais c'est comme ça ! répond Anna, vaguement consciente qu'elle articule mal. Nick n'est pas normal. Il mesure un mètre quatre-vingt-trois, il pèse quatre-vingt-un kilos et demi, rien que du muscle, il a des abdos et des biceps en béton et des jambes longues et musclées. Son cul est absolument parfait. Je suis certaine que je pourrais faire rebondir une pièce de monnaie dessus s'il me laissait faire. Mais il a froncé les sourcils et s'est mis à faire la tronche quand je lui ai proposé.

Brendan ouvre de grands yeux, il se retient de rire. Mais Anna poursuit, un peu pompette.

– Il a le corps d'un dieu grec, avec les manières à l'ancienne d'un gentleman anglais, il me tient la porte et porte les sacs des courses, il sort les poubelles sans que j'aie à le lui demander. Il est aussi vraiment adorable, il est gentil avec sa mère, son père et sa sœur, extra avec les personnes âgées, les enfants et les animaux, et génial au pieu.

– Hum, Annie, je crois que tu devrais ralentir sur la boisson, murmure Brendan en essayant de lui prendre son verre de cocktail des mains, mais sans y parvenir.

– C'est dur de sortir avec un mannequin, dit-elle, les larmes aux yeux. Tout le monde te dévisage et se demande, mais qu'est-ce qu'il lui trouve ?

Brendan lance un regard paniqué à Nick qui tourne la tête vers eux juste au bon moment.

Brendan chuchote, assez fort pour que toute la table l'entende :

– Je crois qu'elle est bourrée, euh… je veux dire vraiment crevée, vous devriez appeler un taxi.

– Allez, ma puce, dit Nick en souriant et en aidant Anna à se lever. Il est temps d'aller nous coucher.

Anna s'effondre dans ses bras, et la dernière chose dont elle se souvient, c'est d'avoir été soulevée dans les airs, de s'être blottie contre sa poitrine et de la chaleur de son corps qui la réconfortait.

CHAPITRE

16

Quand Anna entrouvre les paupières, elle aperçoit la lumière vive qui s'infiltre au travers les rideaux épais. Elle se demande qui peut bien cogner ainsi contre le mur, mais en se retournant sur le dos, elle se rend compte que c'est dans sa tête que ça bat. Elle s'assied en gémissant à cause de cet épouvantable mal de crâne et de l'humiliation qu'elle ressent à se remémorer son comportement de la veille.

D'une main tremblante, elle attrape le verre d'eau sur la table de nuit et le vide, remerciant mentalement Nick de lui avoir laissé deux Ibuprofène pour accélérer son processus de remise en forme.

Elle est tellement furieuse d'avoir ruiné leur première nuit ensemble en se saoulant. Oh, elle avait pourtant imaginé tant de choses !

La porte s'ouvre sur Nick qui entre dans la chambre. Il est torse nu et la sueur scintille sur sa peau bronzée, ses tatouages semblent miroiter et s'enrouler autour de son corps. Il a un tee-shirt dans la main et porte des chaussures de jogging. Il est splendide. Tout simplement parfait.

Et Anna se sent éreintée, tout sauf parfaite.

Nick lui sourit d'un air compatissant et s'assied à côté d'elle. Il sent la sueur et la mer et elle voit des cristaux de sel sécher sur ses mollets et ses cuisses.

– Pourquoi es-tu avec moi ? lui demande-t-elle à brûle-pourpoint.

Il penche la tête, comme s'il n'avait pas compris sa question. Puis il fronce les sourcils et plisse un peu ses yeux mordorés en la fixant.

– Parce que je t'aime, répond-il d'une voix profonde et sérieuse. Parce que, chaque matin, je me réveille et je me rappelle que tu portes ma bague et que j'ai une veine de cocu. Et que, chaque soir, je me couche en sachant que j'ai rencontré la femme avec qui je veux passer le restant de ma vie.

Il fait une pause.

– Est-ce que c'est ça que tu voulais entendre ?

Anna hoche la tête, comme frappée de stupeur. Nick n'est pas du genre expansif, mais parfois…

– Oui, c'est… bien, dit-elle faiblement.

Nick dépose un tendre baiser sur ses lèvres, se lève et lui fait un clin d'œil en ôtant ses chaussures de jogging. Il laisse tomber son short et se dirige, nu, vers la salle de bains.

Anna n'arrête pas de sourire de toute la journée.

Brendan et elle sont assis au fond de la salle dans laquelle les stylistes des vêtements pour hommes de la marque *Mr. XCess* présentent leur collection.

Lorsque les lumières s'éteignent et qu'un morceau de Janelle Monae commence, Anna attrape la main de Brendan.

Le premier qui apparaît sur le podium semble revenir d'un spot de surf. Ses cheveux blonds et longs ont des mèches naturelles.

– Oh mon Dieu, j'aimerais pouvoir compter ses abdos avec ma langue, soupire Brendan.

– Tiens-toi bien, rit Anna.

– Je me tiens bien, rétorque Brendan. Je ne me suis pas jeté sur le podium, pas vrai ?

– Pas encore, murmure Anna.

Ensuite, deux types sublimes traversent le podium à longues enjambées. Leurs corps reluisent : l'un comme de l'ébène polie, l'autre d'une teinte légèrement plus claire, couleur caramel.

Ensuite trois mannequins plus minces se mettent à danser sur le podium, et Brendan n'est pas le seul à se lever et à gesticuler.

Puis un mannequin aux dreadlocks blondes déambule sur le podium et Brendan saisit à nouveau la main d'Anna.

– Tu crois qu'il est homo ?

– Je n'en ai aucune idée. Pourquoi tu ne lui demandes pas ?

Brendan hoche la tête si rapidement qu'Anna a peur qu'il attrape un torticolis.

C'est alors que son cœur bondit : Nick entre en scène à grands pas. Brendan hurle. Il presse ses poings sur ses lèvres. Anna a du mal à respirer.

Nick balance doucement les bras, le regard rivé sur un point situé quelque part à mi-distance. Il s'avance avec assurance jusqu'au bout du podium, prend la pose, tourne les talons et repart en faisant un high-five au mannequin suivant.

– Oh Annie ! C'est un vrai mannequin ! dit Brendan à mi-voix.

C'est au tour d'Anna de hocher la tête frénétiquement. Elle est tellement fière de lui ; si fière que son travail et son implication aient payé. Elle ne peut plus s'arrêter de sourire. Pas même lorsque les deux femmes assises à côté d'elle commencent à faire des commentaires élogieux sur son physique, à dire qu'elles adorent ses tatouages, puis à soupirer en murmurant qu'il est bien dommage qu'il porte un boardshort et pas un Speedo.

Nick fait encore deux passages sur le podium, sombre et intense. Lors de son dernier passage, lorsqu'il est rejoint par tous les autres mannequins et le styliste, il offre un énorme sourire au public qui applaudit et saute sur place.

Anna s'est levée et l'acclame comme tous les autres, ravie qu'il soit heureux et fier de lui.

Plus tard dans la soirée, lorsqu'un mannequin d'une vingtaine d'années toute en jambes commence à flirter honteusement avec Nick et lui passe les bras autour du cou en s'asseyant sur ses genoux, Anna se contente de hausser les sourcils et échange un regard amusé avec Brendan pendant que Nick repousse la fille avec précaution.

La fête d'après-défilé est du genre dont on construit les légendes. Nick est payé pour y assister torse nu, avec juste un maillot de bain et des tongs. Le champagne coule à flots, d'éblouissantes jeunes femmes en bikinis minuscules et en paréos baguenaudent autour de la piscine, dévoilant leurs fesses parfaites et leurs seins remarquables.

Des guirlandes électriques blanches ont été suspendues autour des tonnelles, et le soleil couchant offre des teintes rouge orangé dans un ciel flamboyant qui illumine toute la scène de façon spectaculaire.

Brendan est aux anges. Il assiste à son tout premier luau[13]. Il sirote des cocktails décorés d'une montagne d'ananas frais, de cerises et autres parapluies en papier, puis il danse sur des airs hawaïens et fait de son mieux pour représenter le parfait « English Man in New York[14] »

La musique hawaïenne jouée au ukulele est ensuite remplacée par un groupe de rock, puis par un artiste peintre au henné, une cartomancienne, un tatoueur et un illusionniste. Tout ce beau monde ajoute au bruit ambiant, aux couleurs et à l'impression de total lâcher-prise.

Dans les coins les plus sombres, des lignes de coke circulent, ainsi que différentes sortes de joints. Des comprimés sont échangés et avalés, et tous ceux qui planent se trémoussent comme si personne ne les regardait.

---

13. Fête hawaïenne, généralement accompagnée de divertissements.

14. Célèbre chanson de Sting.

Anna n'est pas aussi choquée que l'avait été Nick. Les athlètes ont rarement l'occasion de se défoncer, mais c'est assez commun dans les milieux de la mode et des médias. Avec son père, elle a fréquenté de nombreuses soirées du showbiz. Même si Anna a du mal à surmonter le fait qu'elle est d'une apparence parfaitement normale au milieu de tous ces sublimes spécimens, il y a quand même suffisamment de « Monsieur tout le monde », que ce soit des clients, des acheteurs, des hommes d'affaires, pour qu'elle ne se sente pas complètement dépassée.

Nick est payé pour se mêler à la foule. Pour lui, il s'agit aussi de rencontrer des gens et de tout faire pour qu'ils se souviennent de lui pour un prochain boulot. Mais il surveille Anna, il lui adresse de temps en temps un sourire ou un clin d'œil qui la réchauffe à la simple pensée qu'elle va se retrouver en sa compagnie plus tard, en tête à tête, sans personne pour les regarder.

Elle boit son cocktail à petites gorgées en regardant autour d'elle, elle observe tous ces gens bigarrés. C'est si différent du monde du rugby que Nick a fréquenté avec succès pendant si longtemps. Pourtant, contre toute attente, il semble à l'aise dans celui-ci.

Bien qu'elle désire qu'il rentre à Londres, à la maison, si sa carrière nécessite des allers-retours permanents à New York, elle les fera sans la moindre hésitation. Cela signifie aussi qu'elle pourra voir sa mère plus souvent. Du moment qu'ils sont ensemble, tout ira bien.

Elle l'espère.

Nick, lui, trouve difficile de se concentrer dans cette fête avec Anna si proche de lui. Elle est en beauté dans sa robe bleu pâle qui semble flotter sur ses courbes, douce et innocente, comparée à ces filles aux lèvres rouge sang qui l'ont dragué toute la soirée. Chaque fois qu'elle avale une gorgée de son cocktail en suçant sa paille, il sent son sexe se raidir d'impatience.

Sa volonté est mise à rude épreuve et il bavarde avec des gens qu'il ne reverra sans doute jamais.

Deux heures plus tard, il est temps de partir. Brendan a déjà disparu, Nick enfile un tee-shirt, attrape Anna par la main et saute dans le premier taxi qu'ils trouvent.

Anna glousse de plaisir.

– Nous sommes pressés ?

Sa réponse jaillit, courte et abrupte.

– Oui.

Elle se colle contre lui en souriant, pendant que le taxi fonce dans la nuit.

Une fois dans leur chambre d'hôtel, Nick ressent un désir volcanique.

– Nous avons toute la nuit, chuchote-t-elle en posant ses bras autour de son cou et en passant sa langue le long de son cou.

Pour toute réponse, Nick fait glisser sa robe par-dessus sa tête et la jette sur le lit.

Il presse son sexe lourd contre elle et tous deux se mettent à gémir.

Le sexe furieux, rapide, les mène jusqu'aux mots doux pendant que la nuit glisse autour d'eux, jusqu'à ce que, finalement, finalement, ils soient apaisés.

CHAPITRE 17

Après la merveilleuse semaine qu'elle a passée à Miami, la maison de Londres lui paraît encore plus vide qu'auparavant. La solitude lui pèse, elle l'enserre dans une chappe de dépression.

Nick a l'air tellement désireux de réussir cette nouvelle carrière. Anna est heureuse pour lui. Mais elle doit admettre qu'une petite partie d'elle a été déçue. Elle espérait qu'il lui dise qu'il était prêt à rentrer à la maison. Il ne l'a pas fait et elle n'allait pas le supplier. Elle s'était promis, des années plus tôt, qu'elle ne mendierait plus jamais auprès d'aucun homme. Jamais. Mais s'il lui avait demandé de revenir à New York, elle n'aurait pas hésité.

Génial. L'auteure de développement personnel incapable de s'aider elle-même.

En soupirant, elle examine sa liste des choses à faire qui ne diminue pas le moins du monde. Lorsqu'elle entend la porte d'entrée s'ouvrir, elle bondit de joie à l'idée de la distraction que va lui apporter Brendan.

– Quoi ?

Il l'observe d'un air suspicieux en croisant son sourire rayonnant.

– Tu es bizarre.

– Je suis heureuse de te voir, Brendan, mon chou.

– Tu es défoncée ?

Anna fait semblant de lui tirer une balle en pleine tête, puis elle s'affale dans un fauteuil.

– Je ne peux pas être simplement contente de te voir ?

Brendan pose son ordinateur sur la table de la cuisine et hausse les épaules.

– Je te l'ai déjà dit, tu n'es pas mon genre et jamais je n'aurai de relations sexuelles avec toi. C'est du harcèlement professionnel !

– Ah ah, très marrant !

Brendan lui sourit.

– À présent, raconte à tata Brendan pourquoi tu sembles être en pleine ménopause ?

– J'ai trente-sept ans !

– Ma cousine a eu sa ménopause à vingt-neuf ans. Tic-tac, Docteur Scott.

Anna sent son cœur se serrer et des larmes lui monter aux yeux.

Brendan se rue vers elle.

– Oh merde ! Je suis vraiment désolé. Habituellement, je ne suis pas si insensible.

Anna émet un son à mi-chemin entre le pleur et le reniflement.

– Si, tu l'es.

– Oui, c'est vrai, mais pas pour les choses importantes. J'espérais que Nick te mettrait en cloque lorsque tu étais à Miami. Je supposais que tous ces regards langoureux vous entraîneraient à une baise maximum. J'ai hâte d'être tata Brendan pour de vrai.

Anna lui fait un petit sourire.

– Là, c'est beaucoup mieux. Mon Anna-Banana devrait toujours avoir le sourire.

– Pfff, je suis mal. Désolée, Bren. Il me manque, c'est tout.

– Et encore une fois, tu t'adresses à la mauvaise personne.

Anna se pince les lèvres.

– Je te l'ai déjà dit, je ne veux pas le culpabiliser pour qu'il rentre à la maison.

– Et moi, je te l'ai déjà dit, les hommes sont des créatures simples qui ont besoin qu'on leur écrive les choses en lettres capitales. Il ne sait pas qu'il te manque, tant que tu ne le lui dis pas, énonce Brendan très posément.

Ils se dévisagent un moment à travers la table de la cuisine jusqu'à ce que Brendan fasse craquer ses doigts et se penche sur la machine à café.

– Tu sais ce dont tu as besoin ?

Anna grogne.

– J'ai les jetons de l'apprendre.

– Très drôle, Madame La Ridicule, tu as besoin d'une petite soirée. Fais-toi belle, remue-toi, coiffe-toi un peu et mets un soutien-gorge push-up. Tes pancakes ont besoin de toute l'aide possible.

– Tu… c'est… beurk !

Brendan hausse les épaules.

– On est entre filles.

Anna respire un bon coup.

– Alors, ton plan génial pour me remonter le moral, c'est de m'habiller en…

– Salope.

– J'allais dire en pute, mais ok, puisque nous sommes en Grande-Bretagne, disons en salope… et puis quoi ? D'aller ramasser un mec ? De tromper Nick ?

Brendan lève les yeux au ciel.

– Parle à mon cul, ma tête est malade !

– Brendan ! C'est dégueu !

Il l'ignore.

– Ce dont tu as besoin, c'est d'une sortie en ville. Quelque chose qui te rappelle qu'il existe autre chose dans la vie que ce dieu du sexe qu'est Nick Renshaw.

Il lève la main avant qu'elle puisse le contredire.

– Tout ce que je dis, c'est sors et amuse-toi. Fais une pause, fais quelque chose de différent. Tu te souviens comment on fait pour s'amuser quand on est une fille célibataire ?

Anna baisse la tête.

– Je ne suis pas célibataire.

Brendan hausse un sourcil.

– Anna, tu restes assise à regarder ta vie t'échapper parce que tu la passes à attendre Nick, pendant que lui reprend la sienne en main.

Anna sent la pique et ça lui fait mal.

– Ce n'est pas vrai ! Je suis une femme qui travaille. Je dois terminer mon prochain bouquin et j'ai aussi mes articles de développement personnel. Je suis occupée ! J'ai des deadlines !

Brendan se penche sur sa chaise pour mieux la dévisager.

– Ce n'est pas un crime d'avoir envie d'un enfant, Anna. Et pour ta gouverne, je pense que tu feras une super-maman.

Anna déglutit. Parfois, la perspicacité de Brendan est effrayante.

Brendan n'insiste pas. À la place, il prend son téléphone et envoie un texto rapide à quelqu'un, leur verse deux tasses de café et sourit lorsqu'il reçoit une réponse quasi immédiate.

– Bon, c'est réglé. Ce soir, tu dînes avec Jason.

– Je quoi ?

– Jason Obuda vient te chercher à vingt heures. Sois sur ton trente-et-un et remercie-moi demain matin.

– Quoi ? Je ne peux pas !

– N'essaie même pas de discuter avec moi, Anna. Appelle ça de l'investigation, si tu veux. Tu as dit que tu avais besoin de l'interviewer.

– L'interviewer, oui. Dîner, non.

– Eh bien, tu vas joindre l'utile à l'agréable. Jason est sexy.

Anna discute pendant un quart d'heure, mais Brendan reste inflexible. Une soirée en compagnie d'un copain marrant et ancien coéquipier de Nick, voilà ce dont la doctoresse a besoin.

Pour Nick, c'est la désillusion. Les souvenirs colorés de Miami s'estompent déjà et il est de retour dans le tourbillon grisâtre de New York. Des castings tous les jours, la plupart du temps, il est trop vieux, trop musclé, trop tatoué, trop grand, trop blanc, trop british…

Depuis son succès à la Miami Swim Week, il n'a pas été sollicité pour d'autres boulots, pas même un petit semblant de quelque chose et Anna lui manque plus que jamais. Seigneur, même Brendan lui manque. Au moins, il sait qu'Anna a un vrai ami qui prend soin d'elle à Londres et qu'elle n'est pas seule.

Nick fronce les sourcils.

Prendre soin d'Anna, c'est son travail, et il ne peut pas le faire de New York. Il sait également qu'il lui faut un but, quelque chose pour lui donner envie de travailler, une chose rare dans le mannequinat. La plupart des boulots arrivent de nulle part sans prévenir.

Cela signifie qu'il doit se maintenir en forme en permanence. Bien sûr, cela n'a rien de nouveau pour lui. Et puis, il s'est lié d'amitié avec un autre Anglais, Rick Roberts, qui vient d'ouvrir une salle de gym dans Manhattan et en a fait un business très intéressant.

Roberts est, lui aussi, originaire du Yorkshire et a un passé de sportif, mais il est froid et mutique. Les deux hommes sont tout de même devenus amis. Et son club offre les meilleurs équipements sportifs que Nick a jamais fréquentés. Il y a des machines de Pilates, des air bikes, des poids, des farmer walks, des prowlers, des atlas stones, plus un bar à café, un bain de vapeur, un sauna, un bar à jus, une piscine, un nutritionniste à demeure, un kiné et plusieurs masseuses, sans oublier les cours habituels et plusieurs coachs personnels renommés.

C'est quelque chose comme ça qu'il devrait monter un jour s'il réussit à réunir les fonds nécessaires. Peut-être. Ou peut-être pas. Il ne sait pas, et cela le frustre terriblement.

Tous les doutes de Nick refont surface. A-t-il pris la bonne décision en venant à New York ou bien est-il en train de perdre son temps ? Au début, c'était un nouveau challenge, ça l'a excité, mais depuis Miami, il a plutôt l'impression d'une corvée que d'une réussite. Et il ne peut pas rester loin d'Anna pour toujours.

Mais qu'est-ce que je fous ici ?

Il ne se doute pas que toute sa vie est sur le point de changer à nouveau.

Un mercredi après-midi il reçoit un coup de fil d'Adrienne qui l'informe qu'un nouveau client l'a réservé pour une séance photo en studio le lendemain.

– Je ne connais pas le photographe, admet-elle, mais ils t'ont demandé expressément.

– Ah ouais ? Comment ont-ils entendu parler de moi ?

Il y a un silence avant qu'Adrienne ne réponde, il entend le cliquetis d'un clavier à l'arrière-plan.

– Honnêtement, je ne sais pas trop. Je ne crois pas qu'ils me l'aient dit. C'est important ?

– Non, pas vraiment. C'était juste pour savoir. C'est pour quel boulot ?

– Une photo de couple, une autre couverture de romance. Je sais, je sais ! Tu ne voulais plus en faire, mais je dois te dire, Nick, que c'est la première proposition que tu as depuis un bon moment. Réfléchis bien avant de refuser.

Nick se rembrunit. Si c'est avec Golden, ça ne sera pas si mal.

– C'est qui ? demande-t-il d'un ton maussade.

– Je te dis ce qu'on m'a dit, c'est pour un nouvel auteur. En sous-vêtements, pas de nu. Ça te va ?

Nick a toujours des regrets à propos de la séance qu'il a faite avec Cee-Cee, même si les photos étaient splendides.

– Nick ? Tu es toujours là ? marmonne Adrienne à l'autre bout du fil.

– Ouais, bon, je vais le faire. Pas de nu, n'est-ce pas ?

– Non. J'ai vérifié, c'est bien dans le contrat. Je sais ce que tu en penses. Sois au studio à 14h30.

– Compris.

– Ils arrivent en avion de Grande-Bretagne. Je vais t'envoyer les détails par Messenger dans la soirée.

Nick se prépare comme d'habitude. Il limite sa nourriture et sa consommation d'eau, rase sa poitrine et s'assure que sa barbe est bien taillée. Il la raserait si on lui demandait, mais il ne couperait ses cheveux sous aucun prétexte. Enfin, il les couperait si Anna l'exigeait, mais après toutes ces années où il a dû les avoir très courts, il prend plaisir à les laisser pousser.

Le lendemain, Nick se présente au studio de Greenwich Village à l'heure dite, mais une fois gravis les escaliers,il ressent tout de suite une atmosphère bizarre, une tension inhabituelle.

Le photographe lui serre la main, mais semble avoir du mal à croiser son regard. Il passe son temps à regarder sa montre comme s'ils étaient en retard, bien que Nick soit arrivé quelques minutes en avance.

Il a déjà senti de la tension lors de précédents shootings lorsqu'il y avait trop de photos à faire et pas assez de temps devant soi, et que tout le monde était sous pression ; ou l'énergie frénétique dans les coulisses du défilé de vêtements de natation à Miami, quand des dizaines de mannequins se battaient pour avoir un peu d'espace en se poussant du coude les uns les autres pour pouvoir se changer. Mais là, c'est différent. D'abord, le photographe est anglais. Il sait donc qui est Nick Renshaw et il est nerveux, pourtant Nick ne pense pas qu'il soit sous l'effet de drogues. Quand il lui a demandé ce qu'ils allaient faire, il est resté évasif. Tout cela rend Nick de plus en plus dubitatif.

Comme il ne voit personne d'autre dans la pièce, il demande qui est le mannequin femme avec qui il va poser, on lui répond que l'auteure et le mannequin sont une seule et même personne. Apparemment, elle est en train de se faire maquiller et arrivera bientôt sur le plateau. Une fois encore, on ne lui donne pas de nom. Étrange qu'il n'y ait ni styliste ni maquilleur. Le costume de Nick, si on peut appeler ça un costume, se compose d'un Speedo très moulant que son pote samoan, Fetu, appelle un « moule-bite ». On ne lui propose pas de peignoir.

– Et ça ? demande Nick en soulevant le slip d'un doigt.

Le photographe lui adresse un sourire faux.

– Ça fait partie de l'histoire. Tout est de très bon goût, mon pote.

Je ne suis pas ton pote, pense Nick, en regardant l'autre d'une façon qui le fait reculer de quelques pas.

Il semble évident à Nick que le « pas de nu » est une clause de style, et que même s'il n'est pas à poil, des angles de prise de vue un peu malins ou un travail sur Photoshop pourrait faire croire le contraire.

– Comment s'appelle le mannequin ? demande-t-il négligemment. Ou dois-je dire, l'auteure ? Que je puisse regarder ses couvertures et voir ce qu'elle aime comme style.

– Oh, elle est toute nouvelle, dit le photographe avec un sourire coincé, sans le regarder en face. C'est son premier livre. Mais aie confiance en moi, ça va être énorme.

Est-ce que cette femme est célèbre ? Quelle est la raison de tous ces mystères ? Nick essaie de se rappeler s'il y a une clause de confidentialité dans son contrat. Il ne croit pas.

Il y a clairement un truc bizarre dans cette histoire, mais Nick ignore totalement ce que ça peut bien être. Son instinct lui dit que quelque chose ne tourne pas rond. Alors, au lieu d'enfiler les Speedos ridicules, il attend en faisant semblant de lire ses textos sur son téléphone.

– Tu peux te changer quand tu veux, lui dit le photographe pour l'encourager.

– Ouais, répond Nick sans lever les yeux. C'est quoi ton nom, déjà ? Mon pote ?

– Ah, hum, Roy.

– Tu as un nom de famille, Roy ?

L'homme attend avant de répondre, en se léchant nerveusement les lèvres.

– Greenside.

Nick cherche le nom et fronce les sourcils en découvrant le profil du type.

– Tu bosses pour les Red Tops ? demande-t-il en levant la tête.

Il a utilisé le nom familier qu'on donne aux tabloïds anglais. Ce sont ces journalistes-là qui l'ont tourmenté et ont imprimé des bobards à propos de sa relation peu orthodoxe avec Anna.

Son mauvais pressentiment s'intensifie.

– Il faut bien vivre, mon pote. Tu le sais bien, dit le photographe, sur la défensive.

Nick ne répond pas, il continue à faire défiler les photos de Roy Greenside.

Une image lui saute aux yeux et Nick à la gorge qui se serre.

– Tu as photographié Molly McKinney. À plusieurs reprises.

– Une ou deux fois. Mais c'était il y a longtemps. L'eau a coulé sous les ponts depuis, pas vrai, mon pote ?

Nick le fixe d'un regard noir.

Il a fait la paix avec Kenny, mais il est hors de question qu'il pardonne à Molly…

– Ouais, l'eau a coulé sous les ponts, dit une voix féminine.

Les poils de Nick se dressent sur sa nuque. Il se tourne lentement pour se retrouver face à la femme qu'il méprise le plus au monde.

Molly McKiney s'avance vers lui, en sortant du vestiaire avec une tonne de maquillage et un minuscule string.

– Salut, Nicky. Surpris de me voir ? demande-t-elle en le dévisageant derrière ses faux cils. Tu n'as pas été très sympa avec moi à ton jubilé, mais je te pardonne.

Nick ne répond pas. Il attrape simplement son sac et se dirige vers la sortie.

– Tu ne peux pas foutre le camp ! s'écrie Roy en saisissant son appareil et en tentant de mitrailler Nick de loin pour choper l'expression de fureur sur son visage.

– Tu parles que je ne peux pas ! gronde Nick.

Molly s'esclaffe. Elle jubile d'être sous les feux des projecteurs et s'avance vers Nick pour que Roy puisse les prendre ensemble.

– Reste et amuse-toi un peu, Nick. Tu as été suffisamment bien payé pour ça.

– C'est vrai, poursuit Roy. Tu ne peux pas te barrer, ce serait une rupture de contrat.

– J'emmerde le contrat ! gronde Nick.

– Aïe, ne me dis pas que tu es toujours vexé à cause de notre petit malentendu ? Je croyais que tu avais dépassé tout ça à présent.

Nick la regarde, incrédule.

– Tu m'as trompé avec un de mes coéquipiers alors que j'étais blessé, avec le type à qui j'avais demandé d'être témoin à notre mariage. Lorsque j'ai rompu avec toi, je t'ai même laissé ma bague de fiançailles que tu as vendue sur eBay. Quand j'ai commencé à fréquenter Anna, tu as déclenché une vendetta qui lui a coûté sa carrière ; et tu as menti à la presse de bout en bout. Est-ce que j'ai oublié quelque chose ?

Molly l'agrippe par le bras et lui lance un regard noir en enfonçant ses faux ongles dans sa chair.

– Tu as signé ton contrat, Nicky. L'argent a déjà été transféré sur ton compte. Si tu pars, mon éditeur va te poursuivre en justice.

Il repousse sa main en la regardant froidement.

– Tu crois que j'en ai quelque chose à foutre ? Je m'en fiche. Qu'ils me poursuivent, mais je veux bien être pendu si je pose pour une couverture de livre avec toi ! Si tant est que ce livre existe.

Elle pose sa main sur sa hanche et prend la pose, en remuant un peu ses faux seins.

– Oh, il y a bien un livre, sourit-elle d'un air satisfait. *Nick le débauché : ma vie avec le vrai Nick Renshaw*, par Molly McKinney. Ça va être un best-seller.

La rage froide de Nick ne cesse de monter. Il sait qu'il vaut mieux qu'il parte maintenant, ou ils vont tous le regretter.

– C'est ça la personne que tu veux être, Mol ? dit-il en pesant chaque mot. Tu veux qu'on se souvienne de toi comme d'une menteuse et d'une tricheuse ? Et pour ton information, tu n'as jamais rien su à mon propos.

Ses yeux brillent de malice.

– Oh non ? Mon petit doigt m'a dit que tu faisais la fête sous Tramadol, ou bien était-ce du Diazepam ? Je me demande ce que le docteur Scott en penserait. Elle a été très loquace à propos des dangers des ordonnances de complaisance d'antalgiques dans le milieu sportif, non ?

Nick secoue la tête, perturbé par le niveau de l'enquête à laquelle s'est prêtée Molly.

– Je venais de subir une opération pour une déchirure de la coiffe du rotateur qui pouvait mettre fin à ma carrière. Seigneur, tu es vraiment incroyable.

– Oooh, Nicky ! J'ai touché un point faible, n'est-ce pas ? Tu pensais que personne n'était au courant ! Eh bien, laisse-moi te dire, Monsieur Le Grand Manitou, qu'il y a toujours quelqu'un qui t'observe. Et de toute façon, ce n'est pas moi qui essaie de devenir mannequin professionnel. Ton agent nous a dit que tu étais libre tous les jours de cette semaine ou de la semaine prochaine. Tu n'as pas beaucoup de succès, pas vrai ? Et où est la chère petite Anna ? Seule à la maison avec tous tes anciens coéquipiers pour prendre soin d'elle ?

Nick se penche sur elle, la voix glaciale et le regard dangereusement noir.

– C'est toi qui as manigancé tout ça, pas vrai Molly ? J'ai discuté avec Kenny à mon jubilé. Il m'a tout avoué, comment tu l'avais dragué pendant que j'étais alité après mon opération, avant de s'excuser d'avoir fait la plus grosse connerie de sa vie. Ouais, c'est ce qu'il a dit. Et il t'a laissée tomber, espèce de saleté, n'est-ce pas ?

Il fait demi-tour et quitte la pièce.

Alors qu'il s'éloigne à grands pas, le photographe se rue sur lui et continue à le mitrailler.

Plus jeune, Nick aurait arraché l'appareil au type et l'aurait explosé contre le mur pour briser l'objectif. Un Nick moins aguerri aurait dit à Molly qu'elle avait été le plus mauvais coup de sa vie.

Mais, à présent, Nick est plus âgé et plus sage. Il sait pertinemment qu'ils cherchent la confrontation. Nick les repousse pour passer pendant que Molly lui hurle des obscénités.

– Tu vas te mordre les doigts de la façon dont tu m'as traitée, Nicky, hurle-t-elle. Tu es fini ! Tu es un has been ! Je te déteste !

Avec un sourire satisfait, Nick claque la porte du studio derrière lui et descend les escaliers en courant.

Une fois dehors, dans les rues de Manhattan, il respire profondément. Ses mains tremblent et son cœur bat à cent à l'heure pendant qu'il tente de maîtriser sa fureur.

Réfléchis, se dit-il. *Tu dois réfléchir.*

Il appelle Adrienne.

– Nick ? Tu es censé être en pleine séance photos. Qu'est-ce qui se passe ?

– C'était un piège, gronde-t-il en fixant le ciel bleu azur. Des connards m'ont piégé.

CHAPITRE

18

Nick se rend directement au bureau d'Adrienne en coupant rapidement par les rues de Manhattan. En voyant l'onde de colère qui l'entoure, les gens s'écartent, à demi effrayés.

Nick sait qu'il a été idiot de réagir ainsi devant Roy et Molly. En montrant sa colère, il leur a offert exactement ce qu'ils voulaient. Mais seul un robot aurait pu rester de marbre face à leurs mensonges.

Il veut appeler Anna, mais il sait qu'elle est en train d'interviewer Jason Obuda sur sa vie post-rugby, sur son travail comme entraîneur assistant au RFU de Bath et sur ses projets, pour son prochain livre traitant de la façon dont les athlètes professionnels gèrent la transition entre leur sport et une vie normale. Depuis la retraite de Nick, sa recherche et ses motivations ont pris un tour plus personnel.

Ouais, et en ce moment précis, ça ne manque pas d'ironie.

Dès qu'il arrive à l'agence dans Midtown, Shonda le fait entrer dans le bureau d'Adrienne en lui jetant un regard compatissant.

– Nick, asseyez-vous. Dites-moi exactement ce qui vous est arrivé.

Nick lui explique tout. Ses fiançailles avec Molly, sa tromperie avec son meilleur ami, le procès, la rencontre avec Anna, la vengeance de Molly, tout dans les moindres détails écœurants, ceux qu'il essaie d'évacuer depuis longtemps.

Il ne mentionne pas le fait qu'elle l'a accusé d'être accro au Tramadol, tout en se promettant en secret qu'il allait diminuer, voire arrêter.

Adrienne l'écoute en enregistrant leur conversation sur son téléphone et en prenant quelques notes.

Lorsqu'il admet qu'il a perdu son calme et a balancé quelques jurons énormes, elle tressaille, soupire et repose soigneusement son stylo sur son bureau.

– Nick, c'est un fait. Vous avez abandonné le plateau d'une séance de photos pour lesquelles vous avez été payé. Est-ce que vous les avez touchés ? Parce que si c'est le cas, ils vont vous accuser d'agression, en plus.

– J'ai dû repousser le photographe qui m'empêchait de sortir.

– Et ce sera votre parole contre la leur. Or, vous venez de me dire que vous avez déjà été condamné pour agression contre cette femme. Vous voyez ce que je veux dire ? Même s'ils ne choisissent pas cette option, je ne serais pas surprise que l'éditeur vous poursuive en justice pour le surcoût de frais dû à la location du studio, le temps de Madame McKinley et de Monsieur Greenside, le coût de leur vol et de leur hôtel, plus des dommages et intérêts. Vous allez sans aucun doute être poursuivi en justice, et vous devrez rendre vos honoraires.

Elle recule en se frottant les tempes.

– Votre réputation en a déjà pris un coup. Je sais comment ce genre de personnages opèrent et personne ne voudra plus travailler avec un mannequin qui a été pris dans un scandale. On ne vous bookera plus et si vous aviez déjà un boulot de prévu, il sera annulé. Les bruits courent très vite dans cette ville.

– Alors, je fais quoi ? Je les laisse m'entuber ? Je laisse Molly gagner à nouveau ?

Elle réfléchit, tout en tapotant son stylo sur son bureau.

– Vous avez deux choix possibles : rester tranquille, payer et espérer que ça se tasse.

Nick secoue la tête.

– Ils veulent faire du scandale. Ils ne veulent pas que ça se tasse. Quel est mon second choix ?

– Poursuivre l'offensive. Faites une déclaration à la presse et cognez le premier. C'est presque toujours ce dont les gens se souviennent. Vous connaissez des journalistes au Royaume-Uni qui seraient enclins à être de votre côté ? Ce type, Greenside, semble être un véritable salaud. À qui a-t-il pourri la vie dans le passé ?

Un début d'idée germe dans la tête de Nick.

– Il y a une journaliste télé qui a toujours été correcte avec moi, Jasmine Khan, dit-il après réflexion. Je lui avais accordé deux interviews en exclusivité. Je pourrais lui demander.

– Elle vous est donc redevable ?

– Je suppose que oui. En quelque sorte.

– Bien. Et c'est une femme. C'est encore mieux. Appelez-la tout de suite. Organisez un entretien téléphonique aujourd'hui même, puis fichez le camp à Londres pour lui accorder une autre exclusivité.

– Londres ?

Adrienne lui lance un regard sinistre.

– Nick, même si vous sortez par le haut de cette histoire, vous êtes fini à New York. Peut-être que dans six mois je pourrai vous dégotter un autre boulot, mais pour l'instant, vous êtes infréquentable. Les clients n'aiment pas être associés à un scandale, du moins pas ceux avec lesquels vous aimeriez travailler. (Elle hausse les épaules.) Et cela peut être la meilleure idée qui soit de quitter la ville, si jamais il y a un mandat d'arrêt contre vous. Cela m'étonnerait, mais on ne sait jamais. Réagissez vite, bougez le premier.

Nick quitte le bureau d'Adrienne en vacillant. Il ne s'attendait vraiment pas à ce que cette journée se déroule ainsi. Il retourne à sa petite chambre d'hôtel, fourre ses vêtements dans ses sacs de voyage, jette ce qu'il ne peut pas emporter et règle sa note.

Il ignore si Molly va chercher à le faire arrêter, mais vu ce dont elle est capable, il ne veut prendre aucun risque.

Il fait signe au premier yellow cab qui passe par là, se rend à JFK en appelant le bureau de Jasmine sur le trajet. Pour une fois, la chance est avec lui. Elle est encore au boulot et il donne son interview de l'arrière du taxi, en n'occultant aucun détail.

Elle est ravie du scoop et accepte de filmer une autre interview dès qu'il atterrira à Londres.

Sa deuxième chance est de trouver un vol pour Heathrow qui décolle une heure plus tard. Nick achète son billet et passe la sécurité, puis embarque en moins de cinq minutes.

Il n'a toujours pas eu le temps de prévenir Anna. Il lui envoie donc un texto en s'installant dans son siège en classe économique.

Je rentre à la maison
Molly a encore essayé de me baiser
Jasmine Khan a toute l'histoire
J'arrive demain
Je t'aime x

Anna a apprécié son dîner avec Jason plus qu'elle ne l'aurait cru. Il a flirté le minimum possible et s'est montré étonnamment perspicace sur ce que signifie la fin de sa carrière de joueur, ainsi que sur les raisons pour lesquelles il a décidé de devenir assistant entraîneur. Il espère passer un jour un diplôme qui lui permettra de devenir manageur.

La seule partie de la soirée qu'elle n'a pas appréciée, c'est le moment où ils sont arrivés au Ivy, lorsqu'un paparazzi les a pris en photo en train d'entrer dans le restaurant et que Jason a passé son bras sur ses épaules.

Jason fait ça à tout le monde, mais elle sait que les journaux ne le verront pas de cet œil. Elle voit déjà les gros titres.

Anna est en train de terminer son interview d'après-dîner lorsqu'elle reçoit le texto de Nick. Son cœur bondit dans sa poitrine et elle se sent tour à tour glacée et bouillante.

Elle laisse tomber sa tête dans ses mains.

– Merde ! Est-ce que ça va ?

Jason la regarde d'un air inquiet.

– Je vais bien, je vais bien, murmure-t-elle.

– Vous êtes en route pour une petite famille ? lui demande-t-il, préoccupé.

– Quoi ?

– Tu fais partie du club ?

– Quel club ?

Jason lève les yeux au ciel.

– Bon sang, doc, tu es enceinte ?

L'irritation l'aide à se reprendre.

– Non ! Pourquoi est-ce que tout le monde me pose la question ? (Elle soupire.) Ne me réponds pas, c'est ma brioche, je sais, je sais.

Jason lui fait un sourire.

– Mais non, tu n'es pas si grosse. Tu as l'air d'être sur le point de t'épanouir. Tu es sûre que ça va ?

– Oui. Non. Je ne sais pas. Regarde ça !

Et elle passe son téléphone à Jason.

Il s'assombrit.

– Mais qu'est-ce qu'a encore manigancé cette espèce de salope ?

– Je ne sais pas.

– Et bien, sonne-le, l'encourage Jason.

Anna est à Londres depuis assez longtemps pour comprendre que Jason veut dire « appelle Nick ». Elle suit son conseil, mais est directement basculée sur la boîte vocale.

– Il ne répond pas. Il a dû prendre l'avion. Je suis désolée, Jason. Il faut que j'appelle Jasmine immédiatement.

– Ouais, pas de souci, ma poulette. Dis à ton mec de m'appeler quand il arrive. Ce bâtard me doit une pinte. Allez, je te ramène chez toi.

***

Trois papiers sont parus pendant que Nick traversait l'Atlantique. Molly et Roy n'ont pas perdu leur temps pour raconter leur version de cette non-histoire sordide. Mais Jasmine Khan, motivée à la fois par sa carrière et par son admiration sincère pour Nick, est parvenue à diffuser son interview exclusive en premier :

Quand son ex tourne mal – le cauchemar du harcèlement de Nick Renshaw !
« J'ai de la peine pour mon ex » déclare le gentleman du rugby.

Nick a tout raconté à Jasmine, même les jurons dont il a abreuvé son ex et Roy. Il ne lui a pas caché qu'il regrettait d'avoir perdu son calme. Adrienne, de son côté, a fait ce qu'il fallait et a renvoyé les honoraires qu'il avait perçus pour la séance photo, ainsi que son pourcentage de quinze pour cent.

Molly et Roy ont riposté avec une version beaucoup plus violente de l'histoire, selon laquelle Nick les avait terrorisés et les avait menacés physiquement. Les photos du visage furieux de Nick étaient citées comme « preuves ».

Shooting frénétique de Nick le débauché
« Il est violent et imprévisible – J'ai vraiment cru qu'il allait me frapper à nouveau. »

Il y avait des photos de Molly larmoyante, avec son eye-liner qui avait artistiquement bavé. Mais le fait d'être allé à New York et d'avoir booké Nick sans révéler leurs identités jouait contre eux, et la plupart des gens leur ont donné tort.

Malheureusement, cela ne s'est pas arrêté là. L'éditeur de Molly a attaqué en justice l'agence d'Adrienne et Nick. Il a exigé des dommages et intérêts de plus de cent mille livres.

Ce n'est pas une mince affaire. Jusque-là, Molly ne l'a pas accusé de prendre de la drogue, mais Nick la connaît, elle n'a pas oublié. Elle a ses raisons de garder cette carte en main.

C'est probablement dans son fichu bouquin.

Mais le paparazzi qui a pris Anna et Jason ensemble a profité de cette aubaine, et un tabloïd de deuxième zone l'a publié.

La fiancée de Nick le débauché prend du bon temps pendant un dîner intime avec un de ses anciens coéquipiers !

Et un journal a même regroupé les trois histoires : une, plus une, plus une, ça en fait une quatrième…

Renshaw se bat pour sauver sa relation amoureuse…

Les journalistes campent déjà devant la porte d'entrée d'Anna, dix minutes après que le papier de Jasmine a été diffusé sur Internet.

Mais cette fois-ci, Anna est prévenue. Elle a eu le temps de transformer leur maison en forteresse. En dépit de l'heure tardive, elle téléphone à Brendan, en quête de soutien moral et de secours. Ensuite, elle appelle l'ancien agent de Nick, Mark Lipman, pour obtenir de lui une aide légale, parce que c'est quelqu'un de confiance. Mark a plus de soixante-dix ans et est à la retraite depuis trois ans, mais il a eu à gérer un ou deux scandales au cours de sa carrière.

Ensuite, elle fait sa valise et réserve deux chambres d'hôtel au nom de Brendan. Et pour finir, elle demande à Jason d'aller accueillir Nick à l'aéroport d'Heathrow. Ce sera une bonne façon de tuer dans l'œuf les spéculations concernant l'histoire numéro trois.

Anna a appris de toutes ces années passées sous les projecteurs. Elle ne sera plus jamais la victime de la presse.

Elle a songé à réserver une voiture pour aller chercher Nick à l'aéroport, mais elle n'est pas sûre qu'il regardera ses messages avant de se ruer à l'extérieur du terminal. Il pourrait rater quelqu'un qui brandirait un iPad à son nom, mais pas le mètre quatre-vingt-dix-huit de son ancien coéquipier.

Jason n'est pas un modèle de calme. Il a plus tendance que d'autres joueurs à se mettre dans des situations difficiles et à se bagarrer, mais c'est un véritable bon ami. Et pour l'instant, Anna pense que c'est de ça dont Nick a le plus besoin.

Brendan arrive à la maison complètement essoufflé et surexcité, avec une énorme valise, un ordinateur portable et un gros sac en bandoulière.

– Nous allons juste à l'hôtel, nous ne sommes pas des témoins sous protection policière, lui dit Anna en découvrant ses énormes bagages.

– On rigolera bien quand tu te feras mitrailler avec un vieux jean pourri et un sweat-shirt, alors que moi je serai un exemple de glamour, Miss Je Sais Tout, lui répond-il du tac au tac.

Anna hoche la tête. Il n'y a que Brendan pour réussir à la faire sourire dans une telle situation.

Pendant qu'il porte leurs bagages dans la Range-Rover, Anna tire tous les rideaux, vérifie par deux fois que toutes les fenêtres et toutes les portes sont bien fermées, et quitte sa maison. C'est énervant de ne pas savoir combien de temps elle va devoir l'abandonner, mais elle espère que ça ne dépassera pas les deux semaines.

Elle a appris à ses dépens que faire le dos rond ne sert à rien avec les paparazzis. Il vaut bien mieux se planquer jusqu'à ce qu'ils en aient assez et qu'une nouvelle histoire surgisse, plus juteuse, pour faire les gros titres. Bref, comme Brendan le dit toujours, « il ne faut pas nourrir la bête ».

Nick n'est pas particulièrement célèbre à New York, mais

à Londres, c'est une star.

Malheureusement, la plupart des gens ayant un vague cousin un peu célèbre vous diront que les deux endroits les pires pour se faire prendre en photo, ce sont LAX[15] et à peu près partout à Londres, mais en particulier à l'aéroport d'Heathrow.

La presse est devenue dingue à cause du dernier scandale de « Nick le débauché » et, à son arrivée, une trentaine de photographes et de journalistes, ainsi que deux équipes de télévision, l'attendent pour qu'il leur fasse une déclaration.

Mais tout comme Anna, il a appris comment gérer les reporters, il a donc mis ses lunettes de soleil, arbore un grand sourire pour leur dire tout simplement qu'il est heureux de rentrer chez lui et qu'il a hâte de retrouver sa fiancée.

Dès qu'il aperçoit Jason dans la foule, son sourire s'élargit encore. Jason le serre dans ses bras en manquant le soulever du sol.

– Bienvenue à la maison, microbe ! Espèce de branleur ! C'est bon de te voir !

Du coup, les paparazzis ne prennent que des photos de deux potes ravis de se retrouver.

---

15. Aéroport international de Los Angeles.

CHAPITRE 19

Pendant dix jours, Anna et Nick sont submergés par la tempête médiatique et les vagues de mensonges que Molly et Roy Greenside déversent sur eux. Mais, cette fois, ils sont ensemble, et ça fait toute la différence.

Anna et Nick auraient préféré être chez eux, mais tous deux savent que la meilleure défense, c'est d'être vus à l'extérieur, heureux et amoureux.

Brendan s'arrange pour qu'ils soient vus en train de déjeuner au Palomar, de fouler le tapis rouge lors de la première d'un film à Leicester square, d'entrer dans la boîte de nuit d'Annabel dans Mayfair. Ils y restent dix minutes et en sortent par la porte de derrière.

Mais au moment même où la tempête semble se calmer, de nouvelles accusations surgissent.

***

La fusée du rugby est accro
Renshaw en cure de désintox

– Oh mon Dieu ! Regarde les mensonges que ces salopards impriment ! s'écrie Anna rageusement en agitant une pile de journaux à scandale. Tu ne peux pas laisser faire, Nick. Tu dois faire une déclaration pour réfuter tout ça. Comment osent-ils écrire de telles saletés sur toi ?

Le cœur de Nick a un raté lorsqu'il jette un œil sur les journaux qu'Anna a jetés sur la table de leur chambre. Il lit les gros titres sans faire aucun commentaire, puis poursuit sa lecture.

Nick Renshaw est dépendant des antalgiques, dit une source proche de l'ancien champion anglais du rugby. Il semblerait que cette dépendance ait commencé après une opération qu'il a subie pour une déchirure d'un rotateur de l'épaule, qui a mis fin à sa carrière. Les amis de la star sont inquiets pour sa santé et suggèrent que son départ inopiné de New York, où il avait engagé une prometteuse carrière de mannequin, prouve que sa dépendance n'a fait qu'augmenter.

Les chiffres fournis par le NHS[16] *rapportent qu'il a été prescrit à un patient sur onze un médicament potentiellement addictif l'année dernière. La star de la télé et présentateur de « Britain Got Talent », Ant McPartlin, a récemment suivi une cure de désintoxication pour son addiction aux antalgiques et une condamnation pour conduite en état d'ivresse.*

Le Priory, ce centre de désintoxication pour célébrités bien connu, s'est refusé au moindre commentaire concernant la venue de Nick Renshaw lorsque notre journaliste l'a approché…

Nick jette le journal sans terminer la lecture de l'article. Ce méli-mélo de semi-vérités et de vrais mensonges paraît accablant, mais ce qui le tue, c'est la certitude d'Anna que tout cela a été inventé.

Il plonge son regard dans ses yeux sombres, fou de colère contre lui-même, et avale la boule qu'il a dans la gorge. Puis il se lance :

---

16. Le National Health Service est le système de Sécurité sociale britannique.

– Je prends du Tramadol. Presque tous les jours depuis mon opération de l'épaule.

Anna semble sidérée.

– Mais… mais c'était il y a plus d'un an ?

– Oui.

Sa respiration est devenue hésitante, elle s'affale sur son siège devant lui.

– Nick, tu dis que… c'est vrai ?

Elle pointe les journaux d'un doigt tremblant.

Nick passe les mains dans ses cheveux. Puis, sur la défensive, il lui répond :

– Je ne suis pas un toxico. Mon épaule met très longtemps à guérir. J'ai encore mal… J'ai diminué récemment.

Anna semble sur le point d'éclater en sanglots.

– Tu n'en as jamais parlé. Je ne savais pas. Je pensais que la douleur était gérable. Mais Nick, le Tramadol est un opiacé, il crée une dépendance.

Il grimace, mais ne répond pas.

– Combien en prends-tu ?

– Un comprimé, parfois deux.

– Entre 25 et 50 mg ?

– Oui.

– Ce n'est pas si grave. On peut très bien régler ça.

Elle ferme les yeux.

– Mon Dieu, je suis navrée !

– Pourquoi es-tu navrée ? C'est moi qui… ce n'est pas ta faute.

Ses yeux brillent, elle se frotte vigoureusement le visage.

– Seigneur, je suis psychologue et je n'ai même pas remarqué que mon fiancé prenait du Tramadol tous les jours ! J'étais tellement sûre que tu allais mieux, que tu n'étais plus déprimé. Mon Dieu, tu m'as tellement manqué, et je n'ai rien dit parce que je pensais que tu t'en sortais mieux sans moi alors que tu te battais pendant tout ce temps. J'ai si souvent voulu te supplier de rentrer chez nous, et je ne l'ai pas fait. Je ne voulais pas ! Oh mon Dieu ! C'est moi qui suis censée être la pro de la communication ! Et je n'ai pas pu t'aider !

La gorge de Nick se noue en entendant son amertume, sa douleur, sa honte et sa déception. Il lui a manqué, elle a désiré qu'il rentre à la maison. Mais elle ne lui a jamais dit ce qu'elle ressentait. Et il ne lui a jamais demandé.

Il l'attrape par les bras et l'attire sur ses genoux.

– Anna, mon Anna, je suis désolé. Je t'ai laissée tomber. C'était si dur, New York sans toi. Chaque jour tu m'as manqué, et j'aurais dû te le dire, mais j'avais besoin de m'en sortir tout seul. J'ai totalement merdé.

Les épaules d'Anna tremblent, elle se retient de pleurer.

– Je t'aime. Tellement. Laisse-moi t'aider. Je peux t'aider.

Nick hoche la tête sans rien dire et la serre, toute tremblante, contre lui.

Les quelques jours qui suivent sont pénibles pour Anna et Nick.

Un énorme doute s'est installé entre eux, et se refaire confiance est difficile. Anna met sur pied pour Nick un plan de sevrage progressif du Tramadol et il promet qu'il ira voir le chirurgien qui l'a opéré pour vérifier qu'il n'existe pas de problème sous-jacent. Elle vide également leur armoire à pharmacie de tous les antalgiques.

Molly montre ses seins en page trois du *Sun* et parle à tout le monde de son prochain livre. Malheureusement pour Nick, toute cette publicité est une véritable aubaine pour la maison d'édition et ils ont avancé la sortie du livre au mois suivant. Il semble que, finalement, ce sera un best-seller. Plus sérieusement, l'éditeur poursuit en justice l'agence d'Adrienne et Nick, et exige cent soixante-quinze mille livres de chacun d'eux.

– Ils peuvent le faire ? demande Brendan d'un air incrédule. Enfin, bien sûr, ils l'ont fait. Mais ils ont une chance de gagner ? Tout ce fric ?

Après presque quinze jours de présence en une de la presse, Anna et Nick sont installés à leur table de cuisine pour la première fois depuis trop longtemps. Ils sont en train de tenter de concevoir une stratégie en compagnie de l'astucieux Mark Lipman, à l'autre bout du fil.

Leur histoire a été chassée des premières pages par l'éventualité d'une grossesse de Meghan Markle. Anna éprouve de la sympathie pour elle, qui a sans doute simplement avalé trop de petits fours lors des thés avec la reine, au château de Windsor, et voilà que tout le monde pense qu'elle est… quelle est l'expression, déjà ? Embarrassée.

La voix de Mark Lipman lui parvient à travers le haut-parleur.

– Ils ont un motif, parce que tu as quitté un boulot pour lequel tu as été payé. Le fait que tu aies remboursé ne compte pas. Bien que ce soit vraiment retors, tout ça est légal.

– Les enfoirés, murmure Nick dans un souffle.

– Tu as raison, soupire Mark, pendant qu'Anna prend la main de Nick dans la sienne. Ils ont vraiment un motif puisqu'ils ont dépensé le prix des billets d'avion, payé les factures d'hôtel, la location du studio, ainsi que certaines autres dépenses, la nécessité de prévoir un autre shooting, etc. Mais je doute que cela se chiffre à plus de, disons vingt-cinq ou trente mille livres. Ils essaient également de comptabiliser les ventes potentielles perdues à cause du délai, mais c'est plus que contestable. Ce que je trouve étonnant, c'est qu'un éditeur ait assumé toutes ces dépenses. Ces gens surveillent de très près leurs budgets. Comment peuvent-ils se permettre de financer une séance photos aux États-Unis ? Ça ne colle pas.

Il soupire.

– Et n'oubliez pas, l'agence de Madame Catalano est visée, elle aussi. Elle pourrait fort bien vous attaquer en justice pour récupérer cet argent et pour atteinte à sa réputation.

– Merde ! (Nick se prend la tête dans les mains.) Y a-t-il quelque chose qu'on puisse faire ?

Il y a un court silence durant lequel Anna échange un regard inquiet avec Brendan. Anna sait que Nick a investi dans l'immobilier, mais qu'il a très peu de liquidité et que s'il devait finalement payer des centaines de milliers de livres, ils devraient sans doute vendre leur maison.

– Eh bien, dit Mark d'une voix posée, vous pourriez contre-attaquer en justice. Le terme légal est « détresse émotionnelle infligée intentionnellement ». Vous auriez une chance raisonnable d'obtenir un résultat positif puisque la majeure partie des quatre critères clés est respectée : Est-ce que Molly et Roy Greenside ont agi intentionnellement ou imprudemment ? Oui. Leur conduite a-t-elle été extrême ou scandaleuse ? Probablement pas. Est-ce que leurs agissements sont la cause de la détresse ? Oui. Le requérant, toi Nick, subit-il une détresse émotionnelle en raison de la conduite du défendeur ?

Nick hoche la tête en regardant Anna.

Mark poursuit :

– La partie « extrême » est plus discutable et il est possible, voire probable, que le juge la réfuterait. Mais cela pourrait tout de même faire reconsidérer leur position aux éditeurs, vu qu'un procès est coûteux, et s'ils comprennent que vous vous battrez contre eux, cela les fera certainement réfléchir. Mais laissez-moi vous poser une question : voulez-vous vraiment remettre tout ça sur le tapis lors d'un procès qui fera encore plus de pub pour leur foutu bouquin ?

Anna fronce les sourcils.

– On peut interdire la publication du livre ?

– C'est peu probable, voire impossible. Mon conseil, ce serait de ne pas vous en préoccuper. Nous savons déjà que ce sera un tissu de semi-vérités. Plus vous vous battrez contre eux, plus vous apporterez de l'eau à leur moulin.

Mark se racle la gorge.

– Kenny Johnson m'a contacté la semaine dernière. Molly lui a demandé un témoignage. Il a refusé. Il tenait à ce que vous le sachiez.

Anna et Brendan se tournent tous les deux vers Nick, attendant de voir quelle sera sa réaction.

– Je ne vais pas laisser cette saleté de menteuse gagner, dit-il d'une voix glacée.

– Alors contre-attaquez en justice, répète Mark. Dans le meilleur des scénarios, ils laisseront tomber et vous pourrez faire de même.

– Et quel est le scénario catastrophe ? demande calmement Anna.

Il y a un long silence.

– Ils gagnent leur procès. Vous perdez le vôtre. Vous payez les frais des deux. Mais je ne pense pas que cela arrivera. Si je le croyais, je vous conseillerais de payer tout de suite. Je vais organiser un rendez-vous avec l'équipe d'avocats à laquelle j'ai fait appel dans des cas similaires. Écoutez ce qu'ils ont à dire, laissez-les vous conseiller.

Il se racle à nouveau la gorge.

– Je vous conseille de liquider quelques actifs si vous voulez vous battre. Il ne faut pas que cela te pèse dessus pendant des années. Tu vas avoir besoin de cash, fiston.

Plus tard dans la soirée, après que Brendan est rentré chez lui, Nick et Anna se couchent. Nick s'étire, son grand corps prend plus de place qu'Anna n'en a l'habitude. Après son départ, elle s'était mise à dormir dans la position de l'étoile de mer. À présent, elle est étendue en travers, la tête posée sur sa poitrine. Elle écoute les battements de son cœur dont le rythme régulier la rassure.

Il y a tant à dire, mais elle ne veut pas rompre ce moment de calme, ces quelques secondes de paix volées au tourbillon des derniers jours.

– À quoi tu penses ? demande-t-elle au bout de quelques minutes d'une voix douce et calme.

– Je vais devoir vendre les maisons de Lewisham.

Anna soupire.

– Les deux ?

– Je vais avoir besoin d'argent.

Anna lève la tête pour le regarder.

– Chéri, ce n'est pas sûr du tout qu'on aille jusqu'au procès.

– Tu sais bien que Molly est une garce vindicative, mais je ne m'étais pas rendu compte qu'elle était cinglée à ce point. Elle va chercher la publicité.

– C'est vrai, mais son éditeur ne voudra pas engager une action en justice trop risquée. Pour l'instant, ce qu'il recherche, c'est la pub. Mais je doute vraiment qu'il veuille être traduit en justice. Il se contentera de quelques milliers de dollars. Merde, il aura gagné plus, rien qu'avec les préventes de ce sale bouquin.

– Peut-être, dit Nick tristement. Mais tu as entendu Mark. Dans le pire des cas, je vais être ruiné.

Un frisson glacé parcourt Anna qui s'assied dans le lit.

– Nous sommes dans le même bateau, Nick. Quoi qu'il puisse arriver, ça nous arrivera à tous les deux. Tu n'es pas seul.

– Oui, mais c'est moi qu'elle attaque en justice, grogne-t-il en se tournant sur le côté. Pas toi.

Il éteint la lumière.

Les larmes piquent les yeux d'Anna, mais elle se refuse à les laisser couler. Elle se love contre lui et pose sa main sur sa hanche. Mais il ne bouge pas, ne répond pas et finit par s'endormir.

Anna reste éveillée, la peur s'enfonce profondément en elle.

CHAPITRE 20

Nick relit le mail de son ancien coéquipier. C'est presque trop beau pour être vrai. Ce serait à coup sûr une réponse à ses soucis les plus immédiats : ça le ferait sortir de Londres et ça le paierait suffisamment pour éviter de vendre ses propriétés dans Lewisham, du moins pour l'instant. Cela lui donnerait du temps.

Mais cela signifie aussi qu'il devra de nouveau quitter Anna.

Nick se passe la main sur le front. Mais elle comprendra. Il sait qu'elle s'inquiète de la somme que va leur coûter le procès. Le soulagement qu'il ressent à l'idée de gagner de l'argent est énorme.

Il va lui annoncer la bonne nouvelle dès qu'elle rentrera.

Dans un autre quartier de Londres, Anna est en train de chanceler. Les deux rendez-vous qu'elle vient d'avoir l'ont tourneboulée. Brendan, lui, tout excité, saute comme un cabri.

– Oh mon Dieu, c'est énorme ! Immense ! Colossal ! C'est exactement ce qu'on attendait, Annie ! Et si tu veux faire des sujets sur les homos les plus sublimes de Londres… eh bien, naturellement, tu ne peux pas trouver mieux que moi ! (Il passe son bras autour d'elle et la serre de toutes ses forces.) C'est tellement génial ! (Puis il se recule pour l'observer.) Attends, je suis le seul excité, ici ?

– Non, non, vraiment, moi aussi je suis excitée, dit-elle faiblement.

Brendan n'est pas convaincu, il hausse un sourcil interrogateur.

– Heum, heum. On dirait que tu viens tout juste de te rendre compte que tu portes la culotte vieille d'une semaine de quelqu'un d'autre et que le Shih Tzu du curé vient de pisser dans ton infusion. Qu'est-ce qui ne va pas chez toi ?

Anna tente d'étouffer un fou rire avant d'éclater de rire. Et une fois qu'elle commence, elle ne peut plus s'arrêter. Elle hoquette, renifle, pleure de rire en faisant couler son mascara. Les sourcils de Brendan sont remontés si haut qu'on dirait qu'ils tentent de ramper hors de son front.

– Oh mon Dieu, tu as pris de la dope, s'écrie-t-il en lui passant une serviette en papier pour qu'elle s'essuie les yeux.

Dans ce café de Soho, les gens se retournent pour les regarder.

Brendan se tourne et les rabroue.

– Vous n'avez jamais vu une femme faire pipi de rire ?

Ça fait redémarrer Anna, et même Brendan esquisse un semblant de sourire.

– Tu veux bien me dire pourquoi on se marre comme ça ? demande-t-il en baissant la voix, jusqu'à murmurer de façon à tout de même être entendu deux tables plus loin.

Anna s'essuie les yeux et se mouche.

– Désolée, je suis désolée. C'est juste que… wouah, la vie, tu vois ?

Brendan la regarde très fixement.

– Tu ne prends pas de drogue ? Humm, peut-être devrais-tu, parce que tu te comportes en schizo. Et depuis quand tu bois de la tisane, soit dit en passant ?

Anna se redresse et tente de se lisser les cheveux. Elle se sent épuisée après sa crise de fou rire.

– Je voulais juste prendre quelque chose de bon pour la santé, dit-elle.

Brendan se penche sur sa chaise et la fixe d'un air déterminé.

– Depuis combien de temps est-ce que nous nous connaissons ?

Anna est surprise par la nouvelle orientation de la conversation.

– Mon Dieu, depuis mon arrivée à Londres.

– Et est-ce que tu dirais qu'on se connaît bien ?

Anna cligne des yeux, surprise par le sérieux soudain de Brendan.

– Eh bien oui, je dirais ça.

Brendan croise les bras.

– Alors, pourquoi est-ce que tu me mens ?

Son air blessé la fait réagir.

– Bren, je… je suis désolée. Ça a été vraiment bizarre ces dernières semaines.

Son regard s'adoucit.

– Je sais. Mais tu peux me parler, Annie. Bon Dieu, tu le sais bien. Pourquoi est-ce qu'on ne fait pas la fête ? On vient de te proposer le poste d'animatrice de l'émission de télé féminine la plus regardée de Grande-Bretagne. Les chiffres de *Loose Women* sont en hausse de 7% par rapport à l'année dernière. L'audience a grimpé de 13% lorsque tu y as été invitée. En plus de tout le reste, ce serait un doigt d'honneur géant à Mollasse McKinney. Attends, tu ne vas pas refuser, hein ?

– Il faut que je réfléchisse.

– Non.

– Pardon ?

– Non, tu n'as pas à réfléchir, tu dois me dire ce qui se passe dans ta petite caboche obstinée.

Anna soupire.

– D'accord, mais tu dois me jurer que tu n'en parleras à personne. Surtout pas à Nick.

– Tu as une aventure ?

– Non ! Seigneur, non ! Pourquoi voudrais-tu… tu sais quoi, enfin peu importe. Non, je n'ai pas de liaison. Je suis enceinte.

Brendan se lève d'un seul bond en hurlant :

– Je vais être tata !

– Brendan !

Il la prend dans ses bras et la serre comme un fou.

– Ma petite Anna-Banana a un polichinelle dans le tiroir ! Tu vas être maman ! Oh mon Dieu ! Je suis tellement heureux que je vais chialer !

Et quand finalement il relâche Anna, il a vraiment des larmes dans les yeux.

Plusieurs personnes dans le café l'applaudissent et le félicitent. Anna se met à rougir, grimace et les remercie poliment.

Après avoir salué, Brendan retourne s'asseoir et se passe mélodramatiquement une main sur le front.

– Préviens-moi quand même la prochaine fois que tu lances une bombe, s'il te plaît.

Anna sourit ironiquement.

– La prochaine fois que j'apprends que je suis enceinte et qu'on m'offre une grande émission de télé le même jour, je t'enverrai un texto.

– Marrant. Et maintenant, que dit Monsieur le beau rugbyman de tout ça ?

Anna regarde sa tisane refroidie.

– Je ne lui ai pas encore dit.

Brendan hoche la tête.

– Bon, c'est vrai qu'on vient tout juste d'apprendre pour *Loose Women*, mais il sait sûrement que… Oh mon Dieu, il n'est pas au courant ?

– Je suis allée voir mon médecin ce matin, soupire Anna. Je me sentais fatiguée et un peu nauséeuse au réveil. Et puis, je ne bois plus de café, comme tu peux voir… Je me doutais, enfin, j'espérais secrètement, alors j'ai fait un test à la maison. Je suis allée chez le toubib faire une prise de sang, et voilà, c'est confirmé.

Brendan penche la tête de côté.

– Question : pourquoi n'es-tu pas folle de joie alors que tu voulais être en cloque depuis des siècles ? Pourquoi ne l'as-tu pas dit à Nick ?

– Ce sont deux questions différentes, murmure Anna.

– J'attends, s'impatiente Brendan.

– Je suis excitée, dit-elle calmement. Je commençais à croire que quelque chose ne tournait pas rond chez moi. Mais je suppose qu'à Miami…

– Je le savais ! dit Brendan avec suffisance. Je pouvais sentir les phéromones flotter dans l'air. Je ne me trompe jamais sur ces trucs. En fait, je ne me trompe jamais sur rien.

Anna sourit tristement à son meilleur ami.

– Oui, tu avais raison. Encore une fois. Et la raison pour laquelle je n'ai rien dit à Nick, c'est… eh bien, il est tellement préoccupé par cette histoire avec Molly et il s'inquiète pour l'argent.

Elle baisse les yeux.

– J'ai peur… j'ai peur qu'il considère le bébé comme… un fardeau.

Brendan approche sa chaise de la sienne et la prend dans ses bras.

– Annie, chérie, dit-il gentiment, tu racontes tellement de conneries que des roses vont finir par pousser sous cette table.

– Bren !

– Je suis sincère, dit-il d'une voix douce mais ferme. Tu aimes Nick. Nick t'aime. Vous voulez avoir un bébé depuis longtemps. C'est une bonne chose. C'est merveilleux. C'est un timing bizarre, mais c'est tout de même formidable.

Anna acquiesce lentement.

– Oui, c'est vrai. Je ressens déjà tellement d'amour pour ce bébé. Mais j'ai la trouille.

– Bienvenue dans ce monde, Annie. Je ne te dis pas que ce sera facile, mais ce sera incroyable. Dis-lui.

Anna hoche de nouveau la tête et sourit timidement à Brendan.

– Je vais le faire. Merci, Bren.

– De rien, Bébé-maman.

– Ne m'appelle pas comme ça.

– Je ne peux rien te promettre.

– Bren !

– Bouh ! Tu n'es pas drôle.

– Si, je le suis !

– Non.

– Si.

– Non.

– La ferme, Bren.

– Je la ferme.

– Je t'aime.

– Moi aussi, Bébé-maman.

– Aaaaaaagh !

***

Anna est agréablement surprise de trouver Nick à la maison quand elle rentre, après ses deux rendez-vous. Elle meurt d'impatience de lui annoncer ses nouvelles.

Leurs nouvelles.

L'enthousiasme et la joie communicative de Brendan lui ont redonné la confiance dont elle avait besoin.

Quels que soient leurs problèmes, elle et Nick les régleront ensemble.

– Salut beau mec ! crie-t-elle.

– Je suis dans le salon.

Nick est allongé sur le canapé, une jambe pendant à une extrémité. Son tee-shirt remonte et laisse voir son ventre plat et ses abdos. Avec son surplus d'hormones, Anna a l'eau à la bouche. Elle se penche et l'embrasse doucement sur les lèvres. C'est une invite.

Mais il ne la saisit pas.

Il lui rend rapidement son baiser, sourit et s'assied.

Déçue, Anna s'installe à côté de lui, se préparant à lui annoncer les nouvelles.

Mais Nick aussi a des nouvelles à lui annoncer, et il la prend de court.

– J'ai reçu un mail de Bernard, commence-t-il immédiatement, la voix remplie d'excitation. Tu sais, il jouait demi de mêlée chez les Phœnix.

– Bernard Dubois ? Oui, bien sûr. Comment va-t-il ? Il joue toujours ?

– Ouais, au même poste.

– C'est super ! C'est chouette qu'il ait repris contact avec toi.

Nick ne répond pas tout de suite.

Anna est déconcertée par l'expression qu'elle lit sur son visage.

– C'est bien, non ?

– Oui, bien sûr.

– Il joue où à présent ?

– Aux Cuirassiers de Carcassonne, une équipe dans le Sud de la France. Ils sont en Pro D2, c'est la seconde division, mais il dit qu'ils ont du potentiel. Il est leur capitaine et également leur entraîneur en second.

Anna sourit, encore un peu déconcertée.

– Quel veinard ! J'ai adoré le Sud de la France quand nous y étions avec Massimo. Est-ce que Bernard est à côté de Cannes ?

– Euh, je ne crois pas. Il m'a dit que c'était seulement à quatre-vingts kilomètres de la frontière espagnole.

– Ça a l'air super.

Il y a un grand silence et les yeux d'Anna commencent à se fermer, la fatigue la terrasse soudain. Elle sourit intérieurement. Nick va être époustouflé quand elle va lui dire…

– Nick, j'ai quelque chose…

– Il m'a offert un job.

La tête d'Anna se relève si vite qu'elle voit des étoiles.

– Excuse-moi ?

– Bernard, il m'a proposé un boulot.

– Mais… quel genre de boulot ?

Nick remue les lèvres comme s'il mâchonnait sa réponse.

– Un poste d'arrière.

Anna n'est pas certaine de bien comprendre.

– De rugby ? Il veut que tu recommences à jouer de façon professionnelle ?

Nick hausse une épaule et répond lentement, comme s'il pesait chacun de ses mots.

– Ils risquent de descendre de division. Il pense que je pourrais les aider. Il faudrait que j'y aille vite, parce que la saison a déjà commencé.

Anna a un mal fou à garder une expression neutre, tant le tourbillon d'émotions en elle est violent.

– Et tu lui as dit quoi ?

– J'ai dit que j'allais y réfléchir.

Le sol s'ouvre sous les pieds d'Anna. Tous ses espoirs sont anéantis, écrasés contre le roc de l'excitation évidente de Nick. Elle déglutit, incapable de dire un mot, hoche la tête, se lève et se dirige vers la cuisine.

Il la suit immédiatement.

– Tu es contrariée, mon chou ? Parce que si c'est le cas…

Anna lui cache son visage, occupée à remplir la machine à café, avant de se souvenir qu'elle n'en boit plus.

– Non, non, je ne suis pas fâchée, ment-elle. Je suis simplement surprise, c'est tout.

Nick fourre ses mains dans ses poches.

– Une année de plus. C'est tout ce que je voulais quand j'ai été blessé. Juste encore une putain d'année !

Anna se retourne violemment.

– Mais tu as pris ta retraite ! Ce n'est pas ça que tu as fait toute cette dernière année ? Tu as cherché à faire autre chose que du rugby ? Faire une vraie coupure, c'est ce que tu avais dit ! Et après ta dernière blessure…

– Je sais que désormais je ne pourrai plus jouer comme avant, maintenir ma forme au top niveau serait un véritable problème, mais cette équipe se bat. Je sais que je peux les aider.

Il hésite.

– Et ce qu'ils me paieront m'aidera pour les frais de justice. Je n'aurai pas besoin de vendre les propriétés de Lewisham tout de suite. Cela me donnera un moment de répit…

Anna secoue la tête, la confusion et la déception rendent toute réflexion difficile. Elle détourne le regard.

– J'ai l'impression que tu as déjà pris ta décision.

Le silence est tellement pesant qu'elle le ressent physiquement.

– Non, dit Nick lentement. Je ne suis pas décidé. Je réfléchis encore. Mais… regarde-moi, Anna…

Elle lutte pour croiser son regard. Ces beaux yeux couleur de miel, ces yeux dans lesquels elle aime se perdre.

– Le mannequinat, c'était une expérience intéressante, mais ce n'est pas un truc que je pourrai faire très longtemps. J'aime beaucoup le côté photo, mais le rugby… a été ma vie pendant si longtemps. J'ai cru que j'étais prêt à y renoncer, mais c'est difficile. Encore un an, juste un an.

Intérieurement, Anna meurt un peu plus à chaque phrase, à chaque mot qui sort de ces lèvres qu'elle a embrassées plus de dix mille fois.

– Mais… et ton épaule ? Ce n'est pas parce que ça n'est pas une équipe de premier plan que ce sera plus facile. Tu le sais.

Nick lui prend les bras et les caresse doucement.

– J'ai besoin de ça, Anna.

Elle se libère.

– Alors, tu ferais mieux d'accepter.

– Anna…

– Non, sérieusement Nick, si c'est ce que tu veux, vas-y. Je ne t'empêcherai jamais de faire quelque chose que tu as envie de faire.

Sa voix est monocorde.

– Tu ne sembles pas très contente.

Anna secoue la tête.

– Parce que j'ai peur que tu te blesses à nouveau. Et… tu viens juste de rentrer de New York et ça a été tellement dingue… J'avais espéré qu'on ait un peu de temps pour nous, termine-t-elle abruptement.

Nick se passe les mains dans les cheveux.

– Tu sais que je ne peux pas rester assis sur mes fesses sans rien faire de toute la journée, en attendant que Molly me traîne à nouveau devant les tribunaux. Il faut que je fasse quelque chose !

– Je sais ! crie-t-elle, avant de poursuivre plus doucement. Je comprends, vraiment. Mais recommencer à jouer au rugby… Bon, tu le fais pendant un an, ou deux, ou trois. Et ensuite ? Tu en seras au même point, à te demander quoi faire après. Tu ne veux pas choisir maintenant ? Tu n'as pas envie de découvrir autre chose ? Tu n'as pas envie de moi ?

L'expression de Nick est une réponse très claire à ses questions, et Anna respire profondément.

– Oh, je vois. Tu as pris ta décision. Bien. Bien. Vas-y, alors.

– Allez, amour…

– Non, ça va. Tu pars, et je reste ici. À nouveau.

– C'est juste pour un an, non, même pas, dix mois.

– Bien sûr, Nick.

– Putain de bordel ! Je ne peux pas faire ça !

Sa colère et sa frustration éclatent.

– Tu ne peux pas être contente pour moi ? Je pensais que tu le serais ! Jésus, on a traversé tellement de merdes, je croyais qu'on méritait de recevoir quelques bonnes nouvelles ! Mais tu…

Il embarque avec lui sa colère et sa frustration et quitte la pièce.

Il ne lui pose aucune question et elle ne lui dit rien.

Anna reste assise, seule, dans la cuisine un long moment. Elle n'entend plus que le bruit de l'horloge pendant que son monde s'écroule. Elle était certaine que cette fois il allait rester, et voilà qu'il repart.

Les paroles qu'elle mourait d'envie de lui dire sont mortes dans sa gorge, lorsqu'elle a vu l'excitation luire dans ses yeux. Il veut y aller, il est heureux de partir. De nouveau. Seulement quelques jours après lui avoir avoué qu'il lui avait terriblement manqué lorsqu'il était à New York, elle a failli le supplier de rentrer à la maison. Voilà qu'à présent c'est comme si elle n'avait rien dit.

Pourquoi est-ce que je n'arrive pas à te suffire ?

CHAPITRE 21

– Tu ne lui as pas dit.

La voix de Brendan est implacable.

Anna, impuissante, hausse les épaules.

– Et comment j'aurais pu ? Tu aurais dû voir sa tête quand il m'a parlé de l'offre que Bernard lui a faite. Il n'avait qu'une envie, c'était de faire ses bagages.

– Tu dois le lui dire !

Anna cogne sa tasse contre la table, de la tisane s'en échappe.

– Non, dit-elle d'une voix dure. Non, je n'ai pas à le faire. Quand il décidera de rentrer, si jamais il le décide, je le lui dirai. Pour l'instant, je suis tellement en colère contre lui que…

– Alors, dis-le-lui ! Ne le laisse pas filer avec des gestes d'adieu et des sourires si ce n'est pas ce que tu ressens !

– Tu veux que je le force à rester parce qu'il se sentira coupable ? Non. Il doit décider par lui-même de rester. Je n'influencerai pas sa décision.

– Il part quand ? demande gentiment Brendan.

Anna lui répond par un rire triste.

– Au début de la semaine prochaine.

Sa colère s'est dissipée, remplacée par du désespoir.

– Oh Seigneur, Bren ! Je croyais qu'après New York, les choses seraient différentes, mais ce n'est pas le cas. Il cherche je ne sais quoi en permanence, et ce n'est pas moi. (Elle replie ses bras sur son ventre plat en un geste protecteur.) Ce n'est pas nous.

Elle laisse échapper un petit gémissement. Brendan fait le tour de la table à toute vitesse pour la prendre dans ses bras.

– Je sais qu'il a besoin de travailler, je sais qu'il a besoin d'avoir des objectifs, mais je n'arrive pas à croire qu'il puisse m'abandonner à nouveau !

Elle se met à pleurer.

– Bon sang, Anna. Dis-le-lui !

– Non ! hurle-t-elle. Je ne le ferai pas !

Elle se force à respirer plus calmement, pas pour elle, mais pour cette nouvelle vie en elle.

– Il faut que ce soit lui qui choisisse. Je ne le forcerai à rien du tout. Il peut partir à la poursuite de tous les châteaux en Espagne qu'il veut, je ne le retiendrai pour rien au monde. Je ne le ferai pas !

Brendan la regarde d'un air incrédule, légèrement irrité.

– Arrête de me regarder comme ça ! J'en ai assez d'être passive, de rester en retrait pendant que Nick « se cherche », poursuit-elle d'une voix frémissante et pleine de mépris. J'ai fait ce que j'étais censée faire. Je me suis tenue en retrait et je l'ai soutenu, je lui ai laissé de l'espace, je l'ai encouragé dans ses choix, et ce n'est jamais suffisant… parce qu'il ne veut pas rester ici. Avec moi.

Brendan lui aussi a la voix voilée par l'émotion.

– Tu as tort, Anna. Il veut être avec toi. Tu peux travailler d'à peu près n'importe où. Le tournage de *Loose Women* ne te prendra que deux jours par semaine. Tu peux rentrer enregistrer et passer le reste de ton temps en France. Tu sais, ils ont inventé ces machines démentes qu'on appelle aéroplanes, alors vas-y, pars avec lui. Ne laisse pas ton stupide orgueil te l'interdire.

Elle plisse les yeux, mue par une fureur soudaine, et le repousse en s'avançant en direction de la bouilloire, raide comme la justice, avant de se retourner pour lui faire face.

– Mon orgueil ? Mon orgueil ? Eh bien, tu sais quoi, Brendan ? Oui, il me reste un peu de fierté. Pas beaucoup, juste un peu. Assez pour dire que je ne vais certainement pas courir après quelqu'un qui ne veut pas de moi.

– Bien sûr que si, bordel, il veut de toi ! Je n'ai jamais vu un type aussi amoureux. J'aimerais juste que quelqu'un me regarde un jour avec la moitié des sentiments que Nick éprouve pour toi !

Anna se rassied lourdement sur la chaise de cuisine, comme si elle pesait une centaine de kilos.

– C'est ce que je pensais avant, moi aussi, mais plus maintenant.

Elle pose sa tête dans ses mains et recommence à pleurer.

– Maudit sois-tu, Nick Renshaw, murmure-t-elle. Maudit sois-tu !

***

Nick extériorise sa frustration sur le tapis roulant, en enchaînant les kilomètres, jusqu'à ce que son corps soit trempé de sueur et que ses muscles protestent. Ce qui était censé être une bonne journée, durant laquelle il allait annoncer de bonnes nouvelles à Anna, est devenue… il ne sait même pas comment la décrire. Mais ça s'est terminé par sa sortie en trombe et sa nuit passée dans la chambre d'amis. Le long silence d'une nuit solitaire pendant laquelle il s'est tourné et retourné, conscient de la proximité d'une Anna hors de portée.

Aujourd'hui, ce n'est pas mieux. Il s'est réveillé seul, avec un mal de tête à vous fendre le crâne, dans un silence oppressant.

Il est tellement habitué à ce qu'Anna le comprenne. Pourquoi le dévisage-t-elle comme un étranger alors qu'il hésite et doit prendre l'une des décisions les plus importantes de sa vie ?

Il a cru qu'elle serait heureuse qu'il ait une chance de jouer à nouveau. Oui, il comprend qu'elle s'inquiète à cause d'éventuelles nouvelles blessures, mais il y a autre chose. Il se repasse leur conversation dans sa tête, mais ça n'a toujours aucun sens.

Il entend Brendan arriver avant midi. Il espérait pouvoir parler avec Anna. Mince ! Croit-elle vraiment qu'il est du genre à rester assis à la regarder se tuer au boulot sans rien faire ? Il a toujours gagné sa vie, depuis l'âge de seize ans. Jamais il ne dépendra de quelqu'un d'autre.

Et c'est le pire moment pour être sans emploi. Cette saleté de Molly qui fout à nouveau la merde.

Nick entend la porte claquer et comprend que Brendan repart. Il respire un bon coup et remonte les escaliers de la cave.

Mais Anna n'est pas dans la cuisine.

Nick est surpris de la trouver allongée sur le canapé, les pieds en l'air et les yeux fermés. Il voit les cernes noirs sous ses yeux et se demande si elle aussi, a passé la moitié de la nuit à se tourner et se retourner.

– Anna, dit-il doucement.

Elle sursaute. Ses paupières papillonnent. Il se sent coupable de la réveiller quand elle a l'air tellement fatiguée.

– Oh, dit-elle en bâillant. Je faisais la sieste.

Il s'assied à côté d'elle en posant ses chevilles sur ses genoux et se met à lui masser les pieds.

Elle se détend un instant, avant de se rappeler qu'ils sont toujours fâchés. Elle se rassied brusquement.

– Ça ne marche pas, dit-elle froidement.

Nick ne comprend pas.

– Qu'est-ce qui ne marche pas ?

Anna lui jette un regard cinglant.

– Ça. Nous. Ça ne marche pas entre nous.

Une pique d'effroi transperce douloureusement le cœur de Nick.

– Anna, non. Nous sommes bien… nous sommes juste…

– Non, Nick, dit-elle sur un ton glacial. Ça ne va pas bien. Comment pourrions-nous aller bien quand tu es resté absent plus de trois mois, avant de rentrer quinze jours et que tu te prépares à repartir en France pour huit mois ? Non, ça ne va pas bien du tout.

– Anna, tu sais pourquoi je…

– Oui, aboie-t-elle. Tu me l'as expliqué très succinctement.

Et elle tourne son regard glacial vers lui.

– Tu as dit oui à Bernard ?

Nick la regarde en face.

– Ouais. Il le fallait bien.

Anna hoche brusquement la tête.

– Alors, je crois que tu devrais y aller.

– Tu crois ?

– Oui. En fait, je crois que tu devrais partir tout de suite. Pourquoi attendre ? Il est clair que tu n'as pas envie d'être ici.

Nick lutte pour ne pas craquer. Ce n'est pas facile. Il n'arrive pas à croire ce qu'il entend. Son désespoir, son immense frustration d'entendre ce qu'elle dit déclenche sa colère, attisée par la peur.

– Seigneur, Anna, pourquoi crois-tu que je fais cela ? Pourquoi penses-tu que je me mets dans cette situation, que je me force à aller de l'avant ? Ce n'est pas parce que je suis à la poursuite de je ne sais quelle gloire, contrairement à ce que tu sembles croire. Je fais cela, je pousse mon corps chaque jour que Dieu fait pour nous ! Je le fais pour nous !

Son regard est dur comme de la pierre.

– Je ne te crois pas, dit-elle en croisant les bras.

C'est tout. Le cœur de Nick bat douloureusement.

– Tu penses que je te mentirais à ce sujet ?

Elle le dévisage avec dédain en dissimulant son propre chagrin.

– Je pense que tu te mens à toi-même depuis que tu as arrêté ta carrière. Je pense que tu ne sais pas ce que tu veux, mais ce n'est certainement pas une femme… ou une famille.

Nick se prend la tête dans les mains, comme si les mots qu'elle vient de prononcer le blessaient physiquement.

– C'est ce que je veux, plus que tout au monde, Anna. Je t'en prie !

Elle détourne son regard en direction de la fenêtre.

– On ne le dirait pas. Je n'ai plus l'impression de faire partie de cette relation depuis bien longtemps. J'ai tout fait pour te soutenir, je t'ai attendu à la maison.

Puis elle se retourne, pour croiser son regard à nouveau. Le sien est de plus en plus froid.

– Mais tu n'es revenu que quand c'est devenu absolument indispensable. Tu n'es jamais revenu pour moi, pour nous.

Nick hoche la tête, désespéré.

– Ce n'est pas vrai. J'ai fait tout cela pour nous ! Je sais que j'ai été différent depuis mon jubilée, je le sais, putain ! Je ne me doutais pas que ce serait aussi difficile. J'ai essayé, encore et encore, d'être un type qui te mérite ! Quelqu'un d'énergique ! Quelqu'un qui a un but, pas un has been. Tu ne t'en rends pas compte ?

Un instant, il perçoit un soupçon de mouvement sur ses lèvres, mais cette douceur s'évanouit, sa bouche se crispe à nouveau.

– Non, je ne vois pas ça.

Il tente de l'attraper, de la prendre dans ses bras, de la convaincre par son contact, mais elle se lève et s'éloigne.

– Je préfère que tu dormes encore dans la chambre d'amis cette nuit.

Puis elle quitte la pièce, et Nick n'a plus rien.

Il se sent frigorifié. Sa panique s'est transformée en un froid rampant qui l'engourdit. Comment a-t-il pu se tromper à ce point ? A-t-il tout compris de travers ? Son regard lorsqu'elle lui a dit qu'elle ne le croyait pas lui a fait mal comme jamais jusqu'à présent.

Il baisse les yeux sur ses mains, surpris de voir qu'elles tremblent.

Jamais ils ne se sont disputés ainsi, pas même quand ça allait vraiment mal, cinq ans auparavant. Jamais elle ne l'a regardé avec un tel détachement.

Il a vu les murailles apparaître entre eux, et cela l'a rendu fou de se rendre compte que c'était de sa faute. Chaque nouvelle brique a été posée à cause d'un de ses actes ou d'une de ses paroles irréfléchis. Il a perçu de la douleur dans ses yeux avant qu'ils deviennent froids et durs, et ça a failli le briser. Il a fait tout cela pour elle, mais tout ce qu'elle a perçu, c'est son égoïsme, le fait qu'il la quittait, encore et encore. Et il ne sait plus comment lui faire comprendre que c'est à cause d'elle qui s'est donné tout ce mal.

La colère commence à brûler en lui. Il sait que la parole n'est pas son fort, mais il faut qu'elle l'écoute, il faut qu'elle l'entende.

Et Nick n'est pas homme à abandonner lorsqu'il veut vraiment quelque chose.

Il grimpe les escaliers et ouvre la porte de leur chambre en la faisant claquer contre le mur. Elle est couchée. Elle lui tourne le dos, toute raide.

– Viens avec moi, lui dit-il.

CHAPITRE

22

Le cerveau d'Anna s'efforce de comprendre ce que Nick lui a dit.

Il s'avance vers le lit et prend ses mains dans les siennes.

– Viens avec moi. Tu as raison. Nous avons été séparés trop longtemps. Tu dis tout le temps que tu peux travailler n'importe où, alors viens avec moi ! Ce sera une aventure ! Brendan peut prendre l'avion une fois par semaine si nécessaire. Nous louerons une maison. S'il te plaît, Anna, dit-il, la voix cassée. Je t'en prie, viens avec moi.

Elle retire ses mains et s'assied lentement.

Le cœur de Nick vacille quand il s'aperçoit qu'elle pleure.

– Pourquoi ? demande-t-elle d'une voix rauque. À quoi bon ?

– Anna… putain, je t'aime. Voilà pourquoi. C'est pour ça que je veux que tu viennes avec moi. Je sais… je pense que je sais… je pense que je comprends, mais tu ne vois pas que j'ai fait tout ça pour toi, pour nous ? Comment puis-je être un mari, un père un jour, alors que je ne sais même pas ce que je fous ? Seigneur, tu bosses si dur et moi, je reste assis sur mon cul à la maison. J'essaie, Anna ! Crois-moi, j'essaie. Peut-être que je m'exprime mal, peut-être que j'ai tout faux. Merde, je ne sais pas ce que je fais, mais sans toi, tout ça ne veut plus rien dire. Toi, toi, tu es tout pour moi. Et peut-être que je ne te le dis pas assez, mais je veux te mériter et je sais que ce n'est pas le cas. Tout ce que je fais, Anna, chaque bouffée d'air que je respire, c'est pour toi.

Anna déglutit, ses yeux gonflés croisent son regard. Elle lit son chagrin et sa confusion. Elle comprend sa frustration et son désespoir. Et elle voit la vérité : il l'aime.

Est-ce vraiment si simple que ça ?

Il m'aime.

– J'ai été tellement idiote, se dit-elle pour elle-même, d'une voix mourante.

Nick fronce les sourcils, il n'est pas sûr de comprendre. Elle le regarde, ses yeux sombres lancent des éclairs.

– Tu n'aurais pas pu me dire ça il y a deux ou trois mois ? Ou il y a six mois ? Ou douze ? Tu attends aujourd'hui pour me dire tout ça ?

Nick prend un air hésitant.

– Je pensais que tu savais, dit-il doucement.

Anna pousse un soupir exaspéré et lui prend la joue dans sa main.

– Nick, je ne lis pas dans les pensées. Je ne sais que si tu me le dis.

– Je ne suis pas très malin, Anna. J'ai pris trop de coups sur le crâne.

Elle passe ses bras autour de lui et l'attire contre elle, jusqu'à ce que sa tête repose sur son cœur.

– C'est vrai, avoue-t-elle avec un semblant de sourire dans la voix. Pour un type intelligent, tu es parfois vraiment débile. Et je crains que ce soit contagieux, parce que moi aussi, ces derniers temps, je souffre du même syndrome.

– Est-ce que ça va entre nous ? demande-t-il doucement.

– Non, soupire-t-elle, mais je pense que ça va aller.

Il se rassied en l'entraînant pour qu'ils soient tous les deux adossés à la tête de lit.

– Tu viendras avec moi ? En France ?

Anna réfléchit. Brendan le lui a suggéré, mais elle était tellement têtue, tellement certaine que Nick ne le voudrait pas. Elle était tellement sûre d'elle, et elle avait tellement tort.

Devant son silence, l'expression pleine d'espoir de Nick s'évanouit.

– En réalité, dit-elle lentement, j'ai quelque chose à te dire, moi aussi. J'allais le faire hier quand tu es rentré à la maison, mais…

Elle hausse ses épaules.

Nick déglutit et s'arme de courage dans l'attente de mauvaises nouvelles.

– Deux nouvelles en fait, dit-elle.

Nick aimerait qu'elle se dépêche. Il a des palpitations, dans l'attente du couperet.

– Hier, j'ai eu une réunion avec Isabel Buxton, la productrice en chef sur *Loose Women*. Et elle m'a proposé un job.

Nick s'attendait à autre chose, voilà qu'il est totalement déstabilisé.

– Pour quoi faire ? De la recherche ?

– Pas exactement. Elle veut me confier un poste d'animatrice, l'un des pivots de l'émission.

Nick a l'impression que son cœur va s'arrêter de battre. Et voilà. Elle va le quitter pour quelque chose de mieux.

– Félicitations, lui dit-il d'une voix rauque. Tu le mérites.

– Merci, dit-elle avec prudence, consciente que son approbation n'est pas très sincère. Je n'ai pas encore accepté.

Nick baisse les yeux sur ses mains, ces mains noueuses et tordues.

– Mais tu vas le faire, dit-il d'une voix blanche.

Anna ne répond pas immédiatement.

– Il y a deux jours de tournage par semaine dans l'ouest de Londres. Deux jours consécutifs. Le reste du temps, je peux être… où je veux.

Une lueur d'espoir s'allume dans le cœur de Nick.

– Et où veux-tu être ? murmure-t-il en retenant son souffle.

– Avec toi, dit-elle simplement. Si tu veux de moi.

Un immense soulagement l'envahit, telle une ondée un jour de canicule, mais Anna retire sa main lorsqu'il cherche à l'attraper.

– En fait, j'ai deux nouvelles, tu te souviens. La seconde est la plus importante.

Anna prend son courage à deux mains et croise son regard.

– Je suis enceinte.

Nick la regarde. Il doute. Puis il finit par comprendre la signification de ce qu'elle vient de lui dire.

Des milliers de mots tournent dans sa tête, tous sont totalement inadéquats. Aucun ne peut exprimer ce qu'il ressent.

Il prend son visage entre ses mains et l'embrasse doucement, doucement. Il embrasse sa bouche, ses joues, son front, le bout de son nez, en la faisant rire. Puis il se penche et lui embrasse doucement le ventre.

Des larmes de joie emplissent les yeux d'Anna et elle caresse ses cheveux en bataille.

– Tu es d'accord ? murmure-t-elle.

Il fait doucement bouger sa tête sur son ventre en signe d'acquiescement, sans rien dire.

– Vraiment ?

Lorsqu'il relève sa tête, il a les yeux pleins de larmes.

– On a fait un bébé ?

– Oui.

Nick ferme les yeux et Anna regarde le glorieux sourire envahir son beau visage.

– On a fait un bébé, soupire-t-il en reposant sa tête sur son ventre. Eh, petit, c'est ton père qui te parle. C'est une joie de te rencontrer. Enfin, je ne vais pas te rencontrer avant un certain temps…

Il fronce les sourcils en regardant Anna.

– Quand est-ce qu'il arrive ?

– Ça pourrait être une fille.

– C'est vrai. Quand doit-elle arriver ?

– Le 26 avril.

Il se penche à nouveau, et s'adresse à nouveau au ventre.

– Ok, donc on ne se rencontrera pas avant avril, mais c'est cool. Je ne sais pas si tu es un petit Nick ou une petite Anna, mais ne t'en fais pas pour ça. Je t'appellerai tout simplement Petit Moi.

Anna se met à rire quand Nick lui sourit.

– Hum, d'accord, dit-elle en souriant. Il va falloir qu'on en parle.

Mais Nick a un regard rêveur, planant. Son bonheur est si évident qu'Anna ne peut retenir la joie qu'elle ressent dans toutes les fibres de son corps.

– Embrasse-moi, Nick, murmure-t-elle.

Il s'assied lentement.

– C'est permis de… tu sais ?

Anna rit doucement.

– Tout à fait. En fait, c'est même nécessaire.

– Eh bien, dans ce cas…

Et ses lèvres douces et tièdes se posent sur les siennes. Sa barbe lui caresse la peau.

Elle se lève en s'appuyant sur ses épaules. Il se retrouve au-dessus d'elle.

– Hé, Nick !

– Oui, mon chou ?

– Moi aussi, je t'aime. Je n'ai jamais cessé de t'aimer. Jamais.

Son expression redevient sérieuse.

– Sans toi, je…

Il a la gorge nouée, il ne peut continuer. Anna tire doucement sur une mèche de ses cheveux.

– Nick, tu ne comprends pas ? Nous sommes bien plus forts à deux.

Il hoche la tête, toujours incapable de parler. Anna sourit, dépose un baiser sur ses lèvres.

– Et, oui, je vais venir en France.

CHAPITRE 23

Lorsqu'Anna annonce à Brendan qu'elle va suivre Nick en France, il devient totalement hystérique.

– Oh mon Dieu, Annie ! Je n'ai qu'un mois pour préparer toutes mes tenues pour *La Belle France*[17] ! Comment est-ce que tu as pu me faire ça, à moi ?

Elle l'observe, amusée.

– Euh, excuse-moi. Tu es bien la personne qui m'a dit, il y a deux jours, qu'il fallait que je parte avec lui, non ?

Brendan balaie son excuse d'un revers de manche.

– Il ne s'agit pas de ça !

– Pourtant, si, en quelque sorte.

Il lui lance un regard féroce.

– Nick, celui sur les fesses de qui tu voulais faire rebondir des pièces de cinquante centimes va jouer dans une équipe d'hommes forts, des Français, et je n'ai rien à me mettre. Bon, cela peut te sembler être un petit détail de rien du tout, Maman-Bébé…

– Je t'ai déjà dit de ne pas m'appeler comme ça !

---

17. En français dans le texte.

– … Mais ça représente un véritable tournant dans ma vie !

Et il remet son ordinateur portable dans sa sacoche, puis annonce qu'il prend le reste de sa semaine pour faire des courses.

– Mais on a du boulot ! proteste faiblement Anna.

– Moi aussi j'en ai ! lance-t-il par-dessus son épaule. Ma priorité absolue, c'est d'être sublime !

Anna soupire en entendant claquer la porte d'entrée.

Elle adore Brendan, mais parfois, il est tellement… tellement… Brendan.

Le départ de Nick est prévu dans deux jours. Il a passé son temps dans la salle de gym à la cave pour tenter de récupérer une partie de la masse musculaire qu'il a perdue lorsqu'il était mannequin.

La saison a déjà débuté en France, Nick doit donc partir immédiatement. Le premier mois, il va habiter avec trois de ses coéquipiers dans une maison que le club loue près du terrain d'entraînement. Anna, elle, recherche des locations sur les sites immobiliers, dans et autour de Carcassonne. Elle veut une chambre d'amis pour Brendan et un espace qu'elle puisse transformer en bureau.

L'équipe de relocalisation du club l'a beaucoup aidée. Elle lui a envoyé des infos sur plusieurs maisons qui pourraient faire l'affaire. Ils ont également promis de lui fournir un médecin, ainsi qu'un obstétricien au Centre hospitalier de Carcassonne, un hôpital tout récent qui, apparemment, possède un excellent service de maternité. Ils ont également accepté de payer deux billets d'avion par mois pour elle et Brendan, et Nick est autorisé à rentrer à Londres les week-ends durant lesquels il ne joue pas. Sans le dire, Anna pense que ce sera bien agréable de profiter de ces week-ends pour visiter le Sud de la France.

Ils sont vraiment très prévenants, c'est un bon club pour lequel travailler tout en ayant une vraie vie de famille. Ils sont visiblement prêts à tout pour signer avec Nick, ils ont accepté quasiment toutes ses exigences. Mais, selon Anna, cela veut simplement dire qu'ils ont bon goût.

Elle s'inquiète encore. Elle a peur que Nick se blesse à nouveau, et angoisse à l'idée d'accoucher dans un pays dont elle ne parle pas la langue. Elle préfère de loin être de retour à Londres à ce moment-là. Mais elle sait que les bébés naissent quand ils veulent et qu'il est donc logique d'être suivie dans les deux pays. Comme leur maîtrise de l'anglais est assez limitée et que la communication n'est pas très aisée, les gens du club ont proposé de leur offrir des leçons de français, à Nick et elle.

Dieu merci, Brendan parle couramment français, et pas uniquement pour draguer.

Quand Anna annonce les nouvelles à sa mère, toutes les nouvelles, celle-ci les accueille par un long silence, suivi d'un hurlement de joie.

– Je vais enfin être grand-mère !

Ou quelque chose comme ça. Anna n'en est pas sûre, elle a dû écarter l'appareil de son oreille pour ne pas devenir totalement sourde. Sa mère lui promet ensuite de venir aussi souvent que possible, et notamment pour son dernier mois de grossesse.

Du coup, Anna change son fusil d'épaule concernant sa recherche de maison. À présent, il lui faut quatre chambres.

Les parents de Nick aussi sont ravis, sa mère insiste pour parler à Anna avant d'éclater en sanglots. Elle pleure, tout en remerciant Anna de rendre son fils si heureux.

Trish saute de joie, elle aussi, promet de faire un tas de « virées shopping » pour acheter des vêtements de bébé et de grossesse, et annonce qu'elle compte bien venir en France pour faire la rencontre de quelques beaux gosses.

Pas si Brendan arrive ici avant elle, se dit Anna.

La seule chose qui empêche Anna d'être parfaitement heureuse, c'est la menace d'un procès.

Jusque-là, l'éditeur de Molly n'a pas fait marche arrière, mais Mark lui a assuré que ce n'est qu'une question de temps.

Anna souhaite de toutes ses forces qu'il ait raison.

– Ma chère, ils courent après la publicité plus qu'après l'argent. Bien entendu, toute publicité gratuite a un prix. Mais ils ne voudront pas aller jusqu'au procès, surtout si eux aussi sont poursuivis parce qu'ils ont une chance de perdre. Ils vont retirer leur plainte au moment le plus opportun pour eux.

– Mais le livre sort la semaine prochaine, gémit Anna.

– Justement. Il y aura une explosion de curiosité, puis les ventes commenceront à faiblir et c'est alors qu'ils relanceront la machine marketing, en annonçant magnanimement qu'ils renoncent au procès. Croyez-en ma vieille expérience !

Et il se met à rire.

Anna redoute la sortie du livre. Nick, lui, refuse d'en discuter. Il dit qu'il a déjà perdu assez de temps avec cette femme et qu'il ne va pas accorder une seule pensée « à son putain de livre de merde ».

Si seulement c'était aussi simple que ça.

***

Nick est parti en France, tout excité à l'idée de jouer au rugby à nouveau, et en même temps tiraillé par la crainte de laisser Anna derrière lui dans son état.

Elle lui a rappelé qu'elle n'est pas malade mais juste enceinte, mais il n'a pu s'empêcher de lui donner une foule d'instructions sur ce qu'elle doit manger, sur le nombre de fois qu'elle doit se reposer, sur quel type d'exercice est sans danger pendant le premier trimestre, avec un niveau de détails qui a surpris Anna, avant de l'ennuyer.

Les jours précédant son départ, il a passé son temps à l'observer comme un aigle observe sa proie, à lui préparer des repas hyper-sains et à faire disparaître toutes les friandises, les cookies et les gâteaux qu'elle cache à la maison en cas d'urgence.

– C'est malsain, a-t-il dit sévèrement en donnant les cookies et les gâteaux aux oiseaux et en jetant les bonbons dans la poubelle. Le sucre, ça n'est pas bon pour toi.

Anna a souri gentiment et l'a remercié d'être si attentionné, avant de se ruer dans son bureau où elle a caché une boîte de chocolats Milk Tray, dans un de ses tiroirs : ses rations de secours.

Lorsqu'elle le raconte à Brendan, deux jours plus tard, il soupire en s'éventant.

– C'est un papa gâteau sexy. Voilà ce dont tout le monde rêve. Dorénavant, je lui donnerai du « papa » tous les jours que Dieu fait.

Anna hausse les épaules et avale un autre chocolat. Il n'en reste plus beaucoup, mais au moins cette fois, personne n'osera critiquer sa petite bedaine.

– Anna ! Que fais-tu ? hurle Brendan en lui arrachant des mains la boîte de chocolats pour la presser contre lui, d'un air horrifié.

– Bren ! Rends-moi mes bonbons ! TOUT DE SUITE !

– Désolé, tronche de muffin, c'est impossible. J'ai des instructions très strictes de ton papa gâteau. Je dois m'assurer que tu ne t'automédicalises pas avec des chocolats dès qu'il a le dos tourné. Tu dois peut-être manger pour deux, mais en l'absence de Nick, c'est moi qui suis en charge de tes problèmes… hum… alimentaires.

Anna le dévisage en gonflant ses narines.

– Rends-moi mes bonbons ! MAINTENANT.

– Hum, Annie, tu me fous un peu les chocottes, gémit Brendan, bras tendus, en faisant reculer sa chaise de bureau le plus loin possible. Je ne peux pas ! J'ai promis à Nick !

Anna se met à grogner.

Brendan jaillit de sa chaise et se précipite dans la cour, la boîte de Milk Tray toujours entre les mains.

– Ne me force pas à le faire, crie-t-il, la boîte sur la tête, en la menaçant de jeter les chocolats dans le petit jardin.

Quand Anna se jette sur lui, il hurle, lui lance un chocolat au visage, laisse tomber la boîte par terre et prend ses jambes à son cou.

Anna, tout sourires, se dirige vers l'intérieur. Elle serre contre elle sa précieuse cargaison. Personne ne l'empêchera de manger des bonbons.

CHAPITRE 24

Bernard est venu accueillir Nick à l'aéroport.

– Ça me fait plaisir de te revoir, *mon ami*[18], dit-il en lui serrant la main avant de l'embrasser sur les deux joues. Tu as l'air en forme, un peu maigrichon peut-être. Mais on va te remplumer. Tu étais trop occupé à jouer les mannequins pour t'alimenter correctement, c'est ça ?

Nick rigole. Il donne un léger coup de poing dans le bras de Bernard. S'affamer avant les séances de prises de vues, c'était ce qu'il a le plus détesté lorsqu'il était mannequin.

– Moi aussi, ça me fait plaisir, espèce d'enfoiré !

– Et comment va la très belle et très sereine Anna ? J'ai entendu dire que les félicitations étaient de mise. J'espère que le bébé va lui ressembler. Si jamais cette pauvre créature devait tenir de toi, j'espère qu'au moins elle aura le cerveau de sa mère.

Nick s'amuse.

– On dirait que tu es jaloux, mon pote.

– Pas du tout. Je suis un célibataire heureux.

---

18. En français dans le texte.

– Je croyais que tu t'étais remis avec Madeleine.

Bernard et sa femme semblent avoir une relation épisodique. Elle vit à Paris avec leur fils âgé de quatre ans.

– Mais oui, je suis un célibataire très heureux, et marié avec Madeleine.

Nick secoue la tête. Certaines choses sont incompréhensibles.

Sur la route de l'aéroport, ils discutent du club et de tous ses joueurs. Ceux qui ont du potentiel, ceux qui auraient besoin d'une formation, ceux qui manquent de confiance en eux et ceux qui ont besoin de tester une autre place au sein de l'équipe.

– Nous avons une équipe à la fois très jeune et très âgée, explique Bernard. Les anciens ont de l'expérience, *n'est-ce pas*[19] ? Mais les jeunes ont besoin de soutien, ils doivent être dirigés. Je pense, Nick, que c'est toi qui devrais diriger notre équipe.

– Mais c'est toi, le capitaine ?

– J'essaie d'être à la fois coach en second, capitaine et joueur. Ça ne fonctionne pas très bien. Je veux me concentrer sur le coaching, ça pourrait donc faire sens.

– Tu ne veux pas que je me pose d'abord, que je vois comment ils jouent ?

Bernard hausse les épaules, un geste qui peut signifier oui comme non.

– Ils jouent ce soir contre le Biarritz olympique, comme ça, tu vas pouvoir apprendre tout ce dont tu as besoin.

Nick fixe Bernard plus intensément.

– En fait, tu me jettes à l'eau et au moindre changement, c'est moi qui passerai pour le méchant. Merci mon pote !

Bernard s'esclaffe quand Nick secoue la tête, conscient qu'il s'est fait piéger.

– Y a-t-il des problèmes particuliers dont je devrais être au courant ?

Bernard hésite.

---

19. En français dans le texte.

– L'équipe a des problèmes, ça c'est sûr, mais je pense que tu t'en apercevras bientôt par toi-même.

– J'apprécierais beaucoup que tu me fasses un topo, lance Nick ironiquement.

Bernard sourit.

– Tu es un fin stratège, *mon ami*[20]. Ça va très bien se passer.

Nick espère que Bernard a raison. Tellement de choses en dépendent.

Il leur faut un peu plus d'une heure pour arriver à la vieille ville de Carcassonne.

La première image qu'a Nick de son nouveau chez-lui, c'est la célèbre forteresse, cette citadelle médiévale érigée au sommet d'un affleurement rocheux, entourée de champs verdoyants.

La ville, aux maisons aux murs chaulés et aux toits de tuiles romaines, construite sous la cité médiévale, est si jolie qu'on croirait un décor de film.

– Oui, on est plutôt vernis, dit Bernard en hochant la tête lorsqu'il voit l'expression de Nick. Le stade, lui aussi, est historique. C'est l'un des plus anciens de France. Il a été bâti en 1899 et il est tout proche du château. Tu verras ce soir. Mais d'abord, je t'emmène à la maison de l'équipe.

Et voilà, c'est reparti. De nouveaux coéquipiers… Nick espère que tout se passera bien. C'est étonnant que l'angoisse d'être le petit nouveau ne l'ait jamais quitté.

Bernard longe la rivière au fond de la vallée, puis s'engage vers une grande villa blanchie à la chaux, entourée d'un mur de pierres en ruines et d'un jardin méditerranéen ombragé par des oliviers. Plusieurs vieilles Renault sont garées devant.

En désignant la villa, Bernard explique :

– Elle est assez récente, elle n'a que cent ans. Mais elle a été restaurée, tu as donc le Wifi. Tu dois avoir hâte de parler avec la belle Anna.

Nick sort de la voiture. Il s'étire le dos et le cou en faisant

---

20. En français dans le texte.

craquer ses vertèbres pour les réaligner.

Bernard lui sourit avec sympathie.

– Nous ne sommes plus tout jeunes, *mon ami*[21].

Nick est d'accord, mais il n'a pas forcément envie d'entendre ça dès son arrivée en France. Or, c'est la deuxième fois que Bernard fait allusion à son âge.

– Combien de temps tu penses que tu vas encore jouer ?

Bernard hausse les épaules et fourre ses mains dans ses poches.

– Combien de temps est-ce que je vais pouvoir continuer ? Je ne sais pas. C'est ma dernière saison, peut-être encore une de plus. On verra bien.

C'est probablement la seule réponse possible. Il jette un long regard à Nick.

– Voilà pourquoi je dois réussir en tant qu'entraîneur adjoint.

Il frappe ensuite dans ses mains comme pour dissiper le tour sérieux qu'a pris leur conversation.

– Viens, je vais te montrer ta chambre.

La porte d'entrée n'est pas verrouillée. Bernard conduit Nick à travers un couloir spacieux et agréable. Il y a un escalier étroit au bout. Il aide Nick à porter ses sacs et son étui de guitare jusqu'à une chambre claire, avec un grand lit en bois et des rideaux bleu pâle qui encadrent une petite fenêtre aux volets crème. Elle comprend une armoire ancienne en bois foncé, une petite commode à tiroirs, un fauteuil en cuir qui a l'air très confortable et semble appartenir à un club de gentlemen du siècle précédent. Et cerise sur le gâteau, la petite salle de bains attenante vient visiblement d'être entièrement carrelée.

Nick regarde par la fenêtre, il aperçoit trois grands types, sans nul doute des rugbymen, qui se prélassent sur l'herbe au bord d'une piscine apparemment toute neuve.

Deux d'entre eux se liguent soudain contre le plus grand

21. En français dans le texte.

des trois, qui semble s'être assoupi, et le balancent dans la piscine avec son transat.

Il leur jette de l'eau en criant et en jurant dans un mélange de français et d'anglais, les deux autres rient à gorge déployée.

Bernard suit toute la scène d'un air amusé.

– Ce sont de vrais mômes, non ? Viens, je vais te présenter tes nouveaux coéquipiers.

Nick suit Bernard dans les escaliers et jusqu'à la piscine, là où le grand type se hisse hors de l'eau.

– Ça va ? Dites bonjour à Nick, qui nous rejoint en tant que nouvel arrière.

– S'lut Nick, dit le type blond avec un fort accent australien. Je suis Russ. Je croyais que tu avais pris ta retraite, mon pote. Tu as décidé de remettre ça ?

Nick se contente de sourire.

– Tu sais comment c'est.

Tous comprennent parfaitement ce qu'il veut dire et lui serrent la main, visiblement amicaux.

Nick s'assied contre sa tête de lit en chêne et attrape son téléphone. Il a envie d'appeler Anna depuis son arrivée, mais il sait qu'aujourd'hui elle est en enregistrement. Lorsqu'ils réussissent enfin à se joindre, il n'a plus que vingt minutes devant lui avant de se rendre au stade.

Ses coéquipiers sont déjà partis quelques heures plus tôt. Bernard lui a commandé un taxi pour qu'il puisse se rendre au stade plus tard.

– Nick ! J'ai pensé à toi toute la journée !

Il se laisse retomber sur les oreillers moelleux en fermant les yeux de plaisir.

– Comment tu te sens ? Tu n'es pas trop fatiguée ? Tu manges bien ?

Il l'entend rire doucement et sourit.

– Tout va bien ! Arrête de t'inquiéter ! Eh oui, mon tournage s'est bien passé. Je n'étais pas aussi nerveuse que je l'aurais cru. C'était amusant. Et, oh, tu ne le croiras pas, mais elles sont toutes tombées amoureuses de Brendan !

– Ça ne me surprend pas. C'est un gentil petit bonhomme.

– Bon, et ta journée ? Tu as déjà rencontré tes nouveaux coéquipiers ?

– Certains d'entre eux, oui, les gars qui habitent avec moi dans la maison. Et ce soir, je vais au stade, je vais rencontrer les autres. Bernard veut que je les voie jouer d'abord.

Il se racle la gorge,

– Il veut que je sois capitaine.

– Oh, oh ! Vraiment ? Si vite ? Je suppose que ça ne devrait pas me surprendre, s'agissant de toi.

Nick glousse doucement.

– Eh bien moi, ça m'a surpris, mais Bernard veut que j'apporte les changements dont l'équipe a besoin. Je suis d'accord pour le faire. Je ne suis pas venu ici pour être populaire.

– Ils vont t'adorer, bébé, dit-elle tendrement. J'en suis sûre.

– Qu'ils m'aiment ou pas n'a pas d'importance, mais j'ai besoin qu'ils me respectent.

– Nick, tu as mené l'équipe d'Angleterre à la victoire par deux fois en Coupe du monde ! C'est évident qu'ils vont te respecter !

Nick n'en est pas si sûr. La rivalité entre la France et l'Angleterre est toujours vive et parfois amère.

– Bon, parle-moi des types avec qui tu vas vivre. Y en a-t-il quelques-uns de sexy, pour Brendan ?

Nick gémit.

– Ne me demande pas ça ! Russel est australien et Inoke fidjien, donc il y a au moins deux personnes dans l'équipe qui parlent anglais. Ça sera plus facile comme ça. Et il y a Grégoire qui vient d'arriver de Paris pour la saison, donc il habite aussi dans la maison avec nous. Je ne l'ai pas encore entendu parler anglais, à part pour dire « hello ». Ils ont l'air sympas. Je t'en dirai plus quand je les connaîtrai mieux.

Ils bavardent encore un moment, avant que Nick doive sauter dans son taxi.

– Je t'aime, murmure Anna.

– Moi encore plus.

***

En sortant du taxi, Nick détaille l'entrée du stade. Les fans sont disséminés en petits groupes, à peine un quart des gradins sont pleins.

Lorsqu'un membre du staff l'escorte aux vestiaires, les poils de Nick se dressent sur sa nuque. Il ferme les yeux. Des souvenirs remontent à sa mémoire : tellement de matchs, tellement de séances d'entraînement. Seigneur, tout ça lui a tellement manqué.

On le présente au reste de l'équipe qui s'échauffe avant le match. Bernard parle en anglais, mais le discours du coach est en français. Nick regrette de ne pas avoir prêté plus d'attention à ses cours de français à l'école.

Lorsque l'équipe pénètre dans le stade, Nick se positionne sur la ligne, à côté du coach. Il a hâte de voir jouer sa nouvelle équipe. On l'a prévenu qu'il y avait des différences, mais au fur et à mesure que le match se déroule, il découvre d'énormes problèmes. L'arbitre n'est pas sur le ballon ; certains joueurs sont lents et malhabiles, mais également « sales et méchants ». Il voit des plaquages illégaux et dangereux, que l'arbitre ne siffle pas. Le reste du match n'est que ballons perdus et passes en avant interdites. L'ensemble est désordonné et indiscipliné.

Nick va avoir du pain sur la planche.

***

Lorsque le lendemain matin, Grégoire, son nouveau coéquipier, entre en voiture sous la grande voûte de l'entrée du stade, Nick ressent une montée familière d'adrénaline à l'idée de pénétrer de nouveau dans son monde.

Le stade a été modernisé à plusieurs reprises, mais on y ressent encore ses plus de cent ans d'histoire et les nombreux, très nombreux matchs qui s'y sont déroulés, les victoires, les défaites, les joies et les déceptions. Et très probablement, les blessures qui ont stoppé net certaines carrières.

Il repousse cette pensée. Aujourd'hui sera un bon jour.

En arrivant à leur séance d'entraînement, tous les joueurs sont silencieux. Ils songent sans doute à la pagaille du match de la veille et à leur défaite humiliante devant leur public, à domicile. Seul Inoke semble content de parler avec Nick. Le Fidjien a un caractère joyeux qui semble aller de pair avec une voix étonnamment haut perchée qui ne correspond pas à son corps massif.

– Tu as joué avec Fetuao Tiu, Nick ?

– Oui, c'est un chouette type. Et très rapide pour sa corpulence.

Inoke se met à rigoler.

– Zéro stress, totale détente. Mais ce type court comme si une chèvre était en train de lui bouffer les couilles !

Nick lui aussi éclate de rire et a du mal à oublier cette image.

Il apprécie qu'Inoke remonte le moral des autres. Nick l'a vu, sur le terrain la veille, leur lancer des encouragements. Les joueurs dans son genre peuvent être un véritable atout pour l'équipe, bien plus que de meilleurs joueurs possédant moins de qualités humaines.

Comme Laurent.

Il a repéré l'ailier, a remarqué sa vitesse et son habileté avec le ballon ; mais ce type n'est pas un joueur d'équipe. Il donne l'impression d'être une sorte de tyran avec les autres joueurs qui commettent une erreur, et il injurie l'arbitre comme les fans.

Les joueurs comme lui créent des problèmes. Nick va devoir le garder à l'œil.

La première réunion d'équipe de Nick se déroule dans une petite pièce, à côté du bureau principal. Bernard en sort, lui serre la main avec un grand sourire avant de l'embrasser encore une fois sur les deux joues et de le serrer dans ses bras.

– Bienvenue, officiellement, *mon ami*[22].

– Merci, lui sourit Nick en haussant les sourcils.

On lui présente ensuite la petite équipe de direction et l'entraîneur en chef, Pierre Gabon, un homme sympathique d'une soixantaine d'années qui ne parle pas un mot d'anglais. Puis il rencontre le groupe des joueurs seniors qui secondent le capitaine.

Bernard commence par leur expliquer qu'il va donner le poste de capitaine à Nick. Il y a des murmures surpris, mais aucune réaction négative. Au contraire, ils semblent heureux et intrigués qu'il les ait rejoints.

Finalement, Nick est présenté au reste de l'équipe. Il connaît déjà Grégoire, Inoke et Russel, mais pas les autres. Bien entendu, il a révisé et étudié leurs dossiers pour découvrir leurs forces et leurs faiblesses, toutes les informations qu'un capitaine se doit de connaître sur le bout des doigts.

Nick observe Laurent pendant que Bernard fait son annonce. L'homme se met à grommeler quelque chose en français qui, pense Nick, n'est sûrement pas très agréable à entendre.

Mais il aura tout le temps de faire connaissance avec Laurent qui, lui, ne va sans doute pas apprécier cette expérience.

Il fait son discours d'arrivée, traduit par Bernard, en scrutant les visages des hommes qu'il aura à mener. Il a déjà fait ce speech bien des fois lorsqu'il était capitaine des Phœnix, mais à l'époque, il connaissait bien tous les joueurs, il avait gravi les échelons avec eux. Ici, il est inconnu.

Les joueurs l'écoutent poliment, plusieurs paraissent intéressés. Seul Laurent persiste à l'ignorer.

À la fin de son discours, Nick s'avance vers eux et leur

---

22. En français dans le texte.

serre la main, en trouvant un ou deux détails positifs à dire à chacun à propos du match de la veille.

Il y a un moment désagréable, quand Laurent fait mine de refuser de lui serrer la main, mais Bernard aboie immédiatement quelque chose en français à toute vitesse et le type fait la moue avant de serrer très rapidement la main de Nick.

Nick n'aime pas cette attitude ni le fait que l'haleine de l'homme pue l'alcool. Heureusement, il a un remède pour ça.

Ils entrent tous au vestiaire pour se changer. Nick enfile son nouveau maillot pour la première fois. Il a envie d'avaler un Tramadol pour calmer la douleur persistante de son épaule, mais il a promis à Anna d'arrêter. Il emmène les joueurs faire des tours de terrain. Encore et encore, jusqu'à ce que l'équipe commence à se plaindre. Nick continue de les faire courir jusqu'à ce que Laurent s'arrête au bord du terrain et vomisse.

Nick court vers lui, suivi par Bernard.

– Ne te présente plus jamais à une séance d'entraînement en puant l'alcool, lance-t-il froidement pendant que Bernard traduit. Dorénavant, prends la peine d'écouter ce que te dit ton capitaine et ne déblatère plus face à l'arbitre ou devant les fans. Ou tu changes, ou tu changes d'équipe. Je ne tolère pas la présence des connards. C'est clair ?

– *Tu comprends*[23] ? demande Bernard.

Laurent acquiesce en essuyant la salive sur sa bouche.

Bernard sourit à Nick.

– Il comprend.

23. En français dans le texte.

CHAPITRE

25

Brendan halète à nouveau. Anna lui lance un regard sévère.

– Arrête !

– Je n'ai rien dit, soupire-t-il.

– Tu n'arrêtes pas de… faire des bruits, aboie Anna, énervée.

– Eh bien, pardonne-moi de respirer, Madame-de-mauvais-poil-avec-un-polichinelle-dans-le-tiroir.

Anna s'effondre dans sa chaise.

– Je suis une garce. Je suis désolée, je ne peux pas m'en empêcher. C'est juste… ce maudit livre !

Molly a publié son livre sous le titre *Nick le débauché, ma vie avec le vrai Nick Renshaw*, et c'est déjà un énorme succès au Royaume-Uni, parmi les meilleures ventes, papier comme e-book.

Elle a également été invitée à différents talk-shows où elle raconte d'un air pudique qu'elle et Nick ont eu une relation torride, qu'ils ont été follement amoureux, mais que s'ils veulent connaître les détails, il faut qu'ils achètent son livre.

Les critiques sont très mauvaises, mais cela ne fait pas baisser les ventes. Tout le monde veut savoir si « Nick le brave type » est en fait un colosse aux pieds d'argile.

Anna sent sa pression artérielle bondir chaque fois que quelqu'un lui demande son avis sur la question. La garce a même eu le culot de leur faire envoyer un exemplaire de son livre par ses avocats. Le livre que Brendan est justement en train de lire.

– La connaissance, c'est le pouvoir, lui assène-t-il alors qu'elle tente de lui arracher le livre pour le jeter à la poubelle, là où est sa place.

Anna a refusé de le lire, mais du coup souffre de voir Brendan le faire. Elle lui a demandé de recouvrir la couverture avec du papier kraft, mais rien n'y fait, elle bout de colère.

Elle tombe sur cette fichue couverture dans toutes les vitrines des librairies, et elle apparaît en permanence sur Amazon dès qu'elle cherche des poussettes pour bébé ou des couches lavables.

La photo montre un Nick légèrement surpris, les bras autour de Molly. Elle a été prise à leur fête de fiançailles. Anna déteste cette image.

Elle tourne brusquement la tête vers Brendan qui ricane pour une raison inconnue. De temps en temps, il secoue la tête, rit, pousse un cri de surprise ou roule de grands yeux. Ça la rend dingue, mais elle ne réussit pas à quitter la pièce pour autant.

Bien entendu, le livre a été commenté dans *Loose Women* puisque c'est une émission d'information et d'actualités. Anna a été prévenue par l'autre présentatrice, Ruth, que les producteurs voulaient qu'elle aborde le sujet.

Alors, quand Ruth a demandé à Anna si elle avait lu le livre, elle s'est contentée de sourire et de répondre : « Je lis rarement de la fiction. »

Ça a déclenché de grands éclats de rire et des applaudissements, mais ça l'a blessée intérieurement. C'est douloureux de se dire que cette garce venimeuse va s'en sortir en racontant des mensonges à propos de Nick et d'elle. Et qu'elle va gagner de l'argent. Il n'y a aucune justice.

À nouveau, Brendan pousse un cri et Anna perd son calme.

– Quoi ? Quoi ! hurle-t-elle en contournant la table de cuisine et en arrachant le livre des mains de Brendan.

– Oooh, je ne pense pas que tu devrais lire cette page ! piaille-t-il en reculant.

***

Nick était une bête de sexe. On faisait l'amour trois ou quatre fois par jour, parfois plus. J'avais les cuisses ouvertes en permanence, et ma bouche aussi. Il n'en avait jamais assez.

« Mon Dieu, Mol ! Tu es la plus belle fille que j'aie jamais vue ! Je vais éjaculer sur tes seins ! »

Il n'avait pas le droit de faire l'amour avant un match, mais on le faisait quand même tout le temps. Il disait que ça améliorait son jeu. On baisait aussi à la mi-temps, chaque fois.

***

Anna se met à hurler et jette le livre à travers la pièce en ratant Brendan de peu. Il a plongé derrière sa chaise et brandit le grille-pain au-dessus de sa tête pour se protéger.

– Je la hais ! éructe Anna. Je la hais tellement ! Et ce qu'elle écrit n'a aucun sens !

Elle éclate en sanglots en s'écroulant sur sa chaise et verse des torrents de larmes sur la table de la cuisine.

Brendan se relève lentement en vérifiant qu'il ne risque plus rien avant de pousser sa chaise à côté de celle d'Anna. Il passe un bras autour de ses épaules.

– Elle ne mérite pas qu'on pleure à cause d'elle, dit-il en lui caressant doucement la tête. Ce n'est qu'une vieille tarte toute flétrie, camouflée sous du maquillage comme une voiture volée.

Anna gémit et Brendan grimace, car le bruit perçant lui transperce l'oreille gauche. Si ce sont ses hormones de femme enceinte qui la font réagir comme ça, il a encore quelques longs mois devant lui.

Il lui tapote le bras.

– Regarde les choses de la façon suivante : À présent, c'est toi qui es avec lui et pas elle. Tout le monde sait qu'il l'a laissée tomber comme une vieille chaussette quand elle l'a trompée. Kenny n'apparaît que dans un seul paragraphe. Elle ne cite même pas son nom. Ce n'est qu'une merde à propos d'un… eh bien, d'un gros tas de merde.

– Je sais que je suis ridicule, pleurniche Anna. Mais ce n'est pas juste !

Brendan soupire.

– Les gentils sont toujours vaillants et sincères et on repère facilement les méchants à leurs cornes pointues et leurs chapeaux noirs. Nous les vainquons à chaque fois, et nous sauvons la planète Terre. Après ça, plus personne ne meurt et tout le monde vit heureux pour l'éternité. Et voilà.

Anna entrouvre un œil.

– Est-ce que tu viens de me citer *Buffy*, par hasard ?

– Qui, moi ? Je n'oserais pas !

Anna lui adresse un sourire hésitant et accepte le mouchoir en papier qu'il lui tend.

– Annie, je sais que c'est dur. Enfin, je ne sais pas vraiment, parce que je n'ai jamais eu de boy-friend super-sexy et hypercélèbre, calomnié dans une romance merdique par une espèce de sainte-nitouche aux seins de poupée gonflable. Ce que je dis, c'est que j'imagine bien ce que tu ressens. Mais, ma chérie, ça aussi, ça va passer. Elle a eu ses quinze minutes de célébrité, cette espèce de tarte moche et rance. Combien de fois va-t-elle pouvoir servir les mêmes bobards ? L'histoire vraie, c'est celle que Nick et toi vous vivez ensemble, et elle est merveilleuse.

Anna acquiesce en pleurant.

– Tu as raison. Mais ne me force pas à le redire.

– Promis. Mais est-ce que je pourrai te le rappeler plus tard ?

Anna lui fait un petit sourire et Brendan le lui rend.

– Est-ce que tata Brendan t'a fait du bien ?

Anna se jette à son cou, le serre jusqu'à le faire gémir, puis l'embrasse sur la joue.

– Tu me fais toujours du bien, Bren.

– Dieu merci. Maintenant on commande une pizza et du Coca Light. Et on ne dit rien à Nick.

***

Anna travaille à son manuscrit lorsque le téléphone sonne.

– Salut Mark ! Comment allez-vous ?

– Anna, j'ai du nouveau : la maison d'édition de Molly McKinney a capitulé. Ils veulent passer un accord.

Anna se redresse.

– Combien est-ce qu'ils demandent ?

– Cinquante mille, plus les frais de procès. (Il marque une pause en attendant la réaction d'Anna qui ne vient pas, et enchaîne.) Je sais que c'est une somme importante, mais c'est beaucoup moins que les cent soixante-quinze mille livres qu'ils exigeaient. Et si vous acceptez, ils laisseront également tomber les poursuites contre l'agence d'Adrienne Catalano.

Anna se mordille la lèvre. Il faudra quand même vendre une des propriétés de Nick sur laquelle il comptait pour sa retraite.

– Je ne sais pas. Ça me tue vraiment qu'elle s'en sorte indemne. Elle a dû se faire un maximum d'argent avec cet horrible livre.

Mark soupire.

– Je sais. Le jour où Nick a rencontré cette bonne femme a été un très mauvais jour. J'ai essayé de l'appeler, mais son téléphone est éteint.

– Il doit probablement être à l'entraînement en ce moment.

– Bon, est-ce que vous pouvez lui passer le message et lui demander de m'appeler ?

– Bien sûr. Et merci, Mark.
Sa voix se fait plus douce.
– Pas de quoi.

CHAPITRE

26

Nick est déçu par son équipe, mais il est tombé amoureux de Carcassonne. Il craignait que le Sud de la France soit plan-plan et que son rythme de vie soit trop calme. D'un certain côté, c'est le cas, mais il y a un autre côté.

Les gens et les couleurs sont pleins de vie. Les conversations à bâtons rompus en français explosent autour de lui. Beaucoup des habitants semblent le reconnaître, ils sortent des bars et des cafés pour lui serrer la main. Plusieurs prennent même des selfies.

D'abord, il a cru que c'était parce qu'il faisait partie des Cuirassiers, ce qui a fait rire Bernard. Il lui a expliqué que le calendrier de Massimo avec lui en couverture a été la plus grosse vente de toute l'histoire de cette opération philanthropique. En fait, ils ont dû faire trois réimpressions. C'est d'ailleurs une des raisons pour lesquelles les Cuirassiers ont été si accommodants avec lui pour son contrat.

– C'est grâce ton fameux derrière, *mon ami*[24], lui explique Bernard, en hochant la tête avec philosophie et en tapant sur l'épaule de Nick.

---

24. En français dans le texte.

Il n'en revient pas. Même dans une ville qui adore le rugby, il est plus célèbre à cause d'un calendrier pour lequel il a posé que pour avoir remporté deux Coupes du monde en équipe nationale. Il finit par hausser les épaules et sourire de tous les selfies que lui demandent ses fans.

On lui a conseillé une petite brasserie sur la place centrale, *Chez Félix*, fréquentée par les sponsors du club. C'est une entreprise familiale, célèbre pour son excellent café et ses entrecôtes très saignantes. Il lui a fallu un petit moment pour s'y habituer, mais la chaleur de leur accueil l'a aidé à dépasser ce détail.

Apparemment, si les Cuirassiers sont un club local, la moitié de la ville est concernée d'une façon ou d'une autre.

Il a hâte de visiter le fameux marché local qui se tient deux fois par semaine sur la place, en compagnie d'Anna. Il l'a déjà fait lors de son premier dimanche sur place et a adoré tous les produits frais : les énormes tomates bien mûres, les melons, les pêches, les pommes qui brillent au soleil, les prunes, les quetsches et tout un kaléidoscope de légumes de toutes les couleurs qu'il n'arrive pas tous à identifier. Nick apprécie vraiment. Il espère que ce sera également le cas pour Anna.

Il est étonné de voir un numéro français s'afficher sur son téléphone.

– Hello ? Bonjour ?

– Monsieur Nick Renshaw ?

– Yes, enfin, oui.

– Je suis Myriam Duchat, l'assistante de Hugo Compain.

Puis elle s'arrête, comme si elle s'attendait à ce que le nom lui dise quelque chose, ce qui n'est pas le cas.

– Oui ?

Il entend un léger soupir à l'autre bout de la ligne.

– Hugo est le rédacteur en chef du *Vogue Hommes International*. Il aimerait beaucoup organiser une prise de vue avec vous.

– Oh, d'accord, répond Nick, surpris. Mais je ne fais plus vraiment de mannequinat.

Il y a un sifflement estomaqué à l'autre bout du fil.

– Mais c'est vous qu'il veut !

– Hum, bon, c'est sympa d'entendre ça, mais j'ai un boulot à plein temps et c'est difficile pour moi de m'absenter.

– Il serait prêt à envoyer le photographe à Londres, rétorque sèchement la femme.

– Euh, je ne suis pas très souvent à Londres. Je vis à Carcassonne à présent.

– *C'est vrai*[25] ? Vraiment, vous êtes en France ?

– Ouaip. Je joue avec les Cuirassiers.

La voix de la femme grimpe d'une octave.

– Mais c'est très intéressant ! Adrienne nous avait dit que vous étiez à la retraite !

– Je l'étais, mais…

– Hugo est un très grand fan de rugby. Je sais qu'il va absolument vouloir faire ce shooting. Nous pouvons envoyer le photographe à Carcassonne ou vous faire prendre l'avion pour Paris.

Nick est pris de court.

– Eh bien, je pense que ça pourrait se faire. Il faudrait que ça puisse coïncider avec les entraînements et les matchs.

Il entend quelqu'un taper frénétiquement sur un clavier.

– Envoyez-moi votre emploi du temps et nous allons organiser ça. Votre agent est toujours Adrienne Catalano, à New York ?

Nick n'a pas parlé à Adrienne depuis un moment, mais s'il doit avoir un agent, c'est bien elle.

– Oui, en effet.

– Je vous rappelle très vite. *Au revoir*[26].

Et elle raccroche. Nick fixe son téléphone. Il croyait sa période mannequinat révolue, mais apparemment ses deux univers sont sur le point de se croiser à nouveau. Et vu ce qu'il sait des joueurs de rugby, on va bien se ficher de sa tête.

---

25. En français dans le texte.

26. En français dans le texte.

Pour qui est le shooting, déjà ?

Il le découvre très vite, parce qu'à peine dix minutes plus tard, Adrienne se met à le bombarder de textos divers et variés.

A. Elle est excitée.

B. Il y a de l'argent à se faire.

C. Elle a avalé trop de pilules du bonheur.

D. Tout ça à la fois.

Au fur et à mesure qu'il lit ses textos, il commence à réaliser que c'est vraiment un gros coup. Nick a entendu parler de *Vogue*, mais il ne sait pas que, deux fois par an, sort une version internationale pour les hommes. À présent, c'est chose faite et quand il apprend combien ils sont prêts à le payer pour une seule journée de travail, il n'hésite plus. Chaque centime gagné servira à abonder le fonds de lutte anti-Molly.

Il commande un expresso et un verre d'eau, et s'installe pour profiter du bruit et des couleurs de Carcassonne.

– Je suppose que c'est un assez gros contrat, alors ?

Il peut presque l'entendre écarquiller les yeux à six mille cinq cents kilomètres de distance.

– Oui, Nick, c'est un très gros contrat. Le genre de contrat que les mannequins attendent toute leur vie. Dis-moi que je peux organiser ça pour toi, Nick.

Alors, il accepte. Encore une séance photos.

Le lendemain, Adrienne le rappelle.

– J'ai vérifié ton emploi du temps avec ton club, le shooting est prévu dans quatre semaines. Tu devras être à Paris le jeudi, à l'heure du déjeuner. Et, Nick ?

– Oui ?

– Profites-en mon chou, ça pourrait t'ouvrir bien des portes.

Il vaut sans doute mieux qu'Adrienne ne voie pas l'air d'indifférence totale qu'arbore Nick à cet instant. Anna est sa priorité numéro un, le rugby la seconde. Il ne reste pas de place pour grand-chose d'autre. Mais les gens du service de pub des Cuirassiers se mettent à faire des cabrioles lorsqu'ils apprennent qu'on lui propose une séance photos pour *Vogue*. Ils envoient immédiatement un communiqué de presse et reçoivent des appels des journalistes de la France entière, et même du Royaume-Uni. Nick est content de les laisser s'en occuper. Il a d'autres choses en tête.

Il a réfléchi au deal que les avocats de Molly lui ont proposé. Cinquante mille, c'est beaucoup moins que ce qu'ils avaient demandé d'abord, et cela veut dire que l'agence d'Adrienne n'en subira pas non plus les conséquences. Mais Nick est toujours déchiré, il ne voit pas pourquoi Molly obtiendrait encore autre chose de sa part.

L'idée qu'elle puisse l'atteindre comme ça, qu'il soit obligé de penser à elle, lui fait horreur. Et il déteste que cela puisse atteindre Anna. Elle lui a dit qu'elle le soutiendrait, quoi qu'il puisse décider.

S'il paie, tout sera terminé bien plus vite, il le sait.

Il prend son téléphone et appelle ses avocats.

– C'est Nick Renshaw, je veux que vous passiez un message à Molly McKinney : je ne passe aucun deal. Rendez-vous au tribunal.

Il raccroche en se demandant s'il ne vient pas d'allumer le pétard qui va faire exploser toute sa vie en mille morceaux.

CHAPITRE 27

Lorsqu'Anna et Brendan descendent les marches de l'avion, la vague de chaleur les submerge.

– Le pied ! soupire Brendan en réajustant ses Aviator.

Anna doit bien l'admettre. L'air chaud, c'est merveilleux après la vague de froid qu'a connue Londres. Et le minuscule aéroport de Perpignan est, de bien des façons, un contraste absolu avec les friches bétonnées d'Heathrow.

Au lieu des rangées de maisons victoriennes et des immeubles grisâtres, ils ont survolé des champs vert pâle, devenus presque dorés pendant le long été français, puis un littoral rocheux où de petites collines et d'anciens villages en pierre contrastent avec le bleu profond de la Méditerranée.

Brendan passe très simplement la douane en présentant son passeport anglais. Il est encore citoyen européen, mais pas pour très longtemps, puisque la Grande-Bretagne va quitter l'Union européenne. Cela demande un peu plus de temps à Anna.

Nick et Brendan l'attendent dans le hall d'arrivée, tout sourires. Ils s'esclaffent ensemble. Elle s'arrête pour les regarder, heureuse que les deux hommes qui comptent le plus dans sa vie soient amis, heureuse d'être en France, heureuse de retrouver son fiancé. *Et le père de mon enfant*, se dit-elle.

Quand Nick la voit, un sourire illumine son visage.

Il traverse d'un bond le petit hall d'arrivée et l'enlace en la serrant fort contre sa poitrine. Il sent la cannelle, les épices, le soleil et Nick. Il sent tellement bon. Il sent la maison.

Il attrape son visage entre ses grandes mains rugueuses et l'embrasse tendrement sur la bouche.

Anna soupire, se perd dans ce baiser, jusqu'à ce que…

– Coucou ! Je suis là moi aussi, vous savez ! Et personne ne me fait un bisou de bienvenue !

– Ta gueule, Brendan, lancent Nick et Anna d'une seule voix, avant d'éclater de rire.

– Bon, d'accord, râle-t-il. J'ai fait tout ce chemin, j'ai porté les bagages de Madame la comtesse, et tout ce à quoi j'ai droit, c'est à une poignée de mains virile.

Nick passe un bras autour des épaules de Brendan et lui claque un baiser sur la joue.

– Ce n'est pas vraiment un baiser, se plaint-il.

Mais il semble tout de même s'être radouci.

L'heure de trajet jusqu'à Carcassonne passe vite, chacun d'entre eux échange les nouvelles, commente les petits villages et les villes qu'ils traversent, les douces courbes des collines et les brusques affleurements rocheux si abrupts.

Au loin, la chaîne des Pyrénées, cette barrière naturelle entre la France et l'Espagne, se perd dans les nuages, à quelques kilomètres plus au sud.

Anna pose sa main gauche sur la cuisse de Nick et il lui jette un regard joyeux.

– Pas le droit de peloter le conducteur sans que moi aussi je puisse m'amuser, lance Brendan depuis le siège arrière.

– Alors, il faudra que tu te dégottes ton propre chauffeur, lui rappelle Anna.

– Ooh, ça me paraît amusant, dit Brendan Il faut que je renouvelle mon permis.

Anna se met à gémir. Elle est trop fatiguée pour jouer sur les mots avec lui.

– Je crois que ça va te plaire ici, dit tranquillement Nick.

Anna est déjà conquise.

***

La première nuit d'Anna et Brendan à Carcassonne est pleine de gaieté et de rires, d'excellente nourriture et d'amitié. Elle se souvient de la douleur qu'elle a ressentie quand Nick lui a parlé de l'offre de Bernard, mais à présent, il est clair qu'il a pris la bonne décision pour leur couple. Si ses doutes persistent, ils sont plus ténus, plus lointains et plus légers.

Les colocataires de Nick ont organisé un barbecue en leur honneur. Loin d'être seulement quelques steaks jetés sur le feu, c'est un véritable banquet en plein air.

Une table a été dressée dehors, recouverte de délicieux fruits frais, de salades incroyables, de diverses variétés de viandes froides et de plusieurs fromages, tous assez forts. L'odeur du pain fraîchement cuit provenant d'une boulangerie locale lui met l'eau à la bouche.

Inoke, le pilier fidjien, un homme à la carrure impressionnante et à la voix étonnamment haut perchée, a confectionné un plat de Kokoda de son pays, du thon mariné dans du jus de citron pendant plusieurs heures. C'est délicieux, et Anna est affamée.

Elle est touchée par les efforts qu'ils ont déployés. Ça lui fait du bien de voir à quel point Nick se sent à l'aise avec eux. Elle s'est demandé s'ils seraient plus réservés, dans la mesure où il est leur capitaine, mais non, ils se comportent en amis et en coéquipiers, tout simplement.

Brendan est d'abord resté sur son quant-à-soi, en attendant de voir comment ils allaient l'accepter, mais au bout de la première heure et après la première tournée de drinks, il se sent parfaitement à l'aise, surtout qu'il peut tenir deux conversations en même temps ; une en anglais et l'autre en français.

Une carafe de vin de pays repasse devant les convives et Nick repousse un petit verre auquel Anna jette des regards d'envie tout en buvant son Perrier.

Le soleil se couche lentement, les pierres dans leur dos irradient la chaleur qu'elles ont absorbée pendant la journée, les criquets stridulent fort dans l'air chaud de la nuit.

Anna a sommeil, elle est rassasiée. Elle s'appuie sur Nick dont les doigts caressent son bras nu. Elle a posé la tête sur son épaule.

Elle est ravie d'apprendre que les coéquipiers de Nick vont embarquer Brendan pour une virée nocturne en ville, et qu'ils leur laissent donc la maison pour quelques moments d'intimité.

Brendan, au septième ciel à l'idée de passer une soirée avec trois joueurs de rugby sexy, les suit bien volontiers.

Dès l'instant où ils se retrouvent seuls, les lèvres de Nick se posent sur celles d'Anna, et elle découvre tout à coup qu'elle est parfaitement réveillée, plus aussi fatiguée que ça. Il la prend dans ses bras comme pour une lune de miel. Ses lèvres dévorent son cou pendant qu'il monte les escaliers étroits qui les conduisent à la petite chambre toute blanche où ils font l'amour, baignés par la pâle lumière de la lune.

***

Le lendemain, Nick et Anna partent à la recherche d'une maison. Avec l'aide du club, Anna a trouvé deux propriétés à louer pour le reste de la saison. Bien qu'elle ait vraiment beaucoup apprécié les nouveaux coéquipiers de Nick, partager la maison avec eux à long terme serait impossible, même si Brendan a affirmé qu'il adore le spectacle qu'ils offrent autour de la piscine.

Il semble avoir un faible pour Grégoire.

– Est-ce que Greg est gay ? demande Anna en regardant à travers la vitre pendant qu'ils passent devant des champs moutonnants et des vergers croulant sous les fruits, dont certains ont déjà été récoltés.

Nick réfléchit un moment.

– Je ne sais pas. Il n'a jamais mentionné la moindre petite copine et il ne m'a pas semblé être très intéressé par les femmes lorsqu'on est sortis entre potes. Peut-être ?

Anna sourit.

– Je crois que Brendan a un faible pour lui.

– Wouah ! Brendan est homo ?

Anna éclate de rire et donne une tape sur le bras de Nick, lequel fait semblant de se mettre à bouder.

– Je croyais que Bren avait un faible pour moi !

– Oh bébé, il t'adore, ne sois pas jaloux.

Nick lui lance un petit sourire.

– Il doit bien y avoir des joueurs de rugby gays, dit-elle, l'air de réfléchir. Mais je n'en vois aucun. Tu as déjà joué avec des coéquipiers homos ?

Nick suit des yeux la route sinueuse, mais hoche lentement la tête.

– Oui, dans le temps, il y avait quelques types qui ont fait leur coming out après avoir mis fin à leur carrière. Mais il y en a un peu plus de nos jours. Gareth Thomas, c'est le premier qui me vient à l'esprit. Il a fait son coming out en 2009, et a encore joué pendant deux ans. Il a été sélectionné une centaine de fois pour le Pays de Galles. Un type formidable, un ailier.

– Ah oui. C'était avant que j'arrive au Royaume-Uni, mais je me rappelle avoir entendu parler de lui. C'était sacrément courageux de sa part.

Nick acquiesce.

– Ouais, il y en avait eu quelques autres avant lui, dont un Australien qui l'avait annoncé dans les années quatre-vingt-dix. C'est mieux accepté, à présent, je crois.

Il soupire.

– Je sais bien qu'il existe ce stéréotype du rugbyman dur à cuire, mais si tu es un bon joueur, un bon équipier, c'est tout ce qui compte. Et quand Gareth l'a annoncé, ses coéquipiers l'ont soutenu jusqu'au bout, comme il se doit. Nous sommes là les uns pour les autres. C'est une famille.

Anna comprend. Elle sait combien ça a été dur pour Nick, après avoir joué pendant quatre ans avec les Phœnix de Finchley, de perdre sa famille de rugby. Elle se rend également compte de ce que ça signifie pour lui de faire à nouveau partie d'une équipe.

Et elle s'inquiète de ce qui va se passer quand la saison de Nick chez les Cuirassiers sera terminée.

Nick s'est arrêté dans la petite cour d'une ferme ancienne. Il vérifie les lieux sur son écran GPS. C'est là, sans aucun doute.

Les murs de pierre s'écroulent par endroits et la peinture des volets s'écaille. Un air d'abandon et de tristesse règne sur l'ancien bâtiment.

Anna sort de son sac l'énorme clé que l'agent immobilier lui a confiée. Elle est lourde et couverte de points de rouille, mais Anna a décidé de rester positive.

La grande porte de bois s'ouvre dans un gémissement théâtral. Anna s'attend presque à ce que Lurch[27] arrive en titubant du bout du couloir. Des toiles d'araignées scintillent dans la pénombre et elle les évite en secouant ses cheveux. Elle court jusqu'à la cuisine, là elle pousse un cri et s'écrase contre la poitrine de Nick en faisant demi-tour.

– Qu'est ce qui ne va pas ? demande-t-il en la prenant dans ses bras

– Des cafards ! hurle-t-elle en tremblant, avant de ressortir en courant.

Nick jette un coup d'œil à la cuisine et s'aperçoit que le sol est noir, brillant et mouvant. Lorsqu'il allume l'interrupteur, des milliers de cafards se mettent à grouiller en tous sens sur le linoléum défraîchi.

---

27. Personnage du maître d'hôtel de la série américaine *La famille Adams*, ressemblant à la créature de Frankenstein.

Nick tressaille et rejoint Anna.

Elle est toute pâle quand il s'installe dans la voiture. Elle a même remonté les vitres.

– C'était…

– … comme dans un film d'horreur, poursuit Nick.

Anna hoche la tête.

– Filons d'ici.

Nick est absolument d'accord.

Une fois arrivés à la seconde maison, Anna demande à Nick d'entrer le premier. Mais celle-ci est totalement différente. C'est une villa fin de siècle, peinte en jaune primevère avec des volets blancs et un toit de tuiles romaines. Le soleil y pénètre à travers de grandes fenêtres, et les rideaux à fleurs remuent dans la brise lorsqu'Anna ouvre les baies vitrées qui donnent sur le jardin. C'est plutôt un petit patio, un solarium, avec de robustes meubles de jardin et une vraie vigne sur le mur inondé de soleil.

L'optimisme d'Anna est de retour. Elle court de pièce en pièce, en croisant les doigts pour ne pas découvrir un défaut rédhibitoire, et plus particulièrement des insectes rampants.

Mais la villa est aussi tranquille que belle, et le moral remonte vite au beau fixe.

– Je l'adore, elle est parfaite ! s'écrie-t-elle en se jetant dans les bras de Nick depuis les escaliers.

Nick lui sourit, fou de joie. Il a l'impression que tout finit enfin par s'arranger.

***

Le lendemain matin, Nick et les autres partent de bonne heure à une séance d'entraînement dans l'espoir d'en avoir terminé à l'heure du déjeuner.

Même au mois d'octobre, le petit jardin clos de murs rayonne de chaleur et Anna s'est installée à l'ombre du grand auvent pour boire son thé, agréablement fourbue après une longue nuit d'amour avec Nick.

Ils sont tombés d'accord avec le propriétaire de la villa, ils auront les clés la semaine suivante. Tout a été tellement facile. L'accord a été scellé par une poignée de mains. Le propriétaire est un supporter des Cuirassiers. Le nom de Nick lui suffit.

Les doux rayons du soleil caressent son corps. Anna ressent un profond sentiment de paix. Après les mois agités qu'elle vient de vivre, elle savoure ce moment.

Soudain, Brendan lui hurle à l'oreille.

– Ann… ie ! Réveille-toi !

Son cœur fait un bond.

– Oh mon Dieu, Brendan ! Qu'est-ce qu'il y a ?

– Oooh désolé, bébé-maman ! Je suis submergé par l'émotion.

Et il s'effondre sur la chaise longue à côté d'elle.

– Devine quoi ?

– Non, grogne Anna.

– Ann… ie ! Allez, devine !

– Non.

– Trouble-fête !

– Espèce de môme !

– Espèce de vieille grincheuse !

Elle dresse l'oreille.

– Tu as quelque chose à m'annoncer, Bren ?

– Oh oui ! Je suis tellement content que tu me poses la question !

Sa voix se transforme en chuchotement surexcité.

– J'ai couché avec Grégoire !

Anna se redresse, à présent tout à fait réveillée.

– Vraiment ?

– Je ne te mentirais pas pour un truc pareil ! dit-il d'un air offensé, avant de lire l'expression sur son visage.

– Bon, ok, si, je le ferais ! Mais je te dis la vérité ! J'ai baisé avec Grégoire, et c'était merveilleux. Je suis amoureux !

Anna sourit.

– Ouah, mais c'est super, Bren ! Je suis vraiment contente pour toi.

Brendan cligne des yeux et la regarde fixement.

– C'est tout ? Tu es contente pour moi ?

– Eh bien, oui. Hum, très heureuse.

Brendan se lève et se met à faire les cent pas.

– Je ne crois pas que tu comprends. Il est merveilleux. Il est gentil et drôle, et il est vraiment canon. Son engin fait au moins trente centimètres et demi, je le sens jusque dans mes orteils.

– Bren ! Je t'en prie ! Épargne-moi les détails !

– C'est l'amour. Je n'ai jamais rien ressenti de comparable.

– Mon chou, tu le connais depuis cinq minutes à peine, alors ne nous emballons pas.

Brendan grogne.

– Qu'est-ce que ça peut faire ? Tu as été attirée par Nick dès votre première rencontre, avant même de savoir qui il était. Cinq minutes ou cinq ans, ce sera toujours Grégoire.

Anna aimerait y croire. Voir Brendan heureux, ce serait merveilleux. Mais il a tendance à exagérer. Beaucoup.

– Et qu'en dit Grégoire ? demande-t-elle avec prudence.

Brendan se met à rougir.

– Il dit qu'il n'a jamais rencontré quelqu'un comme moi.

Anna est certaine que c'est la vérité.

Elle raconte la chose à Nick dès son retour de l'entraînement. Il ne semble pas particulièrement ravi.

– Pourquoi fais-tu cette tête ?

Nick soupire et s'assied à côté d'elle.

– Parce que je me bats et que j'ai besoin que Grégoire ait la tête au jeu, et pas à ce qu'il va faire pendant la nuit.

Anna se hérisse.

– Et est-ce que tu dirais la même chose s'il avait rencontré une femme ?

– Oui. Exactement.

– Je m'excuse. Je n'aurais pas dû dire ça.

Nick hausse les épaules.

– Tu n'as pas tort. Si cela se sait, ça va être plus dur pour Greg. L'équipe sera plus ou moins d'accord, mais les équipes adverses vont s'en servir, elles sont prêtes à tout pour nous nuire.

Anna sait que Nick a raison. Elle ne connaît que trop bien la guerre psychologique dans le sport de haut niveau, et elle se rappelle les horreurs que les joueurs d'autres équipes avaient lancées à Nick quand ils étaient tous les deux en proie au scandale.

– Le pauvre, dit-elle avec sympathie.

– Ouais, et si Bren disparaît au bout d'une semaine, comme il a l'habitude de le faire, je t'enverrai Greg.

– Bon, eh bien, merci !

– Tu es une psychologue du sport professionnelle, mon amour. En outre, tu es très douée pour remonter le moral des cœurs brisés.

Anna soupire en hochant la tête.

Seigneur !

Mais tous deux avaient tort : pendant tout le reste de leur séjour, Grégoire et Brendan sont inséparables. Brendan le rejoint après l'entraînement et tous deux partent à la découverte des villes et des villages autour de Carcassonne. Ils dînent ensemble tous les soirs et partagent le même lit.

Brendan rayonne de bonheur. Il passe des heures à raconter à Anna combien son nouvel amant est merveilleux dès que Grégoire part s'entraîner ou jouer un match à l'extérieur.

Chose intéressante, Nick remarque que Grégoire joue encore mieux que d'habitude : bien loin de ne pas avoir la tête au jeu, le bonheur lui a procuré plus de confiance, et ça fait les affaires des Cuirassiers.

Ses coéquipiers ont été un peu surpris quand Grégoire leur a annoncé la nouvelle, mais dans l'ensemble, ils l'ont accepté, ravis de cette série de victoires inattendues.

Anna sourit en écoutant Brendan vanter les mérites de Grégoire : son beau visage, son corps si sensuel, son énorme pénis. (Brendan insiste pour le lui répéter.) Elle attend qu'il se lasse. Mais deux semaines plus tard, vers la fin de leur séjour, ses sentiments sont toujours aussi forts.

Depuis leur retour à Londres, Anna sait que Brendan envoie textos et courriels à Grégoire, et va même jusqu'à annoncer que Grégoire est son *#boyfriendofficiel.*

Brendan est heureux.

***

L'attitude de Laurent irrite de plus en plus Nick. Dans ses bons jours, Laurent est un joueur puissant, mais il n'a pas l'esprit d'équipe. Il semble avoir une aversion particulière contre Grégoire, depuis qu'il a appris que le jeune homme est homosexuel.

Lorsque Nick en a discuté avec Bernard, celui-ci a fait la moue et haussé les épaules.

– C'est un Parisien, il déteste les *provinciaux*[28], les types comme Greg, les joueurs plus jeunes, les gens du Sud, les gens du Nord… (Il regarde Nick avec un sourire las.) Mais, plus que tout, il déteste *les Anglais*[29].

– Merci pour ces paroles encourageantes, mon pote, dit Nick en haussant les sourcils. Mais je suis sérieux, il nous crée des problèmes.

Bernard soupire.

– Je le sais, mais il a du talent. Donne-lui un autre coup de pied au cul, et voyons si ça marche.

Être le capitaine d'une équipe où les joueurs se détestent est un boulot sacrément difficile. Et nous sommes deux jours avant le shooting de Nick pour *Vogue* à Paris. Laurent se fout de lui à ce propos,

28. En français dans le texte.

29. En français dans le texte

mais comme il se fout de lui pour tout, Nick se contente de l'ignorer. Cela dit, les murmures et les regards moqueurs sont fatigants. Si Nick parlait mieux le français, il serait probablement encore plus agacé, mais comme Laurent se refuse à parler ou à comprendre l'anglais, Nick doit tout faire en français, avec l'aide de Bernard.

C'est Grégoire qui, lors de cette séance d'entraînement, est le plus durement atteint par les blagues et les commentaires désobligeants de Laurent. Ce type est un emmerdeur, et comme Nick n'est pas du genre à se laisser intimider, il s'en prend à Grégoire, une proie plus facile.

Nick en a marre : il a averti Laurent qu'il devait changer de comportement et celui-ci ne l'a pas fait, maintenant il va devoir en assumer les conséquences.

Ils s'entraînent dans des conditions proches de la réalité, les gars qui jouent sur l'aile gauche contre ceux qui jouent sur l'aile droite. Grégoire a le ballon, et alors qu'il vient juste de faire une passe, Laurent arrive sur lui, et le tacle violemment.

Grégoire n'a pas vu Laurent arriver, il a été complètement pris de court et gît au sol, en boule. Laurent se dresse devant lui, goguenard, pendant que l'arbitre le siffle.

– Espèce de fiotte ! se gausse Laurent.

Nick ne comprend pas ce que Laurent dit, mais au regard que lui lance Grégoire, il comprend que cela n'a rien d'agréable.

– Laurent, ici ! Tout de suite ! Viens ! MAINTENANT !

Le type grogne quelque chose à Nick puis adresse un sourire en coin à Grégoire.

– *Il kiffe ton mec*[30] !

Grégoire se relève, il a du mal à respirer, la colère et la haine se lisent sur son visage. Nick se rend immédiatement compte que Grégoire va péter un câble, mais trop tard pour l'empêcher de foncer sur Laurent et de le frapper au visage. Laurent trébuche et atterrit sur le dos.

---

30. En français dans le texte.

– *Putain*[31] ! Merde !

Grégoire est sur lui en une seconde et lui balance quelques bons coups de poing avant que Laurent lui donne un coup de tête. La peau du front de Grégoire se fend sous le choc. Il se met à pisser le sang.

Nick et Bernard leur hurlent d'arrêter, mais les deux hommes sont incapables d'entendre raison.

Nick traverse le terrain en courant, attrape Laurent par le col et le tire en arrière, en le protégeant de son corps. Laurent se débat et frappe Nick au visage. Il sent sa pommette exploser de douleur et le sang jaillir de son nez et de son menton. Ses yeux sont tellement pleins de larmes qu'il ne peut pratiquement plus rien voir, mais il ne lâche pas Laurent pour autant.

Bernard a ceinturé Grégoire pour l'empêcher de se jeter à nouveau sur Laurent, et le reste de l'équipe accourt pour séparer les deux joueurs.

Finalement, l'ordre est rétabli. Les deux hommes se lancent des regards haineux, Grégoire secoue la tête comme un taureau furieux, le visage ensanglanté.

– Merde ! Merde !

Le vieux toubib arrive en boitant, examine le front de Grégoire, la joue de Nick et le nez cassé de Laurent, lève les mains au ciel et les convoque tous au vestiaire.

Nick est quasi certain qu'il va avoir un œil au beurre noir. Le médecin lui donne un sac de glace pour aider à faire dégonfler l'hématome.

Le soulagement est presque immédiat.

Il s'assied sur la table du kiné en maintenant la poche sur son visage et jure doucement, en français et en anglais.

Ses compétences linguistiques s'améliorent.

***

31. En français dans le texte.

– Qu'est-ce que Laurent a dit à Grégoire pour qu'il le frappe ?

Plus tard dans la soirée, Nick appelle Anna par Facetime. Cela lui fait toujours un bien fou.

– Il l'injurie en permanence depuis qu'il a appris qu'il était gay. Il lui balance des petites vacheries quand personne d'autre ne peut l'entendre. Mais lors du dernier match, il a délibérément refusé de lui lancer le ballon. Je l'avais remarqué et je lui en avais touché deux mots. Il a nié, mais je lui ai dit que ça ne devait plus se reproduire.

Anna fronce les sourcils.

– Il semblerait que Greg a assez bien géré la situation. Qu'est-ce qui a déclenché la bagarre, cette fois ?

Nick a un sourire douloureux.

– *Il kiffe ton mec* – en gros, Laurent a dit à Grégoire que j'aimais Brendan, mais d'une façon très insultante, euh, du genre « petite pédale », quelque chose comme ça.

Anna reste sidérée.

– Quel trou du cul !

– Oui, ça a été la goutte d'eau pour Greg. Il va être mis à l'amende et suspendu parce qu'il a porté le premier coup, mais je vais m'assurer que Laurent prenne cher, lui aussi. Je ne veux pas de ce genre de conneries dans mon équipe.

Le ton de Nick est sinistre.

– Je sais que tu dois les discipliner tous les deux, mais y a-t-il une chance pour qu'ils puissent en parler ? suggère Anna. Peut-être pourraient-ils gérer cela entre eux ?

– Vu ce que ressent Greg en ce moment, je me doute de la façon qu'il aura de gérer la chose, dit ironiquement Nick en tâtant délicatement sa joue enflée.

À l'autre bout du fil, Anna rit doucement.

– Ah oui, c'est la logique du rugby.

Nick acquiesce en grognant.

– Ils vont tous les deux manquer au moins un match, mais ils devront quand même participer au match à l'extérieur contre Grenoble. Le trajet en autobus dure cinq heures, alors…

– Ah, il y aura un public captif.

Nick sourit.

– Quelque chose comme ça.

Le lendemain, Laurent et Grégoire sont suspendus à partir du match suivant et écopent chacun d'une retenue sur salaire d'une semaine. Laurent est également prévenu que c'est son dernier avertissement. Encore une connerie et il sera viré. La gravité de la situation semble avoir finalement eu raison de lui, car il s'excuse auprès de Grégoire comme on le lui a ordonné, sans faire aucun commentaire sarcastique.

Grégoire prend sur lui et lui serre la main.

Du coup, il manque deux joueurs à Nick pour un match important à l'extérieur qui doit avoir lieu dix jours plus tard. Cela offrira une chance de sélection à au moins à deux joueurs de l'équipe, ainsi qu'à deux joueurs de l'équipe bis, d'être promus sur le banc de touche.

Nick arbore un impressionnant œil au beurre noir, même si sa joue a désenflé grâce à l'application de glace, ce qui signifie que la séance photos pour *Vogue* va devoir être reportée.

Il envoie un mail à Adrienne pour la prévenir et attend qu'elle le rappelle.

CHAPITRE 28

Encore une fois, Nick s'est trompé.

Quand Adrienne l'appelle, pas contente du tout, il pense que cette fois, c'est la fin de sa carrière de mannequin. Mais une heure plus tard, elle le rappelle, beaucoup plus positive, parce que le photographe veut maintenir la séance. Nick doit s'y rendre, comme prévu.

– Mais qui diable a envie de photographier un type avec un œil au beurre noir ? s'écrie Nick lorsqu'il en parle avec Anna, dans la soirée.

– Je n'en sais rien, lui répond-elle calmement. Peut-être que ça change de ces super-jolis garçons tellement parfaits qu'ils présentent d'habitude en couverture de *Vogue*.

Le rire de Nick est sarcastique.

– Tu veux dire que je suis un peu dur ?

– Hmm, voilà une question piège ! Dans quel sens veux-tu que je te réponde, bébé ?

***

Le lendemain, Nick s'envole pour Paris. Un service de limousine l'attend à l'aéroport Charles-de-Gaulle. Il le conduit autour de l'Arc de Triomphe, la tour Eiffel, roule dans les rues animées de Paris. Personne ne tente de regarder au travers des vitres teintées, mais Nick a l'impression d'être une célébrité.

Il entrouvre la vitre et se met immédiatement à éternuer lorsqu'un autobus au diesel accélère dans la voie d'à côté et lui fait monter les larmes aux yeux. Il remonte sa vitre à la hâte et s'enfonce dans le siège en cuir pour calmer l'irritation. Il aurait bien aimé avaler un Tramadol, mais il a presque réussi à arrêter, sauf quand il est touché sur le terrain. Dans ce cas, il ne peut pas s'en passer. Mais il essaie tout de même.

Le chauffeur tourne dans une rue et s'arrête devant un immeuble qui ressemble à un entrepôt.

Il lui ouvre la portière et empoche tout en douceur le pourboire de dix euros que Nick lui tend.

Nick examine le bâtiment en briques et sent pour la première fois le frisson d'excitation qu'il ressent avant un match, cette nervosité qu'il a eue avant le shooting avec Massimo, mais jamais plus depuis.

Il a passé tellement de temps à regretter d'avoir arrêté de bosser avec son équipe qu'il a oublié que bien des choses lui avaient plu lorsqu'il posait, surtout quand il pouvait prendre en même temps une leçon de photo.

Il est sur le point de sonner quand la porte s'ouvre. C'est à partir de là que Nick s'aperçoit que les choses se déroulent autrement pour un shooting pour *Vogue*.

Un homme qui pourrait très bien être le jumeau français de Brendan l'accueille et le présente à toute l'équipe dans un anglais parfait à l'accent très exagéré : le coiffeur, le maquilleur et la manucure, la styliste et ses deux assistants, dont l'un est couturier, le chef éclairagiste, le directeur artistique, et enfin le photographe, Henri Cassavell, qui est le patron de tout ce petit monde et qui salue Nick avec emphase, visiblement fasciné par son visage tuméfié.

C'est un homme vigoureux, la soixantaine bien sonnée, avec une peau tannée et un visage couvert de rides.

Mais ses yeux sombres sont vifs et pénétrants. Il examine Nick avec minutie, puis hoche brusquement la tête.

– Allez ! Mettons-nous au travail.

Il frappe dans ses mains et tous les assistants, déjà sur le pied de guerre, passent immédiatement à l'action.

Nick est embarqué, on lui offre de l'eau et un café serré, pendant que le chef styliste discute avec Monsieur Cassavell.

Plusieurs costumes de différents gris anthracite sont sortis, inspectés puis rejetés, jusqu'à ce que la nuance parfaite soit trouvée. Puis ils recommencent l'opération avec des costumes bleu marine.

Sept chemises blanches empesées sont rejetées, avant qu'une autre, en fin coton d'Égypte, soit retenue. L'un des assistants la suspend et la repasse à la vapeur pour en ôter les plis.

Quatre paires de chaussures Tom Ford à la taille de Nick sont apportées, présentées dans leur boîte et leur papier de soie immaculé.

Il perd le compte des cravates que l'on présente à la styliste, avant qu'elle en retienne trois à montrer à Monsieur Cassavell.

On a procuré un peignoir à Nick, qui se change rapidement pendant que les discussions animées en français roulent autour de lui. Il est content de pouvoir comprendre la majeure partie de ce qui se dit. Il réussit également à prendre quelques photos des coulisses, ce qui lui vaut un regard intrigué du photographe.

Nick se demande alors s'il vient de commettre un impair, mais l'homme se contente de venir examiner son appareil et lui pose quelques questions.

– Quel genre d'appareil utilisez-vous ? Oh, je vois que vous avez un 50 millimètres comme objectif. Vous le trouvez comment ?

– J'aime bien m'en servir pour les plans rapprochés, en coulisses ou en extérieur, surtout quand il y a peu de lumière, vous voyez ? Est-ce que je peux prendre quelques photos ? Pendant que vous n'en prenez pas, bien entendu.

– Pas de problème. Vous aimeriez devenir photographe ?

– J'aime juste prendre des photos, mais qui sait ?

Monsieur Cassavell sourit et donne une petite tape sur l'épaule de Nick. La glace est brisée.

Bien souvent, les mannequins sont traités comme de simples objets, littéralement des cintres sur lesquels on enfile des vêtements de designers. Nick est beaucoup plus heureux quand on le traite comme une personne à part entière.

Mais ensuite, le business reprend ses droits.

Le maquilleur insiste pour lui raser à nouveau la poitrine, bien que Nick l'ait déjà fait la veille. Il inspecte méticuleusement chaque centimètre carré de sa peau, avant de le masser avec une huile qui sent fort le citron.

Puis ce sont vingt minutes de coiffage et de taille de barbe, suivies par un maquillage à l'éponge de son visage, son cou, sa poitrine et du dos de ses mains. La manucure se tracasse et s'affaire autour de ses doigts déformés, lui taille les ongles puis les polit jusqu'à ce qu'ils étincellent.

Il y a une longue conversation entre le maquilleur qui regarde avec désespoir le visage tuméfié de Nick et le photographe, qui semble vouloir en accentuer les dégâts. En fin de compte, le léger bleu qu'il a autour de l'œil n'est pas recouvert de fond de teint, mais plutôt souligné.

Tout cela paraît très bizarre à Nick, mais Monsieur Cassavell est ravi.

Eye-liner, gloss, mascara et poudre sont appliqués, puis le coiffeur s'empare de ses cheveux, les malaxe et les tire, les peigne et les gélifie à la perfection.

Quand Nick se glisse dans les sous-vêtements, la chemise et le costume qui ont été préparés pour lui, pour la première fois de sa vie, il éprouve l'envie de les porter. Tout lui va parfaitement et pourtant le costumier fait quelques retouches minuscules et modifie légèrement le tombé de la veste sur ses larges épaules.

Mon Dieu, comme c'est agréable ! Et bien qu'il ne soit pas vaniteux, il aime l'image qu'il renvoie.

– Combien coûte ce costume ? demande-t-il alors.

– Cette pièce, lui répond le costumier, est un Trader Blu en sergé Batavia. C'est un Armani, à un peu moins de trois mille euros.

Nick déglutit. C'est son salaire mensuel à Carcassonne.

Il réalise alors que toutes ces tenues, même celles qui ont été rejetées, ont été commandées spécialement pour ce shooting. Il sait depuis toujours que son corps athlétique ne peut pas facilement s'accommoder de vêtements de « prêt à porter ». C'est à la fois gênant et étrangement exaltant.

Pendant qu'on achève de transformer Nick, Henri Cassavell lui explique par le menu sa vision de cette séance photos. Il veut montrer le travail derrière l'image d'une star du rugby, dit-il. Il veut voir les doigts tordus, les muscles sculptés, la cicatrice qui barre le sourcil de Nick, les séquelles d'opérations sur son épaule, son coude, son talon d'Achille, tout comme est révélé le corps sous le costume, et bien entendu, son œil au beurre noir.

Le plateau a été tendu d'un lourd tissu de soie noire qui tombe en cascade jusqu'au sol, derrière un imposant fauteuil. L'éclairage est cru, pour donner un aspect monochrome.

Le photographe est concentré, il maîtrise parfaitement son sujet, Nick. Il photographie chaque partie de son corps, en lui demandant même d'ôter ses chaussures et ses chaussettes, pour montrer sa vulnérabilité, dit-il, à travers ses pieds nus.

– Nick, plus intense. Non intense, pas en colère… c'est ça. Levez l'épaule gauche, plongez le menton, oui, c'est bien. C'est ça ! Ne bougez pas !

Et l'obturateur de l'appareil mitraille en rafale.

– Bien, allongez la jambe droite, détendez-vous, ne regardez pas l'objectif, regardez au-delà. Un peu plus bas, déplacez votre menton vers la droite.

Nick s'attend presque à ce qu'il lui dise : « Frottez-vous sur le ventre et tapez-vous la tête ! »

– Maintenant, regardez l'objectif, oui, bien. C'est ça ! C'est ça ! C'est ça ! C'est ça ! Ne bougez pas ! Oui, c'est ce que je veux ! Vous êtes fort, vous êtes puissant ! Montrez-le-moi ! Montrez-moi que vous êtes invincible ! Vous êtes un guerrier, un battant ! Oui, oui, ce regard ! Ces yeux ! C'est parfait ! Voilà ce que je veux ! Attendez !

Le photographe est maître à bord, et Nick respecte ça.

Nick bouge, pose, se concentre, suit et est intrigué par le travail, la psychologie qui entre dans la séance de prise de vue. Il écoute ce qu'on lui dit, bien décidé à faire de son mieux.

Trois heures passent ainsi, et Nick est surpris et légèrement déçu quand on lui annonce que c'est fini. Ça a été une expérience fascinante pendant laquelle il a beaucoup appris. Bien qu'il soit encore débutant, personne ne le lui a fait sentir, et, Seigneur !, les vêtements sont fantastiques. Il se demande s'il va être autorisé à les garder. C'est peu probable, et il soupire en renfilant son jean et son tee-shirt.

Mais la styliste en chef a remarqué les regards qu'il jette sur le costume, et elle a un petit sourire.

– Monsieur Nick, nous feriez-vous l'honneur de garder ce costume ? lui demande-t-elle.

Nick arbore un grand sourire.

– Vraiment ? C'est possible ?

– Il a été modifié pour vous, nous ne pourrions pas le vendre, de toute façon.

Et elle hausse les épaules.

– Vraiment, oui ! Je pensais que jamais vous ne me le proposeriez ! plaisante Nick lorsqu'elle lui tend le costume dans sa housse.

Il est ravi. Jamais il n'a pu garder les vêtements d'une séance de prise de vue.

Henri Cassavell lui serre chaleureusement la main.

– Ce fut un plaisir, *mon ami*[32]. Nous allons faire une belle couverture pour le *Vogue Hommes International*, pas vrai ?

Nick écarquille les yeux.

– La couverture ?

Le photographe, très amusé, se met à rire.

– Mais oui ! Personne ne vous l'a dit ?

Nick rend son sourire au photographe.

– Si, désolé. J'avais oublié.

– Ce sera une splendide couverture, Nick Renshaw… Vous êtes photogénique, vous… et votre œil au beurre noir.

Puis, riant toujours :

– Nous, les Français, nous adorons nos champions de rugby. Et, bien entendu, un beau costume bien coupé.

Et il lui fait un clin d'œil.

32. En français dans le texte.

CHAPITRE 29

Lorsque Nick embarque pour rentrer à Carcassonne, sa journée à Paris lui semble surréaliste.

Le seul signe qui lui reste de sa séance photo pour *Vogue*, c'est le gel dans ses cheveux et le costume dans sa housse. À présent, il est de retour au boulot, celui de capitaine d'une équipe de rugby toujours en difficulté.

Oui, ils ont commencé à gagner certains matchs, mais l'équipe est désunie et souffre encore de relents homophobes.

L'idée de tout faire éclater au grand jour est sans doute une solution, et Nick va profiter du long trajet en car vers leur prochain match pour forcer l'équipe à se lier, une bonne fois pour toutes.

L'équipe est montée à bord du car pour les cinq heures de route jusqu'à Grenoble. C'est un match important, qu'ils vont jouer sans deux joueurs clés, puisque Grégoire et Laurent sont suspendus. Leur punition consiste à s'asseoir côte à côte dans le car, sans être autorisés à jouer. Pour un athlète, être en forme, fin prêt, et devoir rester de côté est une véritable torture. Mais tous les deux savent qu'ils l'ont mérité.

Le kiné, Bernard et Nick s'asseyent devant. Mais derrière, Nick peut parfaitement entendre Laurent. Les plaisanteries sont une chose, mais ce type n'a pas lâché l'affaire, il n'a rien compris. Quand Nick se retourne pour voir ce qui se passe, il se rend compte que Grégoire change de couleur, de plus en plus énervé. Il sait très bien que les rugbymen adorent plaisanter et que, parfois, certaines de leurs vannes sont limites, mais tout cela est source de division, et c'est mauvais pour le moral de l'équipe.

Quand Nick se lève pour se diriger vers l'arrière du car, Laurent lui lance un petit sourire sarcastique en haussant le sourcil, un véritable défi à l'autorité de Nick.

– Laurent, tu es complètement à côté de la plaque !

Il est tellement en colère qu'il a parlé en anglais, même s'il a fait beaucoup de progrès en français au cours des derniers mois, la signification reste parfaitement claire.

– *Monsieur le capitaine passif*[33], dit sournoisement Laurent à son pote, laissant entendre par là que Nick est le partenaire passif dans les ébats homosexuels.

C'est Grégoire qui atteint le premier le point de rupture.

– Ça suffit ! À présent j'en ai marre ! Oui, je suis gay ! Vous le savez tous. Si l'un d'entre vous a un problème avec ça, qu'il me le dise maintenant, en face !

Il se tourne lentement vers Laurent.

– Nous sommes entre adultes, alors si tu as un problème avec moi ou avec ma façon de jouer, dis-le ! Est-ce que je pue ? Non ! Je sens bon !

Il renifle ses aisselles et plusieurs joueurs se mettent à rigoler.

– Ce n'est donc pas ça. Est-ce que c'est ma coupe de cheveux ? Mon côté mode génial ? (Il fait un clin d'œil à quelques joueurs.) Ou peut-être est-ce parce que je suis le seul joueur gay dans cette équipe ?

Tout le car se tait.

---

33. En français dans le texte.

– Faut-il que nous en parlions ? Nous ne sommes pas obligés de nous exprimer uniquement par des grognements et des rots, nous pouvons aussi tenir des conversations intelligentes, la violence aveugle, c'est sur le terrain. En dehors du terrain, nous sommes des gens civilisés.

Laurent tourne la tête vers la vitre.

Grégoire fronce les sourcils, ses yeux sont noirs de colère.

– Merde ! Vous savez quoi ? Débarrassons-nous une bonne fois pour toutes de toutes ces fichues questions que tu n'as pas les couilles de me poser en face. C'est l'occasion, demande-moi tout ce que tu veux. Je pourrai peut-être ensuite me concentrer sur mon travail. J'aime les plaisanteries autant que chacun d'entre vous, mais parfois, ça va trop loin et j'ai besoin d'une pause dans les commérages. Tout le monde a ses limites, et moi, je suis sur le point de foutre un pain à l'un d'entre vous, et après, je le regretterai certainement. Nous sommes une équipe, n'est-ce pas ? On est dans le même bateau ? Même si parfois on s'énerve les uns les autres, ou que nous ne sommes pas toujours d'accord. N'est-ce pas, Laurent ?

Laurent secoue la tête, mais il écoute, et la voix de Grégoire se fait de plus en plus forte.

– C'est la vérité, on passe là-dessus pour le bien de l'équipe, parce que c'est ce que doit faire une équipe !

Il regarde les autres joueurs en les défiant.

– Vous avez quinze minutes, les gars, allez-y ! Demandez-moi tout ce que vous voulez.

C'est Russ qui rompt le silence.

– Greg, mon pote, est-ce que tu es à voile et à vapeur, parce que ma petite amie te trouve super-bandant, j'aimerais savoir si je dois m'inquiéter ?

Grégoire éclate de rire.

– Elle est beaucoup trop belle pour toi, mon vieux, c'est vrai ! Mais non, je n'aime que les mecs.

Et il jette un regard noir à Laurent.

– Je suis très sélectif.

Alors, l'équipe se met à poser question après question, en donnant libre cours à sa curiosité.

– Tu es actif ou passif, Greg ? demanda Inoke avec un grand sourire.

– Les deux, répond tranquillement Grégoire, mais tu n'es pas mon type non plus. Désolé, Noakes.

Inoke fait semblant d'être déçu, et Grégoire lui fait un clin d'œil.

– Tu as toujours kiffé les mecs ? demande Maurice, les sourcils légèrement froncés.

Grégoire, devant son expression, prend le temps de réfléchir avant de répondre.

– J'ai toujours su que j'aimais les mecs, mais je n'ai jamais pensé que c'était bien, dit-il calmement.

Sa réponse fait réfléchir certains membres de l'équipe, qui comprennent enfin qu'être un sportif homosexuel n'est pas facile.

– C'est quoi ton type, alors ? demande Raoul, curieux.

– Tu es en sécurité, ne t'en fais pas Raoul, Tu es trop poilu à mon goût. Mais pour te tranquilliser, sache que mon type c'est… Brendan.

– C'est ton petit copain ? demande Raoul en jetant un regard rapide à Nick.

– Oui, Bren est mon petit copain. J'espère que vous l'accueillerez gentiment la prochaine fois qu'il viendra.

Grégoire répond à toutes les questions, les unes après les autres, parfois sérieusement, parfois en faisant des commentaires drôles ou en racontant des anecdotes, en faisant rire les gars, et tout le monde participe, sauf Laurent. Même ceux qui avaient pris son parti semblent vraiment l'avoir abandonné.

Nick retourne à son siège, il se sent plus détendu. Il remarque que Laurent ne semble toujours pas troublé, mais rien ne trouble jamais Laurent.

Grégoire a trouvé le moyen parfait de répondre aux perpétuelles moqueries. Sa séance de questions-réponses a fait tomber les barrières, et les autres membres de l'équipe ont pu poser toutes questions qui les travaillaient.

À la fin du trajet en car, la sexualité de Grégoire a perdu beaucoup de son intérêt et ils sont revenus à l'équipe qu'ils vont devoir affronter le lendemain. Nick a un petit sourire ironique : si seulement tous les conflits pouvaient se résoudre par un quart d'heure de questions/réponses.

Bernard le pousse du coude.

– C'était intéressant. Espérons que ça aura un effet à long terme.

Nick acquiesce.

– Ouais, je l'espère. Un bon point pour Grégoire, aucune crainte de sa part, exactement comme sur le terrain. Il m'a vraiment impressionné. Je l'ai toujours admiré, c'est un très bon joueur et un meneur. Ce sera intéressant de voir comment Laurent va réagir, maintenant qu'il a perdu son public.

Bernard lui donne une tape dans le dos.

– Ouais, très instructif.

Le lendemain, les Cuirassiers sont de bonne humeur et Nick ne peut s'empêcher de penser que ce grand déballage a eu un effet positif. Laurent et Grégoire sont assis côte à côte pendant que le reste de l'équipe joue sans eux. Ils ne s'adressent pas la parole une seule fois, mais Grégoire semble s'en ficher, il saute dans tous les sens pour encourager l'équipe. Ils jouent comme jamais, et obtiennent la victoire contre les Grenoblois. De quatre points seulement, mais une victoire est une victoire.

***

Au fur et à mesure que la saison progresse et que les jours raccourcissent et refroidissent, avec l'apparition de la neige sur les montagnes au loin, les victoires s'enchaînent, et Laurent se tait. Son jeu est mature et son expérience n'est plus à démontrer, mais il ne fait toujours pas partie de l'équipe. Bernard et la direction parlent de l'échanger. Seul Nick est encore prêt à lui accorder une chance. Difficile pour lui d'expliquer pourquoi, mais il comprend la frustration qu'a un homme plus âgé à jouer ce qui peut bien être sa dernière saison pro dans une équipe de deuxième division.

Mais ce n'est pas une raison pour se comporter comme un con.

Bernard est tout sourires lorsque Nick entre dans le minuscule bureau de l'équipe dirigeante.

– Nick ! Beau match aujourd'hui. Assieds-toi, je t'en prie.

Nick serre la main de l'entraîneur, du directeur et du président du club. On l'a convoqué à la fin du dernier match, et il espère qu'il s'agit de l'avenir de Laurent. Il ne sait toujours pas quoi en penser. Laurent a bien joué, son expérience peut être un véritable atout pour l'équipe, mais Grégoire s'améliore de match en match, sa confiance augmente, ce qui lui permet d'exprimer ses compétences à fond. En plus, il a l'esprit d'équipe.

S'il devait choisir, il prendrait Grégoire.

– Nick, nous t'avons demandé de passer aujourd'hui pour discuter avec toi de ton avenir au sein des Cuirassiers.

Nick est surpris, ce n'est pas ce à quoi il s'attendait.

– Depuis que tu nous as rejoints, nous avons commencé à gagner de matchs et les supporters reviennent. Nous pensons que la deuxième moitié de la saison pourrait bien être très bonne pour nous.

Et Bernard hoche la tête en direction de Nick, comme pour l'encourager.

– Nous aimerions t'offrir un contrat de deux ans pour poursuivre avec nous en tant que capitaine.

Nick recule dans sa chaise, il savoure la tranquille satisfaction de faire partie d'une équipe, la fierté du travail accompli.

Il sait déjà quelle sera sa réponse.

CHAPITRE

30

L'été indien du mois de septembre a depuis longtemps fui Londres, suivi d'un bref automne où un brouillard épais s'est enkysté sur la Tamise, puis s'est rapidement transformé en véritables gelées à cause desquelles on doit gratter son pare-brise de voiture chaque matin.

Le ventre d'Anna commence à se voir, et elle est déchirée entre la sensation de se sentir grosse et ridée et la fierté de sentir les signes de la nouvelle vie qui grandit en elle.

Le tournage de *Loose Women* se passe bien et elle a pris l'habitude de travailler aux studios de West London les mardis et jeudis pour enregistrer quatre émissions avant de filer à Heathrow juste après la fin du tournage, pour rentrer le lundi.

Nick a emménagé dans la villa qu'ils ont louée, à quelques kilomètres de Carcassonne, et jouit d'un peu de tranquillité, ce qui le change agréablement de la vie en colocation. Et comme il a dix ans de plus qu'eux et qu'il est leur capitaine, il a vraiment besoin de son propre espace. Il dit qu'il s'est remis à jouer de la guitare.

La villa possède quatre chambres, deux salons, dont l'un fait office de beau bureau, et elle n'est qu'à une trentaine de minutes de la plage. Elle est également à moins d'une heure d'une station de ski très populaire. Nick râle un peu, parce que son contrat avec les Cuirassiers lui interdit de pratiquer des sports dangereux. Au vu du nombre impressionnant de blessures qu'il s'est faites en jouant au rugby, cela paraît un peu étrange. Mais c'est ainsi : pas de ski pour Nick. Brendan lui, a pourtant déjà donné son accord en assurant à Anna que son popotin était sensationnel en combinaison de ski.

Trish est venue rendre visite à Nick deux fois, et a même réussi une fois à persuader ses parents de la suivre, mais ils ont préféré prendre l'Eurostar à Londres et voyager pendant douze heures plutôt que de prendre l'avion.

La mère d'Anna prévoit de les rejoindre à Noël, qu'ils passeront pour partie à Londres et pour partie à Carcassonne, avec quelques jours à Paris pour faire du shopping, sur les conseils insistants de Brendan.

Malheureusement, le procès contre l'éditeur de Molly suit son cours, et Nick a été obligé de rentrer à Londres deux fois pour rencontrer ses avocats, qui, malgré tout ce qu'a dit Mark Lipman, se préparent à porter l'affaire devant le juge. C'est stressant, à un moment où tout le reste va bien.

Mais au moins, le livre n'est plus dans le « top ten » des ventes, et est devenu synonyme de bouquin écrit avec les pieds. Brendan a raconté à Anna qu'il avait été nominé par la *London Litterary Review* pour le prix « du pire roman de fesses », ce qui a refait de la pub au livre vu que ce n'est pas un roman mais une autobiographie. Anna s'en fiche. Elle voudrait en finir avec ce fiasco minable.

De plus, elle a d'autres choses en tête. Leur bébé va venir au monde, et elle voudrait que tout soit parfait, autant qu'il est possible. Mais avoir deux procès qui leur tombent dessus a mis un frein à tout. Nick refuse d'abandonner, il poursuit cette affaire de procès pour « détresse émotionnelle infligée intentionnellement » contre Molly et Roy Greenside.

Il n'acceptera d'abandonner les poursuites que si les éditeurs font la même chose : pour l'instant, ils sont dans l'impasse.

Anna arpente sa cuisine de Hampstead en sirotant de l'eau chaude pour tenter de calmer sa nausée matinale. Elle n'en avait plus souffert depuis quelques semaines, mais aujourd'hui, c'est spécial, pour toutes sortes de raisons, ou peut-être est-ce juste les nerfs : Nick rentre à la maison, et ils vont découvrir le sexe de leur bébé.

Ils n'ont d'ailleurs pas de préférence mais, comme tous les parents, ils espèrent que leur enfant sera en parfaite santé.

Elle entend un taxi se garer devant la maison et se précipite en bas, à temps pour entendre une clé qu'on insère dans la serrure, et voir Nick entrer, un bonnet enfoncé sur la tête et un énorme sourire sur le visage.

Anna se jette dans ses bras grands ouverts, elle savoure à nouveau sa chaleur et sa force en se lovant contre lui.

Quand elle relève la tête, il l'embrasse sur les lèvres.

– Tu es prête ? demande-t-il.

Anna se met à rire.

– Tu viens à peine d'arriver ! Tu ne veux pas prendre un café d'abord ?

– Non. Je veux y aller. J'ai hâte de savoir si c'est un petit Nick ou une petite Anna que tu trimballes là-dedans, et il effleure délicatement son ventre.

– D'accord, mais je dois d'abord aller faire pipi.

Quelques minutes plus tard, elle a pris son manteau et son sac, et est montée dans la Rover. Nick a fait tourner le moteur pour réchauffer l'habitacle.

L'hôpital est à un peu plus d'un kilomètre et demi de chez eux. Anna n'avait pas pensé à ça en achetant la maison, mais cela s'est avéré fort utile. Certaines des journées les plus agréables, elle s'y est rendue à pied, car il est habituellement horriblement difficile de s'y garer.

Quarante minutes plus tard, Anna a enfilé une blouse d'hôpital et Nick sautille d'excitation, tout à son bonheur.

Il attire continuellement son regard et lui fait des clins d'œil. Il est tellement sûr que tout ira bien que cela la rassure. Il paraît en pleine forme malgré un réveil plus que matinal et deux vols entrecoupés par une escale fastidieuse à Paris.

Elle le regarde lire les affiches sur les murs de la salle d'échographie de la maternité, en plissant le nez devant certaines photos.

Il est différent à présent, plus calme, plus heureux, la dépression qui l'a terrassé après son jubilé est de l'histoire ancienne.

Il est aussi différent physiquement. Il s'est refait les muscles qu'il avait perdus à New York. Ses épaules sont plus lourdes et ses cuisses plus épaisses.

Anna doit détourner le regard, car ses hormones de grossesse lui crient de lui sauter dessus.

À ce moment, l'échographe arrive, sauvant ainsi Anna de l'embarras.

– Le gel est un peu froid, la prévient-il.

Anna tressaille lorsque le liquide se répand sur son ventre. Nick se penche par-dessus l'épaule du spécialiste lorsque la caméra s'enfonce dans la masse gluante. Il a les yeux rivés sur Anna, puis sur les images en noir et blanc de l'écran d'ordinateur.

Le technicien se met à froncer les sourcils, réajuste l'appareil et leur fait un petit sourire.

– Je vais chercher le médecin. J'en ai pour une minute.

Anna se sent défaillir.

– Quelque chose ne va pas ?

– Je reviens tout de suite.

Une panique subite lui comprime la poitrine, et elle tourne des yeux remplis de terreur vers Nick. Il a l'air inquiet, mais essaie de le cacher. Il tend la main pour prendre la sienne.

– Ça va aller, mon chou.

Les mots devraient la rassurer, mais plus les minutes passent, plus Anna a envie de pleurer.

S'il vous plaît, mon Dieu, faites qu'il n'y ait pas de problème avec notre bébé…

Finalement, l'échographe revient avec un médecin.

– Bonjour, je suis le docteur Subarashi. Je vais simplement jeter un coup d'œil.

– D'accord, murmure Anna en agrippant la main de Nick.

Le médecin appuie l'embout sur son ventre, puis avec un petit froncement de sourcils, il se concentre sur l'écran en l'étudiant sous différents angles.

– Eh bien, je crois que nous avons une petite surprise, dit-il enfin en souriant.

– Une bonne surprise ? demande Anna, la voix tremblante d'émotion.

– Je vais vous laisser écouter les battements de cœur et vous verrez par vous-même.

Il augmente le volume et Anna entend un son de chuintement sous-marin. Non, deux.

Nick fixe le moniteur, sourcils froncés.

– Il y a deux bébés ?

Le docteur leur sourit.

– Oui, il y a deux fœtus et ils semblent tous les deux en parfaite santé.

Anna reste sans voix, du coup, c'est Nick qui prend la parole.

– Mais à sept semaines, il n'y en avait qu'un. Elle a passé un scan.

Le docteur sourit légèrement.

– Il arrive parfois qu'un bébé se cache derrière l'autre au cours d'une scintigraphie précoce et ne se montre que plus tard. Mais je peux vous assurer que vous portez deux bébés en parfaite santé.

Les genoux de Nick flanchent, il s'écroule lourdement sur la chaise en plastique. Il tient toujours Anna par la main.

– Des jumeaux !

– Félicitations, leur lance le médecin.

Finalement, Nick retrouve sa voix.

– Pouvez-vous nous dire si ce sont des garçons ou des filles ?

– J'ai bien pensé que vous me poseriez la question. Comme ce sont des bébés un peu plus petits, c'est un peu difficile à dire, mais à ce stade, il me paraît probable que vous ayez des jumelles, Madame Scott.

Le médecin leur donne toute une série d'informations et de conseils qu'Anna a du mal à intégrer, puis il les laisse seuls.

L'expression sur le visage de Nick est presque comique, il rayonne un instant, puis semble totalement incrédule la seconde suivante.

– Wouah, on va avoir des jumelles.

– Je sais, murmure Anna. J'étais déjà assez inquiète avec un bébé, mais deux !

– Tout ira bien ! répond Nick avec confiance. Tu vas être merveilleuse, je le sais. Maintenant, on le dit d'abord à ma mère ou à la tienne ?

Anna sourit vraiment pour la première fois.

– Retournons à la voiture et annonçons-leur en même temps.

Mais lorsqu'ils atteignent la voiture, Nick se penche vers elle et l'embrasse sauvagement. Les hormones d'Anna se mettent à danser la gigue, elle pose ses mains partout sur lui, tire sur sa fermeture Éclair lorsqu'elle sent une énorme érection gonfler le tissu de son jean.

Les vitres s'embrument, et avec un gémissement, Nick lui attrape les poignets et les maintient fermement.

– J'adore ta façon de fêter ça, mais nous sommes en voiture dans le parking de l'hôpital Royal Free, et un vieil homme vient de me faire un signe du pouce en passant.

Anna devient cramoisie, elle regarde à travers la vitre le vieil homme qui s'éloigne, une canne à la main.

– Il n'a pas fait ça !

– Je le jure, rigole Nick. Allez, on rentre à la maison.

– Et on le dit quand à nos mères ?

– Plus tard, répond-il en accrochant sa ceinture de sécurité avant de faire une rapide marche arrière.

***

L'annonce à leurs mères est drôle, dingue, remplie de cris et de hurlements, mais amusante.

Ils la font après que Nick a mis Anna au lit et qu'il l'a baisée si fort qu'un tableau s'est décroché du mur.

– Je réparerai ça plus tard, murmure-t-il en reprenant son souffle.

Anna est tout alanguie, étendue sur le côté, les cuisses serrées l'une contre l'autre. Même son épiderme semble en état de choc, après la force avec laquelle Nick vient de lui faire l'amour.

– Eh bien, c'était une sacrée manière de fêter l'événement, dit-elle en haletant et en roulant sur le dos.

Nick, appuyé sur un coude, lui sourit.

– Tu as l'air tellement content de toi.

Il sourit de plus belle.

– Ouais, on va avoir des jumelles. Je suppose que j'ai un sperme super-puissant.

Anna lève les yeux au ciel.

– Oui, ça doit être ça. Il y a des jumeaux dans ta famille ?

– Pas que je sache. Et toi ?

– Je ne crois pas. Je vais demander à maman.

Nick s'allonge et Anna se blottit contre lui, en posant sa tête sur son bras.

– C'est plutôt cool, dit-il à voix basse. Wouah, deux filles. Je ne m'attendais vraiment pas à ça en atterrissant à Heathrow, tout à l'heure.

Anna se mord la lèvre.

– C'est une bonne surprise ? Tu n'es pas déçu de ne pas avoir un petit Nick qui court partout ?

– Non, ce n'est même pas possible d'être déçu. Je ne sais pas comment expliquer ça, mais dès que j'ai vu les images, c'est devenu réel. Et j'ai ressenti cet incroyable… amour. Mon enfant, mes enfants. Et quand j'ai pensé… quand l'échographe est parti, mon Dieu, toutes ces pensées qui tournaient dans ma tête. Et alors, le docteur nous a annoncé des jumelles ! J'arrive à peine à y croire. Je me sens tellement… C'est intense.

La toute dernière hésitation qu'Anna aurait pu ressentir disparaît d'un seul coup. Nick est totalement partant. Il lui a dit ce qu'il ressent, il aime déjà ses filles.

– Tu vas être un papa formidable, dit-elle doucement.

– Je vais essayer.

– Je sais, et tu seras génial.

– Il faut qu'on réfléchisse aux noms, dit-il en souriant. J'ai toujours aimé Ruby.

– Oh c'est mignon ! J'aime beaucoup. Et Beth ? Tu aimes ?

Nick hoche la tête, mais il a le regard lointain, songeur.

– Je suppose qu'il faut qu'on fixe une date. Je ne sais pas, on se marie maintenant ?

Anna ne sait pas si elle doit l'embrasser ou le battre. À la place, elle se lève et le regarde bien en face.

– C'est la demande en mariage la moins romantique du monde !

Nick lui sourit. Le léger poivre et sel dans sa barbe n'atténue pas le moins du monde son air juvénile.

– Je ne sais pas ce que tu veux dire, mon chou. Ça venait du fond du cœur, vraiment !

Anna se laisse retomber sur le lit. S'il lui avait demandé six mois plus tôt de l'épouser, elle aurait sauté de joie, mais à présent elle a d'autres priorités.

– Non, attendons la naissance des bébés, puis partons quelque part au soleil pour nous reposer, en famille. On pourrait louer une grande villa et inviter ma mère et tes parents, Trish, Brendan et tous les amis que tu voudras inviter. Je pense qu'on a déjà assez à faire sans avoir à planifier un mariage en plus.

Nick se retourne vers elle.

– Tu es sûre ? On pourrait faire ça vite fait. Pourquoi pas à la mairie de Marylebone ?

– Pas question ! Je ne me marierai qu'une seule fois, je veux un endroit charmant, pas un quelconque bureau !

Nick sourit.

– Marylebone est très célèbre. C'est là que Paul McCartney a épousé Linda.

– Je m'en fiche ! Je veux en endroit au soleil.

– Très bien. On fera ça l'année prochaine. Quand je ne jouerai plus.

Anna en a le souffle coupé.

– Tu ne joueras plus ?

Nick hoche la tête.

– Les Cuirassiers m'ont proposé un contrat de deux ans. Je l'ai refusé.

– Vraiment ? Tu es décidé ? Je veux dire, tu es sûr que c'est ce que tu veux ? Tu adores jouer là-bas.

Nick roule sur le côté pour lui faire face.

– Ouais, j'aime beaucoup jouer avec eux et la saison s'annonce bien.

– Mais… tu ne veux pas rester ?

Et les paroles qu'elle ne prononce pas restent suspendues en l'air : *pendant que tu peux ; pendant que tu as encore la forme.*

Nick sourit, son regard est chaleureux et sincère.

– Je sais que je ne suis pas le plus malin du monde, mais tout ce que je désire se trouve ici. Je suis désolé que cela m'ait demandé tellement de temps pour m'en rendre compte.

Il lui prend la main et l'embrasse, puis embrasse son ventre, le nouveau point de chute favori pour ses lèvres.

– Mais… tu aimes jouer à nouveau ! Et les Cuirassiers t'ont offert deux ans de…

Nick secoue la tête.

– Non, je ne veux plus passer une seule minute sans voir mes enfants grandir. Quand l'échographe est parti chercher le docteur, ça a été le plus long moment de toute ma vie. Tout ce qui comptait, tout ce que je voulais savoir, c'était que le bébé allait bien et toi aussi. Gagner n'avait plus aucune importance, le rugby non plus. Ce qui compte, c'est ce que nous avons là. Je n'ai plus le feu sacré. Je veux être ici, avec toi et nos bébés, c'est tout.

Il laisse courir son index délicatement sous les yeux d'Anna, et sent ses larmes.

– Tu es tout pour moi, Anna.

CHAPITRE 31

La campagne de pub pour laquelle Nick a posé avec Cee Cee sort juste avant Noël. Soudain ces photos pour le parfum de luxe se mettent à fleurir partout. Comme on pouvait s'y attendre, ses coéquipiers ont recouvert le vestiaire de photos arrachées dans les magazines, et Nick doit supporter les commentaires sur l'érotisme sombre des photos et l'extrême jeunesse de Cee Cee.

Cela fait ressurgir son sentiment de malaise. Nick ne trouve pas que les images lui ressemblent. Ses yeux semblent lancer des éclairs furieux. Le parfum se vend comme des petits pains pendant les fêtes, mais ces photos lui rappellent la frustration qu'il a ressentie à New York, et son dégoût pour la morale à géométrie variable de l'industrie de la mode.

Cee Cee lui a envoyé un SMS avec des émoticônes hilares et plein de signes de dollars. Il espère qu'elle est heureuse.

Nick est encore en train d'enlever de la porte de son casier une photocopie couverte de graffitis, lorsque son téléphone sonne. Dégoulinant de sueur qu'il est, après une session d'entraînement épuisante, il réussit quand même à prendre l'appel. C'est Mark Lipman.

Il attrape une serviette d'une main et son téléphone de l'autre.

– Nick ! J'ai ici quelque chose qu'il faut absolument que tu voies, je te l'envoie immédiatement par mail. Je reste en ligne pendant que tu le lis.

Nick enroule la serviette autour de sa taille sans se soucier des gouttes de sueur qui ruissellent sur sa poitrine et dans son dos.

Il ouvre le mail et le lit pendant que Mark reste sur haut-parleur.

– Qui est Renata de Luca ? demanda-t-il.

– C'est l'éditrice qui a travaillé sur le livre de Molly. Et ce mail prouve qu'ils savaient que tu refuserais de poser avec elle, et qu'ils ont donc délibérément dissimulé leur identité. Ton contrat stipulait une couverture de romance, n'est-ce pas ?

– C'est ce qu'on m'a dit, oui.

Mark est surexcité.

– Oui ! Exactement ! Mon cher garçon, voilà la faille que nous cherchions ! Parce qu'en droit, toute fausse déclaration qui incite une partie à signer un contrat (même si ce n'est pas une condition suspensive) peut tout de même donner lieu à des droits et des recours. Cela nous amène à examiner les possibilités d'une action contre différents types de fausses déclarations, pratiques mensongères ou trompeuses. *Prima facie*[34], Nick, tu as à présent un dossier très solide de déclaration frauduleuse.

Nick écoute très attentivement. Une étincelle d'espoir jaillit en lui, mais le langage juridique de Mark est difficile à comprendre.

Mark poursuit rapidement.

– Si le juge est d'accord avec toi pour dire que la déclaration est bien frauduleuse, tu peux exiger des dommages et intérêts pour tromperie, et ton contrat est révocable en droit commun et en équité.

---

34. Expression latine, signifiant « de prime abord ».

Nick sent la tension dans son corps, cette même tension qui lui permet de piquer un sprint sur toute la longueur du terrain pour aller marquer un essai impossible.

– Donc ce mail prouve que les éditeurs de Molly ont menti en rédigeant le contrat ? On peut les forcer à lâcher l'affaire ?

Mark rit de bon cœur.

– Mieux que ça, mon garçon ! Tes avocats vont rédiger une lettre expliquant que tu poursuis la maison d'édition pour fraude. Oublie le contrat, on n'en parle plus. Et en plus, si ça se sait, tu peux poursuivre les éditeurs en diffamation et menacer de les poursuivre pour harcèlement moral causé intentionnellement. En résumé, soit nous obtenons un accord, soit nous ferons valoir nos droits afin d'obtenir des dommages et intérêts pour avoir causé intentionnellement une détresse émotionnelle. *QED*[35].

Nick respire aussi fort que s'il était en train de courir, son téléphone rivé à son oreille. Il a gagné. Il va enfin pouvoir se débarrasser de Molly, une bonne fois pour toutes.

– Juste une question, Mark : comment avons-nous eu ce mail ?

Il y a un long silence.

– Je me doutais que tu allais me poser la question. Oui, c'est une bonne question. Mais je ne suis pas libre de tout te dire. En résumé, il s'avère qu'avoir des filles dont les amies font des stages dans une grande diversité d'entreprises, y compris chez des éditeurs, et que ces amies se souviennent que vous les avez gentiment invitées dans les loges d'un certain club de rugby dont je tairai le nom… eh bien, disons qu'elles se sentent plus loyales envers vous qu'envers un certain type de salope des médias qui les a traitées de « larbin aux chaussures hideuses et au gros cul ».

Nick laisse échapper un petit rire.

– Du Molly tout craché !

35. Abréviation du latin, *quod erat demonstrandum*, synonyme de CQFD.

– Le mail a été remis aux avocats des deux parties dans le cadre du processus d'enquête préalable, et l'équipe de Molly tente d'obtenir un accord. Tu pourrais choisir d'engager des poursuites. Comment veux-tu que nous procédions ?

Nick passe sa main libre sur son visage en tiraillant sur les poils de sa barbe humide. Deux possibilités s'ouvrent à lui. Une part de lui souhaite punir Molly pour ses mensonges et sa duperie. Une part veut se venger, veut qu'elle souffre autant qu'elle a les fait souffrir, Anna et lui. Mais s'il a appris quelque chose en trente-cinq ans d'existence, c'est cela : haïr Molly ne l'a pas rendu heureux pour autant. L'amour qu'il éprouve pour Anna et leurs bébés à naître éclipse ses sentiments négatifs vis-à-vis de son ex.

Et maintenant qu'il a la possibilité de la détruire totalement, il trouve que lui pardonner et poursuivre son chemin, sa propre vie, lui suffit bien.

– Dites aux avocats d'accepter qu'ils paient les frais. C'est tout.

Mark semble très surpris.

– Pas de dommages et intérêts ? Tu es certain, Nick ?

– Oui. Certain. Je veux juste que tout ça soit terminé. Mais dites aussi aux avocats de prévenir Molly que si jamais elle se répand encore dans la presse, je l'attaquerai en justice. L'éventualité de perdre tout son fric devrait la calmer.

– C'est toi qui décides, Nick. Mais sache que je pense que tu fais le bon choix. Je suis fier de toi, mon gars, dit Mark d'une voix tranquille.

Nick sourit intérieurement.

– Une dernière chose : pourriez-vous m'envoyer par mail l'adresse d'une certaine amie de votre fille afin que je puisse la remercier ?

– Malheureusement, je ne pense pas que ce soit une bonne idée, si jamais ça se savait. Mais je peux te dire que l'anniversaire d'une certaine jeune personne aura lieu dans un mois, alors peut-être pourrais-tu lui envoyer un petit quelque chose pour l'aider à faire la fête ?

Nick sourit.

– Merci Mark. Pour tout.

– De rien, mon gars. Salue pour moi ta fiancée. J'espère pouvoir dîner avec vous deux la prochaine fois que vous serez à Londres.

La conversation prend fin et Nick pousse un profond soupir. Il y a longtemps qu'il ne s'est pas senti aussi léger. Et la première personne avec qui il veut partager ça, c'est Anna.

C'est pour lui une évidence, parce qu'il est fou amoureux d'elle, et assez mature pour le reconnaître.

***

– Alors, pour que je comprenne bien, dit Brendan, en levant sa troisième coupe de champagne devant Anna. C'est smash dans ta gueule et va te faire foutre, Molasse McKinney ! Tu ne vas pas nous traîner devant les tribunaux pour rupture de contrat, c'est nous qui allons le fairc pour tromperie et fraude, et aux chiottes le contrat, parce qu'il n'a plus aucune valeur, bébé. Et si cette merde devient publique d'une façon ou d'une autre, et que tu dis du mal de Nick, il te poursuivra pour diffamation ; et juste pour emballer tout ça bien joliment… voilà pour toi… tu nous as causé tant de stress avec cette connerie, qu'il va t'accuser de harcèlement moral, wouah ! *Hasta la vista*, espèce de salope ! Bon voyage et à jamais !

Anna se gondole derrière son jus d'orange, alors que Brendan déambule dans la boutique à la mode *Soho House* dans Covent Garden, en s'amusant comme un fou.

Lorsque Nick a téléphoné pour annoncer la nouvelle, Brendan a immédiatement insisté pour qu'ils se fassent beaux pour aller fêter ça. Anna a commencé par résister, elle se sentait fatiguée et avait les chevilles enflées à la fin d'une longue journée, mais c'était pourtant ce qu'il convenait de faire. Les deux procès leur pendaient au nez depuis l'été ; il faut vraiment fêter le fait d'être enfin libérés de ce fardeau. Bien sûr, ça aurait été mieux si Nick avait été là.

– Tout ça te met en joie, n'est-ce pas, Bren ? demande-t-elle en le taquinant.

– Et comment !

– Tu sais, Nick a menacé de l'accuser de harcèlement moral uniquement parce que l'attaque est notre meilleure forme de défense, mais à présent, tout cela peut vraiment s'arrêter.

Et elle fait un mouvement circulaire de la main en l'air

Brendan fait la moue.

– On ne va même pas la poursuivre un peu ?

– Non. Tu sais que Nick préfère l'approche décontracte, et maintenant qu'il sait que nous n'aurons pas besoin de passer devant le tribunal, il est tout à fait zen et veut laisser tomber. Je ne dirais pas qu'il en est déjà au stade du pardon et de l'oubli, mais c'est bien pour lui. C'est bien pour nous. Le simple fait de penser à cette femme me fait monter la tension d'au moins dix points et je n'ai vraiment pas besoin de ce genre de stress, surtout en ce moment.

Brendan pousse un soupir théâtral.

– Espèce de rabat-joie !

Anna lui adresse un clin d'œil et lève son verre sans alcool pour porter un toast silencieux.

À ce moment-là, Jason Obuda revient des toilettes. Sa silhouette d'un mètre quatre-vingt-dix-huit se fraie un chemin à travers les petites célébrités et celles qui apprécient de boire un verre sans être dérangées pour des selfies : la *Soho House* est réservée aux membres. Anna a obtenu sa carte de membre car elle travaille pour *Loose Women*, mais elle en profite rarement. Jason est apparu dans le club comme par miracle, une demi-heure après leur arrivée, et Anna soupçonne Nick de l'avoir envoyé faire du baby-sitting.

L'énorme joueur de rugby jette un coup d'œil à Brendan, qui agite toujours sa coupe de champagne, et lui fait un petit sourire coincé.

– Il est temps de mettre les voiles, mon pote. Nick m'a donné des instructions strictes pour qu'elle rentre à la maison à une heure raisonnable.

Brendan plisse les yeux.

– Mais on n'est là que depuis trois dîners, je veux dire trois verres. Elle ne va pas se transformer en citrouille, enfin, pas avant quatre mois. La nuit commence seulement !

Jason se penche et chuchote quelque chose à l'oreille de Brendan qui le fait se redresser. Il paraît soudain beaucoup moins pompette que quelques secondes auparavant.

– Oui, d'accord. Anna-banana, il est temps pour les futures mamans de rentrer se coucher après avoir bu une bonne tasse d'Ovomaltine.

Anna les repousse, même si elle bâille et se masse les tempes pour tenter de calmer la migraine persistante qui la tourmente depuis deux jours.

– Ovo… quoi ? Beurk, merci de vous inquiéter pour moi, mais je reste encore un peu. Encore un verre et on y va ? (Et elle se remet à bâiller.) Seigneur, et dire qu'avant je pouvais travailler toute la journée et faire la fête ensuite toute la nuit. C'est terminé tout ça.

– C'est parce que tu nous prépares deux petits polichinelles dans ton tiroir, dit Brendan assez fort pour être entendu à l'autre bout de la pièce.

Anna plisse le nez.

– Tu sais, je n'avais jamais trouvé que ça sonnait aussi moche, « un polichinelle dans le tiroir », avant que tu ne m'en parles, Bren.

Il pouffe nerveusement, en faisant papillonner ses cils en direction de Jason.

– Oh, le Destroyer Noir veut partir. Allez, Annie, go, go, go !

– Je ne suis pas un chien de traîneau, Bren !

Mais voilà qu'Anna comprend pourquoi ils veulent la faire rentrer : Molly McKinney et son nouvel accompagnateur, un joueur de football de dix-neuf ans au physique quelconque, l'étoile montante de l'équipe des Tottenham Hotspurs, viennent de faire leur entrée dans le bar.

Brendan hausse les sourcils et les détaille avec arrogance.

– Elle fait du baby-sitting ?

Le cœur d'Anna se met à battre plus fort. Parmi tous les bars de Londres, pourquoi doit-elle se retrouver dans le même endroit que la seule personne qu'elle déteste vraiment ? Elle n'est pas aussi optimiste que Nick à propos de cette salope. Elle n'est pas sûre de pouvoir y parvenir.

Soudain, la colère la plus pure l'envahit, l'étourdissant presque. Molly les voit, fait une pause spectaculaire, puis s'avance vers eux sur ses talons de treize centimètres de hauteur. Son corps manque à tout moment de basculer par-dessus ses seins gonflés, énormes, collés à sa mince silhouette.

Brendan lève la tête pour parler, mais Anna lui prend la main pour l'en empêcher. Ce serait trop horrible d'être poursuivis pour diffamation, au moment même où leurs deux affaires vont se régler. Et elle ne doute pas une seconde que Molly soit capable d'une action aussi veule.

Molly ignore Brendan, regarde Jason qui se tient derrière lui, puis dévisage Anna.

– Oh, mais regardez qui abaisse le niveau ! S'ils laissent rentrer n'importe qui à présent, je vais devoir résilier mon inscription.

Anna se met à soupirer. Nick lui avait raconté que lorsqu'il avait voulu larguer son ex, elle avait continué à réapparaître comme le Mistigri.

– Je n'ai rien à te dire, Molly. Il n'y a rien qui te puisse te concerner par ici. S'il te plaît, va-t'en.

Molly semble surprise par le ton calme d'Anna, irritée même, vu la façon dont elle plisse les paupières.

– La vie, c'est comme une boîte de chocolats. Elle ne dure pas longtemps si tu es grosse. Et tu as pris des kilos, dit-elle méchamment. C'est pour ça que Nicky est parti jouer en France ? Pour s'éloigner de ton gros cul ?

Anna se contente de la regarder d'un air incrédule. C'est Brendan qui lui répond.

– Seigneur, Mollasse McKinney, ton esprit te précède. Ton existence est-elle réellement utile ? Un tant soit peu ? Un minimum ? Non, c'est bien ce que je pensais.

La colère d'Anna retombe un peu. Un petit sourire amusé menace de s'épanouir sur ses lèvres. Brendan a raison. Rien n'est utile pour Molly. Elle a passé sa vie sur un manège fait de drames conçus de toutes pièces, aussi futiles qu'inutiles.

– Je n'ai jamais compris ce que Nicky voyait en toi, continue perfidement Molly, mais il est plus souvent absent qu'à la maison, pas vrai ? Il en a probablement marre de toi et il est trop gentil pour te le dire en face.

Anna tourne un peu la tête de côté pour pouvoir mieux détailler le visage bien trop maquillé de Molly et sa bouche haineuse.

– Tu n'en as pas assez ? Tu ne te lasses jamais d'être aussi amère ?

Les yeux de Molly s'élargissent de surprise.

– Tu es une voleuse d'hommes, une menteuse et une briseuse de ménages ! hurle-t-elle.

La tension artérielle d'Anna recommence à grimper et sa détermination à ne pas entrer dans le jeu de l'autre se noit dans la colère.

– Foutaise. Nous connaissons toutes les deux la vérité, et tu continues à débiter tes conneries comme si tu y croyais vraiment ! Nick t'a surprise avec son meilleur ami, il vous a vus tous les deux en train de baiser sur le canapé. Tu es une menteuse et une tricheuse, et malgré cela, tu joues en permanence les victimes. Tu avais l'amour d'un type bien et tu l'as jeté aux orties en baisant avec son meilleur ami. Et en plus, tu as été assez stupide pour te faire attraper.

La voix d'Anna est pleine d'exaspération, pourtant Molly pointe un long doigt accusateur vers elle.

– Il me serait revenu, je le sais. Mais toi tu étais là, tu faisais semblant d'être son amie, d'être son psychiatre…

– Psychologue.

– On s'en tamponne ! Il serait revenu !

Anna a un petit rire dédaigneux.

– Non, il ne serait pas revenu. Jamais. Même pas en rêve.

Le visage de Molly se plisse de colère.

– Tu es une salope ! Et américaine en plus ! Je sais que tu baisais avec ton prof à la fac. Et tu viens ici et tu piques les mecs…

Anna sursaute.

– Est-ce que tu es bien réelle ? Ce n'est pas une émission de télé-réalité. Est-ce que tu crois la moitié des conneries que tu profères ?

Elle se tourne vers Brendan et Jason.

– J'en ai assez de cette folle. Allons-nous-en.

– Et autre chose encore, s'écrie Molly. Qui as-tu payé pour que mes éditeurs me lâchent ?

Anna secoue la tête et fait un sourire apitoyé à Molly.

– L'affaire était frauduleuse et tu le savais, dit-elle doucement.

– Nick a été payé pour faire la couverture de mon livre ! Il a rompu son contrat ! Il…

Les tentatives d'Anna pour rester calme échouent, sa voix s'enflamme.

– Nick n'aurait jamais accepté sciemment de faire une séance photo avec toi. Mon Dieu, mais tu délires totalement !

Alors qu'elle lutte pour se contrôler, sa voix devient glaciale.

– Attends, ne réponds pas, de toute évidence, tu vis dans un monde imaginaire. Je vais t'expliquer.

– Ooh, je crois que ça suffit, murmure Brendan lorsqu'Anna se lève et fait face à Molly, avec les yeux qui lancent des éclairs.

– Premièrement, tu es une tricheuse et Nick méprise les tricheurs, deuxièmement tu es une menteuse, même chose que pour le premier point ; troisièmement, il dit de toi que tu es sa « pire erreur » ; quatrièmement, il ne veut plus jamais voir ta sale tête de manipulatrice ; cinquièmement, fous-nous la paix !

– Tu n'es même pas bandante ! hurle Molly. Je ne sais pas ce qu'il voit en toi.

– Nick m'aime, dit fermement Anna en croisant ses bras devant elle, et une des raisons pour cela, c'est que je ne suis pas une garce folle furieuse.

– Bien jeté, Annie, applaudit Brendan.

Jason se rapproche d'Anna quand Molly fait mine de lever la main sur elle.

– N'y pense même pas, gronde-t-il. Pourquoi est-ce que tu ne te barres pas en embarquant ton petit joujou avec toi ?

– Je vous emmerde tous ! hurle Molly, frustrée que la conversation n'ait pas tourné en sa faveur, et ce n'est pas terminé !

C'est une des pires choses que Molly puisse dire à Anna. Elle veut tellement que cette salope retourne dans le passé.

Elle sent alors une vague d'étourdissement la submerger et elle retombe sur le canapé. Son mal de tête devient insupportable. Elle a du mal à respirer normalement. Anna ferme les paupières, elle a peur de s'évanouir.

– Annie, ça ne va pas ? Tu es blanche comme un linge.

Brendan lui prend la main, très inquiet. Anna ne peut pas lui répondre, elle essaie de contrôler ses vertiges.

– Anna ? (Jason s'accroupit devant elle, son beau visage est inquiet.) Apportez-lui de l'eau, crie-t-il au barman étonné.

Anna sent qu'on lui glisse un verre frais entre les doigts et tente de boire une petite gorgée. Ses mains tremblent tellement que Jason reprend le verre pour l'empêcher de tomber. Son pouls bat fort, son cœur cogne contre ses côtes, et tout son corps est couvert de sueur.

– Je… je ne me sens pas très bien, murmure-t-elle. Vous voulez bien me ramener à la maison, s'il vous plaît ?

Jason jette un regard à un Brendan en pleine détresse.

– Je pense qu'on ferait mieux de l'emmener directement à l'hôpital, mon pote.

Brendan hoche la tête brusquement.

– Oui, je suis d'accord.

– Je vais chercher ma voiture, crie Jason par-dessus son épaule en se précipitant dehors.

– Euh, et ils me traitent de drama queen, dit Molly, les mains sur les hanches et une moue inexpressive sur son joli visage.

– Espèce de pauvre traînée débile, lui balance Brendan, qui tient toujours la main d'Anna et lui tapote le front avec une serviette en papier, le Botox t'est monté au cerveau ? Tu lui as causé assez de stress comme ça pour toute sa vie, et en plus, elle est enceinte !

La bouche de Molly s'ouvre et se referme comme celle d'un poisson hors de l'eau, son front se plisse comme si elle tentait de réfléchir. Elle cligne rapidement des yeux en regardant les gens qui, autour d'elle, ont assisté à leur joute oratoire.

– Est-ce qu'elle va bien ? demande-t-elle doucement.

– Est-ce que j'ai l'air d'être un putain de toubib ? crie Brendan, à la limite de l'hystérie. Bien sûr que non, elle ne va pas bien !

Mais avant que Molly puisse parler de nouveau, Jason est de retour. Il prend Anna dans ses bras musclés et sort en courant avec Brendan sur ses talons, qui appelle frénétiquement l'hôpital Royal Free.

CHAPITRE

32

– *Mon ami*[36], ton téléphone me fait mal au crâne !

Nick est debout au bar, il discute avec Inoke. Il se retourne pour voir Bernard lui désigner son téléphone.

Après leur dernière victoire à domicile, ils sont tous allés dîner *Chez Félix*. Cela fait partie des choses que Nick a mises en place pour renforcer l'esprit d'équipe. Laurent est venu, et comme d'habitude, il a insisté pour s'asseoir et boire tout seul, mais au moins il est venu. Grégoire et lui s'évitent autant qu'ils le peuvent et sont tout juste polis l'un envers l'autre, mais c'est déjà une amélioration par rapport à l'échange de coups de poing qui a eu lieu pendant une séance d'entraînement.

– C'est Brendan, dit Bernard en tendant à Nick son téléphone qui vibre.

En entendant le nom de Brendan, Grégoire lève les yeux ; il a un regard plein d'espoir.

– Salut Bren, vous avez eu une bonne… Quoi ? Quand ? Qu'est-ce qui s'est passé ? (Il écoute avec attention.) Quel hôpital ?

36. En français dans le texte.

Il sent son visage se vider de son sang et il doit s'accrocher au bar. C'est comme s'il tombait d'une falaise, le sol se dérobe sous lui. Il réalise alors que Brendan continue de parler.

– Oui, je suis toujours là. J'arriverai dès que possible… non, je m'en fiche. Dis-lui que j'arrive. Bren, c'est tout ; merci.

Il raccroche et se retourne, les nouvelles pulsent dans son crâne.

Anna, ma petite Anna.

Elle est souffrante, et il est dans un autre pays, à des milliers de kilomètres, à des heures d'elle.

Stupide ! Stupide ! Stupide !

– Nick ?

Bernard s'avance vers lui, inquiet.

– Est-ce que tout va bien ?

– Anna est à l'hôpital. Je dois y aller.

Bernard reste comme stupéfait un bon moment, puis il réagit.

– Je te conduis à l'aéroport.

Plusieurs des coéquipiers de Nick l'assurent de leur sympathie, mais il les entend à peine.

Nick s'installe dans la voiture de Bernard pendant que son ami fait vrombir le moteur. Ils sortent en trombe du parking pour rejoindre l'aéroport.

Ses doigts malhabiles pianotent sur son téléphone pour réserver le premier vol en partance, ce qui signifie qu'il devra changer d'avion à Paris.

– Merde ! Je peux être très vite à Paris, mais il n'y a pas de vol pour Heathrow avant demain matin !

Il grimace, sa frustration, son angoisse sont douloureusement visibles.

– Et si tu prenais l'Eurostar à Paris ? Ça pourrait marcher, dit Bernard.

Nick sent un frisson glacé l'envahir. S'il perd Anna, il se perd. Il ne peut pas la perdre. C'est impossible.

Toutes les conneries de l'année passée, tout ce qu'il lui a fait subir… pourquoi ne sont-ils pas ensemble en ce moment ?

Pourquoi est-il en France alors qu'elle a besoin de lui à Londres ?

Comment peut-il être aussi égoïste ?

Il s'efforce de se concentrer sur les horaires de train, sur le temps que va lui prendre la connexion. C'est juste, très juste. Mais si la chance est de son côté… Il achète tout de même le billet en espérant que les dieux seront avec lui.

Il appelle sa mère. Elle répond immédiatement.

– Bonjour mon chéri ! Quelle bonne surprise ! Comment vas-tu ?

– C'est Anna, dit-il la gorge serrée. On l'a emmenée à l'hôpital. Je ne sais pas… ça a l'air sérieux. Je suis en route pour Londres.

Il y a un silence sidéré.

– Oh Nick ! Je suis désolée ! Que pouvons-nous faire ?

– Je ne sais pas… Je ne pense pas qu'il y ait quoi que ce soit à faire… elle est entre les meilleures mains qui soient. Il faut juste que j'y aille.

Il se sent totalement impuissant.

– Tu as prévenu sa mère ?

Nick hoche la tête, bien que sa mère ne puisse pas le voir.

– Brendan l'a appelée. Elle prend le premier vol depuis JFK. Écoute, tu peux le dire à papa et Trish pour moi ?

– Oui, bien sûr, mon chéri. Essaie de ne pas trop t'inquiéter. Non, c'est idiot, je sais que ça va être le cas jusqu'à ce que tu la voies. Fais attention à toi. Embrasse très fort Anna pour nous et dis-lui de prendre soin de mes petites-filles !

La voix de sa mère est tellement réconfortante, qu'il est content de l'avoir appelée. Même si elle ne peut pas faire grand-chose.

Nick se sent impuissant. Toute sa force, toutes les heures passées en salle de gym pour développer cette force sont inutiles, inutiles. Il ne peut pas aider Anna. Il ne peut rien faire. Nick se renfonce dans son siège en appuyant ses paumes de main sur ses yeux pendant que les kilomètres défilent, beaucoup trop lentement.

À l'aéroport, Bernard explique en quelques mots la situation de Nick et son absence de bagages. Les employés de la compagnie aérienne passent en une seconde d'un aspect légèrement hostile à un autre, tout à fait compréhensif et serviable, et Nick commence son long voyage de retour à Londres.

Anna a peur. Tout est arrivé si vite : elle était en train de faire la fête avec Jason et Brendan, et l'instant d'après, elle se retrouve aux urgences de l'hôpital Royal Free à Hampstead.

Elle serre ses mains sur son ventre et s'efforce de respirer calmement. Des larmes coulent sur ses joues.

Jason la dépose sur une chaise et la force à le regarder.

– Tout va bien se passer, OK ?

Brendan serre son épaule presque trop fort, il respire aussi difficilement qu'elle.

Anna hoche faiblement la tête.

Il y a tellement de gens aux urgences, la salle d'attente est bondée. Jason s'avance, il demande à ce que quelqu'un l'examine.

– On a besoin d'aide ! Elle attend des jumeaux et elle a des vertiges, elle peut à peine tenir debout !

Une infirmière arrive, sa présence est immédiatement rassurante.

– D'accord. Donnez-moi quelques détails. Vous voyez des taches ?

– Non, chuchote Anna.

– Ok, c'est un bon début, et elle prend le pouls d'Anna sans rien laisser transparaître.

Anna est emmenée en fauteuil roulant jusqu'à un lit entouré de rideaux, dans l'unité de diagnostic médical, pendant que l'infirmière prend ses coordonnées. Ensuite, ils patientent pendant qu'elle serre ses mains sur son ventre et parle tout doucement à ses bébés, en les suppliant de ne pas la quitter, en les suppliant d'aller bien.

Finalement, une autre infirmière reprend sa tension et bien qu'elle soit très élevée, elle assure à Anna qu'elle semble être hors de danger immédiat. Une troisième infirmière lui prend un échantillon d'urine pour vérifier qu'elle ne contient pas trop de protéines, ce qui apparemment n'est pas bon. La deuxième infirmière revient, équipée d'un matériel d'échographie et le dépose là sans rien dire.

Et finalement, plus d'une heure après leur arrivée, ils voient un médecin entrer. Il repousse les rideaux tout en étudiant un ensemble de notes.

– Mes bébés ? Ils vont bien ?

Le médecin sourit, se présente et s'assied à côté d'Anna pendant que Brendan et Jason se lèvent.

– Jetons un coup d'œil, d'accord Madame Scott ?

Il lui met une bonne giclée de gel froid et Anna retient son souffle, agrippée comme une folle à la main de Brendan, pendant que le médecin appuie la sonde sur son ventre. Immédiatement, les deux battements de cœur retentissent dans la petite cabine.

Des larmes de soulagement ruissellent sur les joues d'Anna. Brendan, lui aussi, a les yeux rouges. Jason embrasse la petite croix en or qu'il porte autour du cou.

– Vous serez heureux d'apprendre que tout semble aller très bien là-dedans. Je vais juste vous faire un examen pour être complet.

– Qu'est-ce qui ne va pas chez moi ? Je me demandais… est-ce que vous allez vérifier si c'est une pré-éclampsie ?

Le docteur a un gentil sourire.

– Vous avez une formation médicale ?

– Oui, mais je n'ai pas pratiqué depuis longtemps.

– Eh bien, je suis d'accord avec votre diagnostic. Les symptômes de pré-éclampsie peuvent paraître très graves, et même si dans de nombreux cas ils sont bénins, cette maladie peut entraîner de graves complications pour la mère et le bébé si elle n'est pas surveillée et traitée.

– J'ai été à tous mes rendez-vous de contrôle, dit Anna, sur la défensive.

– Bien, maintenant que nous connaissons le problème, nous pouvons le traiter, dit le docteur sur un ton apaisant. Le fait d'être enceinte un peu tardivement et d'avoir des jumeaux peut augmenter le risque de pré-éclampsie.

Anna grince des dents.

– Ce sont des bébés par FIV ?

Anna secoue la tête.

– Nous allons commencer par vous donner une faible dose d'aspirine et voir ce que ça donne.

– Mes bébés, vous êtes certain qu'ils vont bien ? demande Anna qui a besoin qu'on la rassure encore.

Le docteur le confirme, avec un calme qui apaise Anna.

– Il n'y a aucun signe de détresse. Il va falloir qu'on vous garde pour vous surveiller, afin d'en être parfaitement sûrs. Mais tout semble aller bien.

– Vous êtes sûr ? Absolument sûr ?

Anna s'énerve, mais Brendan lui prend la main pour l'aider à se calmer. Elle aurait préféré que ce soit Nick qui le fasse.

Brendan semble lire dans ses pensées.

– Il sera bien tôt là, Anna. Il est en route.

Il ne leur faut pas moins de quatre heures pour trouver un lit pour Anna. Quatre longues heures épuisantes où elle reste allongée sur un brancard étroit dans un couloir des urgences, pendant que Brendan et Jason tentent de trouver des fauteuils pas trop inconfortables.

Finalement, Anna est admise dans une chambre avec cinq autres femmes, dont une dame âgée qui souffre visiblement de démence et pleure à intervalles réguliers. Même si c'est la nuit et qu'elles sont censées se reposer, des alarmes retentissent et des infirmières entrent et sortent en parlant à voix haute.

Anna finit par être déplacée dans une chambre individuelle. Épuisée et toujours inquiète, elle s'endort.

Brendan et Jason sortent de sa chambre sur la pointe des pieds.

***

Anna se repose, ou du moins tente de le faire. Le lit d'hôpital est dur, elle n'arrive pas à être à l'aise. Mais le lendemain matin, elle se sent beaucoup mieux.

– Tu gamberges trop, Annie, lui dit Brendan, sur un ton gentiment critique. Tu es censée te reposer.

Elle soupire, puis roule sur le dos. On lui a conseillé de s'allonger sur le côté gauche pour diminuer la pression sur certaines veines qui peuvent contribuer à son hypertension.

Elle est si contente de voir Brendan, rasé de frais, qui sent divinement bon.

– Est-ce que je t'ai déjà dit récemment que je t'aimais ?

– Oui, mais un garçon ne s'en lasse jamais, répond-il en hochant la tête.

Il attrape la main d'Anna et la serre. C'est alors que Jason fait son entrée. Il leur sourit.

– Wouah, vous êtes trop mignons. Nick va être jaloux !

Brendan lui rend gentiment son sourire.

– En fait, j'ai entendu les infirmières se demander lequel d'entre nous était le père, ou bien si nous étions tous deux les papas et qu'Anna était notre mère porteuse.

Jason éclate de rire et fait mine d'embrasser Brendan qui prend un air horrifié.

– Embrassons-nous, alors !

– Oh non, je pourrais choper des poux hétéros !

Et il se met à frissonner.

Jason fait la grimace.

– C'est parce que je suis noir, c'est ça ?

– Non, parce que tu es un sale hétéro. Ça pourrait être contagieux. Bon d'accord, je vais essayer juste une fois.

Jason se penche et embrasse Brendan à l'instant précis où une infirmière entre. Elle a un petit sourire, puis prend la tension d'Anna pour la millième fois.

Brendan se cache le visage pendant que Jason fait un clin d'œil à l'infirmière.

Leur petite comédie déride Anna. Mais rester coincée à l'hôpital ne l'amuse pas.

– Écoutez les garçons, c'est vraiment adorable de votre part d'être venus, mais franchement, je vais bien. Ils vont me garder encore quelques heures jusqu'à ce que l'obstétricien fasse sa visite. Je ne vais pas m'enfuir. Je pense que vous devriez rentrer chez vous.

Et elle soupire. Brendan prend un air horrifié.

– Quel genre de BFF t'abandonnerait en ce moment ? Quoi qu'il en soit, poursuit-il, encore légèrement ébouriffé après le baiser de Jason, et puis j'aime assez mon rôle de chevalier servant en armure chatoyante.

Jason hoche la tête.

– J'aime bien la façon de penser de ce petit gars. Il est chouette.

Ce qui est un immense compliment dans la bouche de ce géant. Les lobes d'oreilles de Brendan se mettent à rosir.

– Jason va rester jusqu'au moment où il faudra aller chercher Nick, et moi je ne vais nulle part. Nous avons scellé un pacte, mais sans notre sang, bien sûr.

Anna recommence à avoir les larmes aux yeux.

– Il est au courant pour la pré-éclampsie ? Tu lui as dit ?

– Bien entendu, Anna-banana. ! Je l'ai appelé la nuit dernière après ton admission. Quel genre d'assistant personnel serais-je sinon ?

Anna se force à sourire.

– Comment allait-il ?

– Il était soulagé de savoir que tu vas bien et que tes petits pains aux raisins s'accrochent. Il t'envoie tout son amour.

– Merci, renifle-t-elle.

– C'est reparti pour les grandes eaux ! soupire Brendan.

Anna rit et pleure en même temps.

– Je te déteste, Bren !

– Ce sont ses hormones, confie Brendan à Jason comme si elle n'était pas là. Regarde bien quand Nick va arriver, il n'aura pas la moindre chance. Elle va lui sauter dessus. Et fais attention à toi ! dit-il en jetant un coup d'œil en coin à Jason, j'ai bien souvent pensé à faire la même chose.

Nick arrive à l'hôpital stressé et énervé, les yeux brûlants de fatigue.

Le coup de fil de Brendan, lorsqu'Anna a été admise à l'hôpital, a calmé sa peur panique, mais il ne sera complètement rassuré que quand il la verra, quand il la tiendra dans ses bras.

En entrant dans la chambre, il voit Brendan assis à son chevet, endormi, et Anna qui le regarde avec un sourire très doux. Dès qu'elle voit Nick, ses lèvres se mettent à trembler.

– Je suis là, bébé, je suis là.

Nick ne sait pas comment la prendre, il a peur de lui faire mal, mais Anna lui tend les bras et il se penche à moitié de façon maladroite, en plongeant sa tête dans son cou, en le humant, tout en tentant d'oublier l'odeur de l'hôpital. Ils se tiennent ainsi longtemps, jusqu'à ce que le dos de Nick lui fasse mal. Quand il se relève, Brendan s'est éclipsé. Ni l'un ni l'autre ne l'ont entendu partir.

Nick s'effondre dans le fauteuil de Brendan avec gratitude, en tenant toujours la main d'Anna dans la sienne.

– Comment te sens-tu ?

– Plus ou moins enceinte, lui répond-elle avec un sourire ironique. Je pense qu'ils se souviendront de moi à *Soho House*, je sais faire une sortie.

Nick n'est pas encore d'humeur à rire, il est toujours très inquiet.

– Que disent les médecins ?

– Que je peux rentrer aujourd'hui à la maison, mais que je dois rester allongée les pieds en l'air et éviter de stresser. (Elle a un rire las.) C'est assez ironique, quand on pense que je fêtais le fait de ne plus être stressée quand tout ça est arrivé.

– Putain, je vais tuer Molly, grogne Nick, le regard noir.

– Elle m'a rendu service, dit doucement Anna.

– Quoi ?

La voix de Nick résonne dans la petite pièce.

– Sérieux. Sans ça, j'aurais pu continuer à penser pendant des semaines que ce que je ressentais était parfaitement normal.

Nick fronce les sourcils.

– Tu ne m'avais pas dit que tu te sentais mal.

– La grossesse, c'est une longue suite de désagréments. Mes hormones sont folles, et mes émotions sont complètement bizarres. Je me suis mise à pleurer en voyant une aubergine. J'étais tellement navrée pour elle !

Nick cligne des yeux.

– Hein ?

– Je sais ! Ça n'a aucun sens, mais j'essaie de t'expliquer. Et en plus, tes chevilles et tes poignets gonflent. Il y a un mois, j'ai dû abandonner mes chaussures d'avant ma grossesse. Tu as des gaz, des migraines et une envie bizarre de tartines de Reese's Pieces fondu sur du pain grillé.

Et elle ne mentionne pas les hémorroïdes qui commencent à la démanger, la constipation, les brûlures d'estomac, les suées la nuit, sans parler de l'envie permanente de faire pipi.

– Il y a tous ces trucs qui arrivent à ton corps, alors j'aurais continué à penser que j'allais bien, mais voir Molly m'a forcée à atterrir ici et maintenant ils vont continuer à me surveiller. Et je ne vais plus penser une seule seconde à elle.

– Mais elle…

– Je le pense réellement, Nick ! Je ne veux plus jamais entendre le nom de cette femme.

Nick cède à contrecœur.

– D'accord. (Il marque une pause.) Tout va bien ? Toi et les bébés, vous allez bien ?

– Nous allons bien.

Un autre médecin, plus âgé, arrive avec celui qui a assuré la garde de nuit.

– Bonjour, Anna. Comment vous sentez-vous ?

– Bien mieux. Un peu fatiguée. Voici mon fiancé, Nick.

Le docteur lui sourit, avant de se concentrer sur Anna.

– Bon, les bonnes nouvelles, c'est que le taux de protéine dans votre urine a baissé, ainsi que votre pression artérielle. À présent, Anna, il faut que vous ralentissiez sérieusement. Vous êtes une mère d'un certain âge (Anna sourit à cette piqûre de rappel) et vous portez des jumelles. Ces deux facteurs augmentent votre risque d'avoir une pré-éclampsie, mais en ayant des contrôles réguliers, en évitant la nourriture industrielle et le café et en vous reposant beaucoup, tout se passera bien. Si jamais vous avez la nausée, des troubles de la vision ou du mal à respirer, vous revenez immédiatement.

En voyant la tête de Nick, Anna comprend qu'elle va avoir du mal à le convaincre que tout ira bien. Quand il est arrivé, il semblait porter le poids de la terre entière sur ses épaules.

Mais elle ne s'est jamais sentie plus aimée.

Anna se remet du choc et de la peur qu'elle a ressentis, mais Nick sent son cœur s'emballer en songeant qu'il aurait pu leur arriver quelque chose, à elle et aux bébés. Que quelque chose pourrait encore leur arriver, quelque chose qui est hors de son contrôle. En pensant qu'il peut la perdre, sa poitrine se serre et il a une violente poussée d'adrénaline. Mais il n'a personne contre qui se battre, aucun moyen de la défendre.

Il essaie d'assurer devant elle, mais intérieurement il est effondré.

Chaque fois qu'il la regarde, son cœur se serre. Il se rappelle qu'il aurait pu la perdre.

Même quand Anna obtient l'autorisation de rentrer plus tard ce jour-là, il est sur le point de faire une crise de panique en quittant la pièce où elle se trouve, et revient vérifier et revérifier qu'elle va bien. Il insiste pour acheter un tensiomètre sur le chemin du retour, et lui prend sa tension toutes les heures. Il sait qu'il commence à l'ennuyer, mais il ne peut pas s'en empêcher.

– Nick, je vais prendre un bain, lui dit Anna.

– D'accord, je vais te le faire couler.

Il l'entend lui rappeler qu'elle est tout à fait capable de se faire couler son bain, mais il est déjà en train d'ouvrir les robinets. Puis il se retourne et examine son reflet dans la glace.

Calme-toi. Elle va bien. Les bébés aussi. Les médecins ne l'auraient pas laissée rentrer si elle n'allait pas bien.

Il inspire un bon coup en humant le léger parfum d'Anna dans la salle de bains.

Lorsque la baignoire est à moitié pleine, il verse une dose du bain moussant préféré d'Anna et regarde la mousse se former.

Il a horreur de se sentir faible, et voir Anna sur un lit d'hôpital lui a rappelé des mauvais souvenirs d'une autre époque où il avait été faible, où il ne pouvait plus rien contrôler.

Comment puis-je gérer cela ? Comment réfréner cette peur ?

Nick descend les escaliers pour prévenir Anna que son bain est prêt. Il la regarde se lever et monter lentement les escaliers, comme si chaque pas l'épuisait. Il voudrait la porter, mais les dernières vingt-quatre heures lui ont appris à être calme, à rester zen, comme dit Anna.

C'est sacrément difficile.

Son rythme cardiaque ralentit peu à peu lorsqu'elle s'allonge dans l'eau tiède en soupirant, que ses yeux bruns chaleureux plongent dans les siens et qu'elle lui tend une main pleine de mousse.

– Nous sommes déjà trois dans cette baignoire, tu penses qu'on tiendrait à quatre ?

Il lui sourit, ses yeux se mettent à briller. Il se déshabille en deux secondes et se coule dans l'eau tiède avec délice.

Anna s'avance pour qu'il puisse s'asseoir derrière elle et étirer ses grandes jambes de part et d'autre de son dos.

Ses cheveux humides lui chatouillent la poitrine quand elle se penche en arrière en fermant les yeux.

– À quoi tu penses ? murmure-t-elle.

Par où est-ce que je commence ?

Nick n'arrive pas à sortir un mot, avec tout ce vacarme qu'il y a dans sa tête.

– Ils vont me faire un examen toutes les quatre semaines à partir d'aujourd'hui, pour vérifier que tout va bien, et j'aurai des visites prénatales tous les quinze jours Ça va aller. Si je pense qu'il faut que tu t'inquiètes, je te le dirai. L'avenir nous le dira.

Elle marque une pause.

– Tu sais, il y a de grandes chances que j'aie besoin d'avoir une césarienne. Ce n'est pas sûr à 100%, mais c'est une éventualité à laquelle il faut nous préparer.

Nick déglutit, mais n'exprime pas ses craintes. Il lui caresse les cheveux et se penche pour l'embrasser sur la tempe.

Anna sourit.

– Ils n'ont pas encore décidé, mais si c'est le cas, j'aurai du mal à porter les bébés après leur naissance. J'aimerais que ma mère puisse rester un peu. Tu es d'accord ?

Nick ferme les yeux. S'occuper d'Anna, c'est son boulot. Il déteste que la mère d'Anna prenne la relève.

– Oui, bien sûr, mon amour, tout ce que tu veux.

– Merci. Je suis tellement contente qu'elle arrive demain. J'ai vraiment hâte de la voir.

Anna reste silencieuse un moment.

– J'ai eu peur. Vraiment peur.

– Je sais, dit-il d'une voix lente. Moi aussi. Mais tout va bien se passer.

Et il espère qu'à force de dire ça, il finira par y croire.

CHAPITRE 33

Nick a eu dix jours de congé, dix jours précieux pour fêter Noël et profiter de son séjour à Londres en compagnie d'Anna et de sa famille.

Les médecins l'ont renvoyée chez elle, mais ont ordonné du repos, ce que Nick prend très au sérieux. Il refuse de laisser Anna porter quoi que soit de plus lourd qu'une tasse de thé.

En ce matin de Noël, il est couché, en train d'écouter les glouglous du chauffage central. Il s'est réveillé il y a des heures et regarde Anna dormir, en admirant son profil.

Sa respiration est lente et profonde, et la voir si paisible le rassure. La terreur face à l'inconnu lui a donné l'impression de dériver à nouveau, sans attache, mais Anna est son ancre, elle le protège lorsque ses peurs le malmènent. Il respire avec elle, en cadence, pour surmonter la panique qu'il sent monter en lui.

Il se met à faire mentalement la liste des choses qu'il lui reste encore à faire. Ils ont déjà acheté en double tout ce qui est nécessaire pour les bébés. Grâce au shopping en ligne, ils ont dégotté une poussette de luxe à deux places, la formule 1 des poussettes avec des roues très larges pour qu'il puisse emmener les jumelles courir avec lui.

Il a repeint une des chambres en couleurs neutres, parce qu'Anna a insisté pour qu'ils ne préprogramment pas les filles avec du rose.

Depuis la pièce au bout du couloir, il entend la porte s'ouvrir et la mère d'Anna monter les escaliers.

Nick se glisse hors du lit, enfile un jogging, des chaussettes et un tee-shirt à manches longues, puis il descend la rejoindre pour prendre une tasse de thé avec elle.

Malgré les mois qu'il a passés aux États-Unis et en France, il préfère toujours un bon thé au petit déjeuner. Il trouve Susie devant la machine à café.

– Bonjour Nick, j'espère que je ne t'ai pas réveillé ?

– Non, je suis réveillé depuis plusieurs heures, admet-il en haussant les épaules.

Elle lui sourit avec sympathie.

– Je te conseille de dormir autant que tu peux pour l'instant ! Je ne crois pas qu'Anna a fait ses nuits avant l'âge de trois ans.

Nick grimace et Susie lui tapote la main avec bienveillance.

– Bon, et si tu me disais pourquoi tu n'arrives pas à dormir ?

Il pince les lèvres et retourne remplir la bouilloire.

– Je n'ai pas beaucoup dormi depuis qu'elle est rentrée de l'hôpital.

La mère d'Anna lui attrape la main et la serre dans la sienne.

– Oh, Nick.

Elle fixe sa tasse à café et soupire en buvant son breuvage.

– Est-ce qu'Anna t'a dit que j'avais fait de la pré-éclampsie lorsque j'étais enceinte d'elle ?

– Non ! répond-il, sidéré.

– Ça a l'air terrifiant, et bien sûr, si ça n'est pas traité, ça peut être dangereux, mais à présent qu'Anna est surveillée de près, tout va bien se passer.

Elle lui jette un coup d'œil par-dessus sa tasse à café.

– La dorloter, ce n'est pas ce dont elle a besoin pour l'instant.

Il fait grise mine.

– C'est ça que je fais ?

Susie lui lance un petit sourire.

– Peut-être juste un peu. Ma fille est intelligente. À présent, elle sait qu'elle doit vraiment se reposer vraiment. Elle va faire ce qu'il faut. Avez-vous décidé comment vous allez gérer vos déplacements et votre façon de vivre dans les mois qui viennent ?

Nick hoche la tête.

– Anna ne doit pas venir en France. Je reviendrai aussi souvent que possible et…

Susie soupire.

– Je t'ai demandé si vous aviez décidé quelque chose tous les deux.

Nick marque une pause.

– Le médecin a dit qu'elle a besoin de repos.

– Oui, mais seulement pendant quelques semaines, jusqu'à ce qu'ils stabilisent sa tension artérielle, pour qu'elle puisse reprendre son rythme de vie en douceur.

Elle le regarde par-dessus sa tasse de café.

– Laisse Anna choisir son rythme.

– Elle vous a dit quelque chose ?

– Je te suggère juste d'en parler avec elle, répond diplomatiquement Susie. Demande-lui ce qu'elle veut et ce qu'elle pense pouvoir faire. Passer du temps avec toi dans le Sud de la France pourrait très bien être ce dont elle a besoin, loin de l'agitation de la vie urbaine. Songes-y.

Elle ajoute en souriant :

– Oh, et Nick ? Joyeux Noël !

Il lui rend son sourire.

– Joyeux Noël, Susie.

Brendan arrive deux heures plus tard, apportant avec lui une bouffée d'air glacé et un rire contagieux.

– Que la fête commence ! Nana-banana, tu es magnifique !

Et il embrasse la mère d'Anna, puis Anna et Nick, avant d'entrer dans le salon déposer un monceau de paquets sous le petit arbre de Noël.

– Mon Dieu, j'ai vraiment besoin d'un sherry !

Anna hausse les sourcils

– Un sherry, vraiment ?

– C'est rétro, je sais, et je n'en bois qu'à Noël. (Il a un grand sourire.) C'est Greg qui me l'a offert, il m'a dit que c'est tellement anglais que ça lui fait penser à moi.

– Tu aurais pu l'inviter, Bren, lui dit gentiment Anna.

– Non, il voit sa famille et… il va leur parler de moi, ajoute-t-il avec un grand sourire.

Anna se met à applaudir.

– Oh ! Mais c'est génial ! Attends, tu es inquiet ?

Brendan hausse les épaules.

– Pas vraiment. Ils savent qu'il est gay, et ça leur va bien. Ils seront probablement plus choqués d'apprendre que je suis anglais.

Il se met à l'aise et sort une bouteille de dry Sherry de son sac, puis se met à en siroter en compagnie de Susie jusqu'à ce qu'ils soient tous deux un peu pompettes.

Peu après, les parents et la sœur de Nick arrivent. Ce n'est que la deuxième fois que les parents se rencontrent, mais heureusement, tout le monde s'entend bien. Tous rient aux singeries de Brendan, notamment à sa version du discours annuel de Noël de la reine à la nation.

Nick regarde sa famille. Tous ceux qu'il aime sont dans cette pièce. Il ressent soudain une profonde paix intérieure.

Plus tard dans l'après-midi, il insiste pour porter Anna dans leur lit pour qu'elle fasse une sieste.

– Ne t'en va pas tout de suite, lui demande-elle. J'aime bien avoir du monde la maison, mais j'ai besoin d'un peu de temps seule avec toi.

Et elle tend sa main pour effacer les rides inquiètes sur son front.

– Ça va aller.

Nick ferme les yeux en s'étendant à côté d'elle, il l'entoure délicatement de ses bras costauds.

– Je sais. C'est juste…

Elle lui caresse les cheveux, son contact l'apaise.

– Il faut que tu essaies de ne pas t'inquiéter, Nick. Nous avons encore beaucoup de semaines à passer. Tu vas te rendre malade si tu continues comme ça. Les médecins vont me surveiller de près. Et je te promets que je serai raisonnable.

Ça le fait sourire.

– Je sais, mon chou. Je ne peux pas m'en empêcher. Quand Brendan m'a appelé… (Sa voix se met à trembler.) Je veux être ici avec toi. Je ne veux pas retourner à Carcassonne. Je vais rompre mon contrat et…

Anna lui saisit la main.

– Nick, non. Tu as travaillé tellement dur, et l'équipe commence à gagner des matchs. Tu as une bonne chance de parvenir en finale de la Coupe. Je ne veux pas que tu abandonnes.

Il se redresse sur son coude et croise son regard.

– Toi et les bébés, c'est plus important que n'importe quel match de rugby. Je veux être là. Je ne veux pas refaire la même erreur.

– Chéri, tu ne peux pas me surveiller vingt-quatre heures sur vingt-quatre.

Nick semble sur le point d'argumenter.

– Cela ne serait bon ni pour toi ni pour moi, dit doucement Anna. Je vais me reposer autant que le voudront les médecins. Je vais écouter mon corps parce que je veux prendre bien soin de nos bébés. Mais Nick, je vais retourner travailler… Chuuut, laisse-moi terminer. Ce ne sera pas à plein temps et je prendrai toutes les précautions, mais ne rien faire, ce n'est pas une option. Tu me connais trop bien pour ne pas le savoir.

Nick soupire et se laisse retomber sur l'oreiller.

– Je ne sais pas quoi faire.

– Aucun de nous ne le sait. C'est une terre inconnue, mais on va s'en sortir. J'ai un contrôle la semaine prochaine, et le docteur peut nous aider à mettre un plan sur pied qui nous convienne à tous les deux, qu'en dis-tu ?

Nick ferme les yeux et acquiesce.
– Okay.

***

Pendant les semaines et les mois qui suivent, Nick compte les heures, pendant que les Cuirassiers grimpent les échelons en championnat et que le ventre d'Anna progresse en volume.

À contrecœur, il a accepté de retourner en France en tant que capitaine de son équipe, mais son esprit est à Londres. Ils ont réalisé que trop voyager ne serait pas bon pour Anna, alors cette fois, c'est Nick qui passe ses jours de congés à prendre des avions. Parfois Grégoire l'accompagne et loge chez Brendan, à Hoxton.

Anna est contente de voir son ami si heureux et croise les doigts pour que ça ne se termine pas mal. Elle est aussi devenue très proche de Greg.

Nick accompagne Anna à ses rendez-vous à l'hôpital aussi souvent que possible, les différentes échos ont montré que les bébés sont en parfaite santé et se développent à un bon rythme. L'obstétricien a recommandé à Anna d'accoucher par césarienne et elle a fini par accepter. La date est fixée au 15 avril, et Nick est soulagé de connaître la date de naissance de ses filles.

Il est à Londres avec Anna lorsque le *Vogue Hommes International* sort, et il doit bien reconnaître que la couverture est superbe. Il porte un costume, mais sa chemise est ouverte, dévoilant juste un peu de tatouage, et il fixe la caméra, le regard concentré et intense, avec son œil au beurre noir.

– Tu as l'air chaud, dangereusement chaud… ou chaudement dangereux, insiste Brendan en feuilletant les autres photos du reportage à l'intérieur.

Puis il s'adresse en français à son compagnon, ce qui fait rougir Grégoire.

– Laurent va être jaloux du capitaine Nick, lance ce dernier en anglais avec un fort accent qui les fait tous rire.

– C'est très cool d'avoir un fiancé mannequin, le taquine Anna. Mais quand on lui demande des conseils de maquillage, on est super-déçue.

Nick la regarde avec un air faussement chagriné.

– Ouais, ouais. Mais j'ai vraiment aimé bosser avec Henri. C'est un type formidable.

Et il se met à masser les pieds gonflés d'Anna. Elle gémit de gratitude.

Sa queue aussi est gonflée de gratitude, mais il se dit qu'il ne faut pas trop qu'il pense à ça. Anna est très sélective quant à leur façon de faire l'amour ces derniers temps. Il faut faire exactement comme elle veut. Mais bon sang, qu'elle est sexy, toute ronde et pleine de bébés.

Il n'y a que quelques positions qui sont confortables pour elle.

– Tu as réfléchi à ce que tu vas faire de toutes ces photos que tu as prises en coulisses ? lui demande-t-elle, curieuse. Je pense que tu devrais monter un site portfolio, ça serait une bonne idée.

Nick hoche lentement la tête. Il n'est pas sûr que quelqu'un d'autre soit intéressé par ses photos du studio de Massimo, de Manhattan, de Miami et d'ailleurs. Mais Anna n'est pas la seule à l'encourager ; Brendan et Grégoire aussi lui disent qu'il devrait montrer son travail. Le présenter en ligne semble être une solution sûre, pas trop personnelle.

Une fois encore, Nick est en butte aux blagues de vestiaire de ses coéquipiers, mais cette fois, il sent une admiration sous-jacente qui l'amuse. Les joueurs français prennent très au sérieux leurs vêtements de marque. Et quand même, il s'agit de *Vogue*.

Il croule bientôt sous les propositions, et en accepte même une ou deux. Il fait un shooting sexy et amusant pour IconEzine, en posant en train d'enlever un costume sombre pour se retrouver en slip, ce qui donne une série de photos dans l'un des numéros les plus vendus à ce jour.

C'est libérateur de se rendre compte qu'il peut enfin choisir, et les Cuirassiers sont ravis de pouvoir bénéficier de sa célébrité croissante.

Brendan passe le plus de temps possible avec son petit ami, plus qu'avec le « vieux couple marié », comme il se plaît à appeler Nick et Anna. Il lui a promis qu'il serait à Londres avec elle quand Nick est absent, mais Anna sait que Grégoire manque terriblement à Brendan quand ils sont séparés.

Ça la rend folle de joie de voir l'amour grandir entre eux. Mais le temps passe de plus en plus vite et le moment de la césarienne approche.

***

Susie arrive à Heathrow pendant la trente et unième semaine de grossesse d'Anna, et les deux femmes passent leur temps à acheter des vêtements et des jouets de bébés, et de longs après-midi à bavarder quand Anna est trop fatiguée pour sortir. Elle est heureuse d'avoir sa mère à ses côtés, ce qui offre à Brendan quelques semaines précieuses en compagnie de Grégoire.

Deux jours avant la date fatidique, Nick arrive à la maison, très excité et plein d'énergie. Peut-être même un peu nerveux.

Anna se sent trop mal à l'aise pour avoir peur, elle aimerait juste que ses bébés sortent.

Ils se reposent dans leur chambre, Nick caresse son ventre énorme.

– Ça va aller, n'est-ce pas ? dit-elle doucement.

– Oui, et je vais dire deux mots à Beth et Ruby pour qu'elles sachent comment se comporter.

Puis il se penche et s'adresse à son ventre.

– Pas d'acrobaties avant votre naissance. Votre mère est un peu nerveuse.

Anna se met à rire et tire sur une mèche de ses cheveux indisciplinés.

– Je suis contente que tu sois là, dit-elle calmement.

Il la regarde avec ses yeux couleur miel remplis d'amour.

– Je ne voudrais être nulle part ailleurs.

***

Le matin de son opération, Anna, pâle et fatiguée, est allongée sur le canapé, ses pieds gonflés posés sur un coussin. Elle a mal dormi ces dernières nuits et est prête à accoucher.

Nick entre avec son sac d'hôpital et ses articles de toilette pour la nuit, ainsi que tout ce qu'on leur a demandé d'apporter.

– On a amplement le temps. Je vais juste mettre les sacs dans la voiture.

– Merci, lui dit-elle d'une voix épuisée.

Nick se penche sur elle pour déposer un baiser sur son crâne.

– On est ensemble, toi, moi et les jumelles, la famille.

– Alors, tu n'as qu'à les accoucher, grogne-t-elle.

– Je n'arrive pas à croire que ce soit allé si vite, dit Nick en ignorant sa mauvaise humeur. Aujourd'hui, nous allons faire connaissance avec nos filles. Je vais être papa. Moi ! Je n'ai toujours pas réalisé.

– Ouais, ben, tu as encore quelques heures avant que ça devienne bien réel, dit-elle en soupirant pendant que son ventre gargouille.

Elle n'a pas faim, ce qui n'est pas plus mal puisqu'elle n'a pas le droit de manger. Elle peut boire jusqu'à deux heures avant l'opération, c'est tout. Au moment précis où elle va le lui demander, Nick lui apporte un verre d'eau chaude et un autre comprimé contre les remontées acides. Elle l'avale sans effort.

– Comment tu te sens ?

Elle lève les yeux au ciel.

– Comme un vrai morse !

– Euh, non, tu n'as presque pas de moustache.

Elle le regarde de travers. Ce n'est pas un bon jour pour plaisanter.

Nick se tait. Il fait souvent ça ces derniers temps.

La mère d'Anna entre dans la pièce en arborant un sourire un peu hésitant.

– Prête à y aller ?

– Oh mon Dieu, plus que prête ! gémit Anna en acceptant l'aide de Nick pour s'extirper du canapé.

Le trajet jusqu'à l'hôpital est court, ils s'enregistrent un peu plus tôt que prévu. Anna est conduite dans une petite pièce et on lui rappelle d'ôter tous ses bijoux. Elle enlève sa bague de fiançailles et la donne à Nick pour qu'il la mette en lieu sûr. Elle déteste ne pas la porter.

– Ne t'inquiète pas, lui dit Nick, qui semble lire dans ses pensées. Tu la récupéreras dans quelques heures.

Le fait d'arriver en avance était censé laisser à Anna le temps de se détendre dans sa chambre, en fait elle est de plus en plus nerveuse.

– Ça va aller, bébé, dit-il calmement, au risque se faire rabrouer encore une fois, les médecins ont déjà fait ça des milliers de fois.

– Oui, mais pas moi ! aboie-t-elle. Mon Dieu, je suis désolée. Je suis juste anxieuse. Les jumelles aussi. Je le sens.

Elle frotte son énorme ventre. Nick et Anna se sont changés, ils portent des blouses et des chapeaux horribles. Nick a gardé son pantalon et de petites bottines en dessous, mais Anna est toute nue sous sa mince blouse en papier.

Nick ne lâche pas la main d'Anna quand le médecin passe leur expliquer la suite des opérations, en leur rappelant que c'est la routine et qu'ils sont les prochains sur la liste.

Anna déglutit et serre très violemment la main de Nick.

– Je serai tout le temps avec toi. Ne t'inquiète pas, tout ira bien.

L'équipe d'infirmières est venue la chercher. Elle sourit courageusement à Nick qui cligne des yeux en la suivant jusqu'au bloc.

– Re-bonjour, Anna, dit la sage-femme. Grimpez là-dessus.

– Je ne peux pas vraiment grimper, c'est plus comme porter un sac à patates. Un sac très lourd.

La sage-femme sourit.

– Eh bien, plus pour très longtemps. Bonjour, Nick.

Il se tient à l'écart, en souriant, le cœur battant.

– La table d'opération est légèrement inclinée sur le côté, explique la sage-femme. C'est pour que le poids de votre ventre n'appuie pas sur vos artères pulmonaires. Maintenant, nous allons vérifier que vous n'êtes pas anémique…

Il y a quelques vérifications de dernière minute, et l'angoisse d'Anna commence à grimper. Elle serre nerveusement la main de Nick.

– Tu vas très bien t'en sortir, lui dit-il calmement, avec un regard plein d'amour. Nous allons bientôt rencontrer nos filles.

– Ruby et Beth, murmura-t-elle.

– Oui, et elles vont être belles comme leur mère.

Anna ne se sent pas très belle, car on lui a fait une péridurale et on lui a posé une sonde urinaire.

Puis, pendant que Nick détourne le regard, on la nettoie avec de l'antiseptique et on la rase.

Nick se penche et lui murmure à l'oreille :

– J'ai toujours rêvé de te voir avec un maillot brésilien.

Elle renifle et se met à rire.

– Je ne pense pas que c'est ça qu'ils ont fait. Mais je n'en suis pas certaine. Je ne sens plus rien là-bas en bas.

On passe un bandeau sur son bras pour surveiller sa tension artérielle, et on colle des électrodes sur sa poitrine pour vérifier son rythme cardiaque. Nick est content d'y échapper, son cœur bat à toute vitesse, même si personne ne peut s'en douter en le regardant.

Enfin, un drap est installé sur la poitrine d'Anna pour que ni l'un ni l'autre ne puisse voir le champ opératoire.

– Vous pouvez demander qu'on le baisse quand les bébés vont naître, les rassure la sage-femme.

L'anesthésiste hoche la tête et la chirurgienne regarde Anna à travers ses lunettes.

– Je commence, dit-elle d'une voix claire. Vous allez entendre des bruits d'éclaboussures quand je vais aspirer le liquide amniotique, et vous pourrez peut-être sentir un peu de pression et de tiraillement lorsque nous sortirons vos bébés.

Anna sourit courageusement sans quitter Nick des yeux. Il serre sa main quand la chirurgienne commence. Il ne la quitte pas du regard. Elle cligne des yeux, son front se plisse.

– Tu t'en sors bien, murmure-t-il. Tu t'en sors très bien.

Nick pensait qu'il serait anxieux, mais maintenant que ça arrive enfin, il est plus excité qu'autre chose.

Une partie de son esprit est présente, avec Anna, ressentant presque ce qu'elle ressent, pendant que l'autre partie tente d'intégrer l'idée que bientôt, très bientôt, il sera père, le père de quelqu'un. De deux bébés minuscules, ce qui est une énorme responsabilité. Deux petits êtres à protéger, surveiller, regarder grandir. Tout cela l'excite au plus haut point.

Anna accentue la pression de sa main comme pour lui demander à quoi il pense.

Et puis le miracle numéro un arrive, et un petit bébé violacé au visage tout tuméfié, tout écrasé, est enroulé dans une couverture et posé dans les bras de Nick. Il se penche et montre la petite fille à Anna qui lève un doigt tremblant jusqu'à la joue soyeuse de bébé, presque effrayée à l'idée de la toucher.

– Oh mon Dieu, se met-elle à pleurer à chaudes larmes. Oh mon Dieu ! Bonjour Ruby, murmure-t-elle. Oh Nick ! Elle est parfaite ! Elle a tes yeux !

Nick hoche la tête, écrasé par l'amour qu'il ressent pour ce petit être.

– Bonjour Ruby. Papa est là. Bienvenue dans mon équipe.

Anna rit en entendant pour la première fois la voix qu'a Nick quand il s'adresse à un bébé.

Ruby miaule comme un chat pendant qu'il tient son petit corps contre sa poitrine. Puis une infirmière souriante enveloppe le nouveau-né dans une couverture spéciale pendant qu'Anna gémit :

– Où l'emmenez-vous ?

– Elle a besoin de chaleur à présent, répond gentiment la sage-femme, et je dois faire son score Agpar. Les bébés nés sous césarienne sont toujours un peu plus froids. Elle va très bien, ne vous faites pas de souci.

Nick a l'impression qu'il va se faire du souci pendant les dix-huit années suivantes, et probablement même pendant tout le reste de sa vie.

Soudain, une alarme se met à biper et tout le personnel médical se met à s'agiter. On repousse Nick.

– Qu'est-ce qui ne va pas ? Que se passe-t-il ?

Mais ses paroles se perdent dans le flux du jargon médical.

– Nick !

La voix d'Anna est paniquée. Nick lui presse l'épaule pour la soutenir.

– Ça va aller.

Ses paroles sont apaisantes, mais sa gorge se serre. Lui aussi a peur.

Quelque chose ne va pas.

Les moniteurs se mettent à sonner jusqu'à ce que la chirurgienne crie qu'il faut les débrancher. Elle fronce les sourcils et elle grogne, alors qu'Anna ressent une étrange sensation de tiraillement dans son ventre.

On lui plaque un masque à oxygène sur la bouche, mais ses yeux remplis d'effroi sont rivés sur ceux de Nick. Lui sent la panique l'envahir, mais il doit tenir bon pour Anna.

Que se passe-t-il ? Que se passe-t-il ?

La chirurgienne reprend la parole d'une voix calme.

– La voilà ! dit-elle. Oh, toutes mes excuses, mon petit. Il semble bien que nous ayons un garçon.

– Quoi ? lancent Nick et Anna d'une seule voix.

Mais le médecin n'a pas menti. C'est bien un tout petit garçon au visage fripé que l'on dépose dans les bras de Nick.

– Oh !

Anna en a le souffle coupé.

Nick fixe le bébé en se disant qu'il a le nez et le menton d'Anna et, effectivement, un petit pénis miniature.

Un fils. J'ai une fille et un fils. C'est parfait. Mes bébés sont parfaits. Comment est-ce que ça se fait que j'aie tellement de chance ?

– Je ne peux pas t'appeler Beth, petit bonhomme, dit-il en pensant aux noms que lui et Anna avaient choisis, des mois plus tôt.

Il regarde Anna en souriant.

– Qu'est-ce que tu dirais de Phénix ?

Elle rit, sourit et pleure en même temps.

– Ce serait parfait !

Petit Phénix est emporté pour subir à son tour les tests, mais la sage-femme leur assure que tout va bien.

On enlève son placenta à Anna, puis on la recoud avant de la nettoyer et de l'emmener en salle de réveil.

Lorsqu'elle est enfin autorisée à regagner sa chambre, elle trouve Nick et Susie, les bébés dans les bras.

Susie a été aussi surprise qu'eux quand elle a appris qu'elle avait une petite-fille et un petit-fils, alors qu'elle attendait deux petites-filles.

– Tu avais raison pour les vêtements neutres, dit-elle à sa fille épuisée. Tu as bien fait ma chérie.

Anna s'endort pendant que Nick admire les petits êtres humains qu'il a contribué à créer.

Ses parents avaient prévu de venir, mais ils sont empêchés par un accès de grippe. Ils toussent et crachent leur bonheur lorsqu'il les appelle et Trish promet de leur rendre visite très vite.

Nick est fasciné par les petits doigts et les petits orteils du petit garçon. Un véritable raz-de-marée d'amour le submerge. C'est terrifiant et merveilleux à la fois, mais quand les larmes ruissellent sur ses joues, Susie se contente de sourire intérieurement.

Ruby et Phénix, ces deux petits miracles nés des vies compliquées et d'un amour simple et facile, celui d'Anna et Nick.

Après tout ce qu'ils ont traversé, après le long chemin qu'ils ont parcouru, finalement, il a trouvé la paix. Il se sent béni. Et capitaine d'une nouvelle équipe.

Trois jours après avoir quitté l'hôpital, Anna et Nick sont chez eux avec leur nouvelle famille. On sonne à la porte. Nick ouvre, et Anna entend une courte conversation avant de le voir revenir avec un énorme bouquet de fleurs multicolores, tellement grand qu'il le dissimule complètement.

– Et bien ! C'est un sacré bouquet ! C'est de la part de qui ?

Nick fouille dans le feuillage et finit par trouver une petite carte accrochée à l'emballage.

– C'est écrit : « Félicitations. Molly »

Anna, surprise et confuse, dévisage Nick.

– Vraiment ? Tu penses que ça vient vraiment d'elle ?

Nick hoche la tête. Il a omis de dire que la carte dit aussi « pour Nicky et Anne ».

– Oui, ça vient d'elle. Elle n'a jamais rien pu faire discrètement.

Silence.

– Je suppose que non.

Anna hésite, ne sachant pas comment formuler sa question.

– Tu crois que c'est terminé à présent ? Sa vendetta ?

Nick hausse une épaule.

– Difficile à dire avec certitude, mais ouais, je crois.

Anna esquisse un demi-sourire.

– Ce sont de belles fleurs.

Nick fait la grimace.

– Bon d'accord, c'est ostentatoire et un peu moche, mais c'est un beau geste.

Nick hoche la tête.

– J'ai de la pitié pour elle, poursuit Anna. J'ai tout ce qu'elle désirait : des bébés, une carrière à la télé, une carrière d'écrivain… (Elle sourit à Nick.) Et je t'ai, toi… Bon d'accord, peut-être pas tout. Je n'ai pas son double D, même si depuis l'arrivée de Ruby et Phénix, mes seins sont énormes.

Nick lui fait un clin d'œil.

– Mais oui, j'ai tout ce qu'elle désire et elle semble si… amère.

– Molly en a toujours voulu plus : une plus grande maison, une plus belle voiture, de plus gros seins, des fringues de couturiers. Mais ça ne l'a pas rendue heureuse, pas vraiment. Parce qu'elle est en concurrence avec une idée qui n'existe pas.

– Tu es très philosophe. Très zen.

– Ah, peut-être. Mais même si nous étions restés ensemble, elle n'aurait pas été heureuse. Elle aurait voulu le fric et le cul de Kim Kardashian, et je pense qu'elle aurait envié n'importe quelle personne qui avait plus qu'elle. Tu as raison, elle n'est pas heureuse, mais ça n'a rien à voir avec moi. Elle n'a plus rien à voir avec moi, ou avec toi. Plus maintenant.

Anna sourit aux jumeaux endormis et à l'homme si beau dont l'amour l'a aidée à les mettre au monde.

Oui, elle a tout ce qu'elle désirait, et elle sait à quel point elle est chanceuse.

CHAPITRE 34

Contre toute attente, les Cuirassiers sont en finale. L'équipe qui risquait d'être reléguée en début de saison a gagné ses treize derniers matchs de l'année en remportant d'énormes victoires.

Ils sont dans la moitié supérieure du tableau de la ligue, leur domination permanente les a menés jusque-là.

Nick essuie la sueur qui dégouline de ses cheveux, en la repoussant sur son cuir chevelu. Son maillot lui colle à la poitrine. Il fixe le ciel d'un bleu implacable. Le soleil de fin mai lui brûle la nuque.

Les fans soutiennent à fond les Cuirassiers, et le vieux stade est plein à craquer.

Les fans deviennent dingues, ils hurlent, chantent la chanson de l'équipe de Carcassonne, le son retentit à travers tout le stade. Les fans de l'équipe adverse les contrent en hurlant leur propre chanson, ce qui donne un mélange inaudible. Nick vit l'instant, sent la foule, sent l'énergie qui s'en dégage. Pour son dernier match, il veut montrer tout ce dont il est capable sur un terrain.

Jusque-là, il a joué un grand match, et il sait que c'était la meilleure saison du club depuis vingt ans. Son club, son équipe.

Commentateur numéro 1 :

C'est une rencontre difficile, rude même, aujourd'hui entre Carcassonne et Limoux. Il ne reste plus que dix minutes de jeu et Carcassonne prend vraiment le dessus. Le capitaine Nick Renshaw et l'ailier Grégoire Dupont ont encore dominé, eux qui ont contribué à l'impressionnante « remontada » qu'a connue Carcassonne cette saison – c'est définitivement notre équipe favorite aujourd'hui.

Commentateur 2 :

Oui, Louis. Il semble incroyable que ce soit la même équipe que celle qui risquait la relégation en début de saison, défaite après défaite. Tout le mérite en revient à son capitaine. Mais revenons à l'action.

Commentateur 1 :

Complètement d'accord, Marcel. Le ballon est à Laurent Le Clerc. Il passe un adversaire, il repousse un autre… il fait le break, il n'a plus que l'arrière à battre. Grégoire Dupont l'appuie. Laurent garde le ballon et se fait tacler par l'arrière. Ouf ! Grégoire n'a pas l'air très content, Laurent a raté une excellente occasion de passer le ballon. Les fans de l'équipe adverse sont fous de joie. Alors que le jeu continue, tous deux ont des mots. Quel match cela nous prépare !

Nick s'est précipité entre Laurent et Grégoire pour les séparer.

– Calmez-vous tous les deux ! Nous avons encore le ballon. Allons-y !

Nick tente de se reconcentrer sur le match, mais il faut garder un œil sur ces deux idiots et c'est épuisant. Ils sont prêts en permanence à se sauter à la gorge. Comme d'habitude, c'est Laurent qui a commencé. Il aurait dû passer le ballon, tout le monde le sait.

***

Commentateur 1 :
Ce sont les cinq dernières minutes du match. Les équipes sont bloquées à 12/12. Ça peut tourner d'un côté ou de l'autre. Limoux est à l'attaque. Ils envoient au loin un énorme coup de pied en l'air et les joueurs de Limoux se ruent en avant, mais Renshaw les dépasse ! Il rattrape le ballon, et le voilà sur le terrain. Il évite un tacle, passa à Grimaldi. Il a l'air fatigué. Ses jambes sont lourdes. Mais regardez la concentration sur son visage ! Il en veut ! Il l'a mérité ! La foule est debout ! Elle crie son surnom, La Flèche, La Flèche !

Commentateur 2 :
Oui, il a l'air fatigué, mais il sait qu'il doit continuer ! Il passe sur l'aile, c'est la course entre La Flèche et l'ailier et l'arrière de Limoux. On dirait bien qu'ils vont le rattraper, mais l'ancien capitaine et entraîneur adjoint Bernard Dubois arrive en soutien. Il a une ouverture, il fait signe à son coéquipier. Renshaw fait une longue passe à Bernard. Il la récupère, il plonge ! Il marque !

Commentateur 1 :
Le stade est en folie ! Les fans sont debout ! Monsieur l'arbitre regarde sa montre, il lève son sifflet ! C'est terminé ! Carcassonne a gagné ! Qui l'aurait prédit il y a seulement six mois ? Quelle réussite ! Quelle histoire ! C'est à marquer dans les annales !

Nick rit, soulagé. Il applaudit, il acclame Bernard qui est porté sur les épaules de Russ et Grégoire pour faire le tour du stade, tel un héros conquérant.

En levant les yeux sur les banderoles qui tombent sur le terrain, les tambours, les trompettes, les chants, les fans, Nick sourit. Les Français savent vraiment comment célébrer une équipe gagnante.

Un groupe de fans a envahi le terrain. Ils enlacent les joueurs, ils pleurent, chantent. C'est un chaos total. Bernard serre Nick dans ses bras, il le remercie encore et encore d'être venu en France et de l'avoir aidé à remonter l'équipe. Nick le congratule, lui aussi, il comprend les émotions mélangées de

Bernard puisqu'ils ont joué leur dernier match ensemble, leur dernier match en tant qu'athlètes professionnels, leur dernier match pour cette équipe ou n'importe quelle autre.

Mais cette fois, Nick n'est pas triste. Il est content que ce soit terminé. Son corps est las et il sent le poids de la fatigue dans ses jambes. Son épaule lui fait mal et son talon d'Achille n'a jamais complètement récupéré. Il n'est plus aussi rapide. Jamais il n'a craint d'être blessé lorsqu'il était plus jeune. Mais malgré tout cela, il a le cœur léger et imagine pour lui un avenir nouveau, différent, en tant que père et mari, avec sa nouvelle équipe.

Ça a été une saison magique et il est fier de ce qu'il a accompli. Mais la magie a disparu, la passion ne brûle plus en lui. C'est un sentiment étrange.

Les joueurs ont commencé à jeter leurs maillots à la foule, une tradition à Carcassonne pour le dernier match à domicile de la saison.

Nick donne le sien à un jeune qui a assisté à tous les matchs, semaine après semaine, qui pleuve ou qu'il vente. Sûrement un futur joueur de Carcassonne.

– *Je vous remercie*[37] ! dit le môme, fou de joie que le capitaine lui ait donné son maillot.

– Pas de problème, petit, répond Nick.

Nick regarde derrière lui et aperçoit Grégoire qui offre son maillot à Brendan. Puis il se penche et ôte son short pour le donner, lui aussi, à son petit ami rouge écarlate, qui semble avoir perdu sa langue.

Nick s'arrête, regarde mieux. Il n'a jamais vu Brendan incapable de lancer une réplique impertinente, mais son sourire illumine le stade.

C'est alors que Grégoire se met à genoux.

– Pas possible ! murmure Nick. Mais oui, Grégoire demande sa main à Brendan sur le terrain.

---

37. En français dans le texte.

La foule et les coéquipiers de Grégoire le regardent, tout excités. Brendan met sa main devant sa bouche et reste muet, comme en état de choc.

Puis Nick le voit lever les deux mains au ciel et pousser un énorme cri.

– Oui ! OUI ! OUI ! Je vais t'épouser !

Brendan saute par-dessus la barrière. Il se jette dans les bras de Grégoire et ils s'embrassent. La foule crie et Nick lui aussi s'égosille, heureux pour eux deux.

Merde ! C'est une sacrée manière de terminer une finale, encore un truc à inscrire dans les annales.

Nick court les féliciter.

– C'est bon, repose-le par terre, Greg, rit-il.

– Félicitations les gars. Bren, tu devrais appeler Anna pour lui annoncer, déjà qu'elle est furieuse de pas être là aujourd'hui, si jamais elle apprend que Greg t'a fait sa demande…

– Oh mon Dieu ! Où est mon téléphone ? Il faut que je parle avec ma petite Anna-banana ! J'ai besoin de discuter costume de marié avec quelqu'un qui me comprendra.

Puis il se tourne et appelle Grégoire.

– Mon futur époux ? Et tes Speedos porte-bonheur ?

Grégoire rit et crie de joie.

– Je te les donnerai plus tard, si tu te tiens bien !

Brendan met ses mains en forme de cœur sur sa poitrine et articule silencieusement, « je t'aime ».

***

Ce soir-là, Nick célèbre la victoire avec ses coéquipiers, mais il sait que pour lui, c'en est réellement terminé. Il n'est pas blessé, il est encore en forme, mais il sait que le sport a perdu de son attrait pour lui, malgré le succès qu'ils ont remporté en club, les super-fans et sa vie dans un pays splendide. Il est le capitaine et il a super-bien joué pendant toute la saison.

Il n'y avait rien qui clochait, mais il ne se sent pas bien, pas sans Anna.

Nick regarde ses coéquipiers faire la fête autour de lui en soupirant. Il n'a pas envie d'être là. Il a envie d'être à la maison, avec Anna et les bébés. Il a envie de sentir leur incroyable odeur de bébé et de lait. Il a envie de la voir les allaiter, de les changer, de les regarder dormir.

Il sait qu'il a cherché quelque chose que ce sport ne pouvait plus lui offrir, mais au moins à présent il sait ce que c'était : la paix, un but. Dans un sens, il est le capitaine d'une nouvelle équipe : Anna, Ruby et Phénix. Euh, peut-être capitaine en second, c'est Anna qui commande.

Il n'a parlé à aucun de ses coéquipiers, excepté Bernard. Nick sait que son ami ne le comprend pas vraiment. Bernard a choisi de poursuivre sa carrière dans le rugby, même si ce n'est plus en tant que joueur. Et vue de l'extérieur, tout dans la vie de Nick semble lui réussir : capitaine d'une équipe française pleine de succès, des gagnants. Et tout cela lors de sa première saison. Du point de vue d'un rugbyman, on ne peut pas faire mieux.

Mais de l'intérieur, il sait qu'il a perdu sa passion pour le sport qu'il a aimé pendant si longtemps.

Mais ce n'est pas grave.

Parce qu'il sait où est sa place.

Toute la ville de Carcassonne est devenue dingue. Il y a une semaine entière de festivités, un festival incroyable de musique sur la place principale, un bus à impériale promène toute l'équipe à travers la ville avec le trophée.

Le maire félicite l'équipe et remet à Nick une plaque sur laquelle est gravé :

Nick Renshaw
La Flèche
Enfant de Carcassonne

Et les dates de ses victoires. C'est une fin de carrière mémorable pour Nick. Mais la partie qu'il attend avec le plus d'impatience ?

C'est son retour à Londres avec Anna et les bébés.

CHAPITRE

35

Quatorze mois plus tard…

Le soleil brûlant de juillet assaille Brendan, Susie, Nick, Anna et leur famille élargie lorsqu'ils atterrissent sur le petit aéroport. Anna et sa mère portent chacune un des jumeaux, qui pour l'instant dorment profondément, épuisés par une journée de voyage. Brendan et Nick vont chercher les bagages sur le tapis roulant. Brendan est soulagé de constater que sa valise est bien là et que sa tenue de mariage n'a pas été perdue.

Nick écoute Brendan lui décrire son costume, sa chemise, le nombre de fils de celle-ci, la coupe et les retouches avec un petit sourire, pendant qu'ils empilent les valises sur un chariot d'aéroport, puis trouvent enfin où les attend leur voiture de location, un minibus de huit places avec des fauteuils pour bébés.

– Oh mon Dieu, j'adore les mariages, raconte Brendan. Mais je ne suis pas sûr de m'amuser pendant celui-ci. Enfin je veux dire, si, bien sûr, et le discours du garçon d'honneur sera génial… (Il jette un coup d'œil en direction de Nick.) Je veux juste être déjà au moment où je vais en profiter.

Nick et Anna échangent un regard amusé. Après quinze mois passés à s'occuper des bébés et à les regarder grandir en bonne santé, ils commencent enfin à se détendre et à devenir des parents. À la maison, tout est réglé comme du papier à musique, même si c'est un peu moins vrai lorsque Nick est aux commandes, et la mère d'Anna a été d'une grande aide, elle s'est installée pendant les premières semaines difficiles, puis est restée pour profiter de ses petits enfants.

Les parents de Nick sont venus du Yorkshire au moins une fois par mois, et Trish aussi souvent qu'on réussissait à l'arracher à son nouveau petit ami, un père célibataire qui lui est rentré dedans par accident avec son caddy, au beau milieu d'un supermarché.

Nick a apprécié ses dernières semaines chez les Cuirassiers, d'autant plus qu'ils ont gagné le Top 14.

Mais Nick est prêt à devenir papa à plein temps, à Londres, plus mannequin de temps en temps. Les offres arrivent toujours, mais il est devenu beaucoup plus difficile et n'accepte de travailler qu'avec les photographes qu'il admire, à condition de ne pas partir trop longtemps de chez lui.

Il a également publié son portfolio sur les coulisses, sur son nouveau site Web et a eu des avis très positifs. Il envisage de poursuivre dans cette voie.

En plus, être père, c'est merveilleux, bien mieux que ce qu'il avait pu imaginer, mais également plus difficile et épuisant. Lui et Anna ont vraiment envie de vacances.

L'île grecque de Santorin sommeille sous le soleil de l'après-midi, l'air vibre de chaleur. Le paysage est accidenté, avec d'imposantes falaises déchiquetées et des petits villages accrochés aux flancs escarpés des montagnes. Les maisons cubiques blanchies à la chaux étincellent comme des morceaux de sucre.

Les plages sont belles et austères, de sable noir, restes d'une ancienne éruption volcanique vieille de milliers d'années, avec la mer Égée d'un bleu profond étincelant qui les borde.

Nick ressent un profond sentiment de paix en traversant lentement cette belle île. Même les bavardages incessants de Brendan l'apaisent, et il sourit pendant qu'Anna éclate de rire.

Les jumeaux sont déjà des voyageurs chevronnés, ils sont régulièrement allés dans le Sud de la France, dans le Yorkshire, et deux fois à New York. Mais il a très vite appris que chaque paire de bras supplémentaire est la bienvenue.

Il a également appris qu'il pouvait les calmer en jouant de la guitare, surtout Ruby, la plus fougueuse des deux. La masse de bagages qu'ils emportent partout est devenue une plaisanterie récurrente.

Nick roule vers le Nord, en traversant des champs ensoleillés, des rangées de pieds de vigne, rabougris mais croulant sous les grappes de raisin. Il continue à grimper jusqu'à ce que la voiture atteigne l'élégante façade blanche de l'hôtel Grace, perché en surplomb d'un ancien cratère volcanique, la Caldera.

Brendan sort de la voiture en une seconde, il se met à bondir d'excitation.

– Oh mon Dieu ! C'est encore mieux que sur la brochure ! J'ai hâte ! Je me demande si Greg est déjà là. Quelqu'un l'a vu ?

Mais la première personne qu'ils voient, c'est Bernard qui s'avance vers eux en short, chemise floue et tongs.

– Mes amis ! Je suis si content de vous voir ! Ces petits coquins m'ont manqué !

Et il prend Ruby pour lui faire un câlin, en la faisant se tortiller et pleurer d'indignation.

– Retourne avec ta maman, dit-il en la rendant à Anna à la hâte.

– Où est tout le monde ? demande Brendan.

– Par « tout le monde », il veut dire Greg, ironise Anna.

– Ah, les gars l'ont emmené en ville pour célébrer ça, sourit Bernard. C'est moi qui ai proposé de vous attendre ici. De toute façon, je préfère la solitude.

– Est-ce que Madeleine est venue avec toi ? demande Anna en faisant référence à la femme de Bernard qu'elle a très rarement vue.

– Elle est au spa, dit-il en faisant un signe de la main.

– Et Rémy ?

Bernard soupire.

– Il est resté avec sa grand-mère à Sèvres.

Nick ne fait aucun commentaire. Il sait que le mariage de Bernard est compliqué et que s'il veut voir son fils, il doit aller à Paris. Madeleine a d'abord suivi Bernard à Londres quand il est parti jouer avec les Phœnix de Finchley. Elle y a vécu pendant trois ans jusqu'à ce qu'elle tombe enceinte et insiste pour rentrer à Paris. Elle a refusé de se déraciner à nouveau pour aller vivre à Carcassonne. Elle n'a rendu visite à Bernard qu'une seule fois, pendant tout le temps que Nick a passé là-bas.

Nick remercie sa bonne étoile qu'Anna soit différente.

Il détache avec précaution son fils endormi du siège bébé et dépose un baiser sur son front humide. C'est Phénix le plus calme des deux. Sa sœur se réveille toujours la première, d'abord elle pleure de faim, puis elle s'ennuie, ou alors elle a besoin d'attention. Phénix s'assied avec un grand sourire et de la bave au menton, et joue gaiement avec ses orteils nus, comme s'ils représentaient un grand mystère pour lui.

Sentant la chaleur intense dans sa nuque, Nick attrape un petit bob blanc et le lui met sur la tête, en le regardant froncer un peu ses sourcils avant de se rendormir.

Un portier s'avance avec un chariot à bagages, et les charge tous au fur et à mesure qu'ils s'enregistrent.

L'hôtel est plein de joueurs de rugby, de leurs familles et d'autres célébrités, dont Russel et Natascha, sa petite amie très glamour ; la plupart des Cuirassiers ; les parents de Greg, son frère et sa belle-sœur ; et Inoke qui est seul. Même Jason Oduba est venu pour la cérémonie, accompagné de sa nouvelle fiancée. Lui et Brendan se sont liés d'amitié à l'hôpital, lors de la première hospitalisation d'Anna. Toutes les vingt et une chambres de l'hôtel ont été retenues par des invités au mariage, y compris une splendide villa un peu en retrait du bâtiment principal. Brendan et Grégoire ont craqué et l'ont retenue pour eux.

– C'est la suite lune de miel ? commente Anna quand on leur montre leurs chambres.

Nick lui sourit.

– Plutôt chouette, hein ?

Splendide serait un meilleur adjectif. Le large balcon leur offre une vue sur le flanc pentu de la montagne, jusqu'à la mer d'un bleu profond. Les rideaux blancs frémissent sous la brise, ce qui rend la chaleur supportable.

– Regarde ! Nous avons une petite piscine ! soupire Anna. C'est décidé. Je m'installe ici avec les jumeaux.

– Et moi ?

– Tu peux venir si tu me promets de changer toutes les couches.

– Je croyais que je le faisais déjà, marmonne-t-il dans sa barbe.

Anna fait celle qui n'entend pas.

Puis ils perçoivent un semblant d'agitation, quand un bus rempli de joueurs de rugby à moitié ivres s'arrête dans la cour de l'hôtel.

– Je crois que les garçons sont de retour, fait remarquer Anna, tu veux aller leur dire bonjour ? Je vais faire une sieste avec les bébés.

Nick a l'air d'hésiter, et Anna lui sourit.

– Nous serons toujours là à ton retour. Dis bonjour à Greg pour moi et surveille un peu Brendan.

Nick sourit, l'embrasse sur la joue, puis dépose un baiser très doux sur chacun des jumeaux avant de sortir.

Deux minutes plus tard, alors qu'elle s'endort, abrutie par la chaleur, il y a un petit toc-toc à sa porte et sa mère passe la tête à l'intérieur.

– Tu peux aller avec Nick si tu veux. Je serais ravie de garder les petiots. Ils sont tellement mignons.

– Merci maman, mais j'ai envie de rester allongée à ne rien faire. Tu veux te joindre à moi, et ne rien faire non plus ?

– Il n'y a rien qui me ferait plus plaisir que de ne rien faire avec toi.

Les deux femmes s'étendent sur des chaises longues sur le balcon à l'ombre d'un grand parasol, avec des verres d'eau embués sur une petite table.

Anna referme les paupières, un petit sourire aux lèvres.

– Tu es heureuse, ma chérie ? lui demande sa mère.

– Oui. Complètement.

– Nick semble heureux, lui aussi. Plus calme. C'est un bon père.

Anna ouvre les yeux et regarde sa mère.

– Oui, en effet. Il est bien plus laxiste que moi. Ce sera probablement moi qui devrai dire « ne mange pas de terre », ou « tu ne flirtes pas avant tes vingt ans », ce genre de choses.

Sa mère s'esclaffe.

– Oui, probablement. (Elle fait une pause.) Vous allez bien ensemble. Vous faites une super-équipe. Je suis heureuse pour vous.

Anna sourit.

– Cela me rappelle quelque chose que j'ai dit un jour à Nick : nous sommes plus forts ensemble. Je sais que la vie n'est pas toujours simple, mais être séparés, cela ne nous convenait pas.

Et elle regarde sa mère bien en face.

– Et toi, tu es heureuse ?

Le sourire de sa mère s'estompe légèrement.

– Je suis contente, oui. Te voir avec Nick, c'est merveilleux, et passer du temps avec ces petits trésors…

– Mais papa te manque.

Anna finit sa phrase pour elle.

– Ce sera toujours comme ça, ma chérie. Mais c'est le signe d'un grand amour. Nous avons eu trente-cinq années merveilleuses ensemble. Je n'en regrette pas une seule journée.

Elle soupire.

– Mais j'aurais tellement aimé qu'il puisse connaître Ruby et Phénix.

Anna lui serre la main.

– Je sais, maman, je sais.

Ce soir-là, toute la bande du mariage dîne ensemble, puis paresse autour de la magnifique piscine à débordement en admirant le soleil se coucher dans la mer Égée, dont les eaux bleues deviennent de plus en plus foncées et finalement noires, alors que les lumières des villages scintillent en dessous d'eux.

Nick et Bernard jettent Greg tout habillé dans la piscine, malgré les protestations outrées de Brendan à propos du pantalon « couture » qu'il porte, puis la plupart des garçons sautent dedans à sa suite, et Anna reste au bord, les pieds dans l'eau, à rire de leurs pitreries.

Lorsque la nuit est bien installée, les invités s'éloignent seuls ou à deux, quelques gros buveurs restent encore.

Susie s'est retirée dans sa chambre et les jumeaux dorment profondément dans leurs berceaux. Nick et Anna profitent d'un de leurs rares moments de paix pour faire l'amour en silence, alors que des rires étouffés montent du dehors dans l'air chaud de la nuit.

CHAPITRE 36

Anna sent les lèvres de Nick sur son cou nu.

– Tu es très belle.

Elle se met à rougir. Un compliment de son homme lui fait toujours cet effet-là. Elle touche ses cheveux. Le coiffeur commandé par Brendan est arrivé de bonne heure et a coiffé sans problème ses cheveux mi-longs en un élégant chignon, dans lequel il a piqué quelques minuscules fleurs blanches.

Elle porte une robe aux genoux, un amas mousseux de tulle vert d'eau qui flotte autour de ses jambes, avec un décolleté en dentelle.

Son bouquet repose sur un tissu humide, dans la salle de bains.

Elle lève les yeux et reste ébahie devant l'élégance de Nick dans son costume trois-pièces bleu marine, sa chemise blanche amidonnée et sa cravate noire.

Ses chaussures cirées reluisent, et ses cheveux longs sont attachés en arrière, dégageant ainsi ses hautes pommettes et son beau sourire.

– Vous êtes très classe, Monsieur Renshaw. Vous pourriez être mannequin.

Nick lui fait un clin d'œil.

– Nous formons un couple très classe, Docteur Scott. Prête à aller à ce mariage ?

Un cri strident les interrompt.

– Oups, Ruby a l'air en colère. Je ferais mieux d'aller secourir maman.

Anna se précipite dans la chambre voisine où une Susie légèrement ébouriffée tente de persuader Ruby d'enfiler ses petites ballerines assorties à son adorable robe blanche avec ourlet en dentelle.

Phénix porte un short bleu marine, avec une chemise blanche à manches courtes et un nœud papillon. Il regarde d'un air perplexe ses petites chaussures bleues.

Ruby hurle toujours. Anna la prend dans ses bras pour la calmer.

– Maman, laisse-la aller pieds nus. Elle déteste porter des chaussures quand elle a chaud.

– Pieds nus, vraiment ?

– Crois-moi, il vaut mieux qu'elle ne hurle pas pendant toute la cérémonie.

– Bon, si tu le penses.

– Tu veux bien les mettre dans ton sac au cas où elle changerait d'avis ?

La mère d'Anna sourit.

– Heureusement que j'ai un sac grand comme le Texas ! Tu ne m'as jamais posé autant de problèmes !

Anna hausse les épaules en souriant.

– Maman, elle a hérité de tes gènes, tu ne peux t'en prendre qu'à toi-même. Tu es sûre que tu t'en sortiras avec les deux ?

– Bien sûr ! Et s'ils en ont assez, je les emmènerai se baigner dans la piscine.

Lorsque tout ce petit monde est prêt, Anna va récupérer son bouquet de minuscules roses rouges et de gypsophiles blancs et se dirige vers la villa où a lieu le mariage ; le mariage de

Brendan et de Grégoire, c'est l'alliance inattendue mais très espérée de la drama queen anglaise et de l'athlète français, cet homme à la beauté exotique et peu bavard.

Anna est heureuse pour eux. Un jour, Nick et elle se marieront aussi, mais pas aujourd'hui.

Des tas de rugbymen musclés en costume de créateurs sont assis en rang sur les chaises, protégés du soleil ardent par un auvent tendu de gaze, décoré de branchages et de fleurs sauvages.

Nick et Anna saluent la famille de Greg, qu'ils ont rencontrée la nuit précédente, et font le tour des visages familiers des amis et des coéquipiers. Mais deux chaises à l'avant sont vides. Anna sent son cœur se briser. Elle regarde Nick qui secoue la tête tristement.

Ils laissent Susie avec les jumeaux et pénètrent dans la villa à la recherche de Brendan. Dès qu'il les aperçoit, il court vers eux en se mordant la lèvre.

Il est beau, mince, vêtu d'un costume brun rouge, d'une chemise et d'une cravate de soie blanche, avec un petit bouquet de mini-roses rouges à la boutonnière.

– Annie, ils sont là ?

Le regard plein d'espoir de Brendan suffit à briser le cœur d'Anna. Elle échange un regard avec Nick dont l'air sévère exprime bien ce qu'il ressent.

– Non, mon chéri, dit-elle doucement. Ils ne sont pas là.

À cet instant précis, Anna hait les parents de Brendan. Il leur a donné tant d'occasions, mais jamais sa mère n'a tenu tête à son mari autoritaire, elle n'a jamais défendu Brendan. Leur fils, qu'ils rejettent, leur a offert deux billets pour Santorin en première classe et leur a réservé une chambre luxueuse dans l'hôtel, mais leurs sièges restés vides sont la preuve flagrante de leur insensibilité. Ils ne sont pas venus à son mariage. Ils n'ont même envoyé de message.

L'expression remplie d'espoir de Brendan s'est évanouie, ses lèvres se mettent à trembler.

Anna lui prend les mains et les serre bien fort.

– Non, Bren, il ne faut pas, c'est ton jour, aujourd'hui. Le tien et celui de Grégoire. Ne laisse pas tes parents gâcher ça aussi.

– Je sais, je suis un idiot. J'avais pensé… merde, des vacances à l'œil. Je pensais qu'ils viendraient pour ça… ou bien qu'ils s'assiéraient au fond et qu'ils feraient un scandale.

Il essaie de rire.

– Bren…

– Ça va, Annie. Honnêtement. Je ne croyais pas vraiment qu'ils viendraient.

Et il essuie ses yeux humides.

– C'est juste que j'espérais, vraiment, vraiment. Mais je suis un imbécile. (Et sa voix se brise.) Ils ne m'accepteront jamais comme je suis, n'est-ce pas ? Je suis juste le fils queer dont ils ont honte et…

– Bren, arrête, dit Anna fermement. Je suis sérieuse. Maintenant, écoute-moi. Il y a tellement de gens qui t'aiment, chéri, tu comprends ? Tu as une famille qui t'aime, et ils sont tous ici aujourd'hui. Maman vous a quasiment adoptés, Greg et toi, vous êtes les fils qu'elle n'a jamais eus. Sa famille.

Brendan cligne désespérément des yeux, mais Anna est lancée.

– Penses-tu un seul instant que Nick et moi, nous confierions nos précieux bébés à n'importe qui ? Tu es leur parrain pour une bonne raison. Nous savons pertinemment que s'il nous arrivait quelque chose, tu prendrais soin d'eux. Voilà à quel point tu comptes pour nous, Bren.

Elle essuie la joue de Bren avec sa main.

– Et Greg, t'aime, il t'adore, il ferait n'importe quoi pour te rendre heureux. Tu as trouvé un amour très précieux. Bren, chéri, tu es entouré d'amour.

Et Anna se met à tamponner ses propres larmes.

– Nous t'aimons, très très fort. Tu es merveilleux et incroyable, Brendan Massey. Tu es quelqu'un de très spécial. Je suis tellement heureuse de t'avoir rencontré.

Brendan accepte qu'elle le prenne dans ses bras et pose sa tête sur son épaule.

– Bébé-maman, arrête, se moque-t-il, d'une voix rauque et encore remplie de larmes.

– Ne m'appelle pas comme ça.

– Même pas le jour de mon mariage ?

– Surtout pas aujourd'hui.

Bren se redresse, un sourire plaqué sur la figure.

– Tu as raison. Je sais que j'ai beaucoup de chance. Je vous ai, vous deux, et Greg. Je suis béni et…

Nick l'interrompt en s'avançant pour poser sa main sur l'épaule de Brendan.

– C'est Greg qui a de la chance de t'avoir trouvé. J'ai vu comment il était avant que vous vous rencontriez. Il était solitaire, il essayait de s'intégrer à l'équipe, sans savoir comment ils allaient réagir lorsqu'ils découvriraient qu'il était gay. Mais depuis qu'il est avec toi, il est sorti de sa coquille et je l'ai vu progresser en tant que joueur à chaque match. Tu lui as donné confiance en lui, la force d'être qui il est.

Brendan ouvre de grands yeux.

– Tu le penses vraiment ?

– J'en suis sûr. (Nick tourne son regard intense vers Anna.) Quand tu trouves quelqu'un qui te fait cet effet-là, tu ne le laisses plus jamais partir. Tu es mon ami, Brendan, mon frère. Tu fais partie de ma famille, comme l'a dit Anna.

Puis il sourit.

– Mais ne m'oblige pas à tout te dire maintenant, il faut que je garde un peu de picotin pour mon discours de garçon d'honneur !

Puis il fait l'accolade à Brendan en lui chuchotant quelque chose qu'Anna ne peut entendre.

– Oh mon Dieu, ne me fait pas pleurer avant la cérémonie, gémit Brendan. Même le mascara waterproof n'est pas infaillible.

Nick lui balance une claque dans le dos en riant.

– Allez, mon pote. Il est temps d'aller chercher ton fiancé.

Ils quittent la pièce au moment où retentissent les premières paroles de « Près de toi mon amour » de Charles Trenet.

– Je sais que c'est un peu cucul, murmure Brendan à Anna en tordant sa bouche, mais c'est la chanson préférée de la mère de Greg. Et il m'a promis de me faire une pipe ce soir si on la passait. J'ai choisi quelque chose de beaucoup plus cool pour le final.

Ce qui déclenche chez Anna un fou rire qu'elle a du mal à réfréner pour le plus grand amusement de Nick qui hoche la tête en souriant.

Ils remontent l'allée centrale, tous les trois, main dans la main. Devant se tient Grégoire, grand et fier. Un immense sourire illumine son visage lorsqu'il aperçoit Brendan. Il porte un costume crème, une chemise bleu ciel et une cravate blanche. Nick et Anna pourraient aussi bien être invisibles, il n'a d'yeux que pour Brendan.

Lorsqu'ils arrivent au niveau du maître de cérémonie, Anne embrasse Brendan sur la joue et va s'asseoir à la place qui lui a été réservée. Nick serre la main de Brendan et celle de Grégoire, puis se place sur le côté.

Les trois hommes sont magnifiques, grands et beaux ; Brendan dans son costume marron rouge, Grégoire en crème et Nick en bleu, les trois couleurs du drapeau français et de l'Union Jack.

L'officiant a un accent anglais prononcé et une voix profonde et sonore, il parle d'amour et d'engagement, de responsabilité et d'obligations, de bonté et de compassion. Quand il demande les anneaux, Nick les sort de sa poche et les pose sur un coussin de velours. Puis il vient s'asseoir à côté d'Anna et lui prend la main.

À la fin de la cérémonie, Anna sourit quand retentit « Time For Miracles » d'Adam Lambert.

C'est un beau jour, et Anna espère de tout son cœur que Brendan est heureux et ne pense pas à l'absence de ses parents.

Le dîner est magnifique et le champagne coule à flots.

– Ça va, mon chou ? demande Nick à la fin du repas en voyant son expression rêveuse.

– Oui, je pense, c'est tout. Il va tellement me manquer.

Nick passe son bras autour de sa taille.

– Je sais, mais tu le verras tous les quinze jours.

Brendan va aller vivre à Carcassonne dans la maison qu'avaient louée Nick et Anna. Il a promis de continuer à travailler pour elle, mais Anna ne se fait pas d'illusions, il viendra un moment où il ne voudra plus quitter son mari toutes les deux semaines pour venir à Londres. Seigneur, elle comprend très bien, mais ça sera difficile pour elle de perdre son meilleur ami, même pour un homme aussi formidable que Greg. Elle sourit un peu tristement.

– Tout a tellement changé ces dernières années. J'ai parfois du mal à le croire.

Nick hoche la tête.

– Je sais. C'était dingue par moments. Mais je crois que nous avons trouvé un équilibre, non ?

Anna acquiesce et pose sa tête sur son épaule.

– Ne te mets pas trop à l'aise. Je vais devoir faire mon discours de garçon d'honneur.

Elle rit un peu en se redressant, et Nick se met à tapoter sa cuillère contre son verre de vin pour attirer l'attention. Puis il se lève, tous les regards braqués sur lui, et sourit.

– Mesdames et Messieurs c'est le moment ! Les discours !

Les cris de joie qui s'élèvent prouvent que certains des invités ont déjà fait honneur au champagne.

– Avant de commencer, j'aimerais simplement dire à quel point Brendan et Grégoire sont beaux aujourd'hui…

Des cris d'approbation retentissent de nouveau, ainsi que divers commentaires grivois. Grégoire et Brendan se sourient, puis ils regardent Nick échanger quelques mots avec un membre du personnel de l'hôtel. Derrière lui, on déroule un écran.

– Le timing est parfait, dit-il lorsque le membre du personnel lui tend une télécommande. Mais… ces deux beautés du diable n'ont pas toujours existé…

Brendan a un regard horrifié, mais Grégoire éclate de rire.

Nick a fait des recherches et un montage de photos de classe et d'enfance. Les parents de Grégoire ont coopéré, ils lui ont envoyé des dizaines de photos parmi lesquelles il a fait son choix : on y voit un garçonnet maigre avec des taches de rousseur et des dents en moins, puis un adolescent avec des bagues dans la bouche, de vilaines coupes de cheveux et même une photo sur laquelle il s'est fait teindre en blond.

Grégoire s'esclaffe et hurle, il traite ses parents et son frère de traîtres.

Il y a moins de photos de Brendan parce que ses parents n'ont pas répondu aux demandes que leur a faites Anna. Malgré plusieurs tentatives, tous ses messages, tous ses appels sont restés vains.

Elle a quand même réussi à trouver des images, puisqu'elle a eu accès à la partie privée de la page Facebook de Brendan en lui chipant dans son téléphone pendant qu'il regardait ailleurs. Elle a même envoyé des mails à ses anciennes écoles en expliquant le problème, et on lui a envoyé deux photos d'un garçon effronté de six ans, avec de grosses lunettes NHS, puis une photo d'un adolescent cool en pleine phase *emo*[38].

Brendan paraît scandalisé, il pointe Anna du doigt.

– Ah c'est comme ça ! Eh bien, moi je vais parler à Nick de ta réserve secrète de chocolats. C'est dans le tiroir du bureau en bas, à gauche.

Anna se met à rire, mais réalise qu'il faudra qu'elle trouve une autre cachette lorsque Nick se met à hausser un sourcil.

– Bon, poursuit Nick, il faut bien reconnaître, Bren et Greg, que là vous n'étiez pas encore au top.

---

38. Style de musique punk, caractérisé par des paroles expressives, politiques et axées sur l'expression de soi.

Il continue à montrer des photos plus drôles les unes que les autres. Brendan a plongé sa tête dans ses mains, mais regarde entre ses doigts. Grégoire rit et n'arrive pas à croire que Nick ait réussi à retrouver autant de photos compromettantes. Il applaudit, rit et taquine Brendan, en lui suggérant de se détendre et de s'amuser. La foule, elle, adore.

– Désolé, Bren, lance Nick. Je rigole, c'est tout. Je t'aime, tu le sais.

Puis il passe à une nouvelle série de photos prises la nuit où Brendan et Grégoire se sont rencontrés.

– Et voilà les beaux diables que vous connaissez aujourd'hui, et il passe des dizaines de photos qui racontent leurs meilleurs moments, les débuts de leur histoire d'amour.

Brendan sourit et serre la main de Grégoire pendant ils regardent défiler sur l'écran leurs souvenirs.

Nick reprend la parole ; soudain, il a l'air plus sérieux.

– Je suis si heureux que vous vous soyez trouvés, tous les deux. La vie, l'amour ont une drôle de façon d'unir deux âmes. (Il jette un coup d'œil en direction d'Anna, souriant lorsqu'elle lui envoie un baiser.) La vie, c'est vraiment ce qu'on en fait, les gars, les souvenirs, les bons moments, les mauvais, chérissez tout cela.

Il y a des murmures d'acquiescement.

– Bren, je suis très fier de toi. Tu as toujours été formidable avec Anna, comme avec moi et les enfants. Il existe une bonne raison pour que nous t'ayons choisi comme parrain, et ce n'est pas seulement parce que tu vas leur faire des cadeaux de dingue pour leurs anniversaires…

Brendan rit en s'essuyant les yeux et Grégoire passe son bras autour des épaules de son nouveau mari.

– La vie n'a pas toujours été facile pour toi, mais tu n'as jamais rien laissé te bloquer. Tu es un type attachant et drôle, loyal, et altruiste aussi. Je t'aime comme un frère et tu mérites tout le bonheur du monde. Je suis fier que tu m'aies choisi comme témoin aujourd'hui.

Il échange alors un regard avec Brendan, c'est un échange important entre deux hommes, un regard qui parle d'amour, de confiance et d'amitié pour la vie.

Nick s'éclaircit la voix, il est très ému.

– Levons tous nos verres !

Tous les invités lèvent leur coupe de champagne et Nick porte un toast.

– À Bren et Greg ! Soyez vous-mêmes, soyez merveilleux ! Longue vie, santé et bonheur ! À la vôtre !

ÉPILOGUE D'ANNA

Que puis-je dire d'autre à propos de Nick ? Il a eu deux carrières formidables, pendant lesquelles il a gravi tous les échelons de sa profession, d'abord le rugby, et à présent le mannequinat.

Il lui a fallu un certain temps pour comprendre où il se situait dans l'univers des top-modèles. C'est pour lui un nouveau monde étrange, mais il a fini par trouver sa voie, parce qu'il est solide, tellement solide.

Et maintenant qu'il s'intéresse à la photo, je ne serais pas surprise qu'il réussisse là aussi.

Mon petit ami modèle ! Rien que d'y penser, ça me fait sourire. Je trouvais ça si intimidant, au début, de le voir entouré de femmes ravissantes toute la journée, mais il ne s'est jamais intéressé à elles, il ne m'a jamais fait douter de lui. C'est de moi que j'ai douté. J'ai dû faire une longue introspection que pour tenter de comprendre pourquoi j'avais tellement peur, pourquoi je doutais tellement. Ça n'a pas été une partie de plaisir, mais je pense que je suis devenue plus forte, moi aussi.

Il se fait tout le temps draguer par des hommes et des femmes, mais ce n'est pas sa faute, et maintenant ça me fait sourire.

Nick, c'est mon mannequin masculin personnel. Il n'a pas toujours raison et il est loin d'être parfait, contrairement à moi, mais il est à moi et je l'aime de tout mon cœur, de tout mon corps et toute mon âme.

J'aime sa gentillesse, sa bienveillance, son incroyable énergie et son dynamisme. J'aime ses moments de calme, j'aime voir ses moments d'introspection, la profondeur de ses pensées, sa vulnérabilité et la détermination qui découle du fait qu'il se connaît tellement bien. J'adore sa façon de jouer avec nos enfants, de prendre soin d'eux et de leur apprendre de choses.

Et tandis que passeront les années, nous allons voir nos enfants grandir, et chaque rire, chaque ride et chaque cheveu blanc feront partie de notre histoire, et je vais accueillir et chérir chacun d'entre eux.

Je l'ai laissé partir parce que je l'aimais. Je voulais qu'il vive le plus intensément possible. Je voulais qu'il éprouve tous les possibles, qu'il s'élance vers de nouveaux sommets, mais il a toujours eu un foyer qui l'attendait. J'ai laissé la porte grande ouverte, afin qu'il sache qu'il est aimé. Il est aimé.

Et il est rentré à la maison.

Mon homme si beau.

Mon amant.

Mon Nick.

FIN

REMERCIEMENTS

À Kirsten Olsen, notre merveilleuse éditrice, conseillère, amie, membre de notre comité de réflexion, super-woman, qui s'est également introduite dans cette histoire comme femme fatale, tentant de séduire Nick. Que tout te sourie dans ton travail ;)

À Golden Czermak qui a gracieusement accepté le rôle de caméo dans ce livre, et qui a partagé avec nous des renseignements privilégiés.

À Lisa Ashmore pour ses conseils juridiques sur les problèmes judiciaires de Nick.

À Élisa Wang qui nous a permis d'utiliser son nom sans vergogne et de créer Ning Yu, son alter ego ! Denise Catalano, Shonda Riff Smith et Natasha Luchetti, oui, vous y êtes aussi, Mesdames !

À Michelle Abascal-Monroy qui a généreusement organisé notre tournée.

À Tonya Allen, notre lectrice béta et compagne de voyage.

Aux Reardonites et aux Jane's Travelers pour leur amour et leur loyauté.

À Sheena Lumsden pour son soutien discret.

À toutes les blogueuses qui donnent de leur temps pour leur passion de la lecture et des livres – merci pour votre soutien.

À nos lectrices, vous avez bon goût ;) Vous êtes géniales !

BRITTAINY C. CHERRY

Behind THE Bars

Hugo Roman